异香少年

胡仁禃 著

江苏凤凰文艺出版社
JIANGSU PHOENIX LITERATURE AND ART PUBLISHING, LTD

图书在版编目（CIP）数据

异香少年 / 胡仁禎著. — 南京：江苏凤凰文艺出版社，2018.7
ISBN 978-7-5594-0876-1

Ⅰ. ①异… Ⅱ. ①胡… Ⅲ. ①长篇小说 – 中国 – 当代
Ⅳ. ①I247.5

中国版本图书馆CIP数据核字（2018）第000304号

书　　名	异香少年
作　　者	胡仁禎
责任编辑	丁小卉　姚　丽
选题策划	李　娟
出版发行	凤凰出版传媒股份有限公司 江苏凤凰文艺出版社
出版社地址	南京市中央路165号，邮编：210009
出版社网址	www.jswenyi.com
经　　销	凤凰出版传媒股份有限公司
印　　刷	三河市中晟雅豪印务有限公司
开　　本	700毫米 × 970毫米　1/16
字　　数	350千字
印　　张	20.5
版　　次	2018年7月第1版　2018年7月第1次印刷
标准书号	ISBN 978-7-5594-0876-1
定　　价	39.80元

目 录

楔子

落照西斜，两道高大的僧影印在洁白的雪地上，深浅不一的脚印在杳无人迹的唐蕃古道上长长延伸着，两人身后不远处几个沙弥与比丘拉着白马，脚步蹒跚。三日后，僧队在日月山下的倒淌河中乘舟入藏，又一日夕，沙弥于舟头惊呼，二僧并起，倒淌河河道愈加宽阔，视野尽头，一座高大的雪山如白莲怒绽，无垠的草原边际，隐隐约约地立着着几座古寺，高僧远眺，双掌合并，热泪纵横。

“过了此山，便是故乡了。”天竺僧人善无畏口中喃喃，泪流不止。

“待退魔，我同你翻越雪山，往天竺求道。”

“未得玄宗允可，恐怕来时向你追究……”善无畏道。

“此虽未得玄宗允可，然大道在即，君命可不受，太宗时玄奘高僧亦是如此。”高僧道化长息，但双目中不是即得大道的欢悦，而是不能再归故乡的怊怅。

数月之间，僧队足迹遍及青藏，于藏地各镇肢寺庙长询，仍不见郁垒山的踪迹，二僧双眉紧锁，每至朝夕便要远眺雪山，长念退魔。

嘎采寺……

寺外风雪怒号，大风拥进寺内，僧幡鼓动，高僧道化与高僧善无畏皆双手各指紧扣，食指伸出相接，结不动明王印，默念静心咒。

大雪纷飞，耳缀双环的番僧，趺跏在烛火前，须发鬈如，手指微颤。

"师傅！影子……"

高僧道化的耳边传来沙弥细小的惊恐声，此时道化与善无畏各自伸出臂膀，双掌相接，那静坐在两人面前的番僧忽然垂下头去，大风夹着雪花拥进寺内，烛火灭了又起，但见番僧的影子外围悄悄地生出另一道影子来。

"竟追到这里来了……你们两个好本事……"垂头的番僧喉间低语，断断续续。

"高僧！"此时又是番僧的声音，似痛苦不堪。

道化与善无畏两掌分离，只见两人手掌中间生出一道炽热的铁索来，二僧并立，口中咒语不绝，寺内兀自生风，将拥进的雪花扫出寺外。

众沙弥惊恐，蜷缩在角落，只见番僧身后的影子后头又蹿出一道影子来，长发及地，额头尖角参差，欲要从番僧的影子中脱出。

"师傅……不是逆贼，是……是……是罗刹王啊！"

二僧讶然，速收咒链，急然结印，掌中符咒贴地，那符咒如蚊蝇一般朝外伸展，倏尔便将嘎采寺围了三匝……

此时，嘎采寺五十里外，一个三丈的黑影正在风雪中缓缓而行，双目透红，獠牙纵横，左手持叉，右手持双头斧，身后密密麻麻的妖兵一直延伸至山口的郁垒山。

"破！"道化大喝一声，翻转银针朝番僧的额间刺去。

"呀！"一声凄厉长啸回荡在雪野之中。

只见两道黑影如暗湖中食人游鱼一般从番僧身体中脱出，扶摇而上，冲出天顶，番僧愕然，但抑不住此力，口喷出一股鲜血，倒地不起，食指劲竖，指向吐蕃西北。

二僧朝西北方向一望，法眼顿开，穿过疾风劲雪，但见一座山头似乎女人的头颅，颈间游动着黑龙。

"郁垒山！"二僧几乎同时喊道。

"看来逆贼已将善根交与罗刹王了。"高僧善无畏叹息道，"故乡虽只有咫尺之遥，恐怕贫僧也回不去了。"

道化听此言亦泫然东望。

末了，二僧趺跏，各自结十字印，喉头鼓鼓，几道圆球般黄雾从喉间窜出，落在寺外的雪地上，须臾化作人形，二十人各自趺跏，皆手结十字印，忽化作一道金光，继而洁白的雪地上闪出一道咒法。

“闭眼，不然你们十世也消耗了！”道化朝身后的众沙弥喝道。

沙弥惊恐，纷纷闭紧双眼。

接着，道化与善无畏各自默记明咒，不消片刻，那雪地如常，再也不见明咒。

“方外，你过来……”此时的道化高僧已气息奄奄，声音颤抖。

但见一个二十五六的高大比丘拜倒在道化跟前。

道化在比丘耳边囔囔，比丘方外点头铭记。

风雪稍霁，善无畏与道化二人目送僧队远离嘎采寺，唐国方向，从此可以安宁了……

今夜不见破晓，黑云压际，寺内梵吹不绝，二僧静候，旋即寺外吼声震天，三丈罗刹领妖兵已然到了嘎采寺。

二僧相视，各自抽出银针，从天顶贯透，脉轮相接，神通倍起，而后二僧鼓起衣袂，朝妖兵压去……

长安城。

旧年冬季，大明宫中无缘起火，三团明火，飘摇在大殿之上，史官载，火焰具人面，皆玄武变故中太宗手足，咿呀呼号，不知何言，自后，长安城妖气纵横，瘟疫肆虐，不知何因。春季，一道飞虹落入溪中，有见者遁水寻虹，寻者不见踪迹，无骨无尸。二月，有茶商见天街两侧槐树下有巨肉，无口无鼻，却做作人言，三月，有人见深夜女妖乘轿夜行，玄音阵阵，而后怪异频出，几月之间，长安北里数人为女妖所食，人人自恐。

三日流逝，长安城平静如水……

五日流逝，长安城平静如水……

七日流逝，长安城小雨纷纷，三月将尽，风雨里透着暖气，伴之而来的是春季特有的潮稠。

十日，雨驻，缺月，文太傅府上火光点点，奴婢逃窜，厅中文从贤太傅只有尸身，不见头颅。

幽暗梁上，静驻着一位六旬上下的老妪，峭然不动，宛如木雕。

“有妖！”文府奴仆慌张自逃，被太傅长子文除非揪住，如此喝道。

“嘻……”但闻幽吟，徐徐而来，文除非手里揪住的奴仆忽而眼珠翻动，一抹黑影从奴仆的背后轻轻探出，那物面目诡异，不知是哭是笑。

“岂有此理！”文除非丢掉仆人，一跃三丈，双手已经顺势按住腰间的佩刀，双眉紧压，长舒一口气。

文除非身长八尺，高大威武，号做天怒将军，纵横疆场十几年，却从未见过如此怪事。

“文大人！你看……”仆人惊恐的双目定在身后中堂的匾额之上，一张人脸正欲从匾额中蹿出。

“啊吔！哪里的妖怪！”文除非正欲抽出佩刀，家宰箭步朝前，立马弯弓搭箭，咻的一声那利箭劲劲地钉在了匾额之上，只见匾额上落下一块污物，落地滚动半丈，文除非定睛一看，原来是一颗长发的头颅，这头颅不是别人，正是自己结发之妻。

“啊！”惊叫声四起，大火冲天，烧断的屋梁哔啵落下，火势更甚。

一道凄厉怪异的低笑缓缓升起……

文除非血脉怒张，咬肌颤动。

又忽听“嘻”的一声，厅中顶头垂下一双脚来，裙裾，衣裳，苍白的脖颈，高挽的发髻，而后一个高大女人的背影撑着桐油伞静立在中堂。

转身……一张幽怨的面目缓缓而来。

“韦太后！”文除非一惊，随家宰一同后退，但见太后枯骨嶙峋，四处张望，垂泪涟涟，左手执伞，右手拎着一颗血淋淋的人头，口中噫噫低吟。

“十字结……十字咒……”韦太后哭吟。

“妖后！”文太傅长子咬牙切齿道，“生前作乱，死后竟恶性不改，害我一门！”

说罢，文从贤拇指劲弹，寒光四起，只见那锋利的唐刃手起刀落。

啪踏一声，桐油伞飞起跌下，女妖人头落地，随从宫女妖魔手中的烛火陡然熄灭，胡笳阵阵，凄不可言。

“嘻……”

脚畔传来一阵哀吟，那韦太后所化妖魔的头颅不停地抖动着牙齿，吱吱作响，怒目圆睁，双颊上竟是两道血泪。

“文家小儿……竟敢以下犯上，斩我人头！”妖魔忽而厉声骂道，那人头突自飞起，张着嘴巴直扑文除非的面门。

咻的一声，利箭从太后头颅口中穿过，那韦太后的头颅似马球般滚落定住。

“啊！”

家宰忙乱，只见文除非的胸膛上劲劲钉着一根利箭，正是自己方才射出的那根，再看韦太后的妖魔，此时又随宫女静立飞檐之上，似乎未曾下地，那韦后正歪斜着脑袋悄悄望着自己。

文除非气郁于胸，一口鲜血喷涌而出，弥留之际道：“独觉寺僧人，独觉寺！此匕托付与你，千万护我子嗣，必为文某一门报仇！”而后又在家宰耳边囔囔，末了文除非双手颤抖，就此溘然长逝。

翌日残败的文太傅府中，静立着一个少年僧人，此子年少俊美，法号泯仇，全得佛法之绝学。

昨夜文太傅家臣星夜驱马赶至独觉寺，但见漆黑的寺庙门框中一个高大的僧人影子。

家宰三步并作两步，攀上台阶，跪倒在僧影面前：“恳请大师搭救。”

那僧影浮浮晃晃，扭曲如湖面的倒影，此为守门的山佛，非人非妖非佛。

“你去罢，文家少子，我当有安排。”

家臣久叩不起，但听空山之中传来一句老者的声音，独觉寺高僧法力无边，至今无人见过其真容，家宰听此，紧纠的心方才放罢。

往后一看，是陡如直线的山崖，如溪流一般阶梯倾泻而下，山风呼呼，不寒而栗。

文太傅府邸。

“看！大师入定了。”

日中，泯仇未动分毫，此时文太傅门外已经挤满了围观百姓，长安妖乱所非一日，而妖怪出自官家却是头一回，不知何时，人群中走出一队人马，领头人高大神武，乃为大理寺卿，一路人围住太傅府周遭，人群骚动稍平。

半个时辰，毫无动静。

一股奇异的香味由远及近，但听铜铃摇摆，昨日题诗的俊美少年又翩翩而来，高僧泯仇忽而警觉起来，金刚杵上的铜环吟吟作响。

异香渐行渐远，此时泯仇睁开眼来，那原本手握的金刚杵竟自立于地面，只见此时高僧泯仇手结外缚印，口中默念莲花生大士六道金刚咒，缓缓而劲，四方而来如漩涡一般风，渐而黑云集密，天光唯剩一缕如芒刺般光亮。

“妖怪来了！”众人惊恐。

“吠！罪愆深重者，且受我愤怒之威！”高僧泯仇四周生风，衣袂翻飞，十指劲劲扣着印法。

但听见天空那一缕光中落下一物，遁入土中不见踪迹，忽而地面蹿出一双手来欲钳住高僧的双脚，泯仇向后一跃，那双手似有眼睛一般朝前扑来。

“哼！强弩之末。”

高僧蹲下身子，使出十分的劲道，掀开地砖，只见泥土之间一缕游走的头发，泯仇抓出头发变拖出一身灰衣的老妪，凄厉而又怪异的笑声，老妪背对自己，不知面目。

“虹妖！”泯仇心下念道。

高僧手掌一张，金刚杵自飞而来，此时那妖怪却缓缓回过头来，只见无眼，无鼻，无口，无耳，众人之中有人吓得一跌，此妖脸上还留着涓涓脓血，泯仇箭步追及，用金刚杵将妖怪打翻在地，张出左手，但见左手心中一个卍字印，那虹妖向前爬了几米，便被收入印中，高僧解下腰间的卷抽，将妖怪按在封印之中，只见那黄纸卷轴的空处，多出一道秘符。

虹妖一除，只见天空镜开，渐而光亮，那半耷拉的匾额忽而委地，摔做两折。

第一章 道

此人不知何处而来，亦不知去向何处，长安街道，春风阵阵，少年裙摆下铜铃招摇，苍白俊俏的面孔羞涩女子，末端微卷的睫毛上落下一滴朝露，春风自南而来，蝶舞燕飞，少年在一处诗板前驻足。

……和风逆渭水，秋叶落春刀……

“甚妙！”旁侧一人惊诧道。

“空诗板有何妙处？”一位金发碧眼的异域男子操着不成熟的中原雅音。

少年矮过异域男子一头，此时诗板啪踏一声落下……

“好香？”异域男子低头一看，顿时坠入少年眼中，眩晕不可自已，长安城中，但见玄宗皇帝背立而歌，异域男子飘飘而前，两侧金币如雪花飘落，此地三分唐国模样，七分萨珊朝的模样，叫人琢磨不定。

“彼思路……”玄宗皇帝声如谷音，回荡不绝……这时玄宗正在喊商人彼思路的名字。

异域商人一步上前，玄宗却疾步向后退来，转头一望，身体却没动半分。

“啊呀！”商人吓跌在地，眼前的皇帝不是玄宗而是自己。

“好诗！”

这声音好似窗边梦醒时分的嘈杂，异域商人睁眼一看，还在长安闹市，那诗板上行楷分明，一首婉约小诗盈盈如水，异香消失，商人转头向远处一望，那步伐缓慢的少年正渐渐消失在人群之中……

是夜，长安夜风微动，细雨又出，将入季春却尚料峭薄寒，少年轻步缓行于长安北里青楼肆坊，那错落的排楼之间，隐约传来女人的低吟与嬉笑。

行人醉步癫回，纷纷与少年擦肩而过。

雨声稍大，一声铜铃脆响如银瓶乍破，此时街道坑洼中倒映的坊间灯火忽而纷纷熄灭。

少年抬头，一滴春雨落在鼻尖，余光中隐隐一位着红衣的少妓急然关窗，方才如大江缓流般人群嗖然风动，那艳绽的牡丹花瓣在急步声中了然化泥。

喧嚣声忽起忽落，倏尔北里昏暗的长街上只剩少年一人，风势夹雨，迎面而来，面前一座八抬舆轿缓缓而前，红罗幔帐，彩绸纷然，与北里的烟花柳巷格格不入。

少年低头，扛夫脚步整齐，不似肩头有物，飘然而前，帘幕中但见一缕幽幽的身影，不知其人。

风起肆坊，门板动摇，少年脚边的积水起了波痕，道道荡开，花轿缓缓前行的倒影扭曲漾动，又渐而平静下来，只见倒影中，八只无头的扛夫亦步亦趋，阴气森然……

那无头轿夫悄然而过，没有半点声响，酒幡哗然，少年宽大的袖子中落出一张黄符。

已出十步，但见人马如隔雾看花，渐而便没。

“且慢！”

少年的声音打破了北里长街的萧然悄寂。

“女子已经过了中阴了，缘何还在此地徘徊，贪恋人世？”

人马闻声而停，那轿中燃着荧荧绿光，一抹未束发女人的身影在帘幕间摇摇晃晃，而后那无头轿夫缓缓放下轿子，帘幕微张，探出一只荧光灯笼，接着一位女子飘然而出。

少年静立，腰间垂下一只手掌大小的三清铃。

“非奴家贪恋人世，只是生怨未除，不甘轮回。”

“小子闻沦作妖魔，必受尽苦痛，方能逃往六道之外，女子何故如此？”少年问。

那女妖原地徘徊，四下鬼音阵阵，不知从何而来。

“先生身上虽尽是尘繁气，却不为浪荡公子，我虽为妖，但亦公道分明，先生去罢。”女子沉言，话语中尽是乖戾之气。

“小子原来此地寻欢，却叫你搅扰了，这是因，小子驽钝，来此必求果。”不知何时，一道卷轴游附在少年周围，少年用毛笔在空中点点道，“城北闲云观女道士，善奚琴，因失手打死婢女而被处斩，而后发愿化作恶妖，食人自修……

少年嘿然一笑，话语未尽却陡然顿住，而后又道：“女子这是自寻障孽……”

女鬼暗暗作怒……

“北里豪右的血肉也足以抵掉你的生怨了。”少年缓缓合起卷轴，“长安近来七关闭合，妖气风动，修者皆欲借此力大成，然妖终非人世间物，道因命皆具，女子受降吧。”

“此处安逸快活，不受三界的条框，我受刀山火海的苦痛好容易修成妖，你却叫我回那腌臜人世受苦。”

“那便没有办法了。”少年怅然道。

忽然妖风骤起，那八只无头轿夫疾然前奔，少年静立，不为所动，手中黄符落下，少年怒张五指，那黄符紧贴于掌心，由黄便黑，倏尔消失，几道如蚊蝇的咒链嗖嗖而出，兀自蔓延，不消几下，花轿周围便布满了链印，少年口中呢喃，默念法咒，双莲并起，左手结印于鼻前，右手掌间咒链紧锁，咒罢，少年化掌为拳，那咒链又忽而收回，只见八只恶妖轿夫如食钩之鱼，虽死命挣扎，却拗不过咒链的法力，纷纷被拉进符咒之中，片刻后，少年张开手掌，符咒如初，只是周围已不见那八只无头轿夫了。

“又是一个不知死活的道士。”女妖愤然道，但见长舌翻转，如长绳一般死死系住少年的脖颈，女妖双目圆睁，怒发冲冠，此时俨然青面獠牙，原形毕露。

哪知少年却不慌不忙地用食指在额头轻画，一道符咒若隐若现，而后少年浑然化灰，无影无踪，此时女妖的长舌忽然猛然拉紧，但见几道银发簪从天而降，须臾，女妖的长舌便被紧紧钉在地上，女妖骇然挣扎，却越挣越紧。

此时，街道两旁的青瓦蹭蹭，四只着汉服人立的花猫相互捧着烟斗，怡然自得。

“受降吧，女子！”少年面色如玉，不带愠怒。

女妖只觉身后有物，不知何时，异香少年已静立在女妖背后，手中长生符化作咒语在女妖躯体上蔓延开来。

女妖反扑，扯断舌头，欲要用双手钳住少年，却发现上下早已被符咒锁住，动弹不得。

此时，少年长剑横立，单手结无畏印，指尖轻弹，女妖身上的符咒缓缓扭曲，渐而燃烧起来，片刻之后，火焰熄灭，一位俊俏貌美的良家女子静静跪坐在少年跟前……

“姑娘淫念和恶念已除，毋在此徘徊，自寻一家僧人，请求超度吧……”

“小女子无才，但生前颇有善根，愿将前生小业与长生咒，助先生退魔。”此时的声音已俨然少女。

少年默许，用毛笔于女子额间点点，那毛笔须臾染墨，接着少年用笔在卷轴上画下长生符。

雨落，春泥芬芳于风中弥漫，方还料峭薄寒的长安北里巷，此刻却溢着道道暖意。

少年转身，撑伞，女妖尾随。

“姑娘去罢。”

雨如垂珠，但见北里巷中，窗牖又开，间探出些看热闹的人头。

“先生法力高深，我还有一事相求。”

少年沉默。

“我生前有一段姻缘，可惜叫人拆散，而今将远赴轮回，希望先生能让我再见吴郎一面。”

“吴郎已死，早循六道，投于江南道盐商丘知远，现在已是童龀之年，女子若要相见，恐怕吴郎也不是那个吴郎了。”少年道。

“那先生此去何处？”女鬼问。

少年微微仰头，春雨簌簌。

“何处有妖，便往何处。”

“长安云香山独觉寺有高僧，如能得他超度，来生必得为人，倘有幸奴家尚还希求能与吴郎再续余缘，以了前恨，只是云香山法戒森严，凭奴家之力莫说过了那幻境，便是守门的山佛也能叫我灰飞烟灭，先生法力高强，愿求同往。”

少年沉思，须臾默许。

山深处，异香少年缓步而行，身后窸窣作响，女妖轻卷罗裳，步步跟随，只听山深处一声幽怨低吟由远及近，少年停下身来，向后看去，但见草丛之中，歪斜地立着几个丈许的人影，蓬头垢面，面目狰然。

少年不理，继续朝前，只听身后脚步越走越近，少年却不管不顾，今夜月光明朗，不用点灯笼也能看见路，那山中一条小径直直伸向云香山的寺庙。

脚步将接踵，少年忽而立出，身后之物亦立住。

山风如轻纱，沉缓幽怨山音似乐，少年的叹息声夹在风中，与深夜的露水一齐落下……

那妖物默不作声，静静望着少年。

少年不理，继续赶路，山下两道参天黑松，一条白色小路曲折通往山头。

尽处，一道白色僧影静立，似是等待已久。

“先生从何而来？”那僧人虽在远处，但声音却近似耳边。

“江南烟柳处。”少年答道。

倏尔那僧影已飘然至前，手边的九股金刚杵吟吟作响，这僧人正是白日降妖的泯仇。

“先生所来何事……”

“听闻长安云香山独觉寺上有俊美的少年僧人，小子爱色相，过来看看。”少年嘴角的微笑如轻笔勾勒般，不加一丝赘余，又道，“小子自南而北，心头已经满是灰尘，听闻僧人这里有一些禅道，囊中尚有香茗，愿细聆之。”

僧人的金刚杵抖擞似的一响，声音久久回荡在山谷之中。

泯仇默然，转身引少年上山，三更，烛火飘忽，少年与僧人对坐，僧人煮水，轻喷的火舌如少女的裙裾，在夜间翼然翩跹，女妖如一道薄纱，悄悄附在墙壁的茶罗上。

铜镜里映着两位少年的脸孔，月光下显得愈加洁白。

“山泉还是井水？”异香少年问。

“云香山好些年没有出过山泉了，先生来得巧，京都出虹妖前曾下过雨，因此有一些珍稀的山泉。”泯仇道，笑容恰好，不出世的美少年。

水初沸，异香少年轻轻夺过泯仇的茶则，往沸水中加了三道清泉，方腾起的水珠倏尔消失了。

“先生有独道的品茗方式？”泯仇问。

清风自来，云香山幻境缥缈，天空满布星辰，又如汪洋荡漾，四季的鸟兽虫鸣皆能在一时听到。

“没有。”少年将茶则递给泯仇，“尝在黟山见有僧人如此煮水，他说山泉性情活泼，如纯沸的山泉冲茶，山泉之躁便会随着茶水进入人的身体，饮者也会因此而躁，此为恐怕是去躁吧。”

静默，山泉渐而再次沸腾起来。

异香少年指间点点，那竹笈自开，一只手掌大小的锡罐飘然而出，罐中是粒粒的散茶，异香少年弯腰撤掉炉子里的柴木，将散茶轻轻投入方静的水中，茶叶径直怒张，与雨后蓬勃的生茶别无二致。

“先生无乃非中土之人？我唐俗是用茶饼。”泯仇闻见一股清香，若有若无，好似江南云雾山中的草香，“如此喝法，小僧还是头一次见。”

异香少年默然，在各自茶盏内点入新茶，翠绿金黄，杯水之中自是一世界。

“先生入禅道几多年头了？”异香少年往唇边递上茶盏，修长的睫毛与额发相接，茶盏上缓缓荡开一道波纹。

“一日。”僧人泯仇道，“小僧未尝不是轮复着相同的一日。”

“前朝大业十一年，生于东都城郊望溪村……”异香少年微笑着摊开一张卷轴，那墨水竟在纸面颤巍巍晃动着，似乎浮在书上一般，“本姓沈，少孤……”

那异香少年乜斜着眼神道，“高僧也如小子一般怊怅在六趣轮回之外了？”

泯仇默然，自古僧家修行皆自励苦修，静待肉体幻灭，不知为何自己自入山学道，而今百有余年，不仅无病无痛，而且容颜无改，唐初僧人自于崤山之阴古战场的尸林中修行，终日与尸体为伴，克服恐惧，而后八识贯通，圆融无碍，神通自降，圆满后尝西往吐蕃，天竺，参百家之道，今集大成，无所不往，法力无边，这云香山从来只有泯仇一人，僧尼往来，居士坐禅，皆是山中幻境，那山佛也便是与泯仇日久的一件袈裟，沾了僧人灵气，自化为妖，终日为独觉寺守门。

异香少年抬头，一张若有若无的人脸如风袭来，少年提笔在空中如蘸墨般轻点了几下，而后在纸上画下一列列古旧的咒语。

降魔金刚杵又是一响，泯仇警然，双眉轻压，倏瞬松张。

泯仇将茶盏轻推上前，茶盏中倒映着异香少年的脸孔，法眼悄开，却是凡人一个，并无妖像。

“高僧在猜小子的来历？”异香少年符咒画罢，轻举着毛笔，微笑发问。

泯仇目光下视："先生喝茶。"

僧人与异香少年盏内斟茶，此时寺庙外却见几只狐妖昂头试探，摇头摆尾，泯仇身侧的金刚杵怒然作响。

"此杵闻妖便戒，它闻先生觳觫三遭，先生必是妖物了，然而先生身上却无半点妖气，小僧原道神通自得，却在先生这遇到孽障，小僧愚钝，望先生指点一二。"泯仇双臂警惕地托着劲道，那异香少年莫名风来，云香山法戒森严，此子一出便来了许多的妖兽，泯仇足迹南北，已经许久未见这般神通的修道者了。

"先生何必惊慌，小子只是来闻道的，平素好结交豪杰，不辩三界，那几只没落的妖兽是有求于小子，故尾随而至。"异香少年言语戏谑，从头至尾不知是真是假。

泯仇轻蹙双眉，木雕般漂亮的眼中似信非信："那先生究竟为何物，为何通晓过去将来……"

"小子只是南北往来，多听了一些事情罢了，真或假小子亦不知，因此不算通晓过去将来。"异香少年轻笑，丝毫不惧僧人泯仇，指着那黑猫道，"小子便如它，懒散地看尽了人间的事，却苦于不循六道，因此只能四处嬉戏。"

"先生好情致，小僧这云香山十八幻境，先生是如何走来的？为何佛非但对先生不闻不问，对这女妖也不闻不问，还有那些小道兽妖没有先生助力，如何进得了云香山？"

异香少年不紧不慢地抽出湘妃竹烟管，往烟锅中轻捻一撮烟叶，抵住蜡烛，微风自左向右，青烟缭绕，扑向泯仇的面门。

"小子信步而来，不曾见过什么幻境，山阶不陡，共三百零五阶，左转两弯，右转一弯，有草地，尽处有大槐，进而数步宽阶，便是山佛守门处。"异香少年道，"山佛不言语是因为已经被小子收在紫金红葫芦里了。"

泯仇长叹，那飞来的烟雾四散而无，袅袅升空。

"先生此来无乃是来为难小僧的吧？"

“高僧说笑了，你那袈裟山佛与你手中的金刚杵一般，不辨善恶，我带璇玑来此超度，高僧家的山佛却将小子拒之门外，小子闻释道连一阐提都可以容忍，为何容不下一个女妖？”少年不紧不慢道。

“自古妖道两立，山佛虽驽钝，但此辩尚可通，自小僧于云香山清修布界，能闯入的妖物便只有先生一人。”泯仇喉头缓缓起劲，“小僧道近日长安七关合闭，妖气风动，瘟疫肆虐，无乃是先生在作怪吧……”

“高僧是在怀疑小子？”异香少年打断泯仇的话。

泯仇无言，稍有戒备，手上的金刚杵也吟吟作响，但见那佛像后的黑猫忽而隐没，不知去向。

泯仇双手缓缓用劲，袈裟风鼓，庙前旌幡呼呼飘动，“若为参道者，小僧愿与论道，若为邪魔外道，请恕小僧勤道，不容尔等乱世！”

“愚僧不辨善恶。”异香少年道。

“善自善，恶自恶，倘中有辩，那便其道不纯，小僧虽法眼不辨，然法杖三戒，先生确是妖物无疑了。”泯仇双眉按下，蓄势待发。

“先生此为不辨善恶，单辨妖人而已。”异香少年轻嘬香烟，闭目神怡，“小子原道于此能闻高道，确是泯然愚僧，恐怕美妙的奚琴，今夜小子是听不到了。”

“待先生入了轮回再听也不迟。”泯仇肃然道，不知何时高僧已紧合双掌，掌中光芒如被抑之火，倏尔两手食指相抵，那中间一点扶摇的火光忽然喷涌而出，直扑异香少年。

异香少年后退躲闪，竹笈上下一把金刚剑自飞而来，黄符升起，张张黏于剑刃之上，少年双指并立，默念法咒，砰然一声，那金刚剑化作人一般大小的芭蕉扇，少年用力鼓风，火龙反噬，倏瞬僧人被包围在火海中央。

异香少年静望，但见泯仇的身影在大火中浮浮晃晃，忽听大火之中僧人爽朗的笑声。

“哈哈！小僧曾于犍陀罗山浴火，算来三十载了。”泯仇道，“先生倒是有几分法力，也罢，降服了你，好助我功德，早往西天！”泯仇于大火之中豪言，似周遭无物。

“果然高僧！”异香少年道，“我闻人世不过百年，高僧逃出这六道轮回，也算得上半个妖怪了吧。”

泯仇道：“世间妖物不除尽，誓不成佛，所以肉身不灭，乃是大业未果。”

“却似地藏菩萨的说法。”异香少年边说，双袖中又落下几道黄符，“高僧善浴火，此火受得住吗？”

说罢，少年将黄符抛出，突化作几只羽翼丰满的金乌，喉中鼓起一道真火，朝泯仇喷去，那原金黄的火焰忽而通红，光亮冲天，不可直视。

“红莲业火！”泯仇惊道。

业火乃地狱焚恶魔之赤火，灼骨通透不可熄灭，乃为火法中第一真诀，可逃不可受，泯仇双手紧合，忽做日轮印，在业火烧身之前，如飞鸟般冲出火海。

“先生竟有此般法力，是小僧轻看世间妖魔了！”

忽见泯仇静然趺跏，片刻后那殿中明火直直明了，立香烟雾风动，恰似山风乱拥，倏尔蒲团乱飞，寺内叮当作响，泯仇额前豁然一明，如朝光出云，又如离弦利箭，劲劲朝异香少年打去。

“天眼！”异香少年警然悄语，唤来五彩宝伞挡住泯仇摧枯拉朽的攻势，异香少年持伞，直直后退，但见宝伞被天眼灼得通红，倏尔伞柄烫不可触，少年洁白的双手立即被灼得焦黑。

“长安竟有此般横行的僧人！”灼痛入骨，双鬓皆下汗珠。

高僧天眼狂扫，只见那寺前地面如水般被泯仇划开一道鸿沟，尾随而来的兽妖魑魅定不住者皆跌入沟内。

“高僧好法力。”异香少年不紧不慢道。

又忽见沟内燃出熊熊烈火，异香少年抬头一看，高僧的火符已倾囊而出，落下便燃，那些兽妖呼号不绝，真似地狱劫难一般。

异香少年在空中张出卷轴，那卷轴如游龙尾随少年，右手提笔，左手持巨筷，将那些落入沟中的兽妖只只夹出，少年引火做墨，在空中画下长生符，那些妖兽也忽而化作墨雾，杂陈在空中，少年以笔染墨将兽妖鬼魂之墨悉数点进卷轴之中。

“还行妖法！”泯仇大喝一声，“我倒要看看足下究竟为何物？”

接着泯仇十指收回紧扣，结出内缚印，天眼闭合，大火遁形，方才嘈杂的独觉寺忽而又平静下来。

异香少年忙不迭收起卷轴，再往泯仇施法处看去，却不见僧人踪影，异香少年持剑警立，四下环视。

忽而天顶坠下一只大手，紧紧持住少年的半个身子，少年被高僧忽来的一招持住，动弹不得，腾出左手，将卷轴抛出，但见那卷轴直立于空中，墨水浮动，倏尔如骤雨般落下，那些落地的墨水，滴滴化作原型，皆是入咒的妖神魔人，密密麻麻千万之众，个个皆手持宝器，斧钺、戈矛、长剑、弓矢，应有尽有，众物额间金光闪闪，皆有一道长生符。

再见泯仇手中持住的少年半身，背脊突突，竟生出一只金色的翅膀来，半边脸面也悄悄发生了变化，单眉怒展，目光如炬。

“高僧好法力，教小子现形了。”少年虽身负痛楚，却声音如常。

接着空中又坠下一只大手，持住少年的另外半边身子，法印噌噌，但少年另外半个身子却无半点变化。

那泯仇静坐寺顶，双掌朝天，疑惑不解。

正在此时，一道利箭朝泯仇打来，泯仇法眼瞋视，飞来的利箭定在眼前，月弯紧绷，继而折断。

再看云香山，已是漫山遍野撒豆般妖兵了。

泯仇轻呼一口气，心下生了几分忌惮，现与异香少年相持，不得动弹，如果妖兵攻杀，独觉寺必招灭顶之灾。

泯仇心下权衡，收下双掌，朝异香少年抛出一张铜镜，继而左手伸展，只见手掌中长出一只眼睛，朝铜镜望去，疑惑不解。

“难道降魔金刚杵错认了？”泯仇心下念道。

那铜镜中异香少年并无变化。

“先生确是凡人！”泯仇再次惊讶道，“区区凡人，如何搬得动这么许多的妖物？”

异香少年见释，取皮囊壶，朝烧焦的双手滴下醴泉，焦黑的双手倏瞬洁白，不见一处伤口，少年又饮一口醴泉，半边展翅的身形化作常人。

“若无偏执，无论妖或人皆是一等，即是同列，便可同处，他们皆是万物善根，我助他们找到道因命，他们助我退魔，此为相依，不是号令。”异香少年长舒一口气，身后妖兵呼呼，也不再动作。

“善根可发愿，可皈依，可成佛，可成魔，但皆万物往生愿念，先生是如何捉得？”泯仇问。

“高僧降妖为灭其根本，而小子降妖为去其恶念，因此我所降之妖都愿发善根，入长生咒，以助小子退魔。”

泯仇默然，不置可否，接着从庙顶，稳住身形道：“方才小僧结内缚印，全观先生内外，虽不能俘先生心智，却全窥先生心性，似凤鸟，高洁静处，凤鸟虽善，然终为妖，先生身为凡人，如何得妖之心性？”

异香少年默然，张出右手，只见飘浮在空中的长生咒缓缓合起，妖兵又化墨自入长生咒。

“无以相告。”异香少年沉言。

良久，墙壁筛子上的女鬼缓缓飘下，望见方才二人斗法，毁天灭地，女妖璇玑此时觳觫不绝，低头匍匐。

“女子为长安闲云观女道璇玑，不幸身遭横祸，化作妖魔，幸得茶先生指点，去我恶念，我闻云香山高僧法业高深，故求先生带我进山求高生超度，望能再世为人，与吴郎仍续余缘。”

“闲云观？”泯仇问，“长安城北里巷后山的闲云观？”

女妖点头。

“小僧自认长安城中玄宗羯鼓第一，小僧的奚琴可与之并肩，然曾于闲云观外静聆过一次奚琴，妙不可言，小僧归来，暗自寻索，再抚奚琴时，觉喑噪不可卒闻，一怒之下便将壁挂上的奚琴付诸火炬。”

“前生之事，除吴郎，闲云观，横祸之外，分毫都不记得了。”

“怨念迷人心性，你不记得也属正常。”泯仇道，“贫僧虽无大业，然为你超度，许你再世为人还是可以的……”

“那便有劳高僧了。”女妖俯首再拜。

此时泯仇面目生出一抹惭色，异香少年轻笑，云香山山音阵阵，星斗变幻……

第二章　璇玑

三日后。

入定的泯仇双眉紧锁，而后缓缓睁开双眼，朝云让日，一缕阳光照进寺内，身旁的异香少年独自煮水，女妖依旧附在茶罗上。

泯仇轻轻摇头，少年未转头，余光里着白色袈裟的僧人上下透着些许疲倦。

良久，耳边传来泯仇宁静的声音。

“女子为恶念所蒙蔽，前生之事，小僧难窥……”

“有大师无法超度的亡魂？”

“世之妖皆为气所化，生怨不除，必自化成妖。众生原皆自度，因蔽障积重，自度无法才会求僧人超度，若障浅者杀生者，一炷香便可窥前世，若障深而化妖者，一日便可窥其前世，然而女子前世混沌迷茫，似未曾活过一般，且女子于北里期年便成妖魔，与近来此城七关闭合妖气风动不无关系，若长久下去恐长安有难。”泯仇长叹一声，“女子因前世因果尽失，小僧虽尽力，却如隔靴搔痒，无济于事……”

“哦？”少年轻叹，茶杯中女子幽怨的脸孔正在悄悄望着自己。

“那没有其他的办法了吗？”少年闻着醴泉问道，随后饮下，容光焕发。

泯仇垂首，没有作答。

“那如果能知前世之事，是否能为女子度化……”

“业障太深，即便是通晓过去将来的茶先生，也难以窥探吧。”泯仇说，女妖从茶罗上坠下，匍匐在二人面前。

“如纵为野妖，但求能随着先生。”女妖低语。

少年神情高傲，不置一言。

“高僧的法杖可是一件宝物……”异香少年道，仔细打量着宝杵上龟兹国的密文。

“此为贞观年间小僧于府南河降鱼妖所得。”

“它也如山佛一般，与你日久，沾高僧的灵气了？”异香少年问，“我听闻物有物性，即便被驯服多年的野马，终究都会藏着几分本性，而这宝器却非常，有七分佛性，三分人性，除却物形，半点物性都没有，比山佛神通多了。”

泯仇道：“此非小僧之物，自前便有神通，却不知为何在鱼妖腹中，能持此宝器者不应为府南河鱼妖所食，莫非先生知晓它的来历？”

异香少年摇摇头道：“只得其道，不得其因，我不知其命，然此物肃然有声，上缠五色丝绳，这丝绳有些门道，高僧若信得过，就将丝绳借我一用。”

泯仇解下金刚杵上的五色丝绳递给异香少年。

异香少年将丝绳揉成一团，对茶罗上的女妖道：“你来罢，握住丝绳。”

璇玑幽幽而来，轻握住丝绳。

“你不是想见吴郎吗？把丝绳烧了……”异香少年道。

泯仇伸手欲阻止，却被少年轻握住手腕。

“如是后秦高僧之物，焚之便可见神通……”异香少年道。

“后秦高僧？”泯仇将信将疑。

少年点头，泯仇便不再说话。

女妖璇玑将丝绳递与烛火，丝绳顷刻便化为灰烬，纷纷落进底下的茶盏中，茶水荡漾，波痕中竟扶摇晃荡地出现了一幅画面。

鄠杜小城，春风怡然，桃花零落，清澈的浅水中半大的鲤鱼曳尾远游，水中倒影摇晃，面如白瓷的少女倒影上旋即落下一件衣裳，小河上下，捣衣声阵阵不绝。

少女从水中拎起衣裳，那摇晃水面的倒影中忽而又静悄悄地多出一人。

“吴郎！”少女疾然转身，却叫吴郎不妨，少男少女额头猛然一撞，少女向后一趔趄，将掉进小溪，吴郎顿时伸手，挽住女子纤腰。

清澈见底的溪中，缓缓飘过一些零落的牡丹花瓣，旋即游鱼相继啃食。

少女鼻际一道绯红，却如方绽水莲的娇羞，叫人怜惜。

“松开！叫人看着不好……”女子轻轻挣扎。

“此乃大唐盛世，还这么的学究气？”吴郎笑容狡黠，“今日换上男装，与我骑马去……”

少女点头，将脸撇向一边，躲开吴郎炽热的眼神。

无垠的原野上疾驰着两道人影，乙鸟伴飞蝶，广荡旷远的平原恰似一张团扇，二人便像团扇上的装饰。

女子璇玑著丈夫衣服靴衫，长驱玄色烈马，远远消失在吴郎的视野尽头。

“吾家好女子！”吴郎叹道。

男子亦鞭策烈马，朝着璇玑的方向疾驰而去，团扇尽头，悬崖如刀削斧劈一般，两人在无碍的视野中目眩神驰。

天边一座突起的参天古塔上盘桓展翅的雄鹰，大唐盛世从来如此，豪壮汪洋的唐国向来不添一分小气。

二人沉默，良久吴郎又道：“待过了春闱，便与你家送一对鸿雁。”

“当真？”女子疑惑的眼神里带着憧憬，不由自主地问。

吴郎黯然，无量庵老尼曾言八字不合，吴母背后多番阻挠，自古孝道不可违，每至此处，吴郎都隐隐觉得无可奈何。

“当真！”吴郎道。

璇玑不言，细腻滋味难以言说。

异香少年微笑，泯仇闭目不看，女鬼则怒然瞋视。

士之耽兮犹可脱也，女之耽兮不可脱也。

自后二人私定终生，日夜缠绵……

春闱过罢，吴郎便自无消无息。

无量庵老尼与吴母横加阻挠，棒打鸳鸯，叫吴生日夜苦读，不得出户，然而世事弄人，吴生春闱落榜，后吴母强令吴郎乔迁江南。

二人缠绵三日，各自匆匆留下信物，吴郎道三年必归迎娶璇玑。

然而此去终无消息，璇玑苦等三年，不见吴郎，心灰意冷，便自于闲云观做了女道。

于闲云观五年，璇玑看尽人世浮沉，本有男子气概的璇玑此时性情大变，常于观内与京都名流日夜淫乱，一时名声大噪，人常言闲云观女道璇玑国色天香，一笑难求，此后名流皆往，璇玑则只留意俊俏男子。

璇玑善鼓奚琴，长与洛阳年轻琴师陈实往来，夜夜笙箫，歌舞不绝，后琴师陈实与璇玑婢女私通，璇玑一怒之下将婢女打死，将婢女尸首埋葬在闲云观地下，然终究难逃法网，璇玑因杀人定罪，秋后问斩，璇玑死前发愿，定做妖魔，食尽天下负心人……

“女子恶念加身，积重难返了，无怪怨念能化作恶鬼。”闭目默念静心咒泯仇长叹一声。

“璇玑死后，怨念徘徊，又于北里长巷受了妖蛊，忘却前世，沦作妖魔，此后心中便只有怨念，此怨通天，以至于非京城恶少的腱肉不可化解，从旧年身死算来，已有数十人葬身璇玑腹中了。”异香少年道。

泯仇默然。

女妖泫然泣涕。

那杯中画面戛然而止，只有异香少年微笑的脸孔在茶汤上晃荡，五色丝绳仍旧完好，静静蜷缩在杯底，少年将茶水饮尽，纤指轻夹丝绳从口中拖出。

“这丝绳化灰，能见焚者的前世，还能复原，这与你门中某僧人的法器相似，传闻后秦高僧便将此绳缠于左手的小拇指之上。”异香少年道。

“先生博闻，此中故事，小僧愿倾耳一听。”

“请高僧允我妄言……”

泯仇点头，表情恭敬：“先生但讲。”

毗卢遮那佛像背后又悄悄探出那只黑猫，望着论道的两人。

“我曾闻后秦高僧的故事，或许能够知晓此杵的由来。”异香少年饮尽杯中茶水。

“愿闻其详。”

“自后凉皇帝吕隆向后秦姚氏投降后，后凉百官悉数迁往长安，其中有高僧一人，名曰鸠摩罗什，其父为天竺望族，颇有道法，几经辗转至龟兹国，与龟兹公主结为连理，生下罗什，此僧出生便具三十法相，风言能入佛法化境，故与其母入佛门，参修半生，原待肉身一灭，便去往极乐，可惜天道弄人，鸠摩罗什随后凉残部入长安后，布坛讲道，弘扬佛法，崇慕者纷至沓来，一时长安庙宇林立，蔚然成风，因为鸠摩罗什天资聪颖，偌大长安城中的僧尼竟无一能出其右者，后秦皇帝姚兴担心罗什死后法种灭绝，于是强逼高僧娶妻，生下数子，高僧破戒后，众僧以随之，一时僧人纳娶变作不禁之事，罗什感罪孽深重，于是一日在讲道时于众僧面前吞下一百零八根银针，自苦为戒，众僧虽羞愧难当，然僧人成室之风已然不讳，加之后秦皇帝的支持，此戒便为不戒之戒，故时修道者难登十地境界，凡此种种皆为鸠摩罗什破戒的恶果，罗什一生以之为憾。”异香少年道，顿住一笑，低头饮茶。

“是为罗什高僧往事，并与此杵无关。”泯仇道。

“小子口渴……”异香少年笑容诡异，异香少年神态怡然地呷着香茗。

泯仇亦喝茶。

“在罗什高僧圆寂的三天前，罗什于府南河中沐浴，低头望见自身恶影于水面嗤笑自己，罗什自道六根未尽，那于蒲团趺坐静笑的佛陀耶竟不过是自足的幻境而已，罗什闭眼冥思，只闻恶影秽言相向，无休无止，罗什感以自身之力无法抗拒恶影，又想起诸佛受难涅槃的古事，于是罗什忍痛割下自己左手小拇指投于府南河中，倏尔恶影在水面扭曲消失，不再出现，即时神通自来，五识通灌，此于你道顿悟相通。”异香少年又道，“小子猜高僧所言的鱼妖便是误食了罗什的手指，才化而为妖的，待高僧降服时，手指已在妖怪腹中长成金刚杵，此杵原为罗什之指，藏于鱼妖体内受尽苦痛，又为高僧所救，因此遇僧便宁，遇妖便戒。”

泯仇怅然长息道：“原来如此，此杵故事小僧不知，但世间万物皆因一个缘字，即是为古时高僧所托，必有其缘由，地藏菩萨尝言：‘地狱不空，誓不成佛’，罗什高僧托小僧宝杵想来也是愿小僧能除尽世间奸恶，小僧除妖受此，既是受了罗什高僧的愿托了。此肉身何许，当为大道除魔。”

异香少年轻笑道：“小子只是猜测，高僧无须作真，然此杵为无上的宝器却是无可争议的。”

“我道讲究因缘，既然罗什高僧在此时赐我宝杵必欲有大任付之小僧。”泯仇双掌相抵，对天长叹，“长安群妖乱作已非一时，短短三月小僧已出山数次，然妖祸却愈演愈烈，以致将先生当作妖物，多有不敬之处，还望先生谅解。”

泯仇话语未完却急然停顿，又问：“先生为何而来？”

“闻妖而来。”

“先生也是……”

“退魔师。”异香少年打断泯仇的话，“我自旧年冬季便入京，遍寻长安七关，却寻而无果，想是早有高人将长安七关定住，阴阳二气不流，因而恶鬼冤魂也得在此地徘徊不得逃出，非但如此，因为妖气嚣甚，至于山木鸟兽，污气浊泥都能自化成妖，这也是长安妖魔降之不尽的原因。”

“是唐国国运将衰，还是有人刻意如此？”泯仇问。

异香少年摇摇头：“道因命皆不知，难窥其因。”

泯仇亦不再多问。

一曲奚琴缓缓而来，但见女鬼伴着佛陀像，轻轻拉起奚琴，琴音时而高扬，时而哀转，恰如璇玑命运，如道道波痕四荡。

泯仇焚香，悄然入定，为璇玑超度。

长安城，咸宜公主寝宫。

“阿耶答应今夜来陪我赏月的，为何到现在还不……”咸宜公主话音刚落，忽听门外脚步声来。

咸宜公主展颜一笑，吹灭案头烛火。

“阿耶要来了，你们快掩门！让我等待半日，我也要让阿耶等待半日。”咸宜公主娇嗔，吩咐门外两位宫女掩门。

那两位宫女脸色苍白，一动不动，宛如木雕，月色之下，诡异无比。

“快呀！”只听那脚步愈来愈近，咸宜公主疾步朝前，不顾二位宫女，吧嗒一声将门掩上，而后以手撑头，假做睡眠。

脚步声止，良久静默，咸宜公主闭目静听门外动静。

悄无声息，咸宜公主抬头望去，只见门板之外只有二位宫女的身影，不见他人。

“难不成听错了？”咸宜公主狐疑而起，蹑手蹑脚朝大门走去，轻推门板，此时忽见面前两道人影闪下，咸宜公主一惊闭门，屏息静默，如此良久，又不见响动。

“阿耶什么时候想与我玩耍了？”咸宜公主悄声自语，又轻轻推开门，月光正明，四下无人，咸宜公主轻轻抬步，跨过门槛，一脚踩下，只觉有松软，低头去看，一惊缩身，只见地上躺着方才在门外侍立的两位宫女，此时七窍淌血，双目怒睁。

玄宗与二侍往咸宜公主处，忽听一声尖叫传来，金吾卫按刀警惕忙将玄宗护在身后，又听到尖叫连连，皆是从咸宜公主处传出……

玄宗按眉，只见宫中烛火接连而明，身后侍卫如潮涌来，随着玄宗一齐朝咸宜公主寝宫冲去。

只见寝宫门前，两具宫女尸首直直挺立在地，已无气息，五六个侍卫破门而入，忽听一阵嘶叫，凄厉无比，旋即动静全无，不见侍卫再出。

反复三次，玄宗稍惊恐，与一名侍卫贴耳而言，侍卫领命疾速退去，众侍将寝宫团团围住，火把动摇，一时亮如白昼。

半个时辰后，只见一长须道人带领一群黑衣道士风尘赶到，望见此像，拂尘一扬，众道得令，将寝宫围住，而后众道双掌一合，印法顿起，结出八阳阵，接着长须道人纵身一闪跳入寝宫之中。

众人静待，半柱香后忽见门内一物打出，落于地面，而后只见那寝宫门板一合，再无动静。

侍从托起那落地之物奉给玄宗，乃是一枚铜镖，上钉布帛，布帛有字，玄宗按眉摊开一看，只见是那长须道人的笔迹：事已危矣！贫道一人难抵，速往护国寺请高僧方外。

玄宗一惊，双手颤抖道："快！快去请护国寺高僧方外！"

"圣人！方外高僧已经领命西行往吐蕃求道了……"玄宗旁侧，高力士躬身提醒道。

玄宗听罢，拍头一恼。

"圣人莫急！您忘了长安云香山独觉寺的高僧了吗？圣人多次想见……"

"对，云香山，云香山！快去云香山请密宗高僧！"玄宗打断旁侧宦官的话，厉声命道。

众侍稽首领命，快马加鞭，直驱云香山……

第三章　羌魔

泸沽湖边，春风夹雨，对岸濛濛雾霭中起伏着山峦的轮廓，一条白石小道远远延伸开来，小道尽头的千鸟亭中静坐着一位素衣云水僧，僧人跏趺于空中，胸中竖抱着五弦紫檀琵琶，琵琶声起，珠玉落地，嘈杂遁形，弦音轻点随雨滴落进大湖，余音回响，在空空荡荡的大山之中，不免叫人生出几分寂寥来。

亭中四角各立着一名青衣羌巫师，轻纱随湖风飘鼓，喉头咿呀古早的咒语，似与琵琶弦音亦趋，起落有致，僧人身下的木匣中青烟袅袅……

天色向晚，似万马的阴云缓缓压来，侵寻泸沽湖边晦暗无光，声与光俱灭，唯剩那白石小道，在黑夜中独自曲折。

忽然只闻湖水咕咕作响，蛰伏的山鸟惊鸣飞起，如簌簌落叶，不可断绝，半柱香后，万籁俱寂，唯留沙沙的落雨声。

“要来了！”千鸟山头，几位青衣羌老者脸色凝重，双拳紧握望着沉寂的湖面。

身后耳垂银环的青衣羌女子皆双手紧扣，默哼着古旧企盼凯旋的山歌，原来这青山顶上看似平静，却齐立着所有的青衣羌族老少，族人都与山般沉寂，紧张地望着山下的动静。

“这瘦弱的云水僧能降得住那么多妖魔么？”一旁十五六的少女悄声问道。

“我族受羌魔迫害已久，此番便是倾全族之力也要灭掉羌魔。”一位青衣羌长老道，“高僧既以性命相承，想是有七八分把握了。”

青衣羌大长老话虽如此，心下却是颠簸不绝，直直望着山下亭中的静默的云水僧。

片刻，那无垠的黑水竟似沸腾般搅动起来，古重沉吟的旧羌歌缓缓而起，回荡在湖边，继而战马嘶鸣声起，金鼓齐鸣，喊杀声阵阵而来，再见湖面上，黑压压一只惨败的魔军赫然从湖中升起，羌魔皆双瞳血红，咬牙切齿，怨气通天。

山上观望众人皆骇然，各自额头都沁出汗珠。

孤零零的千鸟亭中。

四名青衣巫师咒语声急，眉头紧锁，四方与僧人布下的咒界现在正被八百羌魔沉击，再看白衣云水僧，换印频频，双莲并起，单手弹琴，喉头鼓鼓。

此时已然入夜，远远望去，千鸟亭中的五人独拒湖中妖魔，继而山中灯火明起，古羌国百姓无不震恐，此乃千百年来，第一次抗拒羌魔，若成，羌国百年安宁，若败，则将被湖中恶魔生吞，因此无人不阵阵觳觫，翘首而望。

只听得湖面鼓声震天，那八百羌魔皆身披铠甲，手持斧钺枪戟，方才澄澈的湖水此时已被羌魔搅得浑浊不堪，侵寻黑风般魔兵已然压境，五人在高大的羌魔视下，如童稚一般，但见为首的羌魔力士乘高大玄色烈马，急冲而来，百十斤的尖刺铁锤击打在咒界上，砰然一声，只听得泸沽山竟摇动几分，山石呼呼下坠，皆跌落在咒界上，继而猛击阵阵，四名青衣羌巫师结印的双手上布满汗珠，胸中翻江倒海，欲持不住。

再看那静坐的云水僧，却是分毫不动，仍旧手抚琵琶，似沉寂的大山，似乎未曾有羌鬼来袭……

此僧人何处所来……

三日前。

泸沽湖边嘈杂不绝，青衣羌族各长老皆着盛装，手持长刀，四名青衣羌巫师双手朝天，两眼翻白，口中咿咿呀呀念着咒语，四人中间，一位十七八岁少女安坐于竹席之上，垂泪涟涟。

“孩子，此去好生服侍羌神，我辈无能，叫你受屈了。”一位须发皆白的青衣羌长老走入四人中间，继而其余长老皆后进。

女子垂泪，不着一言，只是点头。

长老咬肌颤动，双目亦含泪水，见女子如此便不再多言，垂垂老者掀起衣摆竟在女子面前跪下叩首。

接着，其余长老下跪叩首，巫师跪下，湖边浩荡的青衣羌族人皆跪下叩首。

叩首罢，长老随众人后退，女子朝后望去，一位青衣羌男子双手握拳，黯然垂首。

此女子不知为泸沽湖上的第几位祭品，不消片刻，女子便会随着席子下沉，众人无不悲从中来，然而却无可奈何。这泸沽湖中有八百羌魔，每次新年春季，便浮出作祟，群起夜行，烧杀抢掠，夺食人畜，魔兵所略之处，寸草不生，青衣羌族人代代抗争，却无奈难敌恶魔，这青衣羌千百年的噩梦时时扣着族人心弦，山贼易阻，恶魔难当，直至青衣羌每年于此为魔军献上祭品，羌魔之乱方平，于是度度如此，每至春季青衣羌族长老便会忍痛点出一名女子，沉于湖底，以平羌鬼怨怒。

泸沽湖边四名青衣羌巫师同时发力，只见那女子同竹席一同升起，缓缓飘至湖心，而后落下。

女子双眼紧闭，周遭的世界里只剩下自己急促的呼吸声。

冰凉的湖水已触到双膝，女子双眉紧锁，隐忍着不发出一丝声音，亦不挣扎，保持着雍容的盛装。

水已没过腰间。

四名青衣羌巫师双手放下，女子疾然下沉，倏尔湖水已没过脖颈。那岸边的青衣羌男子再也按捺不住，长号着冲向湖边，四名巫师扯住男子领口，任由男子呼号，却不再让男子上前半步。

忽而，众人眼前一道白光闪过，继而只见湖面上，一个头戴竹笠轻盈的僧人身影，在湖面点点，倏瞬间便到了女子下沉处，僧人在空中翻身，一把抓住即将没入水中的女子，将女子拖出水面，但见手头一紧，那女子的脚脖子处不知何时多出一只青色腐朽的大手，猛然一拽，僧人与女子瞬间往下颠了半分，僧人单手结智拳印，默念大日如来心咒，神力猛然，竟硬生生将湖中怪物拖出。

只见那湖心的空中，白衣僧人在上，女子身下一只尖牙利齿的身披铠甲的羌魔赫然跃出水面，僧人紧扣印法，猛然发力，只见两道刀轮自虚无中飞来，在湖面上掀起道道涟漪。

一道刀轮将恶魔拦腰斩断，一道刀轮在恶魔手腕处飞出，将恶魔手臂斩断，忽而僧人身体一轻，恶魔跌入湖中，僧人再做劲，拉着女子在湖面点点，飞到岸边。

女子脚脖子处的鬼爪尚在，僧人从怀中取出一张黄符，贴在魔爪之上，默念心咒，旋即那魔爪灰飞烟灭，再见女子脚踝，一道红肿的手指印鲜明可见。

女子疾然转身跪倒在僧人面前，四名青衣羌巫师怒冲而来，将僧人围住。

“哪里来的云水僧，不晓得此中利害！”一名青衣羌巫师上前欲夺女子，却教僧人挡住。

“此乃羌神祭品，还请高僧归还！”四名青衣羌巫师齐声喝道，个个皆抽出腰间弯刀。

“贫僧为大道退魔，岂能看你们沉女子以悦妖魔。”僧人沉言道，那竹笠下露出冷峭的下颌，英俊神勇。

“若失了祭品，不消几日，羌神便会率兵前来，沉下女子换族人一年太平也是无可奈何之举。”青衣羌巫师道，“大师非我族人，不知其中利害，还请速速将女子归还，若惹怒了羌神，我千百族人须臾便会成妖魔的腹中之食了！”

“有贫僧在此，便是妖魔亲自来取，我也不会将女子交出！”僧人厉声道。

四名巫师相互一望，回转弯刀，上下左右风一般朝僧人打去。

僧人掀开斗笠，指尖一弹，斗笠翻转，将弯刀打落，此时却见青衣羌巫师已经冲将上来，脚下马步生根，大喝一声，但见袈裟怒张，神通四荡，一如金钟下坠，砰的一声将四名青衣羌巫师一一震飞，巫师跌倒在地，再也不敢轻举妄动。

“高僧好法力，老朽见识了！”只听得山腰处一声浑厚的老者声音弹出。

僧人凌厉的目光望去，只见山腰处立着几名青衣老者朝自己拱手作揖，僧人长舒一口气，放松马步，收掉神通，双掌相并，默念阿弥陀佛。

千鸟亭中，几名青衣老者与云水僧。

“看来羌魔怨怒冲天，早成气候了，贫僧惭愧，云游四海却方到此地，可惜了那些沉入湖底的女子。”僧人叹息道。

“这四位皆是我族翘楚，得青衣羌法术真传，然而即便如此，于八百羌魔而言，也不过蚍蜉。”青衣长老沉言道，“我们也曾试图抗阻羌魔，但是奈何羌魔怨念太过强悍，只能沿用此下策。”

“那就没有与唐国求高僧降服吗？”云水僧问。

青衣羌长老长叹一声道：“我闻唐国内乱，亦有妖兵作恶，族人几次前去，却是无功而返。”

“八年前，唐国有善无畏与道化二位高僧，可惜现今踪迹全无，举目四望，皆无能降服羌魔的僧人，与其让那些云水僧往来送死，不若沿袭旧制，能得一年安宁便是一年。”另一位长老道。

“长老亦知道化高僧与善无畏高僧。”僧人道。

青衣羌长老点头：“还有长安独觉寺高僧，然而听闻此僧喜云游，多不在长安，想是高僧退魔频繁，天下妖魔知道多少，高僧虽法力深厚，却也难顾及我这边陲小地。”

“独觉寺高僧我亦有所耳闻，但也未曾睹其真容，也未听其降服了什么妖魔，恐是欺世盗名之辈。”云水僧道，“长老方提到唐国高僧道化与善无畏，贫僧便是高僧道化的弟子，此番西行去往吐蕃乃是有大业，途经此地，见巫师欲沉女子，便出手相救，想不到这其中还有这么许多缘由。”

“高僧要去吐蕃？”一名青衣长老问。

“是的，师傅有遗命，此番西往吐蕃，是求大道。”

“那……”几位长老相互一望，欲言又止。

“长老有话但说。”

“方才高僧的法力我们也见识了，可否在此小留两日为我们降服羌魔？”

僧人笑道：“这是自然，长老不必说，贫僧以退魔为业，西往既是要去吐蕃求道，也是一路为苍生退魔，贫僧不忍见恶鬼作乱，降魔除妖也是贫僧本业，长老请放心，羌魔是一定要除去的。”

几名青衣长老见僧人如此说，便要屈身跪拜，僧人忙不迭地站起，一一扶起青衣长老。

“长老这是折煞小僧。”僧人扶众长老坐定，又问，“这湖中羌魔是何来历，为何如此之多？”

“此湖中于古汉朝季世曾沉入八百羌军。”为首的长老道，“当时乱世，也记不得羌军与谁方作战，鏖战几月，羌军首领率兵投降，本以为投降之后手下兵士可以解甲归田，却难料对方食言，待八百羌军放下刀戈以后，竟将投降的兵士连同羌军头领绑为一块，投入泸沽湖中。这八百羌军胸中怨怒难平，遂化作八百羌魔，于泸沽湖边作祟，世代青衣羌巫师都降之无果，只能以女子作为祭品，来平息羌鬼怨怒，由来也不知几百年了。”

青衣长老说罢，连连摇头。

“那怎么没想过离开泸沽湖，另去他处？”

“没用的。”另一名长老道，“我们也曾这样做过，但是无论要迁到何处，这羌魔都似乎提前知道，但凡族人准备迁徙，羌鬼便会倾巢而出，并且烧杀更甚，这八百羌鬼好似一个恶毒的诅咒，永远束缚着泸沽湖的儿女。”

僧人面色凝重，思量几许道：“如有小怨超度便可，但听长老们说，这羌鬼便是从前沉入湖底羌军的怨念所化，此时已俨然成形，简单的超度已经无济于事，现下只能降服了。”

“只是这八百羌鬼，高僧一人能应对得了吗？”一名长老问道，被白须老者挡住，然而话已出口。

“贫僧退魔为业，众长老请放心，泸沽湖羌鬼一日不除，贫僧便一日不走，况且天地大道，岂容妖魔作乱，即便贫僧降服不了也能震慑羌魔，往后也不会如此嚣张，再次，如若贫僧有什么不测，众长老可以凭借此物于长安护国寺寻我门人，他们自会前来帮助你们降服恶鬼的。”泯仇递过一个玉质扳指，经咒遍布。

众长老一听僧人如此说，皆放下心来，不再怀疑。

是夜，云水僧与青衣羌长老及四名巫师详商退魔之事，此夜山头彻夜灯火通明，千鸟悄寂……

泸沽湖边，喧嚣山震，八百羌魔踏着沉重的脚步抵岸，马啸龙吟，不可断绝。

为首的乘马羌魔举起百十斤铁锤，抡过头顶，猛然一下敲击在咒界之上，箭矢如雨，呼啸风来，支支利箭打在咒界上头，方才岿然不动的咒界在魔兵轮番的猛击之下似松松垮垮的将倾之厦。

四名青衣巫师再发力，须发尽竖，体内真气源源而逝，那咒界又似雨后新叶般直立起来，忽而但见黑湖之上颠了三颠，一只金甲羌魔踏着沉重的脚步冲将出来，手持丈许狼牙棒，猛然一击，那咒界如扭曲的铁块般深深凹陷下去。

四名青衣羌巫师喉头一甜，猛然吐出一口鲜血来，继而双手无力，各自倒了下去，巫师扑地，那铁壁般咒界轰然垮塌，后至的羌魔纷至沓来，箭雨稍后。山头众青衣羌人一见咒界垮塌，皆骇然长号，定不住者，疾然狂奔，一时混乱不绝。

再见亭中静坐的云水僧，晦光之中，一抹僧人坐地的暗影，但见胸口处，燃这一道红烛般焰火，指头发力，琵琶声道道飞出，所到之处摧枯拉朽，无所不包，那迎头而上的羌魔被那突来的风刀剐成碎片，落于湖中，不再动弹。

僧人弃琴，从空中落下，马步生根，长舒一声，喉头鼓劲，双手智拳印结，十八刀轮倏瞬在羌鬼之中光一般来回扫砍，未待羌魔定住，这边鼓着喉咙的僧人换印，须臾大火从口中窜出，恰如喷薄的泉水，源源不断，僧人摇晃着脑袋，扫过所有的羌魔，一时间湖水沸腾，哀鸿遍野，那零落的盔甲落在水中，哔哔啵啵哗然声响，此起彼伏……须臾万籁俱静，僧人收住火焰，明光具失，唯剩山头火光点点，倒映在湖面上，但见湖心处一只金甲羌魔持棒半跪，面皮被大火烧得悉数脱落，红瞳溢着怒气劲劲地盯着亭中的云水僧。

“竟有抵得住业火的妖孽！”云水僧双眉紧按，右手握紧长杖，杖头铜环噌然响亮，虎虎生威。

羌魔低吼，摇摇晃晃地站起身来，挥舞着狼牙棒朝僧人冲来，僧人双手持丈，回旋生风，亦朝恶魔扑去，双杖相触，咣当一声，在山中久久回荡。

这羌魔持住气力，张口便朝僧人脖颈咬去，僧人手头大劲一松，这回又身轻如燕，侧着身子从恶魔抬起的腋下游走，瞬间便到了羌魔背后，抄起长杖对着金甲羌魔的天灵盖便是一计，啪的一声，羌魔身体沉入湖中半分，但脑袋却如铜墙铁壁一般，击之不破，羌魔在水中转身，欲要擒住僧人的双腿，僧人在湖面做劲，弹出三丈之远，同时一张黄符如利箭一般打出，贴在恶鬼左肩，黄符化咒，僧人怒然结印，那符咒卷曲起来，生生将金甲羌魔的一只手臂扯了下来，一时血污具下，臭不可闻。

羌魔低吼，见遇到强敌，转身欲要遁入湖底，僧人见状，扯开袈裟朝金甲羌魔投出，那袈裟在空中张开，恰如渔网将羌魔盖住，而后袈裟落水处生出一朵巨大的莲花，那含苞的莲花中央正紧紧包着那只金甲羌魔。

“看你如何逃得掉！”云水僧道，末了，僧人口中呢喃莲花生大士六道金刚咒，手结外缚印，须臾那莲花紧锁，恶魔摇首挣扎，却无济于事，忽而从口中吐出一块污物，掉进湖中，同时莲花消失，化作袈裟。

那污物落水便如一条黑鱼一般从湖心蹿过，僧人法眼顿开，但见那游鱼一般黑影直直朝对岸蹿去，须臾便没进草丛之中。

“呔！孽畜哪里走！”

末了，僧人在湖面疾然扯开双腿，追将上去……

第四章　阿罗乞什密

那污物在水下疾速蹿游，须臾之间便上了岸边，此时那蹿出水面的黑影如一个无手的人一般，静立在湖边。

僧人双脚在湖面点点，同时高举长杖，运起气力，大喝一声，投出长杖朝黑影狠狠钉去，但听咻的一声，长杖飞过，凌厉无比，在湖面掀起层层小浪花，正中黑影心口，继而长杖穿过黑影，咣当一声，火花四溅，但见那玄色长杖被死死钉在湖岸的巨岩之上，僧人随后，轻身落下，只见巨岩之上唯有孤零零的长杖，却不见方才被穿过的黑影。

僧人急忙抬头四望，但见不远处的林间有一道黑影在轻身蹦跳，定睛一看，正是方才羌鬼吐出的无手污物。

僧人见状，当下迅速往小腿绑上神行符，默念神行咒，倏瞬脚下呼呼，似踏烈风一般，僧人左手掩面，右手拎起长杖追将上去。

只见那道黑影在林间跳跃，迅速无比，僧人脚力虽强，且有神行符，却仍旧落之半分。

约莫半个时辰以后，但见面前一道茂盛的灌木，并无继路，但是那黑影却不管不顾，俯身往灌木中一钻，只见草木动摇，污物瞬间没了身影。

僧人亦尾随而至，收起脚步，一跃而起，高高地越过丛林，从上方落下，乃是一道十余丈高的矮崖，僧人运气，在空中翻了几次身，卸掉气力，而后缓缓下落。

只见面前大道豁然，一条如白瓷般大路径直朝前延伸，再看前头，方才钻入丛林的黑影正在白色的大道上轻轻跳跃，僧人按眉，长息一声，又运起神行术追了上去，不过纵使神行疾速，却始终不及黑影，那黑影似乎如月下自己的影子一般，永远追将不上。

又约莫行了半柱香的时间，突见前面的黑影顿住脚步，僧人见状，亦刹下脚步，四下一望，头上乔木参天，脚下灌木四蔓，此地不知何处，湿热难耐，蚊蝇乱飞，却不似青衣羌的地界。再望四周，只见巨蟒纵横，皆朝着僧人口吐长信，僧人回转长杖，稳住身形，警惕起来。

此地花香刺鼻，莹莹月光之中，透着几分诡异。

现在那黑影只离僧人十步之遥，不知是背对着自己还是面朝着自己，僧人悄开法眼，上下打量，却始终看不透那团黑影究竟为何物。

双方僵持不动，虫鸣阵阵，湿热难耐，不消片刻，僧人额头，脖颈处皆冒出汗珠。

忽然间，不远处黑影开始浮浮晃晃，继而扭曲，如同火焰一般，再消半刻，方才浓浓黑雾般身影却欲消失不见。

僧人急忙冲上前去，伸手一抓，那黑影却似空气一般，捉之不住，旋即失踪。

鸟啼虫鸣声起，草木簌簌，越显的安静。

现在偌大的森林之中只剩下僧人自己。

僧人狐疑，四下静望，而大山却悄寂非常，抬头一望，空中乌云半掩着月亮，那月亮又忽而化作半张人面，笑容诡异。

“莫非是幻境？”僧人自语，并开了法眼环顾，周遭景象并无别致，丛林中除却肉眼可视之物，别无他物。

“怪了？”僧人长舒一口气，“究竟逃到什么地方去了。”

僧人走动，地面似乎有黏稠的白色土壤，僧鞋半陷在土中，几道规则的脚印远远地朝面前延伸至远处，僧人往前踏出一步，踩在跟前的脚印里，不大不小，正是自己僧鞋一般大小，僧人讶然，方才自己明明是从后方赶来，而这脚印却往相反的方向延伸，僧人回头，过来的道路上果然没有脚印。

“不是幻境却如此诡异，莫非闯入了哪家仙佛的地界？”僧人道，又于林中找寻了半晌，叫蚊蝇叮了几口，真真自然大山，并不是什么幻境。

“若非那羌魔真气耗尽，化为乌有了，不过究其根本也不过是一道怨气，如此也不算怪异。”僧人自语，回到白色大道上，心觉羌魔已不成大患，于是收起长杖，准备回程。

僧人转头欲走，却听林深处有女人的声音。

“方外……”

那声音不远不近正在叫着自己的法名。

“方外……”

僧人定住心神去听，声音却似在几丈远的娑罗树下传出，僧人长吸一口气，警惕地朝娑罗树下走去。

“方外……”这次传来的声音末端还带着微微的颤抖，似在寒天冻地里轻声呢喃。

当僧人走近树下时却听身后一阵叫声，僧人疾然回首，却见一匹高大的白马缓步而来，口中不紧不慢地嚼着青草，而缰绳尽头却静立着一位浑身赤裸的少女。

僧人见状，心下一惊，疾然闭眼，手结不动明王印，默念静心咒，稳住身心。

“方外。”那女子的声音在耳畔，潮热的呼吸也抵在耳边，“你不认得我了吗？”

“姑娘自重，贫僧半生修道，不曾认识过女人。”

“呵呵……”女子发出银铃般笑声。

“你睁开眼看一看我。”女子道。

僧人默念静心咒，不理不睬。

“僧人如此闭着眼睛也走不出这丛林呀！”

“女子离去，贫僧须臾便走。”

“呵呵……我已经披上衣服啦。”女子笑道，只听得衣服下落的声音，“方外，你可以睁开眼睛啦！”

“女子去罢，贫僧要在此入定静修。”僧人紧闭着双眼。

“好没意思，那我走了。”女子语气中颇有不快，只听得马蹄噌噌，继而远去，女子笑声也渐行渐远。

僧人长舒一口气，睁开双眼，只见眼前已无女子的身影，方外沉吟阿弥陀佛，收起长杖，转身……

“方外师兄……”

只见那赤裸的女子就在身后，未曾半分远离。

方外怒然，法眼顿开，跳出三丈之外，别过头去道：“何方妖物！”

法眼噌噌，然而女子却无半点变化，仍旧血肉之躯，凡间女子。

“方外，你不必看我，只需看一看我手中的胭脂粉，看看奴家涂了会不会好看。”只听那女子道。

僧人警惕，紧闭双眼。

“方外！”只听得背后一阵浑厚的男子声音，方外惊讶，这声音却是如此熟悉，不是别人，而是十年前于吐蕃失踪的高僧道化。

方外回首，但见一个高大的僧人立在面前，正是唐国高僧道化。

“师傅！”方外双手相抵，急忙跪下。

“她是我收下的天竺女弟子，素来爱美，此地潮热，故民多不裹衣，这胭脂容易受潮，你自唐国来，熟悉胭脂，她这是叫你闻一闻胭脂的好坏。”只听那僧人道。

“师傅也这般……”

“快闻！”只听那僧人厉声喝道。

“是。”方外应道，“只是不叫弟子看着她。”

“你只伸手罢！”那僧人对女子道。

继而方外眼前一只玉手伸将过来，手心里拢着半掌的胭脂。

幽香辽远，沁人心脾……

“这不是胭脂……”

忽然间，只见那手边突然蹿出一张嘴来，朝着女子手心的粉末使劲一吹，那手掌中粉末被悉数吹进僧人的双眼之中。

“啊呀！”僧人双眼忽而生疼，不能视物，僧人心下做劲，法眼悄开，即便如此，也只能看到些许模糊的影像。

模糊的视线中，再也不见道化的身影，也不见方才的女子，但见一个佝偻的身影在来回踱步，身边高大的白马也似乎矮小了许多。

“方外……”只见那佝偻的长发身影摇晃着脑袋朝自己扑来。

方外一跃，跳出三丈，落下只觉得脚下松软，低头一看，原来双脚陷进白泥之中，已然没过膝盖。

“方外，降服羌魔时好生的魄力呀！”那佝偻的身影牵着矮马缓缓走来，喉声喑哑，却似八旬老太。

“你是？”方外额间一惊，瞬间冒出冷汗。

天竺佛界有乘驴恶神，老妪模样，乃为司掌福德女神罗乞什密之姊阿罗乞什密，中原佛经中唤作不吉祥天。

“阿罗乞什密！”方外惊道。

“阿罗乞什密。”只听得那老妪不正经地学着自己的声音道。

以自己区区肉身，何以对抗得了这传说中的恶神，方外四望，模糊的视线中白茫茫的一片，莫说逃遁，就连藏身之地也难寻。

“罢了！既以退魔为业，便是要扫除天下邪魔，尔等既为恶神，我方外纵是身死，也要搏上一搏！”说罢，方外全身鼓劲，大喝一声从泥沼中跃起，挥舞长杖，凭着点滴视觉，与阿罗乞什密拉开阵仗。

只见眼前的老妪摇头晃脑，忽而从口中呕出一物，那物匍匐在地，呲呲作响，正缓缓朝自己探步。

方外闭上双眼，贯通耳识，只听得周遭声响顿然变大，大至山心混沌之音，小至蟪蛄缓步，皆听得一清二楚。方外将长杖横在胸前，只听得身前那物渐渐上前。

突有微声凌厉，唾沫跌下，应是蜥蜴朝自己吐舌，方外向后一跃，同时挥下长杖，方外歪头静聆，忽而一惊，手下急然结下大金刚轮印，默念金刚萨锤心咒……

只见潮热的丛林中，僧人方外的身后一只八仙桌般大小的巨蝎高举长螯，对着方外腰间就是一剪，咔擦一声，只见方外被夹在中间，顿然失气，好似一幅泄了气的皮囊，迅速萎缩下去，从螯间缝隙坠地，落下时便化为乌有。

林中悄寂，忽而宿鸟群飞。

但见月光中飞来一道长杖，啪的一声，刺破巨蝎甲壳，插入白泥之中，只剩杖头，蜥蜴身后，僧人方外静立，手中换印频频，几张黄符倏瞬落下，贴在巨蜥身上，旋即扭曲，方才那气焰嚣张的巨蜥顷刻间便被符咒碾作碎末。

原来刚才方外听见身后有物时，已然避之不及，于是当机立断，使了道法尸解术，尸解本是道家法术，常做逃遁之用，佛法传至中原，适大唐盛世，并立三教，三教名流往来辩合，虽见解多有参商，但法术却少有抵牾，这方外云游四海，亦结交不少道门高手，切磋之间，亦有所得。

老妪蹉步声起，但听四周长信咻咻，八条碗口粗的青色巨蟒悄然逼近，僧人双耳颤颤，静聆着周下动静。

哈的一声，八条青蟒忽然蹿出，这边僧人印法已成，喉头鼓起，红莲业火从口中喷出，僧人高高跃起，旋转脑袋，将四周悉数烧了一个遍，那几条青蟒避之不及，皆在业火中凌乱扑腾，继而咔擦声起，刀轮自来，僧人趁隙，拔出长杖，背靠娑罗树。

忽而眼前哗然，一条带火的巨蟒正朝方外面门扑来，僧人横起长杖去挡，忽觉右肩一阵生疼，睁开眼睛一看，模糊的视线中，但见一道血红的铁链穿过自己的右肩，钉住琵琶骨，继而右手一阵吃痛，顿然失力，长杖也随之落下。

“妖孽！”僧人怒然，左手结印，喉头鼓鼓，那红莲业火又喷薄而出，直朝恶神阿罗乞什密扑去，一口的业火，悉数喷在恶神身上。

但见那佝偻的身影在烈火之中嗷嗷直叫，凄厉无比。

忽而又觉左肩头一阵刺痛，却是身后锁链又钉住了左肩琵琶骨，气力全失，那结着的印法也顿然失效，火焰渐失，须臾火星不剩。

“噫呀！居然敢用业火烧本座！”只听着烈火之中阿罗乞什密凄然切齿。

那阿罗乞什密在烈火中摇晃身躯，砰然一声，僧人惊惧，睁开双眼，只见那熊熊烈火中走出一个丈许高的八头女怪，个个面目异然，有哭有笑，有悲有喜……

“真身！”方外虽为大唐高僧，但也只见过人间妖魔，无非狐鬼山精，而佛界妖魔只在佛经故事中见过，今朝亲见阿罗乞什密恶神，心下长叹，此远非人力所能降服。

“能斗得一分便是一分！”方外悄语，当下立即稳扎马步，双手尾指伸出，拇指从食指下方伸出，结出外狮子印法，口中默念金刚萨锤心咒。

“小因明术起！”方外一声低吼，倏尔金光豁然，只见方外身体膨胀，长成丈许，继而面目变化，背上，腋下两边各生出一条胳膊来，那白泥内外亦吟吟地发着金光，接着从有物从土中升起，分别是利剑、金刚箭、金轮、索、宝弓、钺斧，再看方外面目，俨然不动明王。

六臂接住宝器，继而冲上前去，挥劈砍刺，招招倾注万均之力，一时间八头女怪误将方外所化明王当作真的不动明王，一番惊惧，不敢动作，频频后退，但终究一方为虎，一方为马，几相较量下来，僧人方外始落下风。

毕竟肉体凡胎，诚难禁得住如此消耗，方外吃痛，利箭射出，叫阿罗乞什密小腹中了两箭，而自己肩头也叫女怪的一首咬住脖颈，双方持住，乱作一团。

继而，女怪双手伸展，身体扭做蛇形，将不动明王紧紧缠住，只听得骨头迸裂脆响，竟是将方外两条手骨给生生绞断，片刻后，只见不动明王周下金光消失，女怪脚下跌出一个白衣僧人，正是受伤的方外。

僧人贴地一滚，站起身来，最后一招使尽，自知敌不过，转身便走，在丛林中疾然狂奔，身后的八头女怪亦追将上来。

那恶神脚步快方外几分，须臾便及，僧人方外急然刹住，朝边上的林中一滚，没了踪迹。

阿罗乞什密定住，四下环顾，不见僧人踪影，其中一头，长着巨唇，长呼一口气，继而猛然吸气，只见眼前的草丛渐渐扭曲，旋即悉数被吸进阿罗乞什密腹中，现下眼前只剩下那些零落的参天乔木，一丝野草灌木都不见了，女怪一头红瞳，凶相非常，昂着脑袋周顾远眺，继而无果，红瞳紧闭，而后一头双耳如蒲扇，笑面诡异，于林中搜索一阵，亦收起双耳，贴于双颊，一头只长着兽鼻，剩余不见他物，但见那翻天兽鼻微颤，似是发现了什么一般……

僧人于巨木中屏息，静望着外边动静，原来刚才这方外朝草丛中一滚，便立即遁形于乔木之中，只需静收神通，就可以不叫妖物察觉，只见白色道路上，阿罗乞什密四下苦寻不见自己踪迹，心下侥幸。半柱香后，只见不远处的阿罗乞什密摇头晃脑，旋即缓缓离去。

僧人紧绷的心神到此松开，心跳声缓缓平息，渐而稳定。

忽然间……

一只黑色毛绒大手直直抓进乔木，只见得木屑横飞，枝叶落下，听得树干噼啪，长根动摇，啪的一声竟将藏在乔木中间的方外生生生打出。

那方外只觉喉头一甜，一口鲜血猛然喷出，身体朝后飞出几丈之远，被后方大树挡住，跌下地来，只见面前一只红瞳黑猿迈着沉重的脚步朝自己走来。

那猿猴扯住方外两条胳膊，拉到空中，只见现在的方外口鼻流血，奄奄一息，耷拉着脑袋，做不出半分劲头来。

旋即一张皱纹沟壑的老脸从树上倒垂下来，与方外脸孔只在咫尺。

“方外……”那老脸缓缓道。

方外怒目瞋视，不着一言。

“十字咒？”那老脸问道。

方外不言语。

“我在这白泥雨林困得好苦，只要将十字咒交与罗刹王，她便救我出这白泥牢笼。你放心，我是世外之神，不参合唐国的事情，只要能出这白泥牢笼，我便助你往吐蕃降服罗刹王。”原来这阿罗乞什密曾于天竺兴风作浪，长行妖法使佛陀国下尸雨，人神共愤，最后叫其亲姐妹女神罗乞什密封禁在此，由来几千年，不曾出离半步。

“哼！一丘之貉，见你困在这囚牢里我便死也开心！”方外狠狠道。

“你若不交出十字咒，往后这西行退魔的僧人我便通通引进白泥雨林弄死！”

“唐国高僧千万，我方外不过是不学无术之辈，纵你有几分法力，能弄死几多。”方外道。

“罢了，这东方的僧人怎么都这般硬骨头，罢了罢了，那罗刹王也不是什么好东西，即便替她讨得十字咒，也不见得会拉我出这禁地，罢了罢了。”只听得那老脸囔囔着缓缓升空，方外抬头一望，空中那静悬的脸孔竟是阿罗乞什密。

趁此机会，方外咬破舌尖，往身下吐了一口血沫，只见那血沫未曾落地，而是化作一只麻雀形状，扑腾翅膀朝空中飞去。

那猿猴见状，扔掉僧人，张着大手去捉，然而慢其一步，那血鸟已然隐没进黑夜的丛林，朝着唐国的方向远飞而去。

黑猿恼怒，伸手便抓起地上的方外，攥在手心，长吼震天，似在质问一般，而方外却怡然闭眼，默念静心咒，黑猿见此越发恼火，朝着方外大吼，继而手头猛然做劲……

第五章　飞僵

长安云香山。

奚琴渺渺，檀香缭绕，朝阳如初开之目，曦光揉碎在清潭的波痕之间，远眺层峦叠嶂，雾霭徘徊，邈远晨钟回荡其间，叫人不禁心旷。

又是三日，入定的泯仇还未睁眼。

异香少年百无聊赖，和着奚琴声闲适煮茶，但闻奚琴声渐行渐远，忽然被山音盖过。

少年将茶盏递过唇边，轻轻定住。

“走了。”少年轻声道，至此奚琴声戛然而止，余光里一抹白色缓缓站起，念珠扣手，一声短叹随后落下。

那悬挂在墙壁上的茶罗啪嗒一声落地，毗卢遮那佛像前的黑猫从熟睡中惊醒，清澈的蓝眸里再无女妖璇玑。

少年轻旋湘妃竹烟管，亦缓缓起身，那静伏在地面上的竹笈也飘在空中。

少年盛装，面目妖艳，已是在铜镜前画了两个时辰的妆了，男装女相，叫人分不清性别。

“先生要走？”

“嗯。”

“去何处降妖？”

“不是降妖。”

泯仇问：“那是？”

“贩茶。”

“长安城共三十八条街道，不知先生去哪贩茶。”

“何处有人便去向何处。”

“长安城虽大，但肆坊只设在东西二市。”泯仇道。

“哦，还请高僧明指。”

“此去下山两个时辰，朝南行至朱雀门，往东行三坊是东市，往西行三坊是西市，除却北里商家通宵达旦营业，东西二市皆在日中时开肆，日落而收，先生此时动身，怕是有些迟了。”

“无妨，贩茶并不紧要，紧要的是换些胭脂，唐人爱美妆，此物是不会缺的。”

泯仇轻笑，低下头去：“先生说笑。”

蒲团一侧静静放着一个锡罐。

“人世沧桑，无断轮复，每思至此，悲从中来。”异香少年仰望朝阳，背上竹笈，颇有感慨。

忽见天空薄云之处飞入一只血红色的鸟，异香少年眯着眼睛详视良久。

“现在连血也能化妖了吗？”少年用抬着头的声音道。

泯仇抬头，正适血鸟入云，不见踪迹。

“那不是妖。”

“……”

“此物乃为高僧精魄。”

“高僧精魄？”异香少年道，“为何化作飞鸟？”

“恐怕有僧人遭难，借此精魄，急告他人。”

“精魄此去何地。”

泯仇抬头观望，但见那血鸟冲出云层，向城西飞去。

“护国寺。”

“哦，华严宗的地界。”异香少年道。

泯仇点头：“他派高僧频出，不似我地，清凉萧瑟。”

异香少年颔首不言，点起烟管，悄声下山，泯仇转身，幻境变化，但从高处下望，异香少年竟行走在波涛的汪洋之上。

忽听马蹄噌噌，异香少年未走多远，顿住脚步，泯仇双耳一颤，幻境烟散，只见高崖之上，一座孤零零的寺庙，异香少年正停在两崖之间的索桥之上。

桥下的小路上，几名身披轻甲的武人乘马疾驰，须臾绕到山后，马蹄声止，半柱香后，只听得群山之间山佛洪亮的声音在四处回荡。

少年回首，但见身后寺庙中的泯仇已没了踪影。

“好快。”异香少年信步前行，走过索桥，一条小路延伸至山佛的守门处，路边花香芬芳，桃瓣如雨。

行走至山佛守门处，但见二人作揖低头，面色急迫，高僧泯仇双掌相抵，点头允诺，而后二人退步再拜，僧人亦回礼，而后武人离去，泯仇目送。

“高僧是要与小子同行了？”异香少年缓步至泯仇身边。

泯仇点头，面露忧色：“玄宗小女咸宜公主叫怨鬼附体，由来三日，又恰适般若寺高僧方外出游，于是便到我这里了。”

“又是妖物作祟？”

泯仇摇头道：“恐怕不是这么简单，文太傅一门遭妖止六日，而今又竟到了玄宗身侧，不知下回又是哪里。”

异香少年点起烟管，缓缓向前，泯仇尾随。

朱雀门。

二武人引进，异香少年与泯仇并立而行，楼宇精美，高大庄严，继而曲折蛇行，道旁皆是硐楼画角，殿内琴瑟幽幽，但见几位盛装女子以扇遮面，对着泯仇指指点点，约莫一炷香后，一座紧闭的朱色大门出现在二人眼前，身后宫人紧步而至，分立两边。

后方长呼：“圣人到！”

泯仇向侧方退却，但异香少年却静立在道中。

异香少年回首，只见一座步辇缓缓而来，上座玉面长者，身加文袍，约莫四十年岁，虎目囧囧，精神焕发，此人不是别人，正是大唐正主玄宗皇帝。

十几步之外，圣人下辇，继而泯仇与其相趋，稽首同拜。

玄宗面色愈恭：“常闻云香山高僧法力深厚，不想今日得见，竟是少年模样，唔，好生了不得。”

“圣人说笑了，只是一副皮囊。”泯仇亦色恭。

“古来帝王皆求驻颜长生之术，不瞒高僧，朕亦贪恋此物，长服丹药，然而却无半点效用。”玄宗笑道，却不是十分执着，“今见高僧方知此术真有，可否指点一二。”

泯仇摇头道：“小僧愚钝，对此确实一无所知，轮回有常，当是天道自然，不可以逆之，便如圣人龙命，别人亦难及之。”

玄宗听此，不再多言。

二人稽首罢，抬头相视，相互一笑，这大唐玄宗皇帝竟是没有半分官样，然而却愈显其器宇不凡。

“近来长安风乱，怪事频出，叫朕食不甘味，寝不安席，高僧佛法深厚，千万为朕除此祸患。”

泯仇推却道：“小术欺世，不足挂齿，然既有妖魔乱世，贫僧自得当仁不让。”

玄宗微笑，容颜舒展，但双眉依然微按。

“贵主之事，小僧已有耳闻，怨鬼附体，只是小患，陛下不需担忧。”泯仇道，“不知贵主现在身在何处？”

玄宗听此非但眉头愁旧，并且面色转忧，望向前方的朱色大门，只见那门上横七竖八地贴着黄符，左右高大武士镇守。

“不知何因，三日前深夜皇宫之中虎啸龙吟，乱作一团，继而兵戈声四起，有女长哭，怨声幽幽，至天明便有人来报小女异象，现被道人封禁于寝宫之内。”

泯仇抬眼，对大门上的符咒并不在意。

“那便打开大门吧。”泯仇道。

“不急，高僧方到，必定劳疲，且随朕入苑漫步，再用一些斋饭，待到子时再行降魔。”玄宗道，只见泯仇颇有不悦，又道，“天机道人言，此门只在子时才能打开。”

泯仇轻笑：“佛家退魔不论时辰，此地有魔，便降于此地，此时有魔便降于此时，贵主娇躯，长叫这冤魂附体怕有长碍。”

“高僧……”

“陛下是不信小僧。”泯仇沉言。

玄宗见此，便不好再多言，向前行走三步，竟径直从异香少年的身体中穿过，此时再见异香少年却是烟雾一般浮浮晃晃。

“开门。”玄宗对左右武人道。

“慢！”泯仇提起降魔金刚杵缓缓向前，“若是天机道人为之，必不可强开。”

说罢，泯仇双莲并起，法眼悄开，视线透过门板，只见屋内凌乱不堪，尸体遍地，视线右方，一道帘幕垂将下来，透过帘幕，但见一位披发的红衣女子背对而立，忽听屋内左方脚步声起，一道异香扑鼻而来，泯仇惊讶，只见视线左方，异香少年轻嘬着烟管，已然入室。

泯仇轻笑，双莲落下，继而十指伸展，手心向外，拇指食指相接，结出日轮印，默念大日如来心咒，但见门板浮动，一如下泻之水，泯仇印法不开，抬起脚步便走进屋内。

玄宗及众人未曾反应便见泯仇凭空穿过门板，不禁讶然相觑，各自疑问，不知何因。

“先生好法力，贫僧破其咒界需结印念咒，而先生却径直进来了。”泯仇走到异香少年身边，两人并视着眼前的红衣女子。

“奇怪？”异香少年似没有听见泯仇的话，对着红衣女子悄声疑问。

“有什么奇怪的。”

“高僧你看。”异香少年旋转烟管，用烟炉处指去，只见那红衣女子双脚并不是立在地面上的，而是半悬在空中，脖颈处一道红绫延伸至榻处房梁。

“坏了！”泯仇惊道，“别叫贵主吊死了！”

说罢，泯仇欲要冲上前去，却被异香少年用烟管抵住胸口：“慢着，这恐怕已经不是贵主了。”

“那贵主……”未待泯仇说完话，忽听得窗板啪嗒，但见四方窗板一一合上，瞬间屋内便陷入黑暗，不见一丝亮光。

一抹萤光亮起，只见异香少年的手掌中扣着一枚镜子，那镜子能自发光亮，与一旁泯仇四目相对。

光亮移动，光束打在方才女子的方位，但见方才静止不动的红衣女子轻轻摇晃起来，红绫与房梁摩擦发出吱吱声愈显得此处安静。

泯仇手上的降魔金刚杵肃然作响，零零不安。

“恐怕不是简单的恶鬼附身了。”泯仇道，这降魔金刚杵闻妖便戒，金刚杵有这般大动静必定对方来者不善。

少年静立，与泯仇一齐望着那吊着的红衣女子。

只见那女子摇摇晃晃，继而欲要缓缓转身，摇摇晃晃，缓缓转身，光束打在那物的脸上，只见全然黑面，上下獠牙交错，怒目红瞳，却是僵尸模样。

异香少年与泯仇同时按眉，泯仇动作，当下扎开马步，飞速旋转起降魔金刚杵。

“妖孽！”只听得泯仇大喝，抡起金刚杵朝僵尸打去，只听呼一声，一道红影迅速穿梭在房梁之间，再看房梁下的红绫上却再不见红衣女子。

异香少年镜光四照，竟是捕捉不到那物的身形，忽觉背后一凉，红衣僵尸已然近身，谁知少年宽袖之中黄符已出，砰然一声，异香少年瞬然消失，那僵尸一口利牙咬在少年金刚剑的利刃之上，少年持剑柄，用力向前推去，但还未运力，那红衣僵尸便瞬然逃窜，又不知去向。

阒寂无声。

“先生博闻，此为何物？”

“飞僵。”异香少年道。

“飞僵是何妖物？”

“东方妖物，为僵中之精，善跳跃飞行，无恶念，然喜食人畜之血。”

“如此上蹿下跳，如何捉得住。”

“道因命皆不知，小子无法。”

“若不是皇宫，叫我吐一道真火，横烧了这鬼物！”泯仇性情暴烈，见红衣僵尸捉之不住，雷霆四加。

“嘘！在上面。”异香少年轻声道。

泯仇法眼悄开，往头顶看去，只见那红衣僵尸如灵猫一般梁间爬动，泯仇怒然，拎起金刚杵，运起气力，朝屋梁上投掷过去，只见一抹红色变幻般消失不见，金刚杵没入黑暗，却没有冲破天顶，不知去向。

旋即听得地下叮当，只见方才投上天顶的金刚杵突然破土而出，就在两人脚下。

“小心！”泯仇大喝道。

泯仇与异香少年两相跳开，只见那金刚杵从地下蹿出，又要飞将出去，是时被泯仇一把抓住，吟吟作响。

“降魔金刚杵为佛界圣物，飞僵自能感知，故会提前逃窜，这屋内法咒必不是飞僵灵力所能为之，是有高人所为，现下我们恐怕已不在人界了，也不知在哪个虚空，能叫金刚杵轮复飞行。”异香少年压下双眉，四顾环视。

“贫僧云游四海，不曾见过此番怪象，适才莽撞，冲将进来，现下却是敌暗我明，叫人气恼。”泯仇恨恨道。

“无怪那天机道人将此处封禁，不敢轻易叫人开门。”异香少年道，不知何时，少年手中出现一只紫金红葫芦，“既然如此，便只得试探一番了。”

少年说罢，将葫芦投上天去，而后四下风起，只见那葫芦自悬于空中，口内生风，继而大风猎猎，二人各自结不动明王印，定住身形，只见四方之物，片刻之间悉数被吸进紫金红葫芦中，倏尔乱风更甚，房梁吱呀晃动起来，天旋地转，呼呼几声，竟将那房梁也吸将进去，继而风势渐小，但见四周黑暗渐退，宇内现出一团朦胧混沌之光。

“好个宝器，连黑暗也叫它吸进去了！”泯仇惊道。

继而风止，四下蒙蒙光亮，如曦光初开，少年收起镜子，葫芦自上落下，却是沉重无比，如金石落地，砰然一声，地动山摇。

“这是何处？”泯仇借着微光朝前方看去，只见暗光之中，一条直直的甬道出现在二人面前。

“又是一番洞天。”泯仇探步，朝前走去，异香少年尾随。

甬道直直朝前，约莫行了一里左右，前方道路降下，微光至此消失不见，黑洞幽幽，不知几许深，异香少年手旋铜镖，腕头使劲，噌的一声，铜镖朝洞中打去，异香少年横起耳朵，但听一声闷响，应是铜镖打在尽头木柱之上。

二人相互一望，抬步向前，只见方才的土石地面变成了石板路，又行一阵，只觉地下湿寒，头顶低声哄哄，这甬道竟穿过河流，直直通向宫殿，二人双眉紧按，愈加不知前头为何处。

朝前直行约莫半柱香光景，已是伸手不见五指，少年揭开宝镜，向前看去，只见一道狭口，壁上皆是爪痕，似人双手挖开一般。

二人躬身依次进入，又见坚壁破痕，外层为铁，夹层为瓷，内层是黏土，每层小臂一般粗厚。

二人钻入，只见内里空洞，壁间有残灯，少年使火点燃，火苗如游龙四蹿，倏瞬洞内豁然明朗，竟是一方巨大的地下墓穴，少年前方正钉着那枚铜镖，铜镖劲刺之处是一尊木佛，只见木雕丈许，怒目瞋视，色红，双手持羂索，羂索环绕飘摇，栩栩如生，然而奇怪的是，木雕倒置，头下脚上。

“广目天王。”泯仇抬头静望着那木雕道，旋即又朝墓内南角望去，只见一青色木雕，手持宝剑，“增长天王。”

泯仇环视，只见墓穴内东角有白色木雕，持琵琶，北角则为绿色木雕，持宝叉，分别是东方持国天王，北方多闻天王，此为帝释外将护世四天王，又称四大金刚。

又见地宫中央一具血红木棺，四周的地面尚留残破的阵法，四大天王脚边垂下碗口般粗的铁索，挂在空中。四周阵法残破，已是被棺中之物挣裂，少年用镜光照去，只见那棺木半开，内黑黝黝的一片，望不清里面。忽然一声响从棺木一头传来，二人警然，法器皆横于手中，镜光之中，见一物颓然倒下，二人望去只见一具道人的尸体趺坐着倒在棺木边上，二人冲上前去，只见道人尸体面上口鼻处尚留血斑，已然西去多时，那道人怒目圆睁，敞开的胸口处留着许多掌拳印记。

“莫非这就是玄宗所说的天机道人？”泯仇道。

“十有八九，能入此地者必具高法，想必这天机道人也是一路追飞僵到此处，不知与何物相斗，重伤至死。”异香少年道，亦俯下身子观察道人的尸体，“这道人死得稀奇，若是飞僵所为，必吸其精血，然道人身上除却硬拳硬脚的伤痕外，却无飞僵牙痕，非但如此，就连爪痕也不见。”

“难不成是叫人生生殴死的？”泯仇站起身来，闭目超度。

旋即但听棺内呲呲作响，异香少年镜光打去，只见一只黑色利爪正朝身前的泯仇背部冲去，直袭脖颈，这计来得突然，异香少年欲要拉开泯仇却已经来不及。

第六章　四大天王

只听得咣当一声，一道金钟坠下，哗然一响，木屑横飞，那蛮横的法力似有千斤之沉，压将下来，直将黑爪斩断。

“哼！蝼蚁小妖，却要在我门前妄动大斧，方才深宫大院叫我伸不开手脚，此番便叫你灰飞烟灭。”泯仇大喝，双手急然结印，一股怒火从口中直直喷出，将棺木四周烧得哔啵作响，室内豁然一明，异香少年借着火光抬头环顾，只见这四周铜墙铁壁，满是符咒，穹顶与脚下却是天方地圆，诡异无比。

这边大火熊熊，顷刻之间叫那口棺木烧得点滴不剩，又见大火之中蹿出一道红影朝壁上飞去，那红影顿下，竟如蜘蛛一般虎视二人，正是方才贵主寝宫中的飞僵。

泯仇怒然，又是一股大火喷出，尾随飞僵。

异香少年双眉一按，大火之中只见墙壁符咒道道。

“慢着！”异香少年喊道。

然而那大火已经喷出，将那墙壁上的符咒烧得不剩，火连四壁，着火的符咒纷纷化灰，如雪一般落下。

“烧了符咒，那棺中恶鬼便无物可抑了。”异香少年又道。

“我便不信此物能有上天的能耐！”泯仇不闻，又喷出烈火，朝飞僵打去。

忽听得唔然一声，凄厉无比，二人定睛望去，只见那烈火之中定定地走出一个人影，身披红衣，长发及地，面色如瓷，双目洞黑，一抹诡怪的笑容浮于面上，宛若石雕。

“又是什么妖物？”泯仇怒然收火，直直朝那红衣女子望去，“这巴掌大的地方竟藏着这么许多玄机。”

“方才高僧烧掉了符咒，锁住这飞僵怨念的咒印自开，如今化作本真，却是比逃窜的飞僵难对付了。”异香少年道。

泯仇咬肌微颤，与少年背对而立，而下两人皆不知那为何物，稳住身形，不敢妄动。

倏尔那红衣女僵缓缓向前，衣袂飞起，如撒网般朝两人面门扑来，那怒红轻纱之下道道干枯人面紧咬牙关，表情痛苦，似不得不来一般，朝两人咬来。

异香少年脚下做劲，往后退了五步，只见身前的泯仇却半分不动，手上也并无动作。

“高僧！”异香少年喊道，然而泯仇依旧没有半分动静。

人面扑来，直向泯仇，少年见状，立即横剑，黄符落下，砰然一声，金刚剑化作人般大小的芭蕉扇，少年手头鼓劲，朝着飞来的人面扇去，急风顿起，顷刻后退消失，然而此时泯仇依旧半分不动。

少年朝前，只见泯仇双目紧闭，面上汗如豆大，却是入了妖魔梦魇，动弹不得了。

“愚僧好大意！”少年无法，举起短匕，朝僧人手臂刺去，只见泯仇顿然自醒，眼里混着些许白翳，好似长梦初醒一般茫然四望，旋即又要沉沉睡去。

“高僧！”异香少年道，将短匕又往僧人手臂里推了几分，噗的一声，血流及履，此番才叫泯仇醒了七分。

“快些结印！”异香少年道。

泯仇闻言，当下急然结下不动明王印，双目豁然一亮，脸上稍露吃痛的表情，一手拔出短匕，握在手心。

不等二人反应，那红衣又如水般蔓延过来，二人退退挡挡，直到被墙壁挡住后路。

“多谢先生，救了小僧性命。”此番退魔，泯仇眼见异香少年沉稳自如，步步为营，心下不禁生出几分钦佩之情。

“高僧别急着谢小子，快开天眼，烧杀了此物的怨力。”异香少年在前，芭蕉扇呼呼作响，将飞来人面一一扇却，然而红衣复起，人面似决堤之流，源源不断，已然逼到二人跟前。

泯仇点头，立即趺跏，双手做金刚拳，结出智拳印，默念大日如来心咒，八识顿开，神通自来，只见僧人额间豁然一明，一道烈日之光狂射出去，四下急然升温，光亮不可直视，那火光冲天的墓穴内好似生出一只太阳一般，白光四溢，继而人面扭曲呼号，红衣卷曲蒸发，将妖魔之力生生打退回去，白光朝前，横压过去，贯透红衣女妖的前胸后背，叫背后的铜墙铁壁灼烧出一道圆洞，伸将进去，不知所终，女妖哭嚎不可闻，天地哀恸，怨念四散，须臾缩小，化作常人大小。

“高僧住手！”异香少年见状，急忙喊道。

泯仇张开手印，那光芒缓缓消失，继而熄灭，洞中光亮如常，此时异香少年因为方才白光过甚，只望见前方一个女子人影摇摇晃晃欲要跌倒。

少年冲上前去，扶住女子，只见那女子黑目翻转，已然如常，皮肤也化作常色，此女子不是别人，正是为妖魔附身的咸宜公主，少年往少女口中灌入醴泉，片刻以后，女子复苏，好似大梦初醒般四下环顾，继而神志恢复，大哭起来。

“好生险恶！”泯仇从地上坐起，长舒一口气道。

恶鬼已除，异香少年非但没有展颜，却是眉头紧锁，担忧更甚，继而将目光伸向方才的木棺之处，现下那木棺已被大火烧尽，化作黑炭。

“贵主已见释，为何先生仍旧愁眉不展。”泯仇亦俯下身子，又朝咸宜公主道，“贵主莫怕，恶鬼已……”

“恶鬼未除，尚在墓穴之内。”异香少年沉言，直起身子，解下腰间的三清铃，摇晃探索。

“贵主遭精怪所持，化作飞僵，这咒印烧毁，怨念又附着在贵主身上，叫贵主化作生妖，然而方才棺中只有贵主而不见他物。”异香少年摇铃，铃声落下，只觉脚下倾斜，“方才天机道人身上的伤痕不为飞僵所为，想必道人自知不是那物的对手，才会布下咒印，使得精怪难出，并保持贵主的飞僵之身，道人与飞僵周旋之时，必有他物闯入才叫他遭此横祸的。”

少年摇铃不止，地面愈加倾斜：“方才见那四大金刚倒置，我便觉得奇怪，又见此地天方地圆，故而妖物真身在……”

少年急然摇铃，只觉得天地翻转，三人退至墙壁，又缓缓下滑。

铃声顿住，此时墓穴已然翻转过来，木炭灰尘落下，那四大天王也正过身子，方才垂于空中的铁链也重重落下。

“高僧可记得方才墓穴内符咒的画法？”异香少年将三清铃别于腰间转身问道。

“记得，方进墓穴便觉得这符咒画得奇怪，贫僧虽为修佛者，然道法亦有所涉略，先生如此一提，那便对了，的确是倒着的。”泯仇将降魔金刚杵横在胸前，一手将咸宜公主护在身后。

此时三人面前，只见一座石棺赫然出现，周遭有字，泯仇念道，不觉讶然。

“太平公主墓！”泯仇一字一顿道，“这太平公主竟是葬在此地！”

异香少年闭目轻叹：“恐怕玄宗有秘密未曾道出。”

忽而悄寂，四方不动，继而又听得有物剥落的声音。

泯仇法眼顿开，只见周遭似有人一般大小的东西缓缓飘起。

“竟有这么许多僵尸？”泯仇沉言道，只见四周皆是人影。

咸宜公主闻此，不禁阵阵觳觫。

“不是僵尸。”异香少年静望着那些飘来的人影道。

“就是这些东西，就是这些东西！”咸宜公主手指颤抖地指着那些人影道。

“这些是？”泯仇抬头问。

“人皮。”异香少年道，竹笈飘来，少年从上解下五彩宝伞，砰然张开，递给咸宜公主。

“贵主只需隐于伞下，不论发生何事，都不需出来。”

话音刚落，只见四周人影缓缓逼近，同时少年铜镖噌噌打出，将几张人皮打落，化作两瓣，又见那两瓣人皮在地面呲呲滑行，片刻之间又连在一块，漂浮起来。

泯仇用金刚杵打落的人皮亦是如此。

“两位高僧莫教人皮附住，不然也会变成怪物的！”那咸宜公主在伞下探出头来道，只见一张人皮欲要伸向咸宜公主，只是方探到五彩宝伞周围便不得前进。

“小子知道了！贵主还是快躲进宝伞内，不要叫这些人皮近身。”异香少年边斗边道，火符撒出，豁然而着，人皮被大火烧得臭味阵阵，旋即化作灰烬，然而这些灰烬竟也浮动着连做一块，变成一张完整的人皮。

“烧成这般还能复原！”泯仇惊道。

“此为阴相阵，这古阵法原是以生人之怨镇压妖魔之怨的，这些人皮当修葺墓穴之时一同埋葬的，以生剥之人皮附于妖魔之上，共附一百八十层完整人皮，已达到两怨相抵的作用，为的是永久镇住棺内妖魔。”异香少年又道，“修此地宫的人应是佛道相参的，方才镇压妖魔之法为道门法术，而棺椁之外的地宫，又以四色之木雕刻四大金刚镇守，四大金刚为帝释外将护世四天王，纯阳之性，这木为水土之展，其性属阴，如此一来，阴阳相衡，为的是不叫四大天王的阳刚之性影响到地宫中的阵法。”

“先生博闻，小僧未曾听过阴相阵。”

“这是西晋时的古阵法，不载于书中，不知玄宗手下有何高人弄出这阵法来。”

“如此说来，这些都是为了镇住棺内的太平公主？”泯仇问道。

少年点头：“然而这些人皮不知被何人剥开，以至两怨相离，皆成妖魔，非但如此，此人还叫地宫天地翻转，阴上阳下，使得两物怨气更甚，现下那些人皮以凭怨气修成恶煞，在这晦暗的地宫之下根本无法将其根灭。”

“居心叵测，长安恐有大难！”泯仇道

说话之间，人皮已蜂拥而至，二人咬牙退魔，但人皮却是消之不尽，轮复而来。

“此物难缠得紧！火法不行，待贫僧使使水法……”泯仇沉言之际，那些人皮又忽而静止不动，泯仇手下印法已成，人皮顿住，泯仇不知是使还是不使。

“火法无用，水法亦无大用处，高僧还是歇些气力。”异香少年道，“只要探得妖魔之道因命便可退魔，此地为太平公主墓，想必这妖魔真身便是太平公主所化，此为命，现下不知道与因。”

“何为道，何为因？”泯仇问道。

“如何身死为因，为何化魔即为道。”

“这太平公主为睿宗之妹，玄宗之姑，何苦死后化妖与玄宗骨肉相残？”泯仇问。

“小子不知。”异香少年道，只见那静止的人皮又呼呼连做一起，化为四张巨大人皮，浮在空中，似风筝一般。

“我知何为因！”只听得伞下咸宜公主的声音传来，二人惊然后望。

“我知道太平公主为何化妖……”伞下的咸宜公主声音减小，吞吞吐吐，似难以出口一般。

“大敌当前，贵主有话当讲！”泯仇道。

“太平公主是被……”

只听咻的一声，空中的四张人皮四下飞散，二人一惊又朝前看去，四张人皮已然不见。

“走了？”泯仇喃喃。

异香少年手持金刚剑警惕地四下环顾。

“高僧可还记得方前听玄宗说天机道人布咒，那贵主的寝宫之门需在子时才能打开。”

“是这般说的，难不成此中有玄机？”泯仇应道。

“子时为阴极，男子属阳，这女妖则属阴，如若在此时降妖，阴盛阳衰，按道门降魔之法，绝不会选在此时，而天机道人却偏偏逆行，显然是刻意为之，依小子拙见，道人是想……”

“那道士是想借外道之力除魔吧。”泯仇展颜道，“先生的长生咒中妖物何止千万。”

少年持剑轻笑：“确是如此，只是不知为何那道人最后却惨死地宫之中。”少年虽狐疑，然手头已解下竹笈，中浮出一道黄色卷轴，少年接住，横立于鼻前。

少年默念咒语，只见那卷轴正欲张开。

忽听有巨木声起，咯咯嗒嗒，起初断断续续，而后连做一块，好似巨木杈丫扭曲发出的声响。

少年咒停，紧握着长生咒定下心神，二人呼吸声夹在中间。

只见那广目天王木雕忽然眼珠翻转，顿然洞黑，又见口中犬牙伸出，继而脖颈摇动，竟活了过来。

“坏了，那人皮附在四大金刚身上了！”泯仇骇然，直指着摇动的广目天王道。

再看四方天王，皆黑瞳狰狞，摇摇晃晃复苏过来。

“先生快开长生咒！”泯仇道。

“迟了！”少年话音刚落，便见一道羂索横飞而来，少年向后一仰，羂索从鼻头掠过，后来一阵疾风横吹过来，叫少年青丝凌乱，继而羂索直直向前打在墙壁之上，叫地宫震了三震。

少年回着，定住身形，只觉脚下震震，抬头一看四大天王已赫然在前。

“真真妖孽，竟利用我佛界四大护法！”泯仇暴怒而起，追杀过去，高抡起金刚杵，欲朝广目天王的面门打去，三步已起，却急忙刹住，在那地宫突层上划下一道深深的脚印。

原来就在此时，闻多天王举叉横立在面前，巨叉刺下，泯仇身形未稳，只得稍微侧身躲避，一道寒光闪过，叉尖好险掠过泯仇的左脸颊，即便躲过了，还是叫左脸划了一道轻微的伤痕。泯仇继而举杵挡住闻多天王轮复刺来的宝叉，两相持住，只见闻多天王手头一转，那宝叉自旋，泯仇的气力敌不过天王，叫天王将金刚杵劲劲压了下去。

忽而又见左边一道宝叉刺下，泯仇无法只得放开金刚杵，而后贴地一滚，只见泯仇方才站立之处，一道利叉斫下，深深刺入地下，另一边吃在宝叉上的金刚杵失力飞开，竟是生生被打进了铜墙铁壁之中。

泯仇落定身形，默念金刚萨锤普贤法身咒，双手结内缚印，只见几道黑色咒链飞出将闻多天王的四肢以及脖颈缠住，泯仇吃劲合住印法，只听得天王全身咯咯作响，那咒链膨然欲裂，这边泯仇紧合印法的手指微微痉挛，欲持不住。

异香少年独对广目天王，只见天王羂索伸缩自如，道道皆倾注万钧之力，少年只得边退边斗，好在这四天王身体巨大不甚灵活，能叫少年一一躲避。

少年弹开，同时打出一张黄符，亦能生咒链，少年欲用咒链捆住天王，只见符咒飞出，却叫天王一掌拍出，落在墙上，只见那贴在墙上的黄符化咒，咒链树根一般延伸开来，蔓延四壁，那插在墙壁上的金刚杵上也布满了咒链，旋即印法自收，在金刚杵处重化作黄符。

另一头，泯仇额间汗出，紧合的双掌已然失去知觉，只见那闻多天王虎躯一震，啪的一声，咒链裂开，但见泯仇原先紧合的印法顿然失力。

二人又退作一块，叫四大天王紧紧围住。

“高僧天眼！”异香少年道，只见宝剑，羂索，利叉一齐攻来。

“天眼已出，无力再行了！”此话一落，泯仇大喝一声，颤抖的双手又是一印，这次却是佛掌，金钟一齐落下，但见地宫之中，豁然一亮，两道佛掌从虚空中来，将增长天王、广目天王紧紧压住，金钟则压住闻多天王，而后金光噌噌而下，那三天王半身化作木头，而另外半声

却是动摇不止，

泯仇吃劲，口鼻流血，神志混沌。

“全靠先生了，小僧真力用尽，只得到这一步了。”

这着比之咒链又是厉害很多，叫三大天王压住不得动弹。

“高僧且持住！”异香少年道，同时拎出长生咒，双莲并起，卷轴缓缓欲开，正在此时，忽见持国天王的琵琶弦上附着一道黑影，少年定睛看去，说时迟那时快，只见持国天王手指劲弹，弦音与黑影具出，这一计来得突然，叫少年始料不及，未及长生咒打开，便见那黑影急速飙来，正中少年胸口，那少年脚下一空，飞将出去，长生咒飞出，落在地上，少年则重重撞到墙壁，猛地吐出一口鲜血来，又觉喉头一紧，只见自己脖颈上早已死死抓着一只手，这手虽纤细光滑却力大无穷，少年伸手去推却是半分不动，旋即另一只手缓缓抚住少年的胸口，而后只见长角升起，接着一张长发的修罗脸孔伸了出来。

“太平公主！”异香少年睁大双眼暗哑着道。

又听身前迸裂之声起，那方才被泯仇缚住的三大天王已然挣脱，原本化作木头的半身又渐渐恢复过来，泯仇印法一开，跳到一边，气喘吁吁，朝异香少年望去，只见异香少年被女妖持住，不能动弹。

此时四大天王又缓缓逼近，黑瞳虎视，威风凛凛。

地宫幽幽，危机四伏……

第七章　太平公主

“唔！这般少年也敢闯我地宫。”女妖声音幽幽而来，纤指在异香少年脸颊上轻轻滑下，目光里既有阴狠又有怜爱。

一旁的泯仇三步并做两步，急冲过来，举拳便要落下，女鬼拎起少年纵身一跃，叫泯仇一拳打空。

“和尚？”女妖落地幽幽道。

“妖孽！”泯仇切齿，又冲将上来，观音掌频频而出，又是内家功夫，道道起劲。

女鬼左右躲闪，眼见一掌将及少年面门，却见眼前忽然出现了异香少年，原来那女妖拎出少年来挡，泯仇见势，收力侧身一滚，半跪在地上，伺机而出，只听见身后风动，一道劲风袭来，泯仇无法又是贴地一滚，只见后头持国天王弦音阵阵，道道凌厉，横砍竖劈，打在墙壁上，深痕斑斑。

未等泯仇定住身形，四大天王却是一齐上前，四件宝器都倾注了万钧之力朝地上的泯仇砸下。

泯仇身形未定，而这招却来得突然，眼见已无法躲避，这四大宝器砸将下来，任凭自己有何等修为都抵挡不住。

宝器急速落下，泯仇只觉得先行的劲风压下，眼里已无他物，只觉混乱一片，耳边哄哄不绝，再也无法安定下来，泯仇索性双手合掌，闭上双眼受戕。

只听得轰隆一阵乱响，泯仇的身体却是猛然一倾斜，用左手撑住地面，缓缓下滑。

泯仇只觉得方才压下的劲风顿然消失，睁开眼睛一看，眼前的四大天王却跌在一处。此时，地面愈加倾斜，声响落定，只听女妖手中的少年摇铃不止，叫这地宫又自旋起来，旋即又翻做地上天下。

“原来是公子在作怪！”女妖嘿然一笑，从少年手中夺过三清铃，却猛觉得一烫，丢向远处。

泯仇定下，只见侧边一张五彩宝伞，已是退到了咸宜公主藏身之处了。

泯仇朝女妖手里的异香少年望去，那少年依旧被横在女妖身前，只见少年目光斜视，泯仇顺着少年视线看去，见地面上静躺着一股卷轴，正是方才遗落的长生咒，泯仇欣然会意，眉头稍展，然故作忧色，接着异香少年又朝五彩宝伞处看了一眼，微微动口，却不发出声音来，泯仇望去，辨认着少年的口形。

“因！”泯仇按眉默念道。

泯仇稍按头，表示会意，而后跳进五彩宝伞之中，消失不见，泯仇落下，只见咸宜公主蜷缩在伞下，觳觫不绝。

“贵主稍安，贫僧要问一事。”泯仇轻声道。

咸宜公主频频点头。

“何为因！”

咸宜公主定定地望着泯仇，却是欲说还休，吞吞吐吐。

泯仇长叹一声道：“此事危急，关乎大唐国运！”

“太平公主为何化妖？”泯仇又问。

咸宜公主哭哭啼啼，但也不得不说：“太平公主是阿耶赐死的。”

泯仇双眼圆睁，一时错愕：“什么！这太平公主乃是玄宗亲姑，为何见弑！”

“内中因由，便只有阿耶和一些大臣知道了，我亦是听阿耶梦中夜话才知道的。”咸宜公主道。

“小僧知道了，这太平公主被玄宗所杀，怨恨通天，玄宗恐怕太平公主死后化作恶魔，便请高人将其葬在此地，又以阴相阵与四大天王镇压其怨气。”泯仇自言自语道，而后欲出宝伞，伸手在地上习惯性地一抓，却捉了个空，原来那金刚杵被闻多天王打飞，现在仍插在那地宫的墙壁之上。

泯仇无法，四下又难寻宝器，只得赤手空拳地跳出，只见那四大天王左顾右盼，寻找着泯仇的踪迹，增长天王转身，泯仇法眼悄开，但见天王背上微微隆起，有一张口眼内凹的干枯人面，正是方才附在天王背上的那张人皮所化。

“原来在这里！”泯仇道。

说罢高高跃起，印法先行，右手长伸，欲揭下天王背上的人皮。

然而却在半空之中，只觉得腰间一紧，泯仇低头一看原来是叫广目天王的羂索缠住，动弹不得，这羂索愈缠愈紧，如此下去，就是铁人，也将绞断。

泯仇双手结印，口中喷出一道红色火焰，朝羂索烧去，只听得哔啵声起，羂索上下燃起了大火，好在羂索为人间之物，吸了怨念也不过小神通，抵不住真火。

泯仇双手做劲，将腰间羂索扒开，趁机挣脱，远远弹出，又在广目天王的肩头借力，旋即解开外层袈裟，朝增长天王的背部撒去，那袈裟不偏不倚正好落在增长天王背后的人皮上，继而泯仇念咒，但见天王背部的袈裟渐而扭曲变形，周围的巨大人皮亦随着袈裟变形，而后化作一朵欲绽的红莲，红莲一出，只听得咯咯作响，那增长天王忽然从脚到头呲呲响着化作木头，正欲横剑扫砍，却忽然定在原地，不再动弹。

一招得手，泯仇信心倍增，然而心知这招全是侥幸，泯仇亦不恋战，从众天王脚下穿过，捡起地上的长生咒。

“想不到我泯仇竟要依靠妖力退魔了。”泯仇自我调侃地轻叹一声，伸出左手，欲要揭开长生咒。

然而却找不到封口，泯仇来回寻了四五遍仍旧不见卷轴的合封之处。

“苦也！”

泯仇正在叹息之际，只听得背后疾风袭来，泯仇朝旁侧一跃，天王一脚踩空，地动山摇。

“想来这长生咒也只有先生能开了。”泯仇环环绕绕又逃到了女鬼正前方，那女鬼似喜欢俊俏少年一般，将异香少年抓在手中，不停抚摸，口中不知对着异香少年说些什么。

泯仇紧攥着长生咒，这内里封着千万妖兵，一旦释放出来便可化险为夷，然而这卷轴却是浑然一体，若无异香少年的咒语难以开启，泯仇焦灼难定，现下异香少年被女妖持住，不得脱身，没有异香少年的咒语，这手头的长生咒纵使万般厉害，也不过是徒劳。凭自己之力莫说救出女妖手里的异香少年，便是抵住眼前的四大天王都是难上加难。

“如何救出先生？”泯仇对着长生咒暗自发愁，脑海不断回想着异香少年开启长生咒的情景，忽而计上心头。

“先生，小僧得罪了！”泯仇将长生咒别在腰间，双腿生风，计计观音掌使出，直朝女妖面门扑去，女妖左抵右挡，慢了三分，泯仇鼓劲，拳掌符咒并出，倾全力按下。

女鬼躲闪几次，退到角落，眼见泯仇快如疾风，不是对手，于是又提起少年来挡。

泯仇见势，嘴角一笑，默念道：“就怕你不用先生来挡！”

高高跃起，化掌为印，口中急念咒语，只见天顶一道佛掌压将下来，劲劲抓住少年肩膀。

那泯仇在空中，背后全是破绽，叫持国天王几道弦音正中后心，鲜血迸出，重重跌在地面上，滚了几圈方才定住身子。

再看少年处，佛掌金光噌噌，少年半身吃痛。

“唔呀！”只听女妖一阵哀号，在地宫回荡，好不凄厉。

异香少年落地，只见右臂上伸出一道金翅，缓缓挥动，原来这泯仇方才虚招频频，就是引得女鬼提出少年，然后佛掌压下叫少年化作本真，这凤鸟性烈，恶鬼妖物吃不住凤鸟仙性，只见那女鬼的右手点点融化如沥青一般滴下。

泯仇道："这太平公主是玄宗赐死的！"说罢，抛出长生咒，被异香少年稳稳接住。

异香少年轻笑，朝长生咒中缓缓念咒。

但见那长生咒砰然微张，墨字浮晃动，点点滴下，化作丈二妖形，只见那妖物比之天王又是大了半许，豺狼虎豹凡四只妖兵，各自手持神器，与剩下的三天王和女妖拉开阵仗。

"好个宝器长生咒！"泯仇见此，心下松开，长呼一口气，躺在地上，不愿动弹。

"因命皆已知！"异香少年又化为原型，"齐集了道便可退魔。"

说罢，少年饮下一口醴泉，恢复过来，手头生劲，黄符飞起，砰然一声化作金刚剑，剑尖直指女妖。

另一边，四名妖兵威力发作与三大天王扭打在一块，虽难分伯仲，却是叫三大天王再也难空出手来左右泯仇与异香少年。

少年挥剑朝女妖冲去。

女妖毫不示弱，亦冲将上来，只见几道银针飞过，四只手持银针的猫妖落地，银针道道打出，女妖左闪右躲，避开银针，却觉身后有物，少年趁机黄符打出，落在女妖左臂，只见黄符化作黑色咒链欲要展开，女鬼忽然跃起不见，而后从空中落下一只手来，那手上布满了咒链，只见指头尚可微微动弹。

"把手扯掉了！"异香少年抬头望去，只见天顶一张倒垂的修罗脸孔，忽然尖角伸长，刺了下来，异香少年纵身一跃，定住身形，忽觉双脚一紧，这女鬼又从地下探出，双手如初，只见那女鬼如黑影般旋绕上来，将少年紧紧缚住，而后从背后缓缓探出，异香少年的脸侧又见那张苍白的修罗面目。

“公子不是要捉我吗？为何频频叫我捉住。”女鬼道。

方躺在地上的泯仇见如此，心下一惊，一个鲤鱼打挺，腹上做劲，跳起站定。

“你们的银针呢？通通给打过去！”泯仇指着那四只只到自己腰间的猫妖喝道。

“唔，不行，这样先生也会吃苦的！”四只猫妖同声说道。

女妖黑瞳长视，只见少年的一只眼睛蒙上了一层阴郁，旋即闭上，入了梦魇，另一只眼睛却丝毫不受黑瞳幻力的影响。

“原来公子半身是妖啊！”女鬼笑道，伸出长舌对着异香少年的脸孔轻轻舔舐。

异香少年朝前望去，那墙壁上空正钉着泯仇的金刚杵，金刚杵上尚留着先前打在墙壁上收回的黄符。

异香少年垂下的手掌后翻，对着身后的泯仇，三指头合并，留下两指，泯仇见势，不知异香少年要做什么。

而后少年翻回两指朝墙壁上方点点，泯仇朝着少年的指向望去，只见那墙壁上钉着的降魔金刚杵。

“先生好生聪明！”泯仇心中念道，旋即单手结印，只见那墙壁上的金刚杵吟吟作响，泯仇蓄力，一发而出，金刚杵猛然从墙壁上蹿出，直朝女鬼后心打来。

“又要使什么花招吗？”女妖嘿然一笑，竟是知道身后有物，拉着异香少年轻轻一侧身，那打来的金刚杵竟一招打空，从女妖与少年的身侧划过，直直插在地上，吟吟摇晃。

“唉！”这金刚杵妙招不成，泯仇低头一叹，又忽觉肩头一沉。

泯仇惊然抬头望去，却是异香少年，再看前方女妖，片刻之间已叫咒链锁住，不得动弹。

“这！”泯仇茫然错愕，方才异香少年明明叫女妖缠住，且金刚杵擦身而过，丝毫没有伤到女鬼，而只是眨眼之间，这女妖却被咒链锁住，此般翻转叫泯仇摸不着头脑。

“高僧的金刚杵上留着我的符咒。”异香少年道，“金刚杵是佯攻，符咒才是此招的妙处，叫那金刚杵擦身而过的瞬间，黄符化作咒链，锁住那不可一世的女妖太平公主。”

旋即，几道银针闪过，将那女妖打飞钉在墙壁之上，双脚悬空，不得动弹。

那四只着汉服人立的猫妖鼓掌，喜不自胜。

另一头，四名高大的妖兵也将三大天王团团压住，从背后剥下人皮，天王黑瞳消失，顿然失力，化作了木雕。

少年依旧打出三张黄符，锁住了妖兵手里的人皮，再也无法作乱。

而后异香少年打开长生咒，妖兵入咒，长生咒合上，合封之处伸出一道长生符来，少年揭下长生符，合封之处消失不见。

“现在就剩下道了。”异香少年缓缓道，转身望着那挣扎的女妖，张出了那张长生符，用两指夹住，“道因命皆具，长生符才能退魔，而今因命已知，道就由你说出吧。”

女鬼怒然瞋视，面目裂开，獠牙纵横，恐怖丑陋。

“太平公主！”异香少年道，“世人皆知你野心勃勃，依尔兄睿宗之力在朝廷埋下亲信，当年朝中宰相十者有八，皆为你的心腹，然唐隆之功，实为李隆基，天子西行潞州，遍知民生疾苦，结交豪杰，终得天命睐之，为何你倒行逆施，欲与亲侄争位！”

“无知小儿，芥末小民，竟敢在此对朕颐指气使！”女妖咬牙恨恨道，“天下能者为先，朕虽为女辈，然朝政纲纪，自幼习之，且我大唐有女帝先例，亦得盛世太平，李隆基算何物！浪荡公子，凭借三教九流之力夺朕大政，且朕为睿宗之妹，李隆基诚非嫡长，为实为名也当是朕坐江山！李隆基小儿安知治国之道，恐怕这大唐江山现在已经叫他弄得内忧外患，不堪入目了吧！”

“姑祖母不知，阿耶亲善和民，任用良臣，开张圣听，袭科举之良策，拢天下之大才，兴诗教，宏文道，又内治疲敝，外拓疆域，文治武功，一一兼具，再广纳商旅，不设累障，万物皆可驱市贩换，百姓老不忧死，少不忧饥，良田连野，园囿千里。又续孔夫子之道，兼合老庄释家，私塾遍地，庙观林立，儒僧道往来为前世之未有，现今大唐已是地覆天翻，民夜不闭户，路不拾遗，长安城中异国商客自由往来，一片祥和，真乃是古贤人长念之大同盛世，莫说太宗武后难及，便是秦皇汉武也难居阿耶之右。”不知何时隐藏在五彩宝伞下的咸宜公主早已立于二人身侧，听闻太平公主的话后，咸宜公主竟是毫不退让，文才斐然，有理有据，不失皇门风骨。

见咸宜公主如此辩才，那太平公主竟是一时语塞，难以回答。

“姑祖母在世时，阿耶一门深受武后韦后迫害，姑祖母亦受其苦，因而阿耶联合姑祖母行唐隆政变，使得大政重归李氏，阿耶虽不为嫡长，然其发动唐隆政变，削掉了再行暴政的韦后，令大唐李门安定，故奶亦道，天下能者为先，阿耶之功，有目共睹，何故手足自残，为了一袭龙袍而争得死去活来？”咸宜公主道。

“哼！大言不惭！”太平公主怒道，而后微微而泣，“长寿二年，武后将李隆基之母窦妃赐死于嘉豫殿中，李旦无能，忍气吞声，那时李隆基方七岁，是朕将其一手带大，朕一直视其为己出，那隆基小儿腰间的香囊可还挂着，那是朕一针一线缝的，隆基稍长，便被喝令出宫居住，何年何月朕不是嘘寒问暖，为其添衣加被，恐其冻饿，唐隆政变世皆加李隆基之功，何曾知道，政变之前朕就为了他的一纸书信，冒着族灭的危险精心部署，以做内应，才使得政变一路高歌，灭韦后，杀武存道，凡此种种，哪一样不是朕的功劳，就因朕是女人，长笑牝鸡司晨，女子无才，殊不知可笑的是他们自己，是这冥冥的天道！”

女妖长泣，忽而又抬头厉声道：“就是这个朕视如己出的孩子将朕逼上绝路！你道手足相残，朕未曾一分想伤害他，朕只是想靠近那龙椅，苦心经营二十年，眼见就要登上宝座，为何他来横加阻挠，为何！到底是为何！为何是他！若朕真的心狠，于他为太子之时便将他杀了，朕的仁慈到头来换做一抹白绫，你道是朕狠心还是他狠心！”

泯仇听此，慈悲大发，先前对于恶鬼的执念立除，闭上双眼，默念静心咒。

咸宜公主语塞，欲言又止，不知谁对谁错。

静默，哭泣声起，只听得胡笳阵阵，缓缓而来。

“姑姑。”只听孩童的声音在地宫中响起。

“你是？”女妖睁大双眼道，只见眼前一个半大的孩童在地宫中翩翩起舞，嬉笑天真。

“你是隆基小儿！”女鬼怒起，挣扎着要从墙壁上跳下，无奈被咒链锁住，不得动弹。

“姑姑！”那孩儿约莫七岁，天真可爱。

女妖怒气喘喘，泪流满面，五味陈杂。

第八章　先天政变

先天二年，七月的长安城似休憩于寒冬，龙首原上高耸的大明宫在暑气中浮动若幻，午后，苍鹰盘旋，旋即俯冲而下，直朝皇城内的园囿扑去……

二日，夏蝉惊鸣。

武德殿，一位相貌奇伟的男子坐于中堂，曲肱而寐，旁侧三位随从按眉紧侍，忽闻大殿之外有宦官轻呼声，男子豁然一醒，振衣而坐。

左侧随从王毛仲急趋而前，只见那六旬宦官于门外递进一封书信，这书信封纸光光亮亮并无他字，王毛仲将书信递与男子。

“陛下……”右侧侍从王琚沉言，“蔓草难除，事不宜迟！”

男子微微摇头不置可否，旋即轻轻解开书信封口，拉出书信，又不由双眉紧按，倒吸凉气。

王毛仲与王琚相视，双双稽首，却欲言又止。

男子长叹，日光照入，已是临近黄昏。

“陛下……”王琚又言。

“梁国公魏知古。”男子念下书信的落款处。

静默，蝉声遍起，燥热难耐，玄宗喉头似咽着话语，二王见状，稽首再拜。

“梁国公！”王琚自言，“魏公向来和正不趋，难道事已危矣！”

玄宗点头道："不错，梁国公书信告知朕明日皇姑将以南衙兵作乱夺权。"

二王一惊，抬头静望着玄宗，激动无比，一众苦心经营，等候的便是这个消息。

"既然如此，那陛下快些做决断吧！"二王异口同声道。

静默，玄宗远眺着皇城之外的高山。

"一为朕之生父，一为朕之皇姑，决断决断，如何做得了决断！"玄宗左右为难，自立为太子以来，玄宗处处受太平公主与睿宗李旦的掣肘，而现下睿宗退至太上皇，名曰无为而治，实则大权在握，现在只要自己稍有差池，这眼见可得的大唐皇位便会倏瞬灰飞。

"太平公主狼心无厌，这么些年来，陛下难道还不知吗？"王琚道。

"宫女元氏于陛下服用的天麻粉中投毒，陛下忘记了吗？若无太平公主指使，区区一宫女何来如此胆量！"王琚激愤道，"当断不断，反受其乱，陛下可千万不要念妇人之仁，草将这皇权交与别人！我等抛家弃子，日夜忧劳奔走，是慕陛下之英明，能成天下之大事，而陛下在此关头怎么就踟蹰了呢？"

荆州长史崔日用在旁侧静默，良久，不置一词，见玄宗犹豫，沉言道："太平公主之心，路人皆知，公主之谋反不在此时，便在彼时，陛下东宫太子时，羽翼未丰，难一朝铲除逆党，而今为天下之主，对付公主只是一道诏令的事，现今公主实为策反，陛下师出有名，便是这一纸诏令也不需下了，但倘若彼之策反胎死腹中，往后寻由讨伐，可就难了，对于陛下而言，太平公主便好似一把悬于头顶的利刃，谁都不知道它何时会坠下，臣以为陛下应果断出兵，先发制人。"

"崔爱卿之言朕何尝不知，只是怕惊动了太上皇。"玄宗道。

"天子的大孝在于使四海安宁。倘若奸党得志，则社稷宗庙将化为废墟，陛下的孝行又怎么体现出来呢!请陛下首先控制住左右羽林军和左右万骑军，然后再将太平公主及其党羽一网打尽，这样就不会惊动太上皇了。"

玄宗按眉，决断欲出，忽而殿外有人急呼，只见一位轻甲驿夫被拦于百米之外，振臂高呼。

玄宗立起远眺，三臣皆惊忙，以为事情有变。

“宣那人进来！”玄宗道。

武德殿，只见那清瘦驿夫跪倒在玄宗跟前，高举着手中之物，那物被丝绸紧裹，不知是什么。

“这是？”

“张大人派我星夜急马赶来，道是务必将此物送于皇上。”

玄宗振袂而起，紧按的眉头瞬而舒展，悦道：“张说来了！”

说罢，玄宗扯开丝绸，但见裹住之物为一柄二尺短刀，寒光噌噌，三臣激越，退步稽首跪下。

玄宗展颜，微微笑道：“张爱卿也欲助朕了！”

“陛下英明，能拢天下之大才，现下时机已到，天时地利人和陛下尽占，该是陛下统权之时了！”崔日用道。

“张说送朕此佩刀，意在要朕早作决断了，既然天下归心，万民所倾，那就怪不得朕了……”玄宗咬肌颤动，“就是此时了，王琚，王毛仲，随朕出武德殿，讨伐逆党！”

先天政变之前，延和元年冬，长安城大雪蔽天，簌簌鹅毛，久下不绝。

夜，风雪更紧，远方起伏的暗峦似欲腾飞的黑龙，太平公主背手而望，长叹江山多娇，背后皇城内部一座恢弘精绝的庙观于风雪中静立，飞檐立寒鸦，梳理羽翼，长鸣一声，消失于雪夜之中，公主压睫而望，长息落下。

这太平观纵有万般气度，也终比不过龙首原上那灯火辉煌的大明宫。

“罢了！”太平公主夜夜翘首长望，望而不得，故此长叹。

公主抬起上阶的脚步，忽见观内左侧烛火顿灭，只觉身后有物风过，回头一望，只见洁白的雪地上清晰地印着一道男人的脚印，这脚步并不像急速掠过的，而恰像缓步走过的一般，那脚印自远处伸来，太平公主远眺，只见那脚步远远地消失于风雪之中，近望……

只见那脚印不断朝近处延伸……

太平公主讶然一惊，低头细看，这脚印竟险些与自己接踵。

“谁！”公主长呼一口气，四下环顾，不见人影，寒鸦惊鸣，在皇城内伴着风雪四荡。

公主曳着裙裾缓缓回首。

寒鸦声又起，叫人紧张恐惧。

“啊！”太平公主惊恐而呼，但见太平观内直直背立着一个黑衣长发男子。

“公主，还记得我吗！”那声音似男又似女，喑哑古怪，在这声声雪夜之中显得无比诡异。

“你是谁？”太平公主望而却步，不敢妄动。

男子缓缓回首，那乌黑的长发遮去半边面孔，露出的一半苍白似瓷，嘴角浮着似笑非笑的表情，眼眶深凹，面颊如骨。

“贵主大人，不认得我了吗？”男子又问。

太平公主按下双眉，接着点点烛光望去，视线朝下，又是一番惊异，这奇怪的男子竟有两道影子，一道如常，一道额上冲出双角，大出男子许多，似披着大氅一般，阴沉恐怖。

“请恕令月眼拙，诚不知先生为哪位故人。”太平公主微微摇头道。

“噫！还真是贵人多忘事……”男子笑道，“如此说来，李隆基恐怕也把我给忘了吧。”

太平公主惊疑，微微抬头，而后又下视，不敢前望。

“呃……有话要说？”男子道。

“没有，不知先生深夜入我太平观所来何事？”太平公主道，只听得右前方的木柱之上呲呲作响，公主稍抬头，只见一个十五六的宫女觳觫在梁头，公主见状立即低下头来。

“故地皇城，我曾对这里的一草一木都了如指掌，而今全然变样了，庸才当道，实在叫人惋惜。”男子环顾太平观话语里似有无尽的怊怅，忽而又厉声道，“三年，这十字结叫我好生苦痛啊……”

男子微微歪头，牙齿相抵，怒目而视：“公主可知十字咒！只要你愿说出这十字咒，我现在便助你荣登大宝。”

“这……但令月委实不知什么是十字咒。”公主道。

“哼！那可知道僧人道化与僧人善无畏？”男子忽顿住前面的话，又问道。

太平公主抬头圆睁双眼：“你是……”

话语未出，但见眼前一道寒光闪过，太平公主在错愕之中只觉得自己肩头有物，只见一道龙鳞四布的黑色大手轻轻压在自己的肩头，男子脸面随后落下，只在咫尺，而后樑上有物落下，鲜血喷射在光洁的雪地里，随即一颗女子人头落下，在雪地里长滚不止，太平公主吓得双脚一软，跪倒在台阶之上。

“哈哈！大唐李家人就这般胆量，哈哈！”男子松开手，放声大笑，怪异凄楚的笑声回荡在雪野，继而皇城四周灯火亮起，火炬摇摇晃晃，而后拱门之间一道轻甲兵士长驱直入。

“救兵来了。”男子不以为意，语气里满是讥嘲。

“看来公主不知十字咒的秘密了。”男子摇摇头叹道。

“这个令月实在不知，政变后事皆是李隆基等人处理的，我分毫未参。”太平公主急道。

只见那甲士缓缓逼近，而男子却背手而立，雪地无光，而男子背后却托着一道长长的黑影，那黑影面目全具，时而咧嘴大笑，时而貌同哭泣。

“公主是在觊觎这大唐江山吧。”男子未回头，眼见甲兵越逼越近。

太平公主惊讶，双目下视，不觉双颊发烫，不置一言。

“方才我看公主翘首长望，不住叹息，便知其意，李隆基怎有资格坐得那宝座，他逆天而行，取我龙命，篡我大权，杀我子嗣，此仇不共戴天！我必将食其血肉，断其筋骨，以消心头大恨。”

太平公主疾然下拜，觳觫不断。

"我为公主感到惋惜……"男子又道。

太平公主双齿发颤，低头不能言语。

"朝中十宰八者为公主所用，权倾朝野，为何不利此夺权呢？况且武后已开女皇先例，而公主又为武后亲女，于情于理，这皇位都是公主的，为何要拱手让给后辈呢？公主三思，莫错过了这难来的东风。"

太平公主闻此猛然抬头，只见眼前一道黑色脸孔闪过，乱风微起，男子消失不见。

而后只听得背后甲士脚步整齐地冲将过来，片刻之间方才昏暗的雪夜变得如同白昼，火炬明亮，在太平公主的眼中飘摇不定。

"皇姑！"只听得一男子声音起。

太平公主忙缩回冰凉的双手，站起身来，此时惊惧而出的眼泪已在脸颊结冰。

"有人行刺，杀我婢女！"公主长久才从恐惧中跳脱出来。

"皇姑莫慌，别被雪野的精怪惊吓到了。"那男子道，"并无人行刺，方才有宫女来报道是皇姑怔在原地半分不动，久喊不醒，朕担心是宫中之妖作乱，故来甲兵恫吓。"

"我分明见她人头落地的！"太平公主推开左右搀扶的婢女朝方才人头滚落的地方看去，空空如也，就连先前看见的脚印也不见了。

风雪声与嘈杂声，雪夜中一只黑压压的甲兵看去格外的勇猛。

太平公主又朝方才宫女隐藏的梁上望去……

"有鬼！"太平公主惊声尖叫，只见太平观房檐上倒挂着一名婢女，头颅与脖颈之留着一线之连，似乎随时都会跌下一般。

众人皆惊愕，纷纷望去。

啪的一声，只见那宫女人头落地，自阶上滚落，直到定在玄宗李隆基的脚边。

"喝！何处妖精！"李隆基亦惧怕得大叫一声，挥剑乱砍，众甲士一并拥上，用布将人头裹住，而后将婢女尸体解下。

护国寺僧队于半柱香后赶到，只见那为首的僧人，高大英武，昂首阔步，手中紧握玄色长杖，于风雪中疾步飞来。

“小僧迟来，圣人息怒！”高僧方外道。

“高僧客气，此事无妨！”玄宗道。

说话间又见一队人马乘风而来，只见他们皆着玄色长褂，发髻高耸，为首的面目清瘦威武，剑眉紧锁，白发白须，一道浮尘横于手中，仙风道骨，不可一世。

“张某护驾来迟！”那道人忙趋前作揖道。

玄宗立即扶起天机道人，和颜悦色。

“有你二人在，纵使天下之鬼袭我长安，朕亦可高枕无忧。”玄宗道，“只是区区野鬼，甲士兵戈便可吓跑，不想惊动了二位高人，隆基惭愧。”

天机观道士与护国寺僧人一左一右，静立在玄宗两侧。

“圣人不可大意，这皇城乃至阳之地，太平观又有仙道护着，这能夜闯太平观的妖物必不能轻视。”天机道人道。

高僧方外低头不语。

“那便有劳天机道人布阵除魔了。”玄宗笑道，风雪更甚。

天机道人稽首领喏。

“这布阵之事，乃道法精妙，我等护送圣人回宫，念咒清魔。”僧人方外道。

天机道人趾高气扬，不置一言。

“也好！那高僧便随朕来，给皇姑念咒压惊。”玄宗扶起太平公主望了两人一眼，这两道不同，且皆是门中翘楚，此番撞见，必然互相不服，故顺着方外的话解围道。

“八阳阵起！”只听得那天机道人喉咙劲呼，旋即八名天机观道士在雪地中将太平观围起，每人站在阵眼之上，手结道家法印，咒语喃喃。

玄宗微笑展颜，长息一声，转身望着方外道：“高僧请！”

“圣人请。”

二人互让，先后入了沉香亭。

太平公主依蒲团与高僧方外对坐，咒语喃喃，玄宗拥炉火，四下奴仆皆在十步之远静侍，一炷香后太平公主呼吸趋稳，长吁一声睁开双眼。

“多谢高僧为令月念咒压惊。”太平公主起坐，双掌相抵，躬身向方外行礼。

方外亦起坐回礼。

风雪阵阵，烛火顿明，而后三人拥炉火而坐，清谈佛法，不觉夜半。

“圣人，可在忧心三年前的事？”见玄宗眉头轻锁，太平公主问道。

玄宗亦点头叹息：“皇姑道朕强夺逆贼三载龙命之事，好还是不好。”

方外变色，微微摇头。

玄宗见此，微微一笑道：“此为朕皇姑，高僧不必担心，有话但说。”

“既然圣人有秘事，那我便避而不听。”太平公主一笑，而后起身欲走。

“此乃关乎唐国运势，隆基不愿对皇姑隐瞒，若皇姑有心，还劳烦替隆基解忧。”玄宗道。

太平公主见势，不好回绝，又拥炉而坐。

高僧方外见玄宗不讳外人，眉头稍松，然面色犹愁，良久叹道：“夺武存道龙命乃天机道人为之，小僧难言好坏，只是……这十字咒一旦无人封印……”

太平公主闻“十字咒”与“武存道”几字忽而一惊，正欲开口，又缓缓按下。

“不是还有护国寺僧人么。”玄宗抢道，身体微倾。

方外按首，难以回答。

“此番西往吐蕃布咒的高僧选好了吗？”玄宗又问。

“小僧不才，待寺中事宜交接完毕便会西行云游，十年期满自会到达郁垒山，布咒之事，乃是师傅亲嘱，不敢轻托与他人。”方外道。

“那……护国寺岂不是无后秀之才了？”玄宗忽而感觉到事态严重，如此问道。

方外颔首，长息阵阵：“小僧担心的亦在此处，此番西行吐蕃布咒凶险非常，倘若侥幸能回来，师傅之道小僧仍旧可传与后人，倘若身遭不测，恐怕护国寺也就是呓语空名了……”

太平公主静听，默默不语。

“那如何是好？”玄宗摊着双手，面目忧愁，“朕听闻云香山有一位高僧，长诏不得，远游在外，不知那僧人可否担此大任。”

方外摇头道：“云香山僧人小僧亦有所耳闻，然未曾见面，应是密宗僧人，那宗派喜奇巧秘术，不喜发扬，但真有秘术还是假有秘术便不得而知了，现在太平，欺世盗名者众，圣人宜谨慎为之，不可引他人乱道，这十字咒必是小僧亲自去布，师傅大道小僧亦加紧传授，只能希冀后来者能悟高道，承布十字咒之大任。”

“可十载又十载，何时能得尽头，那佛门翘楚皆不是要全交在这十字咒上了？”玄宗哀忧，“高僧难道就没有别的退魔之法了吗？”

“小僧不才，暂无他法，十字咒是师傅道化与天竺僧人用十世换取的，他们一世修行皆付于此，不仅前功尽弃，而且遭十世轮回，那极乐的彼岸，师傅何曾不想，只是家国在前，不得不为此。”方外道，“倘若十字咒稍有松动，那咒中之魔便得而出，其出必报三载龙命之仇，届时天下也免不得大乱，要说此事，还是圣人鲁莽在先。”

“朕也是不得已而为之。”玄宗道。

“弑杀龙命本是倒施逆行之事，怎可容他们妄为？”方外道。

“天机道人言十八冥丁可守之，谁料那妖物这般了得。”玄宗长息，“是朕等大意，若供他一个虚位，服了三载龙命，便也不会有此祸根了。”

“祸根已成，现下只能依师傅之法以十年之期轮复固之，嘎采寺时，那逆贼已将善根交与罗刹王了，想必那魔界罗刹是觊觎这东方宝土，现在佛学式微，多名少实，若遇上罗刹王，真不知如何对付，不过好在叫十字咒一并缚住，现下之计只能延十字咒之威，待后来翘楚翦杀之。”方外道。

玄宗稽首，长久不起。

太平公主与方外皆是一惊，不曾想这九五之尊竟会对一个出家人行此大礼。

“圣人不可，快快请起。”方外亦稽首以对。

“大唐之安危便系高僧大德了，隆基在此替万邦百姓叩谢高僧。”玄宗起身后退，竟是对方外低头叩首。

“圣人！万万不可。”方外见玄宗欲叩首，飞速起身将玄宗双肩按住道，“此事关乎天下，亦关乎我佛道之安危，圣人不须如此，即便不是圣人为之，那逆贼终有一天也会将罗刹妖魔招来东土，如此也是上天之意，圣人心胸广荡，开张圣听，是天下之大幸，退魔也是圣人之大责，若这罗刹王能在圣人手中被除掉，那便功绩万世，垂贤古今，护国寺能遇明主，亦是护国寺之大幸，小僧愿效犬马，万死不辞，圣人快快请起，莫对我这出世之人行此大礼。”

玄宗昂首，眼中泪泫，喉头哽咽，不知所言，方外见此，亦无所言之。

“高僧大德，恐怕我李氏无以为报，护国寺之黼黻，大唐必长延之，以与我李氏平坐，从此无君臣之分。”玄宗道。

“蔽寺怎敢如此！圣人快些将话收回去，布道退魔本是出家人分内之事，我等去了三千烦恼，清心静修，为的是往生极乐，适魔道横行，理当扛鼎横刀，再怎敢图此国利，圣人只需弘扬佛道，劝人为善，我等自食其力，不享国俸。”方外道。

……

白烛垂泪，夜半风雪，三人促膝长谈，直到天色破晓僧人方外方才出了沉香亭，玄宗目送，只见僧人脚步坚毅，远远走出城门，向城东而去……

“妖魔已除，皇姑为何还闷闷不乐？”见太平公主双眉轻蹙，闷闷不乐，玄宗问道。

“是吗？”太平公主道。

“此事重大，朕想那夜来的妖魔并不简单，多年前朕与皇姑联手将那逆贼武存道斩杀，而今其化为妖魔归来，隆基一人恐难当大唐安危，故将此秘事告知皇姑，你我皆是李氏后人，必要守住这祖宗打下的疆土，如朕有不测，皇姑可拥贤人上位，不可再重蹈高宗之覆辙。”玄宗言语恳切，叫人动容。

“昨夜……”太平公主欲言又止。

“昨夜怎么了？”玄宗问道。

“无事，只是不知天机道人将妖魔驱了没有？”太平公主一笑，忽而言他。

“皇姑放心，有天机道人与护国寺高僧在，长安城可高枕无忧。”玄宗道。

“那便好，那便好。”太平公主道，“圣人一夜未休息了吧，莫教我这小事耽误了圣人大事。”

“唔！说来也是，一夜未眠却无半点疲倦，真如当年潞州一般，当时若无皇姑照顾，隆基哪能有今日？”玄宗笑道。

“往事不提，现下圣人保重身体才是最紧要的。快些回去歇息吧。”太平公主笑道，慈祥温柔。

玄宗面对朝阳，展臂欠身，肩头大袄忽而滑下，却被太平公主顺手披上。

“还是如此叫人担心……”太平公主责备道。

“朕还是姑姑的隆基孩儿啊！”玄宗轻笑打趣，往事幕幕。

“快回去吧，朝中大臣还在等着你呢！”太平公主声色微厉，宛如慈母。

“那便告辞皇姑了。”玄宗后退行礼。

太平公主回礼。

玄宗一笑转身，身形在大雪之中尤显的伟岸。

是夜，太平观外，太平公主依旧远望大明宫，忽见雪地脚印步步排来，公主按眉后退，突然一下撞到一物。

转头一看，又是昨夜妖魔武存道。

“贵主想好了么？”武存道轻笑道。

“李隆基心宽过甚，诚非正主之材。”太平公主道。

“好！”武存道双手一拍道，“存道愿助贵主一臂之力，只要贵主告知存道十字咒法，我即刻便拥贵主登上皇位！”

“十字咒乃秘法，连李隆基自己都不知。”

“什么！”武存道赫然暴怒道，“那道化和善无畏已死，除了李隆基还有谁能知这秘咒！”

“你莫急，李隆基虽不知晓，但护国寺高僧方外知晓。”太平公主道。

“贵主说笑，你要我生闯护国寺？”武存道道。

“待十年期近，那方外便会往吐蕃固十字咒，此时你再将方外捉获，你这般神通广大，护国寺众僧对付不了，对付一个总绰绰有余吧。”太平公主道。

“待十年期近，就算那和尚不来，我身上的咒法也可自行消除了。”

“然方外不除，待其西行固咒，你非但脱不了十字咒，还加一层，如此便更出不了这咒法了。”太平公主道，“只要你助令月登上皇位，护国寺，天机道之碍令月通通替你扫除干净，届时令月可封你半壁江山，你虽为妖，亦可称雄。”

武存道听罢哈哈一笑：“常闻大唐太平公主有运筹帷幄之才，今日一见果然不凡，我武存道败在贵主手下心服口服，如此说定，我于暗中助贵主策反，贵主告知我这方外和尚的动向，只要此僧一出长安城，我便有机会除去这十字咒之缚。”

太平公主轻笑，不言不语，风雪之间又见那雪地脚步排排，向远方伸去。

第九章　八阴阵

幽幽地宫之中，只闻女人泣涕之声，哀转久绝，叫人动容。

“煮豆持作羹，漉菽以为汁……”孩童歌谣伴着胡笳而起，竟是陈思王之《七步诗》。

孩儿轻轻起舞，稚嫩的脚步和着歌声竟是可爱又凄苦。

“萁在釜下燃，豆在釜中泣……”

咒链脱开，女妖轻轻落下，径直朝孩儿走去，将其抱在怀中，摇摇晃晃。

凄苦非常，不禁叫人悲恸，那李氏多舛的命运在歌谣中渐渐被回忆起来。

咸宜公主别过头去，默默哭泣，泯仇念咒不止，只见双颊亦流出泪水。

“本是同根生……相煎何太急……”女妖哭泣的随声和着。

“本是同根生……相煎何太急……”

女妖轻轻拉住孩儿的小手翩跹旋转旋转，此地不是地宫，而是三月春暖的长安城。

胡笳默默，继而消失，那孩儿也随之消失不见，女鬼错愕，两道清泪在脸颊不止。

“隆基侄儿……”女鬼朝那幻象扑去，然而孩儿早已消失不见。

“太平公主！”异香少年双指夹着长生符道，“道因命皆具，公主受降吧。”

女妖静坐在地，裙裾铺开，不言不语。

“这龙椅江山皆是虚幻，真不若平常邻家。”女妖摇头长叹，“先生大道，愿以善根入长生咒，助先生退魔。”

异香少年颔首，默默念咒，欲与女鬼长生符。

“且慢！”女妖站起身子，一抹微笑浮出。

泯仇与咸宜公主同时朝女妖望去……

地宫中，异香少年与女妖对视。

“先生亦感到长安有乱了吧。”女鬼道。

“七关闭合，妖魔并出，实为大难之前征。”异香少年道。

女妖四下环顾。

“先生博闻，可知道我如何破得这阴相阵的？”

“不知，但依公主本真之力是不可能出得了阴相阵的，定是有他物相助。”异香少年道。

“确实有他物相助，如若此时不告知先生，恐怕那大明宫中的妖魔……”女妖摇摇头道，“那大明宫中的妖魔先生实难尽除。”

“……”异香少年朝女妖投去一个疑惑的表情。

“难道这宫中的祸乱还另有他物？”泯仇道。

女鬼点头：“是韦后所化的妖魔。”

三人一听皆微微惊愕，妖魔所言之人正是在唐隆政变中被枭首的韦氏。

“韦后为中宗李显之妻，此人利欲熏心，与其女安乐公主将中宗毒杀，而后垂帘听政，联合武氏残党，欲登宝座。”女妖笑道，“殊不知两派各有异心，武三思之子武存道为玄门天才，亦有治国之道，这般人怎能安伏于韦后旁侧，于是内部纷乱，才叫我与隆基侄儿有机会发动政变，将此二贼杀死。”

“武存道？”异香少年问道，“我为何从未听过此人？”

“此人自幼习佛道，五岁能变幻，九岁可立纸人杀生，弱冠之年便具奇门遁甲，无人能敌。”

“既是无人能敌，如何身死？”

太平公主摇头道：“天外有天，人外有人，这武存道虽天下无敌，却是一夫难挡万手，不过最重要的是，护国寺高僧道化与天竺高僧善无畏出手，众人才将其制服。”

“高僧怎么会杀人？”泯仇道。

“这我便难知了，总之武存道最后身死，尸身在何处亦无人知晓。”

“那究竟是何人潜进地宫破掉阴相阵，又是何人叫此地天地翻转，静炼怨气的呢？”

“安乐公主。”太平公主道，“我沉在这天机道人设下的地宫，日日煎熬，忽然见释，好不快活，且韦后与安乐公主允我能报大仇，于是我在这地宫挖出一条通道，叫咸宜公主的寝宫化为混沌煞境，挟持公主，以助韦太后作乱。”

咸宜公主听此急道：“那阿耶现在岂不是很危险。”

太平公主沉沉点头：“我与你们道出前因后果亦是助你们退魔。”

“公主这是对小子说了韦后的命与因，现下还剩道。”异香少年道。

“必须要集齐道因命才能退魔吗？”咸宜公主问道，“但如果对方没有这三个条件，或者没有其中一个那岂不是不能退魔了？”

“化妖之人，必有其道，其道若无，便不可退邪念，邪念不退如何叫作退魔，”

“那事不宜迟，我们快些去大明宫！”泯仇拔出降魔金刚杵道。

“慢着！”太平公主道，“这韦后与安乐公主身死后亦被封禁在阴相阵中，高僧不曾想过他们又是如何见释的……”

“这阴相阵无他人之力不可能被打开，他们是如何逃出的？”泯仇问道。

太平公主摇摇头：“我不知，唐隆政变后来事皆是隆基侄儿处理的，这些你们当与隆基侄儿当面问清。”

异香少年沉默，若有所思。

“事不宜迟，先生出手吧！”太平公主道。

“那便得罪公主了。”异香少年说罢，将长生符打入太平公主前胸，只见那黄符化作咒链，旋即扭曲燃烧，片刻以后，一位娇美慈善的女人静坐在地上。

“公主恶念已除。”异香少年转身向泯仇道，“还劳烦高僧超度。”

“这是自然。”泯仇道。

那太平公主微笑和蔼，全然不像方才的妖魔。

“姑祖母好美。”咸宜公主全然忘记了这幽幽地宫的可怕，伸手便要去扶起太平公主，然而双手却摸了个空。

“太平公主虽恶念已除，但终非生人。”异香少年道。

咸宜公主听此，颇有些失望，欲要说话，却听地宫传出一声哀号。

异香少年与泯仇警然，之间地宫天顶一道黑影盘旋飞行。

“太平公主！你在此地做好事。”那声音凄楚险恶，叫人厌恶，“唔呀！叫你们都压死在这地宫中才好！”

“安乐公主！”太平公主道，话音刚落，便觉地动山摇，接着碎末落下，几欲倒塌。

“快走！”泯仇拉起，异香少年与咸宜公主便要向洞口处奔去。

“慢着！”异香少年挣脱泯仇紧拉的大手道。

“太平公主快入长生咒吧！”说罢，少年将卷轴展开，掏出毛笔在太平公主额间一划，旋即太平公主也如妖兵一般化作墨滴被收入长生咒中。

一道巨石落下，地宫摇荡，开始倾塌，三人跌跌撞撞地摸出地宫，身后妖兵袭来，哀号阵阵，三人在甬道中疾奔，倒塌尾随，危机四伏。

片刻三人来到咸宜公主寝宫的混沌煞地，身后恶鬼亦蹿出，泯仇举起降魔金刚杵欲要与妖魔相斗。

“高僧！大明宫中之乱要紧！”异香少年拉住泯仇的手道。

“纵然如此，要出这混沌煞地也需摸个半日！”泯仇道。

“无碍！”异香少年指着先前将黑暗吸进的紫金红葫芦道，那葫芦仍旧在原地。

“高僧，贵主快些跳进去。”异香少年指着葫芦道。

咸宜公主望着那手指大小的葫芦口茫然发怔。

“贵主随我来！”泯仇道，说罢纵身一跃，忽而消失不见。

咸宜公主错愕，不敢向前。

“不走又叫妖魔将你变作怪物！”异香少年道，将咸宜公主一推。

咸宜公主只觉一道巨大的吸力将自己引进，忽而天旋地转，不知方位，又忽而跌落在地，抬头四望正是自己凌乱的寝宫，身形未定又见一物落下，定睛一看是异香少年，少年伸手，只见虚空之中飞来一道葫芦，正是方才自己跳进的紫金红葫芦，甚是神奇。

“先生！我们现在是在葫芦里，还是在长安城？”

“长安城。”异香少年道。

“那方才我分明是跳进葫芦里了，难不成这葫芦漏底的不成？”咸宜公主好奇，伸手便要去摸葫芦。

异香少年乜斜着眼睛，不怒自威，咸宜公主怯怯地将手收回。

又忽听一声大喝，泯仇内劲四作，将门板与窗板一一震开，只见门外弦月微明，三人在那地宫之中竟是熬过了白天。

三人出了咸宜公主的寝宫，但见月光之下，尸横遍野，皇城武士个个皆口鼻流血，僵卧在地，围着寝宫共有八位玄衣道人，静坐在地，一动不动。

泯仇上前俯身探看，只见那八位道人双目圆瞪，心口皆被利器贯通，早已没有了气息。

“阿耶！”咸宜公主四下大喊，三人摸索搜寻，不见玄宗。

“晚了一步……”异香少年自语，忽而觉得身后妖气风动，少年抬头，但见一个着大氅的长发身影静静立在房顶之上，月光之下，面目不甚清晰，不知是背对着自己还是面对着自己。

异香少年按眉，现下不知敌我，亦不敢轻举妄动。

“先生在看什么？”泯仇的声音在耳畔响起。

异香少年摇头，不言不语，泯仇朝少年视线的方向望去，空空如也，只有翘起的飞檐，与半缺的月。

“阿耶不见了！肯定是叫妖怪挟去了！”咸宜公主围着寝宫绕了三圈，仍旧不见玄宗的踪迹，气沉郁结，号啕大哭起来，然终为皇室之后，方寸不乱，表情坚毅。

“不在此处，那必然是在大明宫了，这些罗刹被迷了心窍，专来误世了，这唐国国主倘遭不测，恐怕天下又免不了一场浩劫。”泯仇收起金刚杵，昂首朝着大明宫的方向观望，旋即掀开衣摆，欲要飞起。

“高僧莫急！”异香少年道，只见少年两掌之中各附着一道活符，“方才在地宫内高僧消耗了不少神通，此番前往大明宫亦免不了一场恶斗，此活符与你，可叫妖魔不见，届时伺机而动，莫教妖精轻取了高僧性命。”

泯仇稍犹豫，长吸一口，旋即微笑道：“这两张活符与了小僧和贵主，那先生怎么办？”

“半人半妖，本就隐遁于世，这活符要与不要，并没有什么影响。”异香少年沉言，转而抬头向屋顶望去，不知何时，那着大氅的黑色身影已然不见。

泯仇从少年手中接过活符，贴于胸前，而后双腿相接，使了梯云纵的功夫直朝大明宫飞去。

“事不宜迟！先生快些跟上。”话音落下之时，泯仇已然没了踪影。

“好快！”异香少年道，而后将手中的五彩宝伞交与咸宜公主道，“隐于伞下，静观其变，若见着你阿耶，也让他跳进伞内。”

咸宜公主双手抱伞，静望着眼前的盛装雍容的男子，微微神怡，一抹微笑也不由自主浮在少女的脸颊上。

“先生好俊俏……”咸宜公主说话之间已然将手伸出，欲抚少年的脸颊，却忽而一阵劲风袭来，少年顿时消失不见，抬头，少年立在屋顶，背对着自己，又是一跃，消失在楼台之间。

“天下竟有这般男子。”咸宜公主自言自语道，又觉胸中宝伞微微一颤，似在提醒咸宜公主快些赶往大明宫，咸宜公主当即脱下木屐，一双洁白的赤脚奔跑在曲折的宫道之间……

大明宫。

灯火未熄，那门前火红的灯笼下垂挂着两人，随风摇曳，已然死去多时，泯仇按步，将金刚杵背在身后，细嗅起来，佛道得神通者，八识贯通，能察常人不察之微渺，先前因鲁莽闯进咸宜公主寝宫，叫自己中了妖魔圈套，此番来大明宫，泯仇却是谨慎非常。

异香扑鼻，随后一道人影如落叶般飘下，正是后来的异香少年，少年顿步，抬头望着门前悬挂的两具尸体，皆是宦官打扮，并不是玄宗。

宫门微张，却无半点动静，气氛诡异，捉摸不透。

“高僧可察觉到什么了？”异香少年问。

“妖气！”泯仇直起身子，“妖气至此消失不见，按照太平公主说的，此时那群魔当在大明宫内，然而怪异得很，妖气到此戛然而止，这三界妖魔必有妖气，韦后这般恶妖，不当没有妖气。”

“此处可是大明宫？”异香少年问道。

泯仇抬头细察，雕楼画角，气派非常，长安再无此气度的宫阁。

“确是大明宫无疑。”泯仇道。

异香少年朝身后望了一眼，视野开阔得离奇，但不见半个人影，似静夜的原野一般。

二人狐疑，各自从不同方向围着大明宫绕了一圈，仍旧如此，不见半点妖物。

异香少年按眉道：“咸宜公主为何迟迟不来？”

静默，缺月对人，这阒寂的天地静得不一般。

“难不成又中了妖魔奸计？”泯仇道。

“不知，此中曲折非凡，恐有大任将落在高僧身上了。”异香少年腾起跃到房顶，四下观望，“这帮妖魔究竟要做什么？”

话音刚落，只听宫楼东北处一阵尖叫传来，这声音正是咸宜公主的，不近不远，似与两人隔了一条道路的距离。

泯仇歪头静聆，尖叫声过而不见，又如得水之鱼，不见踪迹。

“看来这是妖魔制造给我俩的假象，挡住我们进入真正的大明宫。”泯仇道，四下寻索，不见突破。

“无妨！”异香少年微笑道，“那咸宜公主有宝伞护身，想来不会有大碍，妖魔既挟持玄宗必有其因，想来也会暂时安全，现下只要找到真正的大明宫在何处便是。”

“先生说笑，小僧开法眼寻了三番，亦不得此地奥妙，恐我们摸出去就迟了，小僧常闻野人云妖魔迷人，即以相同的道路叫人困于某方天地内，不得日出，是走不出这迷阵的。”泯仇转回宫门中间，直视前方，“道门中有走出迷阵的方法，似是以左右绕之，曲折而行，便可出去，而且不得回首，不然又会重新落入阵眼之内。”

少年不语，解开束着的头发，从头上取下几根长长的后发。

“具体如何行走……”泯仇喃喃自语，苦思冥想，“先往左走，然后再朝右。”泯仇迈开脚步，在少年前方行走。

少年轻轻地将几根头发相接，连成一根青丝。

“再往右？”泯仇顿住，毫无头绪，“这道家的法门，小僧实在外行……”

“高僧。”异香少年道，此时手中的头发已然连成一根细小的丝绳，“方才与你的活符还在吗？”

泯仇闻言，顿住脚步，撕下胸前的活符，回身递与少年。

“难道真要待到天明才能找到大明宫不成。”泯仇道。

“现在便可出去。”说着异香少年将活符缠绕在头发编成的丝绳一端道，“这妖魔便在迷阵之外，既然走不出去，便叫他来迎我们出去……”

泯仇疑惑，不知异香少年欲行何法，只见异香少年将绑着活符的一端抛出去，活符轻飞，旋即隐没进黑暗之中，丝绳一端被少年绕在指头，异香少年闭上双眼，内劲都在指尖，仔细地察觉着手头的发丝。

泯仇顿然明了，笑逐颜开。

“先生好办法！”

话音刚落，只见少年手头一紧，那头发做成的丝绳忽而被什么紧紧拉住，丝绳紧绷，一头连接着黑暗中的某地。

“高僧快随我来！”异香少年道，说罢顺着丝绳拉紧的方向跑去，泯仇随后，二人冲进黑暗之中，但见墙壁上一只墨绿色的手紧紧攥着活符，欲将活符扯进墙内。

“就在此处！”二人异口同声道，说罢神通一起，冲进墙内，而后只见四周豁然一明，眼前一只丈许的碧色修罗正抱着活符啃食。

再看前方，那气势恢宏的大明宫赫然耸立，比之先前的宫殿又是多出了几分气度，只见宫殿前头，两团巨大的明火直朝天空，前方衅鼓阵阵，遍地落满了被斩杀的人头，道路两旁皆俯首着玄色妖魔，个个刀戟加身，一动不动。

泯仇正欲迈开脚步，却觉身后腥风扑来，却是修罗背袭，泯仇当下头身一矮，扯开左腿就是一计横扫，将那修罗打翻在地，手上的活符也落了下来，被泯仇稳稳接住，那将爬起的修罗却顿时失明般茫然四顾，旋即只去捉泯仇手上的活符了。

泯仇起劲，单手将修罗按在墙头，扣住修罗脖颈，饶是修罗一身腱肉也动弹不得，亦发不出声响，泯仇空出左手将袈裟一展，那丈二修罗被覆在袈裟之下，旋即袈裟化莲，将修罗封印，泯仇拔下莲心，只见那莲花兀自绽开，又重新化作袈裟，泯仇拾起袈裟，回旋金刚杵，吟吟一阵，蓄势待发。

那宫殿内外黑压压的数层妖魔，皆长发黑瞳，表情狰狞。

“这么许多妖魔，如何进得去大明宫？”泯仇发愁道。

再看那大明宫的四围，皆立鬼差，又于八阳阵眼上立着八个二丈许的妖魔左手执伞右手执苗刀，以破布遮面，静立不动。

“以极阴封阵眼，即是半点阳气也入不得，就算有活符也没用。”泯仇微微心急，“妖兵呢？先生的妖兵当可潜入。”

“不可。”异香少年道，“妖性虽为阴，然而受了长生咒便阴阳参半，它们如小子一般，只是半妖，算不得纯妖，如果是一般妖魔守门，径直冲进去倒也无妨，只是……”

异香少年按眉，紧盯着远处那八位持伞的恶鬼。

“这阎罗身边的东西也叫他招来了。”异香少年喉底轻轻道，却有三分无可奈何。

泯仇听闻少年如说，亦开法眼朝八阳阵阵眼上望去，只见那八位阴司腰间皆有物相连，如此一来，这八名阴司似宫外铁柱一般，间以锁链相连，极难攻破……

“八阴司！”泯仇些许骇然，长息不断，“那阴司手里有定魂索，是于阳间缚人之用，一般妖物确难近身。”

“这阵眼距八阳阵阵眼三步，且以八大夜叉，宝贤、满贤、散支、威神、应念、大满、无比力、密严封之，较之生人所结之八阳阵更为坚不可摧，贸然前闯，莫说破掉八阴阵，就是眼前的恶鬼攻杀，你我也不一定能够全身而退。”异香少年沉言，“八大阴司以定魂索相连，一是为了不叫退魔师闯入，二是为了阵眼不移，看来要破掉眼前的八阴阵确要费一番周折了。”

泯仇抬头望了一眼缺月道：“那如何是好，现下离破晓还有数个时辰，玄宗恐怕挨不到那个时候，先生可有妙法破阵。”

异香少年摇摇头，一言不发，不知何时双指之间夹着两张黄符。

“这是？”泯仇疑惑道。

“律令。”异香少年小声道，“此时阴司夜巡，不知律令小鬼有无这个功夫来助阵，只好试一试了。”

说罢，异香少年蹲下身子，用毛笔在地上画出一道长符，末了，二指并起，将黄符贴于符咒两边，口中咒语喃喃，忽见那两道符咒砰然一震，灰飞烟灭，而后只见黄符处多了两只着玄衣的小鬼，此为律令，野妖所化，衣服前皆有补子，图文诡怪，不知画作何物。

“有了。”异香少年轻笑松气，站起身来，这两只律令只到异香少年的膝头，一个是中年人模样，只是眉头相连，须发倒生，面相颇似人间武夫，与之侏儒的体格相搭，又有几分伶人模样，另一位面容皎白，似妇人，然亦着男子服装，眉心一点，红唇黑齿，二律令双瞳皆一黑一白，一眼看阴间，一眼看阳间，故能自由出入阴阳两界。

“先生还懂道法！”泯仇惊讶道。

“略知一二。”异香少年道。

二律令乍到，面色疲倦，只见右边的小鬼回神过来便要举起利刃刺向少年的脚掌，左边一只径直朝泯仇面门扑去。

“呔！”泯仇猝不及防，向后引身，举杵便要打下。

只听咣当一声，泯仇的金刚杵下多了一道金刚剑，却是被异香少年挡住。

“且慢！”异香少年道，“他们皆是阴间司命，性情暴戾，高僧且忍他一忍。”

说话间又觉身后有物，二人弹开，只见胸前匍匐着那招来的阴司，泯仇拳掌并出，却打了个空，这阴司腿脚极快，尚未运力便不见踪迹，泯仇又觉脖颈一凉，一道利刃寒光闪来，泯仇怒然，金钟神罩猛然坠下，这天外佛法已是极速了，然而却之眼前的阴司还是慢了不少。

“什么妖物，这般快！”金钟坠下，泯仇只听到四周叮叮当当，原来是那阴司在外边横扫竖砍，片刻之间那金钟上下便布满了刀痕。

“先生好法术，却多惹了一趟麻烦！”泯仇无法只得躲在金钟之内。

“宰左，宰右！”忽听异香少年的声音从上方而来，泯仇抬头一看，只见少年胸口上的阴司忽然消失不见，再向前望去，只见那两只阴司觳觫在墙角处，不敢动弹。

异香少年落定身形，又道：“宰左，宰右！”

二律令抱头觳觫，再也不能行动。

泯仇茫然，不知何因。

第十章　宰左宰右

大明宫外，血腥阵阵，鸬鸠横飞，层层妖魔宛如木雕，将宫殿紧紧围住，八阴阵上高大的夜叉阴司浮浮晃晃，似真似假，旋绕其间的定魂索在夜风中铃然作响，帷帽之内皆缓缓泻下股股玄色阴气，喉间低吟，威严可怖。

异香少年与泯仇面前，律令宰左宰右领命消失不见，同时只听得夜风忽起，定魂索微微一荡，八大阴司并无察觉。

湘妃竹烟管。

少年轻嘬，飘浮的烟雾游荡在面门之间，倏尔化作少女形状，倏尔又化作将军形状……

“先生是如何驱遣律令的？”泯仇问，“律令不载于长生咒，难道地府之物亦服先生管教？”

“此为道家法门，古来有之……”异香少年轻吐烟雾，长息一声，懒散地坐于地上，只见不远处夜巡夜叉正向两人缓缓走近。

泯仇将活符远远打出，但见那夜叉轻嗅，旋即朝活符疾奔而去，指尖方触符咒，便被泯仇一掌压下，手心卍字印微张，夜叉蜷缩僵硬，而后没于泯仇掌心，泯仇解开腰间卷轴，将夜叉压下，只见卷轴之上多出一道符咒来。

泯仇起身，方才于地宫中恶斗，浑身上下皆是伤痕，腰背酸软，瘫倒在地，与少年十步之距离，双眼对着缺月，月腰缠着一抹阴云，现下已移之天中了。

“先生博学，可将这道家法术传授于小僧。”泯仇声音中亦透着惫懒，自修行降妖之日起，未曾有过如此疲倦，眼下八大阴司严守的大明宫好似茫然无际的沙漠，不知往下再能提起几多的气力来。

“简单，道门称此为呼名法术，如此妖魔在夜间出没，只需知晓对方的名字，便可驱遣，这律令本是山间妖精，善行无影，因相互打赌，擅闯阴殿，为阎罗所收，后成阴殿司命，赐名宰，一左一右，故唤作宰左宰右。”

“那是人间妖物呼名便能降服？”泯仇半坐起来，兴趣盎然，“还有此等简单的事情。”

“不可。”异香少年道，“呼名法术只能应对时媚鬼，况且世间妖魔多无姓字，今朝驱遣律令也是小子顺便讨巧。”

“捶惕，魔罗，时媚乃为佛界三魔罗，道门中亦有此般说法？小僧遍览佛经，也未曾见过能用呼名法术降服的时媚魔，先生高道，小僧佩服。”泯仇道。

“无论佛法道法或各门法术皆是相参的，呼名法术究竟出自哪门却是不得而知了。”异香少年轻嘬烟管，指尖点点。

片刻之后，异香少年面前两道矮小的人影落下，正是方才潜入大明宫的律令宰左宰右。

少年长嘬烟管，又神态松散地将烟管递与律令，而后从腰间取出几枚刀币朝律令扔去。

宰左宰右交换烟管，于香烟缭绕中怡然自乐，把手起舞，而后拾起地上的刀币，对着少年稽首言谢，动作与常人无异，只是矮小的身板叫人看起来显得几分滑稽。

“殿中妖物正行祝由术从大唐皇帝口中套取十字明咒。”旋即律令舞罢，宰左道。

“十字咒！”泯仇腾然起身，按眉问道，“这自毁道业的法术早已不载于经卷，皇帝怎晓得？”

“高僧晓得此咒的利害？”异香少年问道。

“此为太古高僧究由陀罗所创，小僧于设怛荼卢城取经时布道苦僧曾提过此法，道天地初开，佛魔并存，外道天魔魔罗王魔波旬鼓动世人行乐，穷极六欲，一时间淫邪充斥八荒六合，蛇魔横行，造成了太古天竺饥荒，尸横遍野，扑地之尸纷纷化作尸魔，啃咬人畜，外道天魔借此怨念修行，终成大果。高僧究由陀罗游学此地，见此地狱之相，怒不可遏，与外道天魔斗法三百日，不分上下，后得孔雀明王点拨，生创十字咒，以十世大业化无边咒链，将天魔封印，此后天降甘露，人间重得太平。”泯仇道。

异香少年凝神静听。

“但是凡行此法者修为尽毁，七益全失，乃为修佛之人的大禁，故此法在后来流传中被列为禁咒，不可沿袭，小僧初听此故事时原以为只是佛家茶余，不想世间却真有此咒法，是何妖魔需行十字明咒去降服，小僧实在难以理解。”泯仇摇头叹息，“这大唐法界究竟发生过什么事情！”

异香少年听罢，自语喃喃道，“小子亦未曾听过此般明咒。”

“韦后不过一介小魔，既可出来作乱，便不被咒链所缚，她要十字明咒何用？”泯仇道。

异香少年摇头，思索良久。

静默，风起，风落。

“四象符可打好了？”少年低头朝吸烟的律令问道。

“角、亢、氐、房、心、尾、箕七宿三枚，井、鬼、柳、星、张、翼、轸七宿八枚，奎、娄、胃、昴、毕、觜、参七宿两枚，斗、牛、女、虚、危、室、壁七宿九枚，先生交与我们的四象符多出一些，不过好险来回一趟，我们也不打算归还了。”宰左道。

“无妨，往后再求律令兄弟之时，望能看清小子与高僧二位，不要刀兵相加。”异香少年从律令手中接过烟管道。

“这是自然。”宰右道，“这里还有一事不知当讲不当讲……”

宰左宰右相互一望，各自轻微发笑。

异香少年双眼乜斜着律令，一言不发。

“这位高僧兄弟有暗疾。”宰右道。

泯仇顿然张大双眼，怒目横眉。

“高僧兄弟可长受怒碍，长此以往恐怕于高僧的修为不利。”

“确有，为人易怒，长受莽撞困顿。”泯仇沉言。

“那便是了，每至长夏时节高僧可常腹痛？”宰右问道。

“律令兄弟神机，确实如此，每至六月便常有腹痛，形同刀绞锯割，由来九十余年了。”

“那高僧商阳穴上可有一颗红痣？”宰右又问道。

泯仇摊开手掌一看，食指桡侧端的确有一颗红痣，被律令一提，分外显目。

“高僧的阳明经被毒物所阻，故而怒气横生，大肠绞痛，倘若不通的话，高僧永远无法达到圆融无碍的境界。”

泯仇按眉，深深思索：“贫僧年少的时候曾于同门的怂恿下食进一颗红果，自那以后便常有腹痛了。”

宰左宰右嘿然一笑：“高僧大智慧，竟被同门所误，我们这里有解救之法，不知高僧可想要否。”

“这是自然，律令兄弟既然有医治之法那便快道来！”泯仇语气些许着急。

此时宰左宰右却忽然同时闭口不言。

异香少年睁眼，又从腰包里掏出几十枚刀币，朝律令扔去。

然而律令此番却不看刀币，不为所动。

“律令兄弟要什么代价，小僧愿给。”泯仇道。

宰右用下巴指了指泯仇手中的降魔金刚杵道：“高僧上下就此物最值钱。”

“混账！竟敢觊觎罗什的宝物。”泯仇怒道。

"那我等的白蛇也是以白果喂养，由来几十年，岂可轻易给了你？"宰左反驳道，不知何时二人手中已轻轻托着一条几寸长小白色。

异香少年盯着白蛇详视良久。

"这条白蛇能医治小僧的暗疾？"

"非但可以，并且还能让高僧神通倍涨，再不用屈茶先生之下了。"

"用此宝物与你交换如何？"异香少年道。

只见律令眼见递来一个白玉瓶子，瓶身如雪，晶莹剔透，宰左用指甲点点瓶子，叮当脆响，甚是好听。

宰右正欲伸手来取，却被异香少年一把拉回："降魔金刚杵那般长，律令兄弟可不好使，小子的玉净瓶能纳万物，凭空飞行，往后两位来回阴阳二界，也不需苦行了。"

宰左宰右四目相对，紧攥的白蛇也缓缓松开。

"既然茶先生愿意换，那也别怪我等贪心了。"说罢律令将白蛇抛出，被泯仇稳稳接住。

"诶！我怎么晓得你们说的是真是假，要待高僧用了白蛇，除了怒障，玉净瓶才能与你们。"见律令要来夺玉净瓶，异香少年缩手如是说。

宰左宰右稍有怒气，然又不好发作："我们替先生布了四象阵也算是参合了人间道的事了，回阴殿可是要受罚的，先生却这般捉弄我们。"

异香少年闭上双眼，一言不发，律令无可奈何。

"高僧兄弟愣着干吗？快些吞了白蛇呀！"宰左跺脚急道。

泯仇见异香少年出尔反尔，颇有些难为情，听闻律令如此说，便不再犹豫，一口吞下白蛇，忽而只觉得天旋地转，腋下、背脊疼痛无比，泯仇扎下马步默念不动明王咒欲要静下心来，不料咒语一出，只觉得腋下背脊钻心疼痛，似有物撕扯一般。

"呀！现下万万不可行神通啊，白蛇正在打通高僧的经络呢！"混沌之际，只听耳边传来宰左宰右的声音。

约莫熬过半柱香的时间，泯仇只觉得腹中通顺，疼痛随后消失，顿时神清自来，再看四周时，只觉视线有些不同，旁侧的异香少年似乎矮小了一些，地上的律令更是矮小了很多。

异香少年稍稍抬头，只见方高出自己半颗脑袋的泯仇现下又高大了许多，足足有一头身左右。

“通了！”宰左宰右摆手欢呼。

泯仇对这般突来的变化尚有些不适应，脚步笨拙，连握着的金刚杵也觉得换了一根般，然确觉胸内坦荡，怒碍全消，只是忽然感觉腹中几分饥饿，自云香山下来，已是一日未进食了，不过僧人于饥饿乃是常事，如此这般想饱口欲百十年来还是头一遭。

“茶先生！高僧兄弟的暗疾已除，玉净瓶当送与我俩了吧。”见泯仇身体变化，宰左立即朝异香少年摊手讨要玉净瓶。

然而异香少年仍旧闭着双目，丝毫不理会律令。

“噫！天下竟有这般人。”宰左急得往地上一坐，旋即又站起身来，仰头指着异香少年道，“你好歹也是个生意人，怎能行此般出尔反尔的事，你那茶叶也便不要卖了……罢了，饱吃你的亏，宰右我们走！”

“慢着……”异香少年缓缓睁开眼睛道，“小子没说不给你呀！只是这玉净瓶乃天地之灵，受者必有一番功业，你们二人妖精出身，现下也只不过是阴司，怎承得起这宝贝。”

“呸！少来蛊惑我。玉净瓶我不要了！”宰左怒道。

“怎能不要呢？不然枉费这番周折。”宰右道。

“不是你多嘴也不会白给了那秃驴宝蛇！”宰左面目狰狞，朝宰右骂道。

泯仇在一旁颇觉尴尬，然而又不知如何解围。

“宰左兄弟！只要你们再答应我一件事我便把玉净瓶给你们。”异香少年道。

宰左扭头，一言不发。

“你们看看这周遭这么许多的妖魔，况且还有八阴阵，凭小子与高僧两人是绝难突进的，不过只要让我进了大明宫行了四象阵让宫内化阳，届时外层妖兵便进不了大明宫，再救皇帝也就简单许多了，如果律令兄弟能帮我透过八阴阵，也算是有了降魔功业，再受玉净瓶便理所应当了。”异香少年道。

“如何进得去？八夜叉大我一级，我俩出入是因为具天地之极速，又是阴司，故可不被察觉，先生虽是半妖，不过身上带着阳气，莫说穿过八阴阵，便是距离阵眼十步，八夜叉也能察觉到。”

“所以才求律令兄弟帮忙，这八大阴司全神贯注自然能察觉我的阳气，可如果阵外骚动必然会顾此失彼，到时律令兄弟再趁乱将小子驼进去就容易许多了。”

宰左宰右相互一望，各自点头。

“只是如何叫阴司分神？”泯仇问道。

“简单，不过需要高僧一点舌尖阳血。”说着少年从囊中掏出一叠符咒，那符咒熟悉非常，竟全是活符。

泯仇惊讶道：“先生有这么许多活符。”

“终南山道士爱饮小子的茶，这些都是用茶叶换的。”异香少年边说边在泯仇身边的地上贴下活符，“高僧忍痛割一些舌尖血吧。”

异香少年将一根银针递与泯仇。

“先生说笑，这点算什么疼痛。”说罢泯仇伸出舌头用银针在舌尖一点，须臾便取了几滴舌尖阳血，异香少年用毛笔将舌尖血托在空中，而后蘸上，在每道活符上都点上一笔，只见那些活符忽而紧绷起来，砰的一声，道道活符都化作泯仇的模样，一共百十个泯仇出现在少年跟前。

泯仇哈哈一笑，那些僧人亦哈哈一笑，亦步亦趋，丝毫不差。

“先生高道，这外边的妖魔都通通交与小僧吧！”百十个僧人齐声说道。

“嘘！别惊动了妖魔。”异香少年道，“还要稍等片刻，大明宫中的四象符尚未落定。”

泯仇点头踟跌，那些活符所化的僧人亦点头踟跌。

少年轻嘬香烟，静待时机。

夜风清凉，落瓣飘零，忽听脚步风动，少年与泯仇双耳一颤，朝八阴阵那边看去，只见远处高大的阴司高举苗刀横扫而下，劲劲的刀风之下……

二人定睛一看，只见一张五彩宝伞正在阴司脚下惊慌移动，但长刀已下，那伞下之人已然避之不及，眼看着便要被苗刀斫下，这刀虽不能将五彩宝伞剖开，然凭阴司之力足以将伞下之人震死。

刀风呼啸，异香少年与泯仇瞪大双目，却是半点法子也没有。

苗刀斫下，只听得咣当一声巨响，火光四溅，只见宝伞飞出，伞下之人亦飞出三丈之外，扑通一声落地，不再动弹。

“坏了！”泯仇站起身子，身后的僧人纷纷起立，威严神气。

异香少年与泯仇正欲冲上前去，只见那瘫倒在地的咸宜公主忽然翻过身子，半坐起来。

再看八阴阵，苗刀刀锋之下压着两个矮小的阴司，正是宰左宰右。

“唔！”少年与泯仇皆出了一口长气，虚惊一场，此番若无律令相助，咸宜公主即便是力士也没办法再站起来了。

阴司大满将长刀一横，对着律令腰间又是一计横扫，然而这挥刀的速度远不及律令，只见宰左宰右嗖嗖消失，站在异香少年两侧。

异香少年前趋，扶起咸宜公主，那咸宜公主委屈一泣，扑进异香少年的怀中大哭起来，再见四周，那些木雕般妖魔纷纷苏醒，低吟阵阵，旋即便朝异香少年一众冲了过来。

异香少年推开咸宜公主从怀中掏出一面方形铜盘，只见上头符纹曲折，三分已化作红色。

“四象符还未落定。”异香少年低声自语，“罢了，先入了大明宫再说。”

说罢将玉净瓶抛给律令道：“劳烦律令兄弟送我一趟了。”

宰左宰右接过玉净瓶，神色严肃，稽首作揖。

末了，异香少年转身对泯仇道：“这阵外就交与高僧了。”

泯仇回旋金刚杵道：“先生尽管去，好叫小僧在此伸展拳脚！”

异香少年嘴角浮出微笑，眼神坚定，又朝咸宜公主道：“贵主仍旧隐于宝伞之下，天光之时，便可见到你阿耶了。”

错愕的咸宜公主脸颊上留着两道泪痕，胭脂全散，头发凌乱，听少年这般说，也只会点头了。

妖兵已然压至眼前，泯仇大喝一声率着众僧冲上前去，降魔金刚杵回旋不绝，摧枯拉朽，法咒穿梭，这些妖魔在进得神通的泯仇面前竟不堪一击，纷纷被打倒。

一阵混战，见泯仇潮水般攻势，阵眼上的夜叉阴司纷纷按捺不住，定魂索叮当摇晃，欲要迸裂。

异香少年见势，双莲并起，跳上宰左宰右的肩头。

“先生站稳了。”宰左宰右同声说道。

“全凭律令兄弟了。”异香少年道，话音刚落，只觉劲风袭来，腹内倒海翻江，这片刻却是比一日还长，忽然劲风消失，异香少年朝前贴地一滚，卸去气力，站起身来，现下已是在大明宫的正门前了。

异香少年转身，只见律令呼呼喘气，不能言语。

“小子多谢律令兄弟了！”异香少年朝宰左宰右道。

“商家交易，没什么好谢的。”宰左歇气罢，倚靠着柱子下的石墩坐下说，“只能送兄弟到此了，我们这番还要回地府揭发八夜叉，他们于人间做此恶行，天地不容，待领了十殿阎罗公文，牛头马面一众便会来抓捕他们，还望先生能撑到那时候。”

“那就有劳律令兄弟了。”异香少年道，宰左宰右并立稽首，顿然消失……

大明宫外，泯仇畅然攻杀，几道箭矢飞来，泯仇非但不躲避，而且疾冲上去，待箭矢扑面之时，身形一侧，斜奔朝前，挥舞金刚杵横飞出去，打倒一片妖兵，而手头不闲，将面前的两只妖兵脖颈死死钳住，大喝一声，竟将妖兵头颅掐下，而后以头做利器，抛掷出去，又将一众妖兵打倒，未等倒地妖兵爬起，佛掌又从天而降，将妖兵压灭，只见飞奔的泯仇印法开合，灵活自如，恰似霸王乌江独斗，威风凛凛，势不可挡。别处活符所化的泯仇亦具高法，一阵恶斗下来，包括泯仇在内，妖兵尸林中尚剩十六个僧人，僧袍在夜风中鼓动，甚是神武。

现下大明宫外只剩下八大夜叉了，定魂索风动，帷帽之下阴气如下泻之瀑。

“地府容尔等作恶，我泯仇不容！”泯仇大喝，将八夜叉围住，旋即急冲而上……

泯仇抡圆金刚杵朝夜叉宝贤砸下，夜叉宝贤举苗刀亦砍将上来，当的一声响，泯仇只觉手中金刚杵长颤不止，劲头后来，将泯仇打飞出去，泯仇双脚落地，在地面上竟滑行十步有余，在看虎口，已是被夜叉震出血来了。

再见四周，僧人皆纷纷弹出，落地便没，须臾之间大明宫外只剩下泯仇一人了。

“止是一计便叫我折了全部人马！”泯仇沉言警惕，双手发颤。

还未待泯仇回过神来，只见夜叉弯弓搭箭，一道玄色长箭咻的一声飞将过来，正中泯仇小腹，被这劲头一带，泯仇向后飞去，竟将宫墙撞倒。

泯仇爬起身来，折断箭尾，又见夜叉无比力双手长伸，朝自己扑来，泯仇顾不上疼痛，立即在脚上贴下神行符，侧身一闪，躲过一击，但见地面鲜血滴滴，剧痛后来……

第十一章　韦后

大明宫门前，少年静立

门板于夜风中自开自合，咿呀作响，异香少年掏出胸中铜盘，四象符已落定四分了。

异香少年抬头，右手抵住大门上的辅首轻轻一推，宫门洞开，只见玄宗瘫坐在龙椅之上，垂涎呓语，而左右不见他物。

少年抬脚进门……

忽见一张脸落下，正对着自己，红瞳狰然，笑容诡异，向上是一道细长的脖子，不见脸孔的身体在何处。

只见那脸张口便咬，异香少年印法早起，金刚剑横扫而去，但见那长长的脖颈陡然收缩，少年追将上去，只见殿门左右各立一只女妖，惨笑不绝，阴森可怖，未等异香少年探清宫内布局，只觉双肩一沉，竟是有物落在自己身上……

少年按住不动，静观其变。

大明宫中，绿烛垂泣，阶侧宫人之妖翩跹而出，白面无力，纤手鼓琴，哀啭的鬼音在殿内环行，顶梁之上，大红色的凤袍落下，裙裾铺地，牡丹花瓣随后簌簌如雪，因风飘飞。

异香少年静立在殿门前头，肩头有物，两只雪白的手掌轻轻抵在少年双肩，然而却沉重无比，背后只觉疏松软绵，浓香扑鼻。

“少爷！”媚音缓起，娇柔无力。

那纤手缓缓抚摸，触至少年脖颈，只觉冰凉投骨，恰似二月的山泉，不可忍受。

但见身前，顶梁上的身影落定，黛眉轻点，额间红花，梨涡浅笑，柔媚威严。

“裹儿道长安城中出了少年退魔师，智谋过人，法力无边……”女人以团扇遮唇，轻轻发笑，而后又昂首道，“不知先生还记得否，当年朕于花灯节时赋物对诗，赏赐百万，宫中翘楚皆往，但有少年独卧舟头，漂流而下，信口吟咏了一句诗，力压群豪，独得头筹，惹得朕裙下小儿慕艳纷纷，而那少年却不为所动，顺流而下轻逐花灯，呵呵，不想却是先生你，朕还记得先生吟咏的那句诗，河风忘沐浓紫冠，一叶轻舟荡浮尘……”

女人揭开团扇，笑容大方，然双眉之间微微压着一道戾气，欲张不开，叫人生厌。

“小子眼拙，不知是韦太后……”异香少年道。

女人粲然一笑：“如果当时知道先生身具异法，朕当鼓棹强留，可惜了……现下这一身妖魔皮囊，恐怕难入先生之眼了吧。”

少年微笑，不置一言。

“八阴阵未破，先生如何以区区肉身进得这大明宫内？”女人侧身，抬步又止，“是来救殿头小儿的吗？”

“信步闲逛，不想冒犯了太后，太后海量，当不与小子一般计较吧。”

“计较？”女人道，“你与我并无生仇，朕计较什么？”

“殿头之人与太后有生仇？”

“以下犯上，斩朕人头，先生说这算不算大仇？”

“殿上之人已是太后囊中之物，为何不斩其人头，以报大仇？”

女人微微一顿，似在思索，而后转身道：“朕的龙命是他取的，亦自当叫他还，朕要将此处化作阴殿，使长安变作妖域，他口中还藏着一道秘密，朕需问清楚方可高枕无忧。”

“十字明咒。”异香少年道。

女人又是一顿，问道：“难不成先生知道十字咒。”

“小子只是一介茶贩，不懂佛界咒语。”异香少年道，“方才太后使祝由之术套问此咒被小子听得，可惜殿头之人也只晓得酣睡，并不晓得这咒语。”

韦后长息，目光阴狠。

“先生既然事外之人，那朕便要劝你不要插手宫中之事。”

“方才太后，说要将长安城化作妖域，不过小子还未享尽这皇城浮华，故必来趟这场不愉快。”异香少年道。

女人抬脚上阶，旋即走到玄宗旁侧，揪住玄宗衣领，那八尺男子竟被女人轻轻提起，如若鹅毛。

而后女人将玄宗信手一抛，玄宗未从祝由术中苏醒，软绵无力，从台阶上滚落，依旧酣睡呓语。

韦后旋身而坐，气势非常：“既然李隆基不知十字咒……那便斩了他人头吧。”

女人话音刚落，只听得刀声噌噌，寒光入眼，绿烛飘灭，烛烟飞旋，一道锋利的唐刀自殿中横来，劲力十足，直朝玄宗脖颈飞去……

忽然刀身顿住，只在玄宗脖颈的咫尺之处，伸出一道锋利的金刚剑，双刃相斫，叮当一声，那砍在金刚剑上的唐刀拦腰而折，碎刃乱飞，纷纷刺进木柱之中。

这边只见少年双手印法已起，黄符后来，道道在空中伸展，化作黑色咒链，交叉纵横，如蜘蛛网一般铺开，并朝韦后飞去。

但见那一头，韦后不紧不慢张开一物来抵，那飞出的咒链方触到，便纷纷被弹回，又化作平常黄符，与牡丹花瓣一齐落下。

少年睁眼一看，韦后手中张开的宝器不是别的，正是方才自己递给咸宜公主的五彩宝伞。

少年惊讶飞身，跳到他处，掏出胸中铜盘，那符咒已经六分红色了，正在此时，忽然一只纤手伸将过来，把铜盘夺走，抛到他处，少年低头一看，只见两条雪白的腿紧紧扣在自己腰间，方才身后之物竟没被自己甩开，一直附在背后。

“少爷……”正欲思索之时，身后魅惑的声音又在自己耳边，却是十分的熟悉。

少年一怔，拉住肩头的手，低头一甩，只见那物在空中又反扣住少年的手腕，纤手做劲，又扑进少年怀中。

少年闭目按眉，怀中美人竟是咸宜公主，此时一丝不挂地搂着少年。

“先生这般美少年居然不近女色，难道是朕赐予先生的大唐公主不够美艳？”只听得韦太后与一众宫女嬉笑起来。

少年咬肌颤动，随后将外衣解下覆在咸宜公主的身上，又朝地上的玄宗望了一眼，玄宗尚熟睡未醒。

少年立即从囊中掏出红泥木匣，用食指按泥，蘸出一指头的朱砂，抹在咸宜公主的额间，那咸宜公主魂魄自来，突然一阵寒颤，苏醒过来，抬头望见少年，双手双脚依然紧紧扣在少年身上。

“事已危急，贵主快些放手，好让小子退魔！”异香少年道。

“先生……我为何？”咸宜公主从异香少年身上落下，双颊一抹羞赧却无半点愤恨。

“问我为何，小子正要问贵主为何，小子叫你藏在伞下，你怎独自出来了？”

“……”咸宜公主丈二和尚摸不着头脑，“不是先生喊我出来的吗？”

“噫！中了妖魔奸计。”异香少年一声长叹，将金刚剑递与咸宜公主道，“此地险恶，小子浅道不知能否应对，金刚剑与你，快些穿好衣服，但凡有妖魔攻杀便用剑抵挡，恐怕此番贵主只能自求多福了。”

“还有先生降服不了的妖魔？”咸宜公主紧盯着少年的眼睛问道。

少年沉默，双手各持一张黄符，欲飞身退魔，忽听殿外啊的一声。

“泯仇！”少年黯然回首，不知阵外发生了什么。

“阿耶！”未待少年回神，却又听咸宜公主长叫一声。

少年回身，只见安乐公主提刀欲刺玄宗，少年冲出，单脚在咸宜公主的肩头借力，横飞而去，左手结着印法，右肩沉下以肉身抵挡凌厉的唐刀，噗的一声，唐刀贯透少年的右胸，鲜血自刀尖滴下，右手则仅攥住刀锋，被划出一道深深的口子，而后少年吃痛翻身，张出左手将咒链打出，安乐公主见势，右手一松，放掉唐刀，侧身而避，左手化爪，扑向少年手腕，少年手腕被扣住，不得动弹，末了，安乐公主狠笑，欲朝反关节旋动少年手臂，少年弹起，顺着安乐公主的势头在空中转身，二次以后，插在肩头的唐刀刀尖刺在地面，少年欲转不动，伤口钻心地疼痛。

“先生何苦如此呢？”安乐公主道。

少年咬牙，不着一言。

安乐公主见状，手头发力，欲要卸下少年右臂，却忽然身下钻来一物，寒光闪过，是咸宜公主挥舞金刚剑自下而上地削来。

“不自量力！”安乐公主见势，将少年往前一拽，方对着安乐公主腋下的金刚剑现在直朝异香少年的手臂削去。

“嗡波呀离喳叻！”少年吃痛以左手结印，默念咒语，忽然一下，金刚剑挣脱咸宜公主的手，并从二人手下蹿过，少年握住金刚剑，手头发力，直朝安乐公主喉头刺去。

“此剑太短，差了一分……”安乐公主嬉笑着向后退身。

“啊！”一声闷号回荡在大明宫中，只见金刚剑自安乐公主喉头奔出，直直刺进大门门板，而剑柄仍旧攥在少年手中。

“小子的金刚剑可不像你的唐刀一般安分！”少年吃痛咬牙道。

只见那方才嚣张的安乐公主喉咙被金刚剑刺穿，咒链在面目迅速蔓延，悬在空中，不再动弹。

异香少年张出长生符，欲行退魔之法。

“裹儿！”少年只觉身后暗力扑来。

少年一把推开咸宜公主，红影闪过，少年抽出金刚剑侧身一滚，那悬在空中的安乐公主陡然落下，旋即化作一副枯骨。

“竟愿灰飞烟灭也不愿消歇邪念！”血流及履，在地砖缝隙中渐次推行。

身前，韦后扑地抱起枯骨，只见凤冠之上，珠玉动摇，道道阴气四溢横生。

殿头宫女抛琴换鼓，细碎的鼓声如同夏季郁积的雨点，哗啵而下，烛火颤动，扰人心神。

异香少年闪到咸宜公主身边，张开长生咒，四只灵猫从中跳出，尾随而来跳出二物，一妖身着素色破袍，青丝垂地，长舌及胸，挥舞着双爪伸展筋骨，一妖人面豹身，双耳似牛，长尾绕至脖颈，落地便呼，单目白瞳，龇牙咧嘴。

“乌首，青条，赤舌，白眉！”异香少年道。

那四只着汉服的灵猫腾跃而起，拜倒在少年跟前，个个手中皆持着一束锋利的银针。

“你们去解开皇帝的祝由幻术，护住贵主和皇帝！”

“先生重伤，我等当护住先生！”四只灵猫齐声道。

“事危矣！小子有二护法相助，不需牵挂。”少年道。

灵猫稽首领喏，二猫退至咸宜公主旁侧，二猫至玄宗旁侧，以银针刺入玄宗指甲，只见方还在熟睡的玄宗顿然吃痛醒来，大汗淋漓，一见周遭惨相，不觉惊悚万分……

韦后缓缓转身，面颊垂着两道血泪，阵阵羯鼓声中，忿恨非常，忽而大喝一声，凤冠迸裂，黑发怒张，双掌平举，只见周遭顿然一黑，那些绿烛被妖风扇灭，羯鼓声止，只听得宫女之妖哼哼哈哈，如风中飞沙在耳鬓穿梭，再见韦后掌中摇出一朵蓝色火焰，那火焰左右摇摆，似物从土中钻出一般。

“阴火！”异香少年见状囔囔，顷刻只见韦后手中的阴火如两道飞龙喷薄而出。

少年符咒已落与金刚剑刃之上，咒语一出，金刚剑化作芭蕉扇，少年忍痛用力鼓风，只听得周遭乒乒乓乓乱作一团，那阴火龙在空中扭曲交叉，被大风止住，忽而直直向上，两道阴火合为一处，从空中倾泻而下，阴火属火法第三层，为业火之右，焚之皮肉僵硬，经脉冷冻，无论神魔顷刻便死，那阴火在空中扑下，如瀑布一般，凌厉沉重，少年眼见无法，只得连连后退，手中符咒枚枚与铜镖一同打出，只听得韦后面前噌噌作响，全被五彩宝伞挡下。

“傲因，诸犍。小子无能，现下只能劳烦二位护法了！”异香少年退至木柱一旁道。

二妖点头领喏，飞身出去，诸犍善射，在后弯弓搭箭，只是在晦暗之中，极难看清韦后身形，傲因长爪，遁进韦后旁侧，横批竖砍，只听得昏暗之中，金石碰撞之声连绵不绝，倏尔阴火收回，不知所踪。

异香少年倾耳细聆，只觉周遭静默，傲因、诸犍、韦后皆不知何处，身侧总被东西拉扯，如同蚊蝇一般，横飞不觉，那些是宫女之妖，业浅无恶念，奈何被生做妖奴，仍旧侍奉韦后。

忽觉头顶腥风阵阵，只见一道头颅直直滑下，长脖如蛇，绕在柱间，少年闪身用镜光打去，只见那脖颈歪歪曲曲竟有几丈之长，倏忽只见人面扑来，少年双腿按劲，朝后翻着筋斗，落下时芭蕉扇已然化回金刚剑，人面扑来，少年左手持剑以肩头借力，将金刚剑狠狠刺入人面口中，只听得那牙齿与剑刃的摩擦之音，而后人面轰然倒地，不再动弹，少年举起镜光细视，这人面鳞纹斑斑，短齿锋利，并不是韦后，而现下暗光之中非但不见傲因、诸犍，便连四灵和咸宜公主等人都不闻动静。

少年缓缓后退，突然只觉脚下一滑，向后跌倒，侧身一看，缘是方才被咸宜公主抛出去的铜盘，铜盘之间，只见四象符咒已落定，少年欣喜，立即站起，手结四象印，只觉大明宫内豁然一明，青龙、白虎、朱雀、玄武四兽皆口衔明珠，将大殿内照得透亮。

“四象阵已成！任尔何等妖物都出不了这阵法……”少年忽然顿住，待双眼适应了明亮之后，但见龙椅之上仍旧坐着玄宗，依旧还是垂涎呓语，阶下正静坐着一个身着黑色大氅的人，垂首沉默，不知身份，鲜血淋淋，傲因、诸犍、四灵一等的尸首横立在地，而那咸宜公主双目怒睁，喉头一道婴儿口般划痕，早已没有了气息，少年微微一怔，双眉按下。

“不可能！”异香少年自言自语，“我怎可能中幻术！”

说罢，异香少年欲抽出右肩上的唐刀，试图以疼痛来验证眼前之景是否为幻境，正欲忍痛抽出唐刀，忽觉身后的刀柄被人持住。

只见眼前阶上静坐的人缓缓抬头，双目深凹，面色病白，戾气横生。

“先生要看看此处是不是幻境？”只见那人缓缓起身，踩过四灵与二护法的尸首，停在咸宜公主身前。

“唔！”那人轻轻摇头道，“天太黑了，竟然不小心把李隆基的爱女也给……”

异香少年按眉愤怒，但是身后有物，妖气纵横，现下气力尽失，不好轻举妄动。

“唔！先生不是喜怒不形于色的吗……”那人喉中带着阴狠和讥嘲。

“阁下为谁？”

“问我是谁？”那人仰头轻笑道，“我正想问先生是谁，与这唐国没有半点亲故，为何逞能生闯八阴阵，欲坏我等之好事？”

少年沉默。

“如道化与善无畏一般，为大道退魔？”那人又道，“可笑之极，人常言冥冥天道，冥冥天道，何来天道！看看这周下，皆为无能之辈，庸才当道，天下怎能好得了？”

“阁下嫉恶太甚，为恶念所侵。”异香少年道。

“哼！三尺小道，也试图横抗罗刹王之力。恶念？先生博闻，什么为恶念？博才者上之，胸中天下，欲行太平，此为恶念？为人所杀，子嗣见戕，苦修寻仇，此为恶念？世事如此，多黑白颠倒，叫人笑不可闻……”

异香少年灵感自来，回想起太平公主在墓中的话，忽而想到，眼前之人……

“武存道！”异香少年道。

“唔！”身后只听得一声女人的嬉笑。

少年扭首，只见身后之人同样着大氅，面容与面前之人相似，却是女子之身，额间生着尖角，黑唇白瞳。

“究竟是谁？”见此少年些许疑惑，倘若身前之人是武存道，那身后之人是谁……

面前之人顿住脚步，轻笑不语，身后之人亦轻笑。

静默。

“先生不是要探探此处是否为幻境么？”

少年咬齿，只见面前之人气势又起，只隐隐觉得不妙。

“确是幻境……”身前之人又道。

少年展眉，轻舒一口气，还未回神，只听得身前的人又道：“先生受苦于幻境，那我便行个好，与你出了这地方罢！”

只听噌的一声，寒光入眼，鲜血喷出，只见一只手飞将出去，落在地面，少年惊讶，一阵钻心的疼痛随后而来，只见右臂空空荡荡，自己的右手竟是被人生生削去，再见眼前，那人浮动如火，暗光沉下，那方才明亮的四象阵也熄灭下来，而后耳边叮叮当当的声响传来，四灵交谈声也渐起……

鲜血滴下，片刻之间，少年双脚已踩在血泊之中。

“先生……”忽而耳边传来那人的声音，“先生无力，在下送你一程吧。”

少年左手疾然结印，只是疼痛之中，印法忙乱，真力流逝，再也行不了神通，只听得刀风呼啸，直朝自己的脖颈而来……

正在此时……长杖捶地之声猛然响起。

只听得四周门板破裂声起，有人大喝，气势如长河奔流，神鬼共惧。

那正朝少年脖颈的唐刀被一股劲风弹开，在空中折为两半，只见大风扑来，少年被这大风一推，跌倒在地，而后金光四溢，梵音阵阵，身后之人倏瞬没了踪迹。

混乱声中，少年只听得殿门之中有人大喝。

“密宗泯仇来也！”

第十二章　十罗刹女

大明宫外，半个时辰前。

鲜血滴地，旋即成泊，泯仇用左手紧紧捂住腹间伤口，那伤口二指之宽，贯透小腹，玄色利箭箭头仍插在小腹之上，稍有动弹便疼痛无比，躲过夜叉几招之后，泯仇朝后引身，又解下袈裟捋成束状，不动明王咒起，咬牙拔出箭头，而后把袈裟缠绕在腰间，将伤口裹住，只见前后白色的袈裟瞬间便被染成了红色。

静默，不消几时，但听暗夜之中突起浓雾，片刻之间，视线之中只有远处大明宫的一点灯火，八阴阵上高大夜叉也望不清了。

忽听得铁链声丁丁作响，泯仇俯身闭目静听，沉重的脚步声起，缓缓逼近……

“坏了！”泯仇双手起劲，向后远远跳出，法眼顿开，只见八大夜叉腰间的定魂索被拉长，八大夜叉顺着八阴阵眼的方位朝外扩散。

泯仇侧身闪过，符咒连连弹出，惜哉皆被八大夜叉灵力弹开，此时高大的夜叉皆高举苗刀朝着泯仇横砍竖劈，泯仇无法，退至宫墙，只得踏着宫墙飞行，只听后边刀风阵阵，夜叉苗刀皆顺次而下，泯仇后背被刀风划过，力透袈裟，叫后背裂开一道口子，泯仇大叫一声，吃痛落下。

喘气定身，伤口疼痛。

“果然是阴间之物，非我泯仇人力所能抗衡……现下只得不恭敬一回了。”泯仇咬牙，朝天空望了一眼，无奈现下周围被大雾遮住，望不清方位。

“倘有先生之芭蕉扇便简单了，如此这般还要耗费我一番神通……”泯仇暗道，手下结印，只觉得腹中灼烧，火法不上，泯仇只得单手紧紧按住伤口，单手印法竖起，只觉得喉间鼓鼓，不再有之前的劲力，泯仇再做劲，忽然一下，大火喷出，四下明亮无比，而此时亦叫八大夜叉寻着了泯仇的踪迹，苗刀追将上来，泯仇脚下借力，绕着宫墙飞走。

大火蓬勃而出，延及周遭楼阁皆被点着，片刻之间八阴阵外连做一团火海，大火生风，扶摇的大火之中缓风自来，泯仇在楼头落定，只见身下八大夜叉身形浮晃，渐渐向后退去。

大雾倏尔见风散尽，天空镜开，泯仇抬头朝北边的天空望去，只见一道晦暗的勺形，正是北斗七星，泯仇当即蹦跌，从囊中取出护摩木和一把稻谷，泯仇将稻谷洒在跟前，咒语后起，同时将护摩木与旁房梁借火，旋即烧着，只见香烟缭绕，直直而上，泯仇印法紧合，咒语不断，再见天空之上，方才晦暗的北斗七星竟缓缓明亮起来，似乎愈加逼近。

再过片刻，只见空中七星就着大明宫的方向簌簌跌下，在地面上落定，八阴阵外头七点明明晃晃的光亮飘浮在空中。

“北斗法成了！”泯仇笑道。

而后泯仇踏着大火飞身下来，马步扎下，双掌一合，手结隐形印，口念摩利支天心咒，只见得那七点光亮豁然一闪，如正午之阳，不可直视。

光亮缓缓褪去，只听得梵音阵阵，慈悲威严，从泯仇右侧起，虚空藏、观世音、救脱、跋陀和、大势至、坚勇、释摩男七菩萨静坐，八大夜叉见势，纷纷退却，回到方才的阵眼之中，北斗之法召唤的菩萨只是一个虚形，无有斩魔之力，无论佛法道法，天枢、天璇、天玑、天权、玉衡、开阳、摇光七星皆位镇中天，吐纳阴阳，以此而成的北斗法虽不可斩魔，但可借北斗之力，镇退魔障，使得群魔蛰伏，不敢造次，如此一来，在这八夜叉合成的八阴阵之外又结出一方阳阵，使得夜叉不可肆意横行。

八阴阵外，佛光闪动，泯仇守住末尾的阵眼，稍得片刻的歇息，此时伤口鲜血已经被止住，只是方才恶斗，流血甚多，此时眼前迷迷茫茫，头晕目眩，泯仇坐直身体，强合印法，现下只得镇住八夜叉，静待大明宫中的捷讯。

法眼悄开，约莫半柱香之后，泯仇双耳一颤，只听得大明宫门板咚的一声闷响，似有利物打在门板之上，又静默片刻，传出女人长哭之声，凄厉哀婉……

泯仇定睛一望，只见大明宫绿光闪闪，并无明光。

“这四象阵未成，难道先生已经退魔？”

忽听得身侧零零的一声，泯仇回首，只见得一道人影飞速闪过，再看地上，方才身侧的金刚杵早已不见踪迹。

“何处小妖竟敢觊觎罗什之物！”泯仇沉言，双莲并起。

只见宝杵在大火之中零零飞蹿，时而飞旋，搅着大火直直扭作一股，那金刚杵似被何物持住，不得飞回，劲风压来，僧袍鼓动，泯仇以左手掩面，定神做劲，四下环顾，细察金刚杵的去向。

忽听身后有物，泯仇扭头一看，只见金刚杵从身后横飞而前，泯仇起身，双掌抵住，那金刚杵上头的劲道有百斤之重，但泯仇现下重伤加身，这百十斤的力道打来，自己非但抵挡不住，而且还连连退却，泯仇双脚一前一后，不能定住，继而轻轻一跃，双脚着地，脚尖朝内，膝盖内旋，腰胯冲出，上下一体，扎出十字钳羊马，只觉得脚跟吃力，好一阵下来才将手头的劲力收住。

泯仇长息，双掌一收，紧紧握住金刚杵，就在此时，只听得前后白衫破裂，无形之中几道横力打在泯仇胸前，叫僧人飞将出去，喉头一甜，吐出几口鲜血。

还未稳住身形，又觉金刚杵一头被什么攥住，猛然一提，将泯仇挑到空中，泰山压下，泯仇背部落地，欲爬起来，只见一道人影闪过，只觉胸口被某物一踩，泯仇急然吐气，又带出一口鲜血来，现在只见胸前踩着一只纤纤细足，泯仇往上一看，竟是一个披着黑色大氅的女人，此女额间尖角参差，面如白瓷，乌唇白瞳。

四下大火在泯仇双目中漂浮，阵阵燥热由内而外，汗水自额间而下，于颔部滴下，泯仇喉间鼓动，一时间不能言语，直直望着眼前的妖物。

“你是……”泯仇双唇泛白，身体颤抖，继而双眉按下，擦掉口角的一道血痕道，“罗刹王！”

梵音环绕，慈悲声中竟藏着如此这般危机。

只见那女人缓缓俯下半身，右手撑与膝头，双目藐视，嘴角一抹微笑似有似无。

“乳臭未干！”只听得身前之人道，“蜉蝣小道竟也在本王面前舞刀弄枪，这好一根宝杵却落在你这般愚僧手中，可惜了……”

说罢，那人单手飞旋金刚杵，只听得风声呼呼，那宝杵虽在抗拒，却是被那人玩弄于股掌之中，时而游走掌腕之间，时而又在肩腋回旋，金刚闪闪，叫泯仇目不暇接，自修道以来，尚未曾见有人如此熟稔地使用金刚杵，末了，那人手掌一掂，宝杵腾空而下，噌的一声插进泯仇耳边的地砖之中，石屑横飞，只见宝杵摇摇晃晃，听得那余音吟吟作响。

“还给你罢，只是甩弄一番也这般不情不愿，哼！”

只在这一时，泯仇觉着那人脚尖力松，泯仇抓住机会，用双手钳住那人的脚脖子，用力一翻，自己则侧身半滚，站起身来。

“半死不活！谅你也破不了着八阴阵，既然如此，那本王就与你玩玩拳脚功夫吧。”说罢，双手一张，不是拳也不是掌，呼呼扑来。

这世间佛魔皆本为凡人，善念所加，大慈大悲者便成佛，恶念所加，积重难返者便成魔，因此不论佛魔，成道之前必有一番不可一世的神通，即要贯通脉轮，得万夫莫挡之力，邪魔障目，小有成者，为妖，再有成者为罗刹，顶者化魔罗，即万恶所趋，捡拾世间修行者抛却的恶念来自修，眼前这罗刹女，不知是修了几多个春秋才成了这般模样，泯仇尝于佛经中涉略，知罗刹王者，皆头生尖角，黑唇白瞳，入魔道之化境，可以翻转变幻，神通无比，眼前之物，虽似罗刹王，但出手百十斤的气力却不是那般无比神通。

“如果真是罗刹王，顷刻间便要了我泯仇的性命，何故在此纠缠。”泯仇定睛望着那人的攻势，狐疑不绝，脚下生风，边挡边退。

那罗刹并不食言，套套功夫硬桥硬马，泯仇自认一身硬功夫可横行天下，不想眼前这罗刹女，身材纤细，手无丝茧，却也这般厉害，但见一掌冲来，忽而化爪，左手佯攻，右手虎鹤难辨。

泯仇躲过佯攻，却迎头撞上罗刹女的利爪，旋即挥手一拍，纵然如此，胸前还是留下一道深深爪痕，一招未尽，一招又来，虚实并进，仆步抡拍，开合之中一如苍鹰觅食，又如饿虎寻猎，计计掌拳，顺风而来，叫人应接不暇。

泯仇自知拳脚功夫不敌，只得拔出身旁的金刚杵，劲道使出，这金刚杵恰如飞舞灵蛇，伸缩自如，时而横扫，时而竖劈，泯仇金刚杵法虽没有罗刹女那般神通，但与金刚杵相处已久，秉性相只，人杵配合，好似多了一双臂膀似的。

果不其然，罗刹女在泯仇几次杀招之下，连连退却，泯仇兴起，只见罗刹女退却时脚步趔趄，见着此破绽，泯仇立即抡圆宝杵，直朝罗刹女的天灵盖打下，只见那罗刹女虽露破绽却并不慌忙，顺势向后一仰，伸出右手两指，紧紧一钳将金刚杵死死钳住，而后一拉，试图角力。

泯仇自知气力不多，只得将计就计，顺着罗刹女的力气，腾空而前，罗刹女原以为泯仇会用力拉回金刚杵，不想对方却顺势而来，金刚杵横在二人之间，忽而泯仇双手一放，腾空而起，一个筋斗翻在了罗刹女的身后……

“得罪了！”只听得身后泯仇的声音道。

罗刹女只觉不妙，然而已然避之不及，泯仇双手食指与大拇指伸出，对着罗刹女的秉风穴便是一钳，一旦秉风穴被封住，人便立刻半身不遂，难以移动……

力道顺着经脉迅速蔓延，只见眼前的罗刹女半扭的身体忽而不能动弹，脖颈青筋突起，欲要迸裂。

“这……这是……什么功夫？”罗刹女双唇颤抖，吃痛无比。

力道顺完，泯仇歇气，松开手指，抽回金刚杵，将宝杵撑在地砖之上，浑身瘫软。

“前辈不是中土之人，自然不晓得我洲点穴的功夫，无论你是佛是魔，只要借的是肉身下凡，便需依着经脉行动，你若不强抢小僧的宝杵，也不得露了这么大一个破绽。”泯仇道。

“好……好你个和尚……”

泯仇歇息罢，摇摇晃晃站起身子道：“你方才道小僧破不了八阴阵，小僧便在你面前破与你看看！”

那力道已然将罗刹女浑身锁住，此时连喉咙也发不出声音来，只得恨恨地望着泯仇。

泯仇转身，只觉背后一阵利风袭来，来不及思索，泯仇转身便将降魔金刚杵横在胸前，只见一瓣金钹割来，打在金刚杵上，回旋翻飞，火花四溅，这力道生猛无比，泯仇虽是挡住了半片金钹但双脚未发力，如此被这金钹向后推去。

“又是什么！”泯仇咬牙抵抗，只听得身后八大夜叉的低吼愈来愈近，后背已能感觉到定魂索的极寒之气，若是再这般后退，非得被定魂索缚住不可，于是朝后一躺，金钹贴着面颊飞将出去，泯仇背部着地，双腿一压，一个鲤鱼打挺又跳将起来，只见那金钹回旋不止飞入八阴阵中。

“好险！”泯仇正欲歇气，却又听一阵吟吟，再看脚下，另一瓣金钹贴地飞来，这次却是早有准备，朝前一扑，金钹从脚下掠过，泯仇朝前一个前滚翻落定身子，却见面前站着微笑的罗刹女。

“什么！”泯仇欲挡，然而惊恐之中阵脚已乱，没有抵住几个回合，便被罗刹女掐住脖子，悬在空中。

“呵呵，你这般修为的僧人难道没有饱读佛经吗？”只听那罗刹女道。

泯仇被掐住喉咙，呼吸困难，无法言语。

“结缚罗刹女大意被你封了穴道，我可不会。”

泯仇闻言，朝结缚罗刹女的方位望去，果然仍在原地，只是二人一模一样，难以分辨。

“十罗刹女……”泯仇挣扎着暗哑道。

据天竺佛经载，有蓝婆、毗蓝婆、曲齿、华齿、黑齿、多发、无厌足、持璎珞、皋帝、夺一切众生精气十罗刹女，中原佛经译为结缚、离结、施积、施华、施黑、被发、持华、何所、取一切精十罗刹女，各持无上宝器，有剑、钹、花笼、宝珠、宝幢、莲瓣、璎珞、经箧等，为罗刹身，女相。

罗刹皆为魔影所化，而罗刹女为罗刹王之魔影所化，因而奉魔王罗刹，常侍左右，神通广大，紧随罗刹王南征北战，横行四海，然而罗刹女心存母性不喜杀生，斗法常点到为止，更喜与对手角力嬉戏，泯仇心中暗暗紧张，这罗刹王左右十罗刹女已到，那罗刹王岂不是……

泯仇心下一惊，莫非大明宫中。

“先生危矣！”泯仇心中暗道，想到此处，泯仇本已疲惫的身体忽而涌出一股斗志来，伸出左手扣住离结罗刹女右手小拇指，用力一掰，罗刹女吃痛放手，泯仇顺势落地，转身对着八夜叉，挥舞金刚杵欲开天眼。

适才于地宫之中开了一次天眼，现下真力透支，强开天眼当有性命之虞，然而一想到大明宫中异香少年独对罗刹王，泯仇也无顾性命，泯仇从袖中摸出三根银针，在百会、风池、率谷穴上各刺一针，只觉丹田气鼓，全身之劲缓缓上行，此为末路禁法，三穴一振，人体便会在短时间内汇聚全身之劲力，爆发无上之潜能。

然而使用此法者，事后轻则瘫痪，重则身死，乃为修道之人所讳之禁法，不在迫不得已之急境，是不可轻行的，此时事已危急，若开三穴，再行天眼，则会使得天眼之力数倍于前，泯仇心下侥幸，欲借此毁天灭地之力强攻八阴阵，但见双掌一合，手指交叉，印法结成，只觉额间发烫，后额眩晕，而后额间一点金光如豆，而后缓缓张大，约莫指头大小。

泯仇闭气鼓劲，力道自全身汇聚于三穴，三穴被堵，无从泄走，又交流汇聚于印堂穴之上，这时的泯仇只觉浑身虚空，如踏波涛，胸中翻滚，欲要呕吐。

正待金光喷射之时，泯仇只觉背脊劲掌扑来，这一计内家功夫，在泯仇体内回环游荡，叫刺在三穴上的银针蹦出，一口鲜血吐了出来，泯仇向前一个趔趄，头痛无比，向后一望，只见离结罗刹女吟吟轻笑，手舞足蹈。

“方才说好只比拳脚功夫，高僧此番怎欲行神通了？”离结罗刹女双手一张，那金钹自虚空飞回，从泯仇耳际擦过，带着定魂索上的寒气飞来，叫泯仇打了一个寒颤。

“来，我与高僧对对兵器如何？”那离结罗刹双手生风，金钹上下翻飞，神威阵阵。

泯仇气愤咬牙，却无可奈何，这十罗刹女虽无大恶，但性情古怪难以捉摸，如若不制服她们，诚难一心一意去破八阴阵。

“好！小僧就与你比一比兵器。”泯仇大喝一声，拔出地上的金刚杵，挥舞上前，与离结罗刹女斗做一团。

金刚杵与金钹击打，咣当响亮，刺耳难受，泯仇本已体疲虚弱，轮番相斗下来，早已不知双手双脚为何物，几百回合下来，已然只能边挡边退，只见离结罗刹女张开两瓣金钹，忽而一合，在泯仇耳边一振，顿时只觉双耳失聪，唯剩金钹余音，头昏脑涨，头上脚下破绽全出，果不其然，结罗刹女抓住这一空当在泯仇胸口就是一掌，这掌力虽有分寸，不至内伤，然而泯仇现下疲软无力，莫说扎下马步，就连站着也是摇摇晃晃的，这一掌抵来，泯仇重心一失，身体迅速朝后退去……

“高僧小心！”只听得结罗刹女的叫声传来，而后但见眼前罗刹女伸手一抓，却是已然来不及，泯仇挣扎无力，向后跌倒。

定魂索零零摇晃，寒气逼人……

“呃啊！”只听得泯仇一声惨叫……

只见僧人向后飞出重重落在定魂索上，那定魂索忽然从中生出无数道细细黑色锁链，纷纷刺入泯仇身体，锁链交叉，顿时之间，泯仇便被锁链紧紧捆住，此时只觉寒冷无比，定魂索上下晃动，阴力自来，而后泯仇的三魂七魄簌簌而走，只是片刻之间，泯仇脸颊变得苍白无比，此时就连睁眼的气力都没有了。

只见三魂七魄挣扎着从僧人体内钻出，此物一走，生人之灵便瞬间无物可依，唯剩瘫软肉身与一息之命。

三魂七魄缓缓而出。

“先生！泯仇无能，对不住了……”泯仇喃喃自语，意识渐渐消失。

只听得耳边风起风落，浮晃的大火也如梦境一样，慢慢变不真实，眼帘渐垂，只觉身体畅快无比，好似久已惫懒的身体能够得以歇息，那望溪村河边慈祥的漂母，还有情志初开十八九岁的姑娘……泯仇轻轻咬牙，眼角之间溢出一点泪水。

“不除尽人间之魔，泯仇誓不成佛……”弥留之际，只听得耳边曾经的豪言壮语不断重复。

不除尽人间妖魔，泯仇誓不成佛。

战鼓隆隆，模糊的视线中只见一道黑压压的人影袭来……

第十三章 魔波旬

大明宫外，锣声如雨，龙首原上，咿呀轻呼，藤蔓四溢，暗夜之中，地动山摇，起伏错落的宫林之间缓缓溢出黑雾，浓雾之中伸出两只铁一般兽头，双目一闭，侧耳倾听，一左一右，乃为地府神兽谛听，谛听三步一探，五步一听，身后只听得脚步阵阵，踏着浓雾而来。

一座玄色铁肩舆浮出浓雾，上下轻轻摆动，前后四名轿夫，皆着血红鲜衣，左额皆有一道五寸尖角，衣裳开张，皮肤玄黑，肋骨道道。

再见肩舆之上，一位山形大王，头戴黑色旒冕，虬髯怒张，长须及胸，手握腕粗判官笔，双目之中黑气缭绕，霸气威武，此为十殿阎罗中第五殿阎罗王。

身侧缓步两名矮小护法，分立两侧，乃为宰左宰右，宰左宰右手持细鞭，只见肩舆缓缓前行，黑雾之中冲出两条几丈号角，呜咽声起，长安夜行的万鬼纷纷拜哭，一时之间繁华的京都之内宛如地狱惨镜，城中百姓皆卷缩觳觫，闭目捂耳。

阎罗王身后黑压压一片皆是地府兵卒，半柱香后军马皆出黑雾，再看其身后的黑雾，宛如仲夏暴雨前夕的厚重乌云，缓缓翻滚，中电闪雷鸣，威严可怖。

夜风轻起，浮晃的大明宫火中摇曳着人面，万号声起，一如鼎沸之水，不可断绝，阴空蔽日，初来一道拂晓之光顿然暗灭，此为地殿出行，光明暂避。

“唔！孽障八夜叉，见慑本王之怒，缚手来降，莫教天地大道碾作过隙之尘！”只见肩舆缓缓放下，阎罗王站起身来，五丈身躯，地动山摇，“区区八阴阵定魂索，安敢在本王面前曳尾昂首！”

阎罗王怒声四荡，顿时电闪雷鸣，只见那八阴阵上的夜叉高举苗刀，欲前又止，面前乃为阴界阎王。

“无功之吏，倒行逆施动乱三界，我等当翦灭之……”

阎罗王踏前三步，巨大的判官一挥，顿时阴刀翻飞，直朝八夜叉扑去，只听得啪嗒一声，定魂索疾然断裂，封印之魂魄恰如夜惊之山鸟，张翅乱飞，八大夜叉行做一团，列阵前行，以区区八物之力抗拒地府兵卒。

这边宰左宰右顿然腾空，玉净瓶起，那些原本逃遁的魂魄通通被收进瓶内。

只见一道白色僧魄闪入，宰左眼尖，一指勾住道：“这高僧方才用了我们的白蛇，当得一套神通，不想来回的功夫竟被活活打死，实在可惜。”

宰右亦在魂魄中七钩八钩，旋即泯仇的三魂七魄被宰左宰右握在手中。

二人落下，四顾环视，只见八阴阵的不远处躺着一个僧人，伤痕累累，心口上插着降魔金刚杵。

二人俯视，啧啧惋惜。

“茶先生的挚友，若叫茶先生看到却又是一番伤感。”宰左道。

宰右蹲下轻按泯仇脉门。

“若还得留一魄便也可救了，现下三魂七魄全然出窍，实在回天乏力了。”宰右话音刚落，却见插在泯仇心口上的降魔金刚杵浑然一振，宰右用指头轻轻抵住，展颜道，“这金刚杵果然宝贝，竟是活物，金刚杵内有魄息，难不成是以人做成的？也不知哪位高人将这降魔金刚杵插在僧人心口，叫高僧还存了一息。”

宰左亦蹲下详视：“确有魄息。”

二人一阵狂喜，手舞足蹈起来。

“凭借此般又可以朝茶先生讨一轮宝贝了。”宰右道。

“我见先生的腰间别着的葫芦也是个宝贝，这次当索要葫芦。”宰左道。

“不不不，我早先便看到先生的那柄金刚剑了，问他讨来，往后挂在腰间夜巡，也不是一般威风。”

“对，还有他的烟管，这次必定不得便宜了他。”

“先生的竹笈可以自行飞舞，也是个宝贝，当要过来。”

“何止！还有他那长生咒卷轴，要过来我俩便是千万妖兵统帅，还在阴殿受这鸟气，找个山头自立为王。”

“妙极！干脆也把先生招来，一同做个快活山大王！”

二人说话之间，只感得一阵劲风扑来，宰左宰右分然跳开，只见原处落下八位高手，二人定睛一看，原来是松了定魂索的八夜叉……

“唷！了不得，现在连阎罗王也敢忤逆了！哪里来的胆气……”

宰左宰右正欲讥嘲之际，忽又觉得一阵地动山摇，这宰左宰右疾行神速，此番颠簸非但没有逃过，二人却是脚下一滑，跌倒在地。

只见面前烟灰翻飞，一头九头巨兽从天而降，那巨兽人头虎身，狰狞无比，而后巨兽身后一袭白裳坠下，只见一物，三面六臂，着天竺僧袍，闭目诵经。

宰左宰右逃在一处，抬头一望，纷纷吓得一跌，颤抖着手指指着那三面僧人吞吞吐吐说不出话来。

“这回恐怕是阎罗王也奈何不了了！”宰左道。

只见那九头巨兽缓缓抬步向前，阎罗王身前地府兵卒来开阵仗，刀叉剑戟纷纷朝巨兽投去，只见那九头巨兽摇首一吸，阎罗王身后大风顿起，那些投来的刀叉剑戟连同阵列前方的小神通兵卒纷纷被吸入九头巨兽的口中。

“无论如何先救了高僧再说，这大明宫内还是一片昏暗，恐怕四象阵还未开！”宰右宰左相视点头，窜到泯仇尸身边上，将僧人的三魂七魄灌入降魔金刚杵内，只听如同尖刀入鞘的一阵锐响，躺在地上的泯仇浑身一震，咳出一口血来，而后双眼豁然一睁，坐将起来。

“高僧！”宰左宰右道。

泯仇茫然四顾，见大明宫周下大火黑雾，一片废墟，挣扎着要站起身来，只觉心口传来一阵疼痛。

“高僧莫动，三魂七魄方入体不可行神通，需歇息片刻。”宰左道。

“是阴司兄弟救了小僧？”高僧双手合掌朝宰左宰右垂首示谢。

“非也非也，若不是有人将宝杵的魄息打入高僧体内，现下我等就是想救也束手无策……”

话音刚落，只觉得地面又是一震，这宰左宰右重心不稳，又跌在一块，泯仇稳住身形抬头一看，不觉觳觫阵阵，只见那三面僧人缓步向前，再看前面黑面阎罗王持判官笔大起大落，与九头巨兽斗在一块。

“天子魔，魔波旬！”泯仇牙间打颤，“外道魔罗王魔波旬，此物不是教高僧究由陀罗封印了么？为何现下出现在长安城……难道这长安也将化作一片无垠尸林？”

“何止化作尸林，此物却是比罗刹王还厉害十万八千倍，高僧快些振作，阎罗王与地府兵也撑不了几时了，高僧还是快些逃走，此为中土大劫，可避不可挡！”宰左宰右踉踉跄跄爬将起来道。

泯仇咬牙，拔出金刚杵，封住隔俞穴止血，强立起身，忽听巨兽咆哮，锐不可闻，但见阎罗王强做镇定，吼声震天，在电闪雷鸣之中，与九头巨兽不分你我，而另一头魔罗王魔波旬却闭目静立，未曾出手。

泯仇仰首茫然，见周遭惨相，不觉垂泪涟涟，双唇干白，不能言语。

“高僧还愣着干吗！快走啊！”只听得宰左宰右道，忽然之间，一道闪电砸下，宰左宰右迅速弹开，地面残骸迸出淡蓝色火焰，旋即只听得豆大雨点落下，将火焰扑灭，泯仇头一望，波云诡谲，暗流翻滚，只见天顶波涛呼呼，旋即一道千丈瀑布奔流而下，落在大明宫外，顿时波涛声起，汹涌澎湃。

泯仇紧握金刚杵咬牙切齿道：“今番多谢阴司兄弟救我性命，然贫僧一生以退魔为业，不除尽人间妖魔，誓不成佛！哪怕是天魔波旬下凡也当擐甲持兵，迎头战斗，贫僧虽止蜉蝣之力，但适人间危难关头，自当舍生取义，为苍生大道退魔！”

须臾之间，那大水已没过泯仇小腿，劲风之中，泯仇僧袍鼓动，威严神武。

宰左宰右见此，也不再好劝，只得道：“高僧兄弟既然一心求死，那我等也不强求了，荼先生还在大明宫中苦战，高僧当与先生进退并肩。”

末了，宰左宰右又道，“这有一套印法，可用白蛇开启，我等需随阎罗王遁回阴殿了，高僧自重。”

说罢大风之中飘来一张丝帛，乃为内狮子印，然而心法有所不同，泯仇默念谨记，向后腾起，跃于屋顶之上，印法紧合，心法后上，忽觉腋下背脊疼痛无比，几欲撕裂。

泯仇吃痛，松开印法道：“这是什么法术！直教我撕开身体？”

屋檐之外，洪水滔天，然而脚下的大明宫中似有一方结界，大水难进，此时再看长安城，已经是漫天洪水，百姓在水中挣扎扑腾，哀嚎声与妖音重合，宛若人间地狱，泯仇不忍，为这大悲之境所扰，心下一横用破布蒙上双眼，以符咒揉成纸团塞住双耳，在此紧合印法，默念心咒。

再见大水之中，魔波旬站立漂浮于浪头，阎罗王已被大水没过大半个身子，双瞳黑气冲出，愤怒无比，只见阎罗王腰间，忽而扫出一尾巨兽，张开血盆巨口朝阎罗王面门扑来。

“失收摩罗鱼！”阎罗王立即横出赤红宝剑抵挡。

只见那摩罗鱼一口咬在剑刃之上，立即翻转起来，阎罗王只觉那大鱼劲力无比，剑柄绞在虎口，肌肤撕裂，阎王无法，只得弃剑弹开，跳上城头，只见偌大长安城已然被滔天洪水淹没，垂首轻叹，再见脚下地府兵卒，除却牛头马面，黑白无常一等大神通阴司尚在，其余大半皆为八大夜叉与二兽所杀。

“事危矣，人间大劫，非我五殿阎罗王所能抗拒……”说罢阎罗王跳出城外，退入黑雾之中，牛头马面与黑白无常一等紧随其后，巨兽通虎与巨兽摩罗鱼追将而来，无奈为黑雾所困，无法进入地府，长吼几声，就此作罢。

这边，再看屋檐之上，泯仇印法强合，只觉腋下背脊钻心疼痛，几欲晕厥，泯仇咬牙坚持，忽而一瞬只觉得身体脉轮顿通，腋下背脊忽有物蹿出，双目之中已不是无尽暗夜，视线如同白昼，周身微微温暖，如置身于温泉之中，再看脚下，大明宫的宫瓦似乎低了许多，泯仇张手一看，只见六只手臂出现在眼前，皆为金光所包，屋檐之下有一方平静水域，泯仇低头，只见水面上的倒影，不觉惊讶无比。

“不动明王！”泯仇道，“大因明术！”

宫楼竦峙，洪波涌起，夜风阵阵，哀鸿遍野，只见那水面之上漂浮着人兽尸体，惨不忍睹。

泯仇跳下屋檐来，周遭晃荡，只见脚下之水，不过没膝之深，那大明宫也不过抵至自己脐上，此时的降魔金刚杵在自己手中宛如一根金针，泯仇用双指捏住，欲使无法。

“若能大一些便好了。”泯仇轻叹，忽觉降魔金刚杵豁然一振，前后伸缩，竟长至自己头顶之上。

“好个宝器，若能粗一些便更好了。”泯仇又道，话音刚落，又见降魔金刚杵豁然一明，变得粗大起来，泯仇用手一握，不大不小正好合适，再行杵法，回旋飞舞，人杵合一，恰如花间野蜂，灵动潇洒，泯仇起劲，飞速旋转金刚杵，而后朝头上的瀑布投去，只见那金刚杵飞旋而上，竟神力无比，硬生生将垂地洪流顶了回去，见洪流不再，泯仇低下身子，大手一挥，只听得梵音阵阵，紧接着大明宫门板破裂，四分五散。

而后大喝一声：“密宗泯仇来也！”

这一声如同山啸雷鸣，霸气无比，直叫大明宫中罗刹女手中的唐刀崩裂，那宫中之鬼顿时魂飞魄散，殿中黑色大氅之人左右摇晃，神情紧张，不知何物袭来。

接着泯仇站起，垂首一挥，只见那大明宫顶被横剖开来，目光四扫，但见宫内一片狼藉，尸体遍地。

“高僧！”泯仇只觉耳边一声轻呼，向下望去，但见异香少年挣扎站起身来，右臂已经被削去，血流不止。

“先生！”泯仇将少年抓起，“右臂？”

异香少年苦笑一声：“无妨，此番长安恐有大难，武存道与罗刹王招来魔罗王魔波旬的衣裳，这魔波旬乃为四魔之首，如高僧所言，为究由陀罗以十字明咒封印，可方才宰左再右潜入宫中告知小子，那乃是魔波旬的外衣所化，纵然如此，也非我等所可抗拒，此时只能……”

少年用左手从囊中摸出一道符咒来，那符咒古怪，恰似一只孔雀，不知何方文字，泯仇半点不懂。

“此为小子方出山退魔时凤鸟先生留与的孔雀明王符，道是危急时刻能救小子一命，高僧神力，快将此符打入天梁星，孔雀明王能感此召唤，须臾便来。”

“此时当为先生止血……”

“无妨。”异香少年打断泯仇话，“高僧不必担心，小子半人半妖，一时半刻无性命之虞，现下我还要启动四象阵捉住武存道与罗刹王一等，届时与孔雀明王里应外合，长安之乱便能平定。”

泯仇点头，放下异香少年。

那殿中武存道与罗刹女见泯仇所化不动明王像皆震恐，以为不动明王下界，那罗刹王影匍匐在殿头，不敢造次。

异香少年落下身子，寻到四象阵铜盘，将符咒按将上去，只见的四周豁然一光，如正午之阳，耀眼明亮，但见宫殿四角，青龙、白虎、朱雀、玄武四兽腾起，口中皆含明珠，那白日之光便是从明珠之中照射出来的，这四象阵即以四兽精气化宝珠上的日光，结出一方至阳之阵，凡出此阵，万妖臣服，具束手受降。

但见那金光之中，十罗刹女与韦后皆扑地哀嚎，不能再行神通，异香少年环顾，却不见武存道。

“先生好法力！”只听得旁侧有人狠狠道，异香少年扭头，只见罗刹王影在白光之中灼烧，而武存道便立在罗刹王影之中，这罗刹王也不是一般神通，竟可强扛四象阵的至阳之光，影子的人面之上可见痛苦扭曲的表情。

“长安道人弄得本王好生苦痛啊！这长安乐土还是不要了吧……”只听得那影子发出男人沙哑的声音，狠绝暴戾，而后居然咯咯阴笑，叫人不觉背脊发凉。

那武存道咬牙狼视：“今番灭不了大唐，是尔等之侥幸，先生姑且待之，只要我武存道神形不灭，终有一日我会教长安化作尸林血海……”

说罢，只见武存道周身溢出道道黑影，瞬间把四周遮蔽。

异香少年惊讶道：“恶念竟能修成人形！”

话音刚落，一抹暗光如闪电般砸下，便是眨眼工夫，武存道、罗刹王、罗刹女、韦后一众陡然消失，异香少年为这突来的变故微微发怔，无可奈何。

再见大明宫外，泯仇将孔雀明王符打入天梁星，忽见天空豁然一闪，有物至西方而来，那物由远及近，缓缓变大，泯仇抬头远眺，只见一只巨大孔雀扇翅飞来，孔雀背上静坐着一人，倏忽之间那孔雀已托着明王落在水面，但见那孔雀怒目长啸，顿然开屏，孔雀屏之前一位慈祥六臂明王闭目诵经。

这孔雀明王乃为八大明王中唯一非愤怒之相的明王，见眼前泯仇所化的不动明王，轻笑道：“此番长安有何大难，惊动不动明王之尊驾？”

泯仇听此，立即俯首行礼：“小僧非不动明王，乃是行大因明术，暂化不动明王像。”

孔雀明王轻笑沉吟，不置一言。

“现下魔波旬率通虎，失收摩罗鱼下界作乱，我等无能，只得求救明王。”

“魔波旬……区区肉体凡胎竟敢于天子魔较量，如究由陀罗般佛法天才，万世也不能出一。”孔雀明王道，“又是如何唤得我来的？”

“乃为凤鸟先生之孔雀明王符……”

孔雀明王粲然一笑，慈悲又不失威严。

“东方皇鸟之主，是为中土至仙，她老人家现在何处？”

泯仇见孔雀明王不紧不慢，心急如焚，但又不敢忤逆，左右为难。

“这……小僧实在不知。”

孔雀明王轻笑不语，似乎知晓泯仇内心之念，缓缓转过身去道：“魔波旬！千百年前你于天竺作乱，而今又在东土作乱，如今区区衣裳所化之魔，胆敢独抗我明王之威吗？”

那闭目沉久的魔波旬缓缓睁眼：“天地三界只允你佛道座次，却不予我交椅，是为小看本王魔身吗？当年究由陀罗能将我大败，亦是你们八大明王做的好事，而今我于东土游赏，你又尾随而至，是慕我俊俏，还是慕我自由之身？”

孔雀明王对毁不沮，依旧轻笑：“东土不似天竺，道有三清，佛有翘楚，我来此是劝你收回衣裳，免叫东土仙界老祖教你挫骨扬灰，此般可不是单单封印那般简单了，武存道行乱是为报三载龙命之仇，天道顺之。而你魔波旬，西方之魔，却参合东土人间之事，劳师袭远，恐有报应。”

孔雀明王此话一出，魔波旬不觉一震，双眉按下，这浩瀚东土，仙佛何止千万，如果强断长安龙脉，天道必应，而况此时只为外衣之形，且有孔雀明王坐镇长安，如强合斗法，必行之不远。

“波旬多谢明王指点，这东土暗淡无光，贫瘠清凉，确不是游赏宝地，听说青丘妖狐逃遁至东瀛，本王闲暇，当往东瀛捉它玩耍，那崎岖蜿蜒的丑地方明王当不屑一顾吧。”

孔雀明王轻笑，不置一言，金光闪闪，威严慈悲。

末了，魔波旬随通虎，摩罗鱼遁走，八夜叉尾随，而后那洪水也缓缓褪去，但见天空拨云见日，日光下行，已是临近次日正午了，那泯仇神力一收，身体化为原型，只觉四下疼痛难忍，抬头一望，孔雀明王早已不见，前前后后宛如梦境一般。

异香少年以衣裳裹住伤口，缓缓走进暖阳之下，轻坐在宫前的台阶上，大明宫内残梁跌落，四象阵也早已不见，区区一夜，繁华一时的长安几近废墟，少年长息，悠悠点起烟管，闭目神怡。

“孔雀明王为何不对魔波旬动手？”不知何时泯仇亦坐到异香少年旁侧。

带着潮湿味道的清风拂过，宛如深秋。

“无论佛魔，皆是天道所化之物，可退不可灭，就如同退魔，一时杀灭之魔，百十年后将重化为魔，轮回反复，无穷无尽，孔雀明王如此亦是不想造成后世劫难。”异香少年道。

泯仇会意抬头，阳光入眼，双目微痒：“长安之乱总算平息了……”

少年吸烟，不言不语。

静默，嘈杂声起，宫中侍卫奴仆皆搀扶而行。

泯仇展颜，少年按眉。

“恶念未退，魔乱尚存。”异香少年沉言，目光无比坚定……

第十四章　武存道

五月，长安。

芜凉消逝，辉煌重起，龙首原上，四月而后，大明宫更加富丽堂皇，蝶舞燕飞，羯鼓阵阵，一夜沉寂的长安城重焕繁华，东西二市，商贸往来，人群之中，少年抬手扑蝶，日光之下，翩跹上下的蝴蝶静静落在少年左手食指指尖，芳香扑鼻，叫人流连。

“圣人已三番遣人入云香山请先生入宫受赏，而今你我却在这烟花柳巷，公抗皇命，恐怕不合适吧。”少年耳边，僧人轻语。

“高僧服了白蛇，不想竟变得如此优柔了，小子一生飘来幽去，他能赏我什么？”少年用左手中指轻抚着蝴蝶薄翼，竟是梳女子发髻，着女子衣裙，粉黛白面，羞涩美人，一旁的泯仇则圆领袍衫，腰系革带，首着幞头，脚穿皮靴，一副唐贵族公子模样。

二人夫妻装扮，混迹长安东西二市与北里巷，由来一月有余了。

“拿这金银修葺独觉寺，另购一方土地，多纳些僧人，扬我密宗高法也好，如若不受，天下妖魔横行，也当素衣布袍，横杵修行，缘何在此逗留？”泯仇上下扯了扯自己衣服，虽然贵气，却不比僧袍舒适。

“高僧说笑。”少年点起烟管，缓缓前行，“行魔未退，你我夫妻二人何必着急，倘入了宫，皇帝小女咸宜公主百般纠缠，小子如凡心一动，可就剩僧人自己西行退魔了。”

“我原道先生世外高人，却也这般不正经，竟说出这般话来，还有先生着这女人服装是何用意？”泯仇道。

“我与凤鸟先生于灵山修行时，她便是按照她的衣着装扮我的，难道高僧不服凤鸟先生？”少年以团扇遮面嬉笑道，竟是国色天香，叫这出世僧人也不免俗心动摇。

泯仇一怔，双眉按下摇头道：“我泯仇竟也到了这步田地……”

步道宽阔，几位官样行客摇摆而来，手持二人画像，四处打听寻觅，行至泯仇身边，疑惑停下。

上下打量后，张开画像问道：“公子可见过此二位高人？”

泯仇顿言，目光躲闪。

“官人是在找我俩么？”异香少年翩翩前来，横在泯仇身前道。

只见那官人轻笑，单手拨开少年面前的团扇道：“夫人是在说笑，替你相公加官晋爵也不是这个说法，不过我看你家相公容貌堂堂，确是一表人才，不知可会赋诗否？”

泯仇欲罢手回绝，不想小腿却被少年轻轻一抵。

“相公高才，吐纳天地，可与太白并肩，小女子恐怕官人才华难及分毫吧。”少年乜斜着双眼，装出一副自豪无比的样子。

那官人胸阔腹圆，笑声爽朗，听少年如此说，非但不生气，反倒饶有兴趣地问：“夫人道你家相公可比肩太白，那在下确难望其项背，愿赐笔墨，玩赏一番。”

“相公笔法精妙，却不似太白般倚马可待的神思，若就地起笔，恐怕难显身手，不如这样，小女子也颇有些闲才，我与大人比一番何如？”

那官人大手一张，哈哈一笑道：“甚好！早闻长安女子身富风骚，如此佳日，也好叫我这西北莽汉瞧瞧长安女子的风采。”

“那便劳烦大人出题。”

“我看这长安女子银装素裹，好似唐国艳绽的牡丹，不如就以牡丹为题，相互切磋何如？”

少年轻笑，将烟管递与泯仇，笑道：“大人先行。”

旋即笔墨全具，就地赋诗，一时间名流美妓，商贾旅僧纷纷顿住脚步，围来观看。

只见那官人气度非凡，文不加点，片刻之间，诗成两句，诗曰："建安瘦骨朝富丽，初元画栏趋牡丹。"

少年轻吟，咀嚼片刻道："官人大手笔，以建安风流起始，意为诗风到唐，渐趋开扬，行文富丽，话语之间暗指今朝大同盛世，实在妙语，然而大人只忙堆砌，却无曲折发挥，乍读口爽，多读无味，小女子无才，斗胆再挑两句。"

那官人将纸笔递与少年，满目钦佩，众人唏嘘，这般浓妆艳裹的风尘女子竟也饱有笔墨，点评得当，出口成章，故皆啧啧称奇。

"裁剪东风随西子，蝶采落韵败群芳。"少年起笔落笔，二句诗成，蝇头小楷，宛如石上清泉，那诗句浑然天成，恰见东风中自开自落的牡丹花。

"好诗！"那官人一望，不禁抵手称赞，众人亦振臂而呼，纷纷朝泯仇投来羡慕的目光。

泯仇踟蹰不安，又不敢开口，恐怕自己粗言杂语，坏了兴致。

"夫人高才，在下实在佩服，我唐国以诗取士，既然二位身有经纬，当为朝廷效力，在下与萧丞相颇有私交，改日定举荐二位，助你平步青云，揽得怒马鲜衣。"那官人性情豪爽，亦不妒才，又道，"张某好结骚客豪杰，既是遇见，便是缘分，二位可否赏脸，于府上一聚，小酌几杯？"

泯仇与少年相互一视，泯仇按眉，微微摇头，少年轻笑，泯仇不知少年如何打算。

"哎呀！小女子脚力不行，行到张大人府上又是几个时辰，不若就在此地寻一家酒馆，好聊便是。"少年道。

"也好。"那官人答应，又吩咐左右，"寻一家酒馆，我要与客人喝酒闲聊，寻二位高人的事，急求不得，能与朝廷供才，亦是功业。"

左右点头领喏，旋即寻着一处偏幽酒肆，三人坐定，面前酒香扑鼻，少年不懂夫妇之礼，不管泯仇，自行坐在官人对面，举盏邀酒。

“夫人也是豪放之人，不等你相公举杯吗？”官人笑颜问道。

少年轻笑，不置一言，而后为泯仇斟酒，满满一杯，晶莹剔透，几欲溢出。

“官人请，相公请。”少年再次举杯，只见那泯仇左右为难，慌张举杯，放在唇边，却不饮下。

那官人道：“先生是怕我不成，举杯不饮，哈哈，此乃我私人财银，不着公费，先生但喝无妨。”

“是啊！大人要你喝酒你便喝！”少年亦催促道，此番少年明知泯仇为出家人，饮酒乃是一戒，刻意邀酒，但看泯仇如何应对。

“喝啊！”少年以团扇遮面轻笑催促道。

“张大人有所不知，不是不喝，只是近来肠胃……”

“我怎么不知你肠胃受寒呢？张大人要你喝酒缘何推来辞去的，我见你在家日进斗酒，这一小杯现下却喝不得了？”少年道。

“先生你！”

“什么先生不先生的，快喝！”少年微微厉声。

泯仇无奈，只得仰头喝下，只觉喉咙灼烧，却是比火法更甚，杯酒入喉，腹中暖暖，旋即脑际微醺，欲要跌倒。

“唉！平日饮酒都是用碗的，此番杯酒便醉，我家这不成器的东西肯定是见慑与张大人的威名了。”少年故意摇头叹息，与官人推杯换盏，又强迫泯仇喝下几杯，半个时辰后，泯仇醉倒席前，呼呼大睡。

官人道：“夫人道先生日进斗酒，为何在此酒力却如此不济？”

少年道：“不晓得，多半是假装的吧。”

官人轻笑，又与少年饮酒闲聊。

“大人此番是来寻找那二位高人的？”

日光下行，已是正午之后，暖阳照进酒肆，各自微醺。

官人点头轻叹道：“这朝中退魔之事原是委于天机门与护国寺的，

前月长安之乱，天机道人卫道身死，护国寺高僧方外出游，幸得那二位高人相助，才平定了长安妖乱，这圣人名为招二位高人入宫受赏，实有大事相托。”

“什么大事？”少年问。

“这张某不知了，听闻是与退魔相关，欲求二位高人往吐蕃退魔。”

“那不是还有护国寺吗？”

“夫人有所不知，便在长安之乱平定的第二日，护国寺持寺便风来禀报，道高僧方外为恶神所害，已经圆寂了，原来这方外名为出游，实则受圣人之命往吐蕃退魔，不想却于半路遇害，如此一来朝中无退魔之人，圣人念二位高人方平长安之乱，不愿多做打扰，然关乎社稷国运，又不得不请二人出山……”

“护国寺高僧方外圆寂了？”异香少年按眉问道，“这是什么时候的事？”

“张某不知，护国寺僧人收到高僧方外的精魄，道是遇害于白泥雨林，这佛家的秘境，张某不懂，只是听了一些闲言碎语。”

“精魄？”少年小声自语，回想起云香山上望见入云的血鸟，泯仇正言，血鸟是往护国寺的方向而去，如此说来，那时见着的血鸟便是高僧方外的精魄。

少年点头，再度举杯，官人举酒，二人来回豪饮，却又耗过了半个时辰。

“难得不醉不归，看你相公醉成烂泥一般，天色也不早了，本官差人送二位回去。”那官人起身，竟也跌跌撞撞，口齿含混。

“无妨，大人有事便去，小女子与相公在此逗留一番，待他酒醒。”少年道。

“如此也好，我还有公务在身，便不好多言了，等找到那二位高人，我再同萧丞相举荐二位。”那官人走出几步，被左右搀扶，又回首道，“那我便去了，夫人好生吃喝，报我张长姓名便是。”

少年微笑点头，挥手作别。

酒香扑鼻，鼾声如雷，少年独举烟管，对日遐思，日近黄昏，泯仇醒来，幞头歪斜，露出半边脑袋。

“高僧醒了？”少年背对，残阳之下，只是一道女人的暗影，婀娜极妍。

“先生毕竟半妖，如此把弄小僧，是小僧服了白蛇，怒碍不再，换做以前必与先生斗个地覆天翻。”泯仇道。

“美酒可合相公口味？”

“唔！叫我破了酒戒，又折了一番修行，得不偿失，得不偿失。”泯仇不知是怒是悦，“不过这人间美味却是非常，无怪魔波旬能教世人纵欲至死，这佛教的清规戒律也不是没道理的。”

泯仇一把扯下幞头，摇头晃脑，清醒过来：“适才我梦见佛祖，却是我般模样，忽而又至烟花柳巷，又梦见我少年模样，修行以来七十余年没这般清梦了。”

“高僧不醒才好，醒来又需闻一件麻烦事。”少年转身，坐于泯仇旁侧。

“什么麻烦事？”

“高僧可还记得长安乱前于云香山望见的血鸟，高僧道那是僧人精魄……”

“记得，望见精魄之后，你我便下山退魔了……”

“张大人说那是护国寺高僧方外的精魄，他于白泥雨林遭难，圆寂之前将精魄吐出，急告长安。”

“白泥雨林？”泯仇问，“未曾听过此地。”

“小子也未曾听过，但能叫护国寺高僧遭难的，必不是小神通。”少年道，“此番圣人招你我进宫，定是有大事相托。”

泯仇振衣而坐道：“必是要去降服罗刹王一众了。”

少年团扇轻扑，不置一言。

翌日，朱雀门大街，异香少年与泯仇并肩而行，晨霭未散，一只轻骑入宫，须臾嘈杂声起，那长长的宫道上疾步趋来一人，素袍便衣，竟是睡醒惺忪的玄宗皇帝。

“苦朕寻二位好久，如今自来，叫朕一点准备也没有，长安大乱，幸得有二位高人，社稷苍生才得太平，唔！此番入宫便不要再走了。”玄宗拉起泯仇与异香少年的手，朝武德殿方向走去。

“圣人休步，退魔之事，刻不容缓，若事不急，先生与小僧必不会踏足宫中。”泯仇顿住脚步说道。

玄宗一顿，长息不言。

“退魔乃是大业，亦是佛门铁则，圣人无须难言。”泯仇道。

“此事重大，在这三言两语也难道清，二位还是随朕去武德殿，从长计议，朕没了天机道人与方外高僧便是一无所有了，若二位高人再有所闪失，不说苍生劫难，便是李氏于佛门也是一笔还不清的债了。”

异香少年点头，泯仇会意，而后二人随玄宗入武德殿，朝阳初起，玄宗亦换上龙袍，比之长安大乱之前，玄宗憔悴苍老了不少。

“四月之乱，危及长安，朕幸得二位相助才侥幸脱难，还有我那小女，如此恩德，隆基无以为报，二位世外高人不慕名利，朕等粗俗之人，实在不知如何报答二位。”

“圣人休住，此般客套话便不要多说了，小僧听闻护国寺高僧方外西行吐蕃途中遇魔遭难，想必这方外必是身负十字明咒西往封印罗刹王的。”泯仇道。

玄宗疑惑，又知面前两位神通广大，便也省了絮烦，道：“确是如此，一月之前，方外将护国寺持寺之位让出，轻点行装便独自西行了，不曾想半路遭遇不测，是朕一时大意，若多派人手一同上路，也不至于如此。”

“这罗刹王乃为西方妖魔，长居大荒雪岭，为何忽然觊觎东土大唐？还有这十字咒乃是佛门禁咒，究竟是为何，需要使用这般自毁的法术去对付罗刹王？”泯仇问。

“唉！此事是朕大意，唐隆政变之时，朕率左右持住乱党韦太后一等，这乱党之中，有一位名叫武存道的道人，神通广大，可撼天地，护国寺高僧道化与天竺高僧善无畏联合天机门道人费尽九牛二虎之力才将其捉住，将韦太后一干人枭首之后，面对这武存道却是左右为难。”玄宗皇帝摇头叹息。

“为何犯难？这武存道究竟是何神圣，能叫佛门高僧束手无策。”异香少年问。

“顶难之事便是逆天而行，这武存道乃是武后后人，欲与韦太后联手除掉朕，但两人各怀异志，不能齐心，内乱之时叫朕一并打尽，韦后倒施逆行，死有余辜，可是武存道却不一样，此人不仅身具异能，而且忠心耿耿，一心一意致力于恢复武周统治，朕念其忠心，不忍杀之，然天机道人言此子有三载龙命，若不处死，必将卷土重来，届时长安又免不得一场兵灾，朕好容易费尽心思登上九五之位，听闻天机道人如此一说，杀心顿起，高僧道化曾极力进谏天命不可违，应顺天而行，与武存道一个虚位服了三载龙命，待其天命耗尽，便令其出家让位……”玄宗切齿，叹息不绝，“朕也是一时糊涂，若当时听了高僧道化的谏言如今也不会如此为难，唉……朕是一时贪心，害了高僧亦害了长安百姓呀！”

“如此说来，圣人最终还是杀了武存道。”泯仇道。

玄宗点头：“天机道人与高僧道化各持一言，朕犹豫不能定夺，天机道人言天命如难违，然武存道之鬼可筑十八冥丁镇守之，叫其永不出囚牢，亦可避免其魔作乱，朕一时心动，便令兵士以大火焚烧武存道，大火烧了三日才叫武存道化作一具枯骨，而后天机道人做法将其封印，然而仅仅一月之后，武存道之魔便依怨力破了十八冥丁，听闻此事，天机道人以天机门子弟追杀，整整三月将武存道恶念所化之灵一一除尽，但是人算不如天算……”

“发生了何事？”泯仇问道。

“是时吐蕃使者入唐求姻，朕与吐蕃翘楚战马球之时，忽而天昏地暗，只闻哭声四起，电闪雷鸣，继而拨云见日。一番惊吓，朕念招待不周便将大唐马球队赠予使者，不曾想那下的惊变便是武存道恶灵作祟，他将自己愿力托入马球之中，而后随吐蕃使者入藏，至郁垒山修行，此子神通广大，说服郁垒山罗刹王一等来长安作乱，好在叫道化，善无畏与天机道人击退，然而大魔不退，武存道仍旧是悬在朕头顶的一把利刃，正在朕发愁之际，高僧道化与善无畏进言，愿率僧队入藏退魔，最后二位高僧以十字明咒封印了武存道与罗刹王，长安将得十年太平，这十字咒乃是以僧人十世大业为价，十年为期，轮复封印才能叫恶魔不出，然而不知为何，十年期限未到，武存道与罗刹王一等却能横行长安，上次若无二位高人相助，恐怕此时的长安已是人间地狱了。”玄宗道，面露忧色。

异香少年与泯仇沉默，并无邀功之色。

“此番作乱更甚上次，竟叫天破洪流，毁我长安，长安大乱之前，护国寺高僧方外已领命西行加固十字咒，前日传来噩耗，朕悲痛不已，难道是唐祚不远，又或是武存道必报这三载龙命之仇？是朕逆天而行，若其定要这龙椅龙袍，朕原削发为僧让出皇位，可如今，这武存道已与罗刹王定下契约，欲叫长安化作魔界东方乐土，如若对朕一人，朕死不足惜，然乱苍生百姓，朕心不忍，必昂首抗之，如今护国寺与天机门尽为魔王所害，朕能依凭的只能是先生与高僧了，若二位愿入吐蕃退魔，朕愿让出尊位，听候二位高人驱遣。”说罢，这玄宗皇帝竟掀开衣摆在二人面前跪下。

泯仇见势，连忙去扶，然而玄宗却是声泪俱下，纹丝不动。

“唐国有圣人这般明主，是东土大幸，圣人快快请起，泯仇受不住龙膝。”泯仇加力才将玄宗扶起。

异香少年轻笑，不置一言。

“降妖除魔乃是泯仇分内之事，若不是听闻高僧方外遭难，我与先生二人早便下江南游赏了，如今大难临头，我等既有一分薄力，自当当仁不让，为大道退魔。”泯仇眼神坚定，叫玄宗欣喜。

“十字明咒密文在何处？”良久，异香少年问。

“高僧道化恐怕常人会受恶鬼蛊惑说出明咒，故只将咒语交给护国寺持寺，此咒无明文，只是口耳相传，此时护国寺持寺就在静候二位高人。”玄宗道，双手相抵，轻拍三下，一道丹云冲出，不见踪影，半柱香后，武德殿大门打开，一位素衣僧人前趋而来。

那僧人身材矮小，皮肤白净，不似练过拳脚功夫，见着异香少年与泯仇微微狐疑。

“方内高僧不需怀疑，这便是朕与你说的长安退魔师与云香山密宗高僧。”

“不是小僧怀疑，只是这二位少年相貌，实在不像身具异法的高人。”方内道。

“云香山泯仇，隋朝大业间人，而今一百三十六个春秋，你道我是少年？”泯仇道。

那僧人听闻，双目一睁，微微惊讶。

“那这位？”方内又看着异香少年。

“晋武帝太康九年生人……”异香少年道。

少年此话一出，泯仇、玄宗、方外三人皆睁目惊讶，长息不止。

少年轻笑，眼里满是蔑视。

“那……那先生岂不是妖？”方内声音微微发颤。

“确是。”

此话一出，只见那方内扭头便走，方出三步便被泯仇按倒在地，挣扎无用，咿呀大号。

“高僧好歹也是佛门中人，怎能如此不济，不就是年岁长些，你门道化亦有二百余年寿命，有什么好惊慌的。”泯仇又朝异香少年道，“先生少年模样，怎有这般大的岁数？”

“说了是妖，修道高僧能活五百岁的比比皆是，高僧何必多问。”异香少年道。

说话之间，玄宗激动颤抖：“是天助大唐，有先生这般神明相助，武存道罗刹王必能降服！”

“圣人不要如此定夺，小子年岁虽高，然道法不济，前月长安之乱，若不是泯仇相助，小子可能早已身死，即便如此，还是叫罗刹女削去右臂，此去吐蕃，凶险非常，圣人还是早做准备，如期年无果，务率百姓迁都，届时再寻高人退魔。”

“这……难道还有先生难退之魔？”

“天地大化，何止千万。”

玄宗一怔，闭口不言。

一番劝服，方内在异香少年与泯仇耳边道出十字咒密语，那咒语入耳二人只觉有物灌入，一时颠倒，如见风雪之夜，道化与善无畏退魔之状。

静默，朝光鲜艳，宫中行事如常。

二人稍坐片刻，用了斋饭，起身便走，只见那玄宗面露难色，欲言又止，见异香少年与泯仇起身欲走。

“高人止步。”玄宗道，“朕……还有一事相求。”

第十五章　扶风窦妃

晌午歪，沉香亭中。

石榴花香忽有忽无，蒲月日头高耀，道道日光催人入眠，泯仇趺跏坐忘，少年轻嘬烟管，玄宗垂首轻抚古琴，琴声如若石上流水，跳跃静淌，时而高唱时而婉转，情到深处，丝弦凄彻，清泪双流，啜泣声中，往事如水，焚香化思，幽幽悲凉，不请自来，玄宗加劲，顿时琴音凌乱，似有沉山之悲，不可自控，须臾弦线崩断，玄宗双掌按琴，摇首叹息。

少年扭头，高僧睁眼，各自故事皆付琴声之中。

“圣人有一分相思，取舍不由自己……”少年道。

“此相思非彼相思，朕强留二位亦为此憾恨。”

二人不语，但闻玄宗余咽，檀香缭绕，须臾各自平静。

“高人不知，朕现在虽贵在高位，然大唐闱内之乱自太宗皇帝开始便轮复上演，武后之时，大唐李氏一门遭其屠戮殆尽，幸得父皇为武后亲子，行事又小心谨慎，故留下一脉，才得今日重登大宝，他们尽知朕如今九五之尊，人中之王，然他们却不知这其中曲折，除了朕，谁也不知，便如这石榴花香，他们可折花遗母，而朕只能对花相思。”玄宗言语恳切，二人恻隐。

“圣人是在思念母亲吧，这天地之间最大的思念莫过于此。”泯仇叹息，亦回想起自己的少年时光。

玄宗点头："武后长寿二年，朕时七岁，武后户婢韦团儿以桐人巫诅为名诬陷朕生母，母亲于正月二日照例往嘉豫殿朝见武后，不想此去竟成死别，此后母亲便再无踪迹，父皇复位，挖遍嘉豫殿四周不见母亲尸骨，无奈之下只能修建衣冠冢，时至今日，朕时常梦见母亲向我诉苦，近来思念更甚，几欲成疾……"

"圣人是想求我二人找到窦太后？"泯仇问。

玄宗摇首："当年京城里外寻遍，如今怕是再难寻见，朕只求二位高人能略施法术让朕与母亲再见一面，好解朕积年之思，也好问母亲现在何处。"

泯仇垂首沉言："往生者皆入六道轮回，年岁已多，恐怕早已转世，如何再见？"

玄宗茫然："难道此思不可解？"

"可解……"异香少年沉言。

"先生是说用五彩丝绳吗？"泯仇道，"五彩丝绳只能映出焚之者的前世今生，如今窦太后生魂不再，如何焚烧丝绳？"

静默，少年轻笑。

"若入梦相见，也不是不可，何处身死，生念便在何处，即便转世其生念犹存，生念便会永世游荡在此处，可令玄宗入梦，行至嘉豫殿，届时母子团聚，亦其乐融融。"

玄宗拍案起身，激动不已："若先生能让朕与母亲见一面，这皇宫之中，土地悉便，先生可自由往来……"

少年抬手打断玄宗的话道："小子世外之人，不喜名利，圣人休言，坏我兴致。"

沉默，玄宗勉强轻笑。

"先生既不慕名利，那此恩，隆基只得暂记，往后如有可以相助的，隆基必亲力而往。"

少年微笑，不言不语，旋即掏出一张梦符，递与玄宗。

"这是？"

“蝴蝶咒。”少年道，“圣人执此符入梦便可，须臾便可到嘉豫殿与窦太后相聚。”

玄宗紧握蝴蝶符，展颜笑开，一时激动颤抖，不知所言。

“圣人如若不嫌，小僧愿鼓奚琴，助圣人入梦。”泯仇道。

“如此正好，听闻云香山高僧奚琴第二，今日正好静聆。”玄宗立即吩咐左右送上一柄二胡。

泯仇闭目，琴弦微动，忽而万籁俱静，唯留琴音，清净幽转，催人睡眠。

沉香亭中，花香飘飞，落瓣簌簌，异香少年与泯仇中间，玄宗面目微张，细鼾轻起，已然入梦，少年信手点香，那香烟随风舞动，恰如拂晓之霭，催人生思。

奚琴渺渺，悲彻凄凉，五月微炎消歇在汩汩声流之中。

忽而，那怡然飘动的香烟逐渐扭曲，一如九天落瀑，不升反降，在地面奇异回旋，异香少年纹丝不动，静视香烟异象。

“圣人这是……”忽又奚琴声止，泯仇双眉按下，只见玄宗眉头紧蹙，额间微微汗出，口嘴微张，喉结鼓动，欲呼不出，恰似梦魇挣扎一般。

泯仇欲抬手轻拍玄宗肩膀。

“高僧住手！”

正当泯仇将拍下时，异香少年忽道，少年微微摇头，示意此事不可为。

“圣人入梦恐遇魔障了。”少年轻声道，“梦非三界，倘强行叫醒，怕魔性附体，事情可就麻烦了。”

“这……只是入梦为何能遇魔？”泯仇问。

“小子不知，现下只得静观其变。”少年道。

此时只见玄宗满脸是汗，表情似悲恐交加，忽而又闭目不住摇头，口中似有千言万语，然而只是唇齿微动，发不出丁点声响。

异香少年与泯仇按兵不动，蓄势待发。

风起，香头积灰在花香风中轰然倒下，烟灰随风飘散，便在此时，只听得哈然一声，继而喘息声起，二人中间，静坐的玄宗似溺水之人冲出水面一般，豁然睁眼，双颊之汗汇集在颔下，凝珠落下，惊恐不觉，悲伤难已，玄宗怔在原地半日不动，半柱香后才缓缓回过神来，只见玄宗双目沁出泪水，又强行忍住，眨了几次眼之后，紧紧闭唇，深吸一口气。

“梦中之人有难？”异香少年问。

玄宗强抑悲伤，缓缓道：“朕梦见母亲被囚禁在嘉豫殿的中堂之中，左右皆是丑恶行魔，我在梦中与母亲相视，母亲鞭笞加身，长号不觉，而朕却半点也动不了，只得眼睁睁看着母亲受苦，刀山火海，母亲一生贤惠向佛，为何到头来要长受此苦，难道真是朕逆天而行，触怒天威了吗！如果真如此，朕愿卸下龙袍，此生只向青灯古佛……”

说罢，只见玄宗张手欲撕开身上的龙袍，发冠掉落，散发长哭，狼狈无比。

“圣人休住！”异香少年声音微微而厉，这异香少年虽面白柔弱，然而上下却透着无比的威严，这九五之尊听见少年此声，竟也忽然顿住，不再撕扯。

“圣人所见的无非幻象，梦中之事不可当真。”泯仇道。

“非也……”异香少年不紧不慢解下腰间的紫金红葫芦，“依蝴蝶咒所入之梦，看见的皆是往生者的生念，窦太后怕是早为高道所持，受苦至今。”

玄宗泪泫，正欲开口。

“嘘！”异香少年站起身来道，“小子知圣人所想，倘欲救窦太后便与小子走一趟。”

说罢，印法已成，只见那紫金红葫芦四周渐渐生风，落花纷纷旋入葫芦之中，风势渐大，三人袂袖翻飞，玄宗半惊半奇，不知所面何事。

“圣人快入葫芦中。”混沌之中，玄宗只听得耳边异香少年的声音道。

犹豫之际，只见一道僧影闪过，跳入葫芦口消失不见，玄宗却步又前，长叹几声，亦尾随而至，忽觉天旋地转，好似星汉混流之间，不知白天黑夜，嘈杂一阵，忽而跌下地来，又被一阵劲风稳稳托住，只见少年手摇芭蕉扇，那风却不是一处而来，反是四周向心，神奇无比。

“这是何处？”落定，玄宗问道。

“沉香亭。”异香少年道。

“可是这一片混沌，如何是皇宫？”

“天地大化，长处变换之中，然大道初像由来一般，皆是混沌一片，圣人惯常所见的无非自己眼中的世界，而紫金红葫芦能够纳万千外像，圣人与小子所在的是天地初来的本像，难免有些陌生。”

玄宗一知半解地点点头，思索片刻又道：“但此本像之中，没有了亭台楼阁，朕也难辨南北，如何寻得到嘉豫殿？”

异香少年轻笑：“那圣人适才又是如何在梦中寻到嘉豫殿的呢？”

“混混沌沌，似是而非，不过心有所往，便能通达，信步漫移须臾便到嘉豫殿。”玄宗道。

“那在此处圣人也信步漫移，我与高僧便随你身后，此间不可有杂念，只走便可。”异香少年吩咐着，又朝泯仇道，“高僧与小子随圣人上前时，不可抬头望路，只看着圣人双脚，倘若抬头，怕高僧便到望溪村了。”

“此般神奇，待救了窦太后，小僧也好往故乡走一遭。”泯仇道。

少年沉默，不置可否。

“事不宜迟，圣人快领先生与我往嘉豫殿吧！”泯仇催道。

玄宗虽心有微惧，然毕竟一国之主，尚可镇定，而且两侧高道相伴，即便行魔蹿出，亦不能伤自己分毫，末了，玄宗深吸一口气，去除杂念，在这混沌天地中缓缓行走起来。

这晦暗混沌世界，一丈之外不辩牛马，似漆黑深海，然而走到近前却又是微微光明，身后随即被暗光遮住，一片漆黑，三人在此地约莫行了一炷香的时间，忽见前面玄宗止步，二人亦随之止步，有微风轻拂细沙之声，又有酣睡磨牙之声，又有男女交合之声，又有隆隆地音……

“到了……”玄宗道。

二人止步抬头，只见一座残败暗阁轮廓出现在眼前，歪斜腐朽，在风中吱吱作响。

“此为嘉豫殿？”泯仇横出金刚杵，隐隐觉得不妙。

“按先生所说的，心无杂念，信步漫移，此地确是嘉豫殿无疑了，殿前东方有树，前方有大石，虽然残败却是故时摆设。”玄宗道，“只是与方才梦中所见的不同，梦中嘉豫殿与往时一般金碧辉煌，不是这般荒凉。”

少年沉默，往前走去，脚边两排颤抖的牙齿在用力咬磨。风起，黄沙飘飞，目不可争，玄宗随泯仇身后缓缓前进，微微光亮之中只见四下黄沙之中皆半埋着白骨，排肋参差，腥风阵阵。

“此处为何有这么许多尸骨？”玄宗按步问道。

“皆为妖魔所食之人……”少年定下，从囊中掏出两张活符，交与泯仇和玄宗。

玄宗四望，连连叹息：“难不成那些平白失踪的人都到了此地？”

“不是到了此地，而是本来就是此地，圣人所见之像皆是外像，而你我的脚下无时无刻不踏着白骨。”异香少年道。

此话另有所指，玄宗会意，不禁微微惭愧。

静默，风起，三人脚印由黑暗中伸来。

“有妖！”少年话未说完，却听玄宗轻声疾呼，朝着前方指去，但见嘉豫殿内，暗光摇曳，门窗内里，摇摇晃晃地立着一个人影。

泯仇旋杵，少年静立，只见那窗前的人影身材高大，似有及腰长发，双手交叉于胸前。

这边，少年折纸，须臾便得一纸人，少年以食指按住纸人额间，只见那原在风中飘忽然纸人忽然四肢怒张，继而又摇头伸手，渐渐活了过来，而后少年取出一枚铜钱，以丝绳贯穿纸人。

“此又是何术？”泯仇问。

“古时盗墓人常用之法术，名为活纸术，灌神通入纸人，以纸人入墓，刺探墓中有无异象。”说话只见，那半大的纸人已经脱手而出，数十步之后，纸人侧身，从门板夹缝中遁进，少年手缠丝绳，静候其音，半柱香后纸人遁出，只见那白纸之上多出了一行秘符，歪歪斜斜，不知何意。

“高僧可认得纸上写的内容？”口中干渴，少年掏出皮囊壶饮醴泉，并递与玄宗。

“此文如蛇，不似藏文亦不似梵文，小僧涉略有限，实在不懂。”泯仇上下琢磨纸上的密文，道道文字相似，整齐四方，不知从何处入手。

“此乃萨珊文。”正在二人苦思之时，一侧的玄宗忽道，“高宗时，萨珊国被大食国打败，萨珊后裔流亡入唐，后多经商，朕少年时曾与多名萨珊商客往来，往来之间亦习些许萨珊语和萨珊文，此文曲折如蛇，间有点墨，列阵四方，从右至左，确是萨珊文无疑了。”

异香少年按眉，又问：“那这密文写的是什么？”

玄宗又张开白纸详视良久，继而摇摇头道：“怕是萨珊国的密文，朕亦难懂，然而此文中提到有四个名字，齐苏萨、波迪、伽衣默、达鲁伽……”玄宗读罢，微微按眉沉思，“这四人名字朕好生熟悉，好生熟悉……”

“圣人认得？”泯仇问，“这可是大道本像，此中之物必不是生人，圣人如何晓得？”

“不。”玄宗摇头道，“此四人朕绝对见过。”

玄宗食指在空中轻点，忽而灵光一闪，指着纸上的四个名字惊呼道：“朕想起来了，这四人是武后麾下的萨珊法师，平日皆以斗篷遮面，常侍武后左右，法术深不可测，只是后来却平白失踪，无怪当年高僧道化与朕说武存道身后有高人未曾出手，才得以如此简单地生擒逆贼，看来道化所说的高人便是密文中所说的这四位萨珊朝法师了。”

“那武存道的一身本事必是从这四人那学来的。”泯仇道。

“怕是了。”玄宗道，“当年天机道人也曾道这武存道行了异域妖法，叫人难以捉摸，这萨珊朝的法术诡异奇怪，与中原道法佛法不同，喜以毒虫大蛇修炼，当年兵士叫毒蛇咬死的便有几百人之众，皆是顷刻毙命，化作干尸。”

“各处有神通，高僧此番可要小心了。”异香少年转身对泯仇道，继而又解下腰间的三清铃交给玄宗道，“内里凶险，圣人须止步在此等候小子与高僧，如遇鬼怪，便趺坐轻摇三清铃，不论何处妖魔，于道门三清还是有几分忌惮的。”

说罢，二人抬步便向嘉豫殿走去，忽而异香少年顿下脚步，不回首地问道：“有一事小子需向圣人问清楚。”

“先生请说。”

“当年窦太后是否真的以桐人诬诅武后？”

玄宗顿言，四下静默。

少年沉默不语，亦不回首。

“母亲年少时学过几日道法，然而并未以桐人诬诅武后，当时作法只是窥探李氏运数，韦团儿借此发挥，才叫母亲遭遇横祸。”玄宗道，“母亲平常的道法，也不需萨珊法师……”

“圣人可知窦太后的生辰八字？”少年打断玄宗的话道。

“这……”

“可助小子破敌退魔。”

“乙未、丁亥、乙丑、庚辰。”玄宗道。

异香少年微微掐指，面露难色，而后又微微展颜，长息一声，玄宗与泯仇皆感惊异，这长安退魔师惯常不苟言笑，难窥喜怒，不曾想知晓了窦太后的生辰八字却叹息起来。

泯仇欲问又止，少年闭目沉思，半晌睁眼。

“果然如此……”异香少年微微抬头道。

“先生是料到了天机？”泯仇问。

“看来逆天而行的不是圣人。”异香少年眼轮微蹙道，“而是武后！”

“武后！”玄宗又是一惊，“武后晚年有意还政，怎会逆天而行，乃是韦后一众犯上作乱，先生所言，朕不明白？此分天机可否明示。”

“圣人既知是天机又何必多问。”异香少年眉头微锁，不再言语。

玄宗微笑，亦不生气，道：“即是先生所言，必有道理，朕在此等候二位便是。”

末了，二人拽开脚步朝嘉豫殿走去。

黄沙飞舞，夜风轻吟。

那门板内的人影一动不动，二人行至门前，泯仇张手轻轻推开门板，只听得咿呀作响，灰尘落下，一股腐臭扑鼻而来，二人掩面而入，只见方才人影处空无一物，泯仇弹出门外再看，那人影却又出现在原处。

“奇怪？莫非那人嵌在门窗之中。”泯仇道。

异香少年摇摇头，亦不知何物。

行至大殿中堂，只见壁挂一副巨画，那画中之物浮浮晃晃，似真似假，只见中有一人赤裸横卧，四方之人皆异域装扮，卷发碧目，将中间的人围住，那横卧之人不知是男是女，笑容诡异，然而四周之人却如遭遇大丧一般，有双掌合住祈祷者，有张手呼号者，有垂首哭泣者，巨画微微而动，似在缓缓重复。

“看来这恐怕是萨珊人的画作，唐国虽不避风俗，即便如此中原也未曾有此般开放。”泯仇微微向前探步，只见那画却忽而卷曲起来，恰如黑焰，烧做一团，旋即又恢复成本来的模样。

“这画中难道有玄机？”泯仇伸出金刚杵探进画内，只见那画面如水，金刚杵于画中弯折。

只听得中堂后方一声闷响，继而有人饮水声起，少年警觉，朝后方门内望去，只见一个黑色如人般黑物匍匐于地，缓缓朝深处爬去。

少年见势朝里追去，只见那黑物又如蛇一般迅速游走。

这一边泯仇闻声，欲拔出金刚杵追将上去，只觉得手头一紧，那金刚杵另一头似被什么持住，泯仇抬头一看，之前画中横卧之人紧紧咬住金刚杵，尖牙利齿，双目碧绿，恶鬼之像毕露。

“哼！不自量力！”泯仇轻笑，印法立起，一股火焰从口中喷出，直直蹿入画中，只听得噗的一声，水沸之声响起，忽而手头一轻，金刚杵被吐出，泯仇松开印法向后一跃，只见那画中跃出一个火人来，须臾火灭，正是方才画中横卧之人，此时其通体透白，绿瞳虎视，萨珊人模样，笑面诡异。

又闻身后有脚步声，泯仇回首，只见一人从门窗中钻出，平平扁扁，似纸人一般，那人哀戚面孔，垂泪涟涟，面如黄土，亦是萨珊人模样。

异香少年追逐那黑影，须臾之间已出嘉豫殿，只见那黑影似在自己身前，然而却分毫难及，少年拔出金刚剑，剑舌蹿出，直朝黑影背后刺去，少年单手推剑柄，眼见金刚剑将贯透黑影，却是手头空空，长剑失力落下，少年转腕收剑，那幽幽的黑影直立一动不动。

少年轻喃：“竟快得过金刚剑？”

风起，黄沙扑面……

异香少年止步，那黑影亦止步，定在原地，似在等待。

少年按眉，定神思索。

只见那黑影身后别无他路，只是一从灌木，如若强追，入了灌木又免不得一身狼狈，异香少年方从东市换得一身新衣，退魔虽紧要，然称心衣装实在难得。

少年轻笑，故意蹬地而前，做出追逐的样子，果不其然，那黑影立即遁入灌木，消失不见。

“想引小子，怕尔等没这般头脑！”说罢，少年取出长生符，符咒张开，落下一条巨犬，犬吠声起，群鸟乱飞。

“犬兄便待在此处，若那没用的黑物钻出，但咬便是。”

“先生放心，无论神魔，交给在下便是。”那巨犬虽无人口，竟道人言，声线粗犷，却也彬彬有礼。

说罢，异香少年回首，朝着嘉豫殿的灯火急行而回。行了一阵，忽感有异，少年纵身一跃，只见黄沙之中钻出一物来，那物双手一抓，扑了个空，立在少年七步之外，上下黄沙落下，只见一人赤面獠牙，怒目横眉，垂肩之发亦是红色。

“又是何物？”异香少年道。

只见那人蹲下一抓，从黄沙之中掏出一柄弯刀，刀刃锋利，寒光闪闪。

少年横出金刚剑，口衔符咒，微微压身。

嘉豫殿内，泯仇独对二法师，只见那纸片人扭曲轻呕，而后口中钻出一条黑蛇，那蛇落地便长，微风几阵便如碗口之粗，长信伸缩，腥风阵阵。

“雕虫小技，也敢在我泯仇面前妄搬大斧！”泯仇丝毫不惧，张出金刚杵便迎头而击……

嘉豫殿外，那红面之人蹬地一呼，黄沙之中缓缓钻出四只黑猫，那猫平常之大，然却面露凶光，似猛虎一般。

“四灵有对手了？”异香少年轻笑，又张开长生咒，只见四物从长生咒中落下，落下翻转欠身，哈欠连连，伸手朝少年讨要烟枪。

“我与猫兄招了四名萨珊对手，不知可合猫兄胃口。唔！待赢了他们，小子便与猫兄逍遥。”

“先生客气，只是清梦见搅，叫我等非常生气，也好，正巧撒在他们身上。”

继而四灵手中银针翻转，直朝那四只黑猫扑去……

第十六章　萨珊法师

嘉豫殿内。

只听得兵刃交接，乒乓作响，木屑横飞，乱作一团。

黑蟒袭来，泯仇横杵抵挡，两颗利牙斫在宝杵之上，忽见巨蟒喉间有物蹿出，泯仇眼疾手快，屈身别头，只见一股绿液从蟒蛇口中喷出，泯仇拔出金刚杵侧闪跳跃，四下弯刀回旋，皆从耳边擦过，此时泯仇已八识贯通，能细查万物，躲过这利刃与毒液不是难事，泯仇旋身，宝杵着地，而泯仇正踩在宝杵之巅，金鸡独立，气势非常。

只见那中堂之上，叫毒液溶出一个石磨般大的缺口，余液留下，逢物便溶。

“好个煞物！”泯仇道，“小僧尝闻毒蛇皆以精小为佳，这般似蛟龙的毒蛇还是头一遭见。”

话音刚落，却觉薄凉侵体，雨雾扑来，只见那房梁之上，浑身病白的萨珊法师倒垂吐丝，泯仇从腰间抽出金刚橛，躲闪之时朝房梁上的妖物掷去，那萨珊法师闪躲不及，叫金刚橛从小腹贯透，露出微微痛苦的表情。

泯仇落地，只见那些白丝纷纷落在金刚杵之上，方伸手一触，只觉冷冻无比，顿时左手小指化为玄黑之色，不得动弹。

“啊呀！竟将小僧宝杵给冻住了。”泯仇一惊，心想这萨珊法术不同中原，吃了这白色妖魔一计，都缘轻敌之念，此时茶先生未到，不知敌手深浅，不论如何，都当速战速决，只是现在小指头被冻伤，无法双手起印法，使不得大因明术，未及绝境亦不可使天眼，此时敌众我寡，还是先以火法烧杀。

想罢，泯仇弃杵，退到大殿一角，单手成印，火法上行，须臾红莲业火蓬勃而出，一时只见那大蛇避之不及，叫这一口大火蒙头盖住，顷刻之间黑蟒便于大火之中扭曲挣扎，却似烈火蛟龙一般，横扑竖咬，毒液乱喷，溶掉横梁，只见大火之中那道千斤重的横梁坠下，不偏不倚压在黑蟒七寸，只见方才不可一世的巨蛇失却气力，挣扎不出。

“也不是什么神物，区区业火便老实了。”泯仇收手，迅速在大火之间蹿了个来回，倏尔旋杵而出，法眼顿开，静立细察，大火之中不见那纸片人与病白之魔。

不足片刻，又听的鸟雀乱啼，这啼声尖利刺耳，扰人心神，泯仇飞身上梁，只见大殿一角，那白色萨珊法师双眼之中摇晃着钻出两物，只见那物昂首啼叫，撑大法师的双眼，血泪流下，萨珊法师亦哀嚎阵阵。

那两雀钻出后，不是高飞，而是直直蹿入大火中央，泯仇细察，不知何因。

两雀遁入大火之中后，忽见原本飘摇至顶的火苗瞬间落下，两雀扇翅啼叫，须臾之间，大火顿熄，只听得焦炭噼噼剥剥，不再有明火，唯剩大殿中央的两只大雀，长啼示威。

“却火雀！”泯仇讶然，这却火雀通体玄色，羽毛似铁，乃是拘弥国的神鸟，传言此鸟善浴火却焰，凡入大火，片刻之间便能使火熄灭，这红莲业火已是上层火法，不想在却火雀面前也如平常野火一般，经不住神鸟威力。

而后只听得地上横梁松动，方才于火中挣扎的黑蟒竟未被烧死，浑身簌抖，黑鳞落下，怒视泯仇，放声长啸……

嘉豫殿外。

四灵跳闪，攻守兼备，上下相接，结出一方小阵，继而银针四散，力度恰好，前者投出，后者接针，虽则区区数十根银针，如此被四灵翻来覆去，却也似不歇的骤雨，叫围在中间的四只波斯猫怪应接不暇，一时之间，暂落下风。

几步之外，异香少年对着红面萨珊法师，金刚剑在手如飞龙游走，伸缩自如，这萨珊的弯刀可劈不可刺，挡住横来的攻势，却无法顿时刺击，待举刀之时，少年新招已出，二人如此来回，少年不急紧攻，反于对手无暇之时，故卖破绽，引得萨珊法师急步而前，此时少年攻势又起，刀剑翻飞，敌手又是一轮捉襟见肘，不得不退。

如此来回百招交接，难分伯仲，互有疲惫，皆负轻伤，四灵与四只波斯猫怪缠斗一团，黄沙蔽天，四灵稍胜一筹。

这萨珊法师乃是西域翘楚，能于东土立足，且技压众豪，被点为武后随身侍从，想来必有一番超人咒术，但相斗至此，异香少年非但未见红面萨珊法师有何不同之处，便连这拳脚功夫也是稍逊一筹。

"莫非留着后招？"少年警惕，思索破敌之策。

只见那红面萨珊法师歇气罢，圆月弯刀翻旋，少年静视，法师仍旧未出咒法，不及思策，法师已然提刀上前，异香少年忽而灵光一闪，继而按步蓄力，亦疾冲而前。

那萨珊法师不知少年剑法，抡起弯刀便欲砍下伸来的剑舌，只听得咣当一声，少年手头一松，长剑落下，然而脚步却未停下，只见刹那之间，金刚剑剑舌蹿出，少年已然旋身闪至法师身后，左手握住伸出的剑刃，以剑刃为剑柄，轻轻向上一提，只见才要落地的金刚剑轻轻搭在萨珊法师的肩头，剑气直逼法师脖颈。

这一招来得突然，萨珊法师不曾料到少年会如此用剑，欲提弯刀转身之际，已决脖颈薄凉，剑刃触及喉管，割进一分。

"金刚剑者，斩魔之器，无论本外，唯魔是除！"少年轻语，娴熟地将剑刃一旋，只听得噗的一声，红面萨珊法师人头落地，滚落几步，脸面埋进黄沙之中。

这一来回仅是顷刻之间，二人皆未出法术，仅在刀剑之术上便分胜负，少年踌躇藏剑，只见那萨珊法师的尸身被金刚剑吐出的咒链紧紧裹住，不再动弹。

长生符起，少年抬步，缓缓走向那颗埋在沙土之中的人头。

风声悄寂，少年狐疑。

只见地上萨珊法师的人头，红发怒张，似刺猬一般，只听得噌噌几声，少年眼中，几道凌厉的红针飞出，直朝自己面门扑来。

叮当作响，少年张出五彩宝伞，被萨珊法师头发所化之针打退五步有余，右脚后侧，弓步定身，即便如此，还是在黄沙之中滑行了小半丈的距离，若无宝伞，直叫红发戳中，此时异香少年即便是半妖之身，恐怕也是通体贯透，奄奄一息了。

五百宝伞轻抖，那刺在伞面上的红发纷纷变软，而后落地，再看前方已无红面萨珊法师的人头，那具被金刚咒链缠住的尸身亦没有化作枯骨，而是在缓缓燃着黑色火焰。

“咒链竟被反噬！”少年惊讶道，“难道中原法术对萨珊人没有效用？”

正在迟疑之际，听的身后犬吠声起，少年闻声望去，但见适才放出的巨犬在连连后退，巨犬身前一只身形如山的黑熊垂涎缓步，巨熊身后，那个刚被自己赶入灌木的黑物亦缓步上前。

未等少年回神，又见身侧几道影子闪出，纷纷落在面前的黄沙之上，少年定睛一看，却是方才与波斯猫怪斗得正酣的四灵，这四灵上下皆粘着烈火，烫得在地上翻来滚去，哀嚎阵阵，但是任凭四灵如何拍打，烈焰却是丝毫不灭。

少年见状，立即取出毛笔张开长生咒，朝着四灵一点，须臾四只着汉服的灵猫化作墨气，纷纷被点进长生咒，浑身是伤的巨犬退来，亦被少年收回长生咒中。

这一轮的救急，少年背后已全是破绽，少年收起长生咒时，只觉身后热浪袭来，少年纵身一跃，金刚剑化作芭蕉扇，转身用力一扇，只见那火焰反扑，黄沙漫天，少年落下，按眉静视，但见黄沙烈火之中四只波斯猫怪抬着红面萨珊法师的人头从大火中跳出，那萨珊法师人头怒目瞋视，一招未尽一招又起，那大火直从法师双目中喷出，此火半点不红，却是通黄，炽烈无比，不知是在红莲业火之上还是之下，所到之处皆烧得点滴不剩。

“哼，乾元亨利贞，邪不干正！”少年沉言，单手起印，中指附于无名指之上，小指劲竖，此三指意为莲花，食指弯曲，大拇指劲竖，二指形为剑状，八字文殊手印起，神通汇合，万物随行，此印乃是九印之外的秘法，退魔心不定者，难借此大行神通。

只见的地面黄沙腾出，倏瞬之间，沙尘复起，虎啸龙吟，起初黄沙如骤雨落下，而后如瀑布倾泻，直压火舌，一时之间牛马难辨，少年顺势将芭蕉扇化作金刚剑，反扣在背后，旋即在小脚上缠上神行符，趁着飞沙走石之际，迅速遁走，直朝嘉豫殿冲去。

嘉豫殿内。

泯仇独挡法师与恶兽，黑蟒直追僧人下三路，却火雀舞翅低飞直教泯仇空不出双手，前后又有黄面萨珊法师与白面萨珊法师夹击，一时阵脚忙乱，顾左失右，脸面与肩头叫却火雀的铁翅割伤，双脚轻弹，险叫毒液溶掉。

退无可退，攻之不进，避之不及，泯仇虽服白蛇祛怒，然百十年来常受怒碍，怒火已是自身习性，虽无先前易怒，却也不是平和之人，僧人平生降魔虽有险境，甚至几欲身死，然皆能尽力而搏，不想在此地却是处处掣肘，印法需静心合掌，神通才得上行下化，此时颠来倒去，泯仇挥杵格挡已是不及，再莫言结印施术，只得边斗便想退敌之策。

正于愁煞之际，忽觉四方退却，泯仇歇脚，横杵按眉，迅速结出印法，额间点光，几欲喷射，僧人长息，怒火再起。

“大雀能浴业火，此番小僧便要看看你那几斤铁翅是否承得住天眼！”泯仇大喝一声，印法劲合，额间闪光，如日光照出，奔腾而去。

黑蟒大雀亦是灵物，此见天眼日光不由得心生恐惧，纷纷后退蜷缩。

这边天眼射出，摧枯拉朽，熏风四扑，乱作一团，混沌白光之中，泯仇忽见两位萨珊法师闪做一处，便在天眼日光之前，白面萨珊法师吐寒丝反扑，然而却似蜉蝣比之大树，未及日光便升华成气，消失不见，而后黄面萨珊法师接继，一动不动，竟横在日光之前试图阻挡。

“好个萨珊小儿！不知我中原高法，妄以肉身抵挡！”泯仇咬牙，日光更甚，正在此时，混乱之中，只见那纸片一般黄面萨珊法师忽而如船帆般张开，左右延伸，将黑蟒大雀还有白面法师护在身后，泯仇按眉疑惑，不知何种法术。

正在此时，但见前进的天眼日光打进黄面法师的身前，原本直来直往的光线居然浮晃旋转起来，继而缓缓化作一点，几欲消失，然而那一点光亮却是刺眼无比，正在此时，只见那一点光亮缓缓喷出，竟直朝泯仇扑来。

“糟了！”泯仇见势暗自叫苦，没曾想这纸片般黄面萨珊法师竟可叫日光反转，此招来得突然，先已疲惫的泯仇双目圆睁，只由得日光朝自己扑来，这天眼乃无隙之法，尸解之术，逃遁不及半丈，即便用之，也出不了天眼日光的烧杀范围，泯仇法器只有金刚杵，除却此物，便是肉身……此番危机委实突然，先前正讥嘲敌手以肉身抵挡天眼，不想现下却轮到自己了。

灼热扑来，泯仇无法只得尽力朝一旁躲避，眼见天眼日光已逼至身前，再需片刻便要化作烟气……

正于绝望之际，忽觉腰间有物袭来，来势汹涌，不似人力，继而泯仇被此力一带，迅速飞将出去，撞破门板，跌落在殿外的黄沙之上，力道不止，仍旧在黄沙上远远滑行，未曾有半点要停下的意思，玄宗趺坐身影从身侧闪过，只见身后几只野鬼幽幽舞蹈。

劲力稍失，转眼只见已滑出五六丈远，泯仇拎起降魔金刚杵，往身后的沙土上一插，只见那横来的劲道全部压在金刚杵之上，金刚杵弯如圆月，泯仇挂至一端，又被金刚杵回正的气力挑到空中，方才落下身子，泯仇旋身立起，只见旁侧还有一人，此人不是别人，正是方才追逐黑影出嘉豫殿的异香少年，只见少年小腿之上绑了千百张的神行符，厚厚一层，宛如隆冬棉裤一般。

“好险！”异香少年翻过身子，轻吐口中细沙，此时蓬头垢面，衣衫褴褛，少年坐定，迅速解下小腿上的神行符。

“小僧又欠先生一条命了。”泯仇轻拍上下灰尘。

“此话尚早。”异香少年立起身子，只见数丈之外，四名萨珊法师与四头妖兽并立，缓缓朝前走来。

“齐苏萨、波迪、伽衣默、达鲁伽。”少年横剑沉吟，“看来这四位便是武后用以逆天改命的萨珊法师了！”

“逆天改命？”泯仇问，“先生是说武后借萨珊法师之力逆天而行，强扭天命？”

“天命乃大化鸿蒙之轮，儒家曰之为命，道家曰之为道，佛家曰之为空，虽各家说法不同，然先达不约共知的就是无论神魔皆难扭转天命，万物皆有命，木石，人兽，河海，终归于虚，轮复翻转，可顺不可违。不过天命虽然无法扭转，然而却可夺他人之命，增己命之缺，以达扭转天命之效，小子想这武后恐怕早料到武周气数有限，因此找来那西域法师行秘法夺他人之贵命，以延续武周之黼黻。”少年道。

泯仇惊讶：“莫非这窦太后见害便是因为此事？”

异香少年点头道：“方才小子从圣人口中问得窦太后的生辰八字，算得其有八载后命。”

静默，泯仇讶然思索。

“小僧明白了，窦太后的八载后命于长寿年间为武后所夺，然后掩窦太后的尸身与魂魄于此本像之中，以萨珊四法师镇守之……”听了异香少年的话，泯仇恍然大悟，“难怪当年睿宗皇帝挖遍嘉豫殿四周不见窦太后的尸骨，先生果然高人，如此玄机都被你料到，如此说来便对了，这窦太后身有贤德于长安城中是远近闻名的，且其人不参政事，忽然为武后所杀，尸骨无存，本就是一件匪夷所思之事，谁曾料到武后是此居心！”

“这便是当年高僧道化与天机道人降服武存道时，为何说其身具八载龙命，若其阴谋得逞，武存道继武周帝位，杀绝李唐后人，几百年内李氏虽有帝命，恐也是半壁江山，届时天下免不得又是一番纷争。”异香少年道，缓缓横出金刚剑，此时萨珊法师已然行至二人跟前。

“现下如何应对，小僧全听先生差遣！”泯仇扎下马步，亦横出降魔金刚杵。

“一鼓作气，降服萨珊法师。”异香少年沉言，“本像之中必有窦太后的尸骨与魂魄，只要放出窦太后，武存道所具八载龙命便会回归窦太后，再降服武存道时，便无天命所阻。”

“先生所言甚是！方才在殿内好叫泯仇伸张了，此番必要灭灭这西域法师的气焰！”说罢，只见手头急速结印，倏尔内狮子印成，只见得周遭豁然一明，梵音四荡，再看泯仇，此时已然化作六臂不动明王，威风神武，藐视一切。

这边少年张出长生咒，内里跃出几道身影，豺狼虎豹四大力士，左右加傲因，褚健二大护法，中间背立一女，发髻高耸，项白指纤，那女子缓缓转过身来，折扇遮面，目露怨色，正是长生咒内的太平公主……

第十七章　青泥珠

黄沙因风而起，肃肃风刀有如大荒漠北，四名萨珊法师利兵前陈，左右灵兽虎视嚣狠。

少年按眉而立，衣袂袖领皆于大风之中翻飞不止，风势更甚，静默之中，杀机重重，只见枯败落叶飞过，及眦而回，蔽天黄沙之中，黑蟒、却火雀、波斯猫怪与黑熊一并从风沙中蹿出，萨珊法师紧随其后。

豺狼虎豹四大力士先行，刀叉剑戟纷纷迎上，挥劈砍刺道道皆注千钧之力，战尚一合，黑蟒毒液便顺风袭来，萨珊三怪左右绕行，毒液将至，力士退却躲避，风沙中间紧要之时，一抹红袖落下，轻卷劲挑，一袖挥落毒液，只见被噬的长袖化作沙尘纷纷落下，一袖将迟钝黑蟒紧紧缚住，长袖之上，太平公主盛装落下，眉头轻挑，美得不可方物。

倏尔女子又对萨珊法师怒目而视："我李唐东土之事，四大国师还是袖手旁观为好。"

萨珊法师相视而笑，只见那操着半熟中原话的黄面法师道："灵兽争斗尔，我等旁观已久，贵主难道看不见吗？"

大战始合至此，四名萨珊法师只是静观，未动一分。

"原以为萨珊人口讷淳朴，看来也是巧弄嘴舌之辈！"太平公主道。

"唔！我四人在这本像之中已历三十余年，好容易有外人闯入，何如口讷，也要絮烦几句……"只见那白面法师声如女人，笑声吟吟，绿瞳翻转，叫人生厌。

“见贵主之时，贵主尚豆蔻年华，不想区区几年也能出入这本像之中，长安果然豪杰辈出。”只听那黄面法师道。

“即叫长安法师一等寻到此处，那是武后大计稍有波折，我等虽西域道人，却也具几分神通，尔等与其苦战不绝，不若长驻本像嘉豫殿中，共守龙命，天下主客之争，由来久矣，你我既不为龙命所归，理当皆袖手而望，灵兽之争，贵主何故插手？”那红面法师，不知何止首身合一，身上还有残余的咒链，看似红面怒样，不想说话语气却是四人之中最和缓的一个。

“法师虽西域道门中人，看来也知我东土佛道的规矩，如你所言，你等所守之龙命乃是武后所囚之后命，法师身具非凡高法，何苦食风寝沙，助纣为虐，古来沧桑往复，一方有一方之定俗，尔等西方尚小国寡民，无天下大统之念，故山河分而治之。我东土历来万民倾心，众志一处，是故享绵延国祚，流传不绝，今天下大同，吾侄诚乃归心之主，武存道之流皆乱世逆行之辈，天下得而共诛之，法师听我一劝，还是快些放出窦太后魂魄，你我便立停干戈，不犯秋毫！”太平公主，收袖沉言。

那黑蟒见势，几欲反扑，却为红面法师厉声喝住。

“贵主且少费口舌，还是让小僧一棒翦杀此等妖魔！”泯仇所化不动明王，高高跃起落下，异香少年手持长生咒立在泯仇肩头，二人配合，倏尔杀至萨珊法师身前。

“贵主英明，不似这长安法师般蛮横无理！你我各为其主，当年萨珊国为大食国所灭，伊嗣俟王子亦在流亡中为人所弑，我四人流落长安，以奇巧幻术求以朝食，是则天皇帝赐我等一食，不致沉沦终老，我等虽为异域之人，也知当报一饭之恩。”红面法师道。

“忠心诚可彰，惜哉为逆贼之狗兔。”泯仇旋杵将前道，“善根可渡，回头是岸！”

少年按眉，沉默不语。

“我门却无此说，只待持鞭跃马，与中原法师周旋一阵！”说罢，亦不再理论，手旋波斯弯刀，顺着大风扑将上去。

泯仇横杵抵挡，此时不动明王身，挥手动指皆是神通，有如坚盾，攻之不破，那长杵飞旋，又如利矛，四名法师轮番攻杀，相形见绌，不知对手使何法术。

少年立于肩头，恰如轻身飞燕，静待时机施展长生符，无奈萨珊法师虽法力输却一筹，然而退守有形，咒链频频飞出，皆叫黄面法师反弹回来。

“如此缠斗下去，也不是办法，高僧且吃住他们，小子先行去寻窦太后。”说罢，少年在泯仇肩头借力，逆风飞行，勉强落在嘉豫殿的飞檐之上，而后旋身落下，潜入殿内。

此时大殿之内一片狼藉，前后空洞，不见密阁，少年俯身，轻敲地下砖面，静聆回响，亦是实音，少年按眉沉思，不知窦太后被藏匿在何处。

“先生！”忽有一声传来。

少年一惊单手撑地，向后翻越，横剑而立，只听得铃声丁岀，发出声音之人不是别人，而是玄宗，头发脸面皆是黄土。

“先生莫惊。”玄宗掀开衣摆，趋步而前，手持三清铃，铃上花纹一致，确是玄宗无疑。

“这嘉豫殿前后朕皆寻了个遍。”玄宗长息，“确无藏人之所呀，难不成母后不在此处？”

“圣人莫急，既为萨珊法师守之，那便确在此处……”

“此地除了嘉豫殿，便只剩黄沙了，难道母后被埋在这茫茫黄沙之中？”

“不可能。”少年道，“若窦太后身在本像黄沙之中，那便早已投胎转世，武后既命萨珊法师藏匿窦太后，必有其因。”

玄宗举目四望，此时嘉豫殿上下皆为大火所焚，只剩骨干躯壳，并无暗阁。

正于二人沉思之际，忽见前方残破门板咔擦一声，少年警惕，将玄宗揽在身后，持剑戒备，只见飞将进来的是那四名萨珊法师，被泯仇降魔金刚杵大力一挥，吃不住神力，纷纷跌倒在地。

萨珊法师还未起身，又见天顶之上按下一张巨大手掌，轰隆一声，沉将下来，木屑横飞，黄沙卷起，倒地的萨珊法师侧滚躲避，难以与泯仇所化的不动明王正面抗衡。

少年横剑静立，细察四周，几番回合下来，萨珊法师明知不是泯仇的对手，然而却前赴后继，无所顾忌。

“难道窦太后真的另藏在别处？”少年狐疑之际，萨珊法师翻身又起，迎面而来的是太平主公。

那白面萨珊法师闪身与太平公主缠斗，一口寒丝喷出，直朝太平公主面门扑去，红袖飞起，袖口飞针打出，皆为寒丝所冻，纷纷落地，一招未尽，一招又起，红袖直抵寒丝，白面萨珊法师鼓劲，欲破此力，却觉腹口生疼，丹田回环之力，始终无法升运，露了破绽，终于叫太平公主一招弹出，脸面胸口皆中一计，直朝身后的木柱飞将出去，撞断木柱又跌倒在墙角，紧紧捂住小腹，汗如雨下。

这番缠斗，异香少年望得清楚，白面萨珊法师小腹之上正直直插着一把金刚橛，是泯仇的贴身利器，正因这金刚橛破了法师肚皮，故真气无法上运，才叫太平公主轻松击败。

“先擒住一个再说！”少年见势长生符已起，须臾脚下生风，离弦利箭般直朝倚在墙壁上的白面萨珊法师冲去。

离白面萨珊法师只有咫尺，异香少年张出左手，正欲朝白面萨珊法师侧腹打下长生符……

“先生小心！”只听得天顶泯仇一声巨吼，少年只觉身侧杀气袭来，正是螳螂捕蝉，黄雀在后，少年原想趁机捉住白面萨珊法师，却不曾想那黑影已然摸至自己的耳侧。

此时少年只剩左手，左手方张出长生符，这黑面萨珊法师快如闪电，结印施法或是再唤金刚剑已然来不及……

白面萨珊法师吃痛低吟。

一道咒链成网，随着金刚橛朝一侧飞出，咚的一声，金刚橛打在对面的木柱之上，而后附着在金刚橛上的咒链紧紧裹住木柱，片刻之后又迅速收回至金刚橛上，化作长生符。

此时异香少年朝前一个前滚翻，立定身形，长呼一口气，此时那黑面法师已被长生咒逼退，不知藏匿在何处。

原来方在电光火石的一瞬，异香少年扭身抵挡已然来不及，只得伸手拔出插在白面萨珊法师小腹上的金刚橛，原本捕捉白面法师的长生符尚左手掌心，如此亦顺势裹在金刚橛之上，被异香少年投出，这长生符随着金刚橛直朝黑面萨珊法师面门扑去，惜哉慢了半分，叫黑面法师闪身躲过，才随金刚橛被打在了木柱之上。

静默，少年背身屏息，稍有余悸，只听得叮当一声，有如珠玉坠地，少年双耳一颤，转身向后望去……

只见那白面萨珊法师小腹的伤口处掉出一瓣青色玉石，那玉石落地尚在轻旋，少年按眉而视，未等自己看清，只见视线之中一道黑影闪过，带出一股风沙，玉石消失不见。

异香少年转而望向倚靠在墙角的白面萨珊法师，只见那法师双手捂住小腹伤口，眼神稍有躲闪，似什么秘密被发现了一般。

“莫非玄机就在此处？”少年悄声自语，左手已从囊中摸出两道符咒，贴地一唤，两道矮小的身影乘玉净瓶飞出。

那二人旋身落定，少年烟管抛下，被二人迅速接住。

吞云吐雾，宰左宰右二人于混乱之中逍遥自在。

“茶先生又有什么好差事？”宰左道。

少年轻笑，闭目长息。

宰左宰右相互一视。

“上次大明宫中，先生助阎罗王平魔波旬之乱，功盖万世，我兄弟二人亦受此惠，加官晋爵，位列判官崔府君之右，只是近来公务繁忙，未有闲暇登门道谢，此番先生有急，自当仁不让，先生有话明说便是，你我兄弟之间从此再不需酬谢！”宰右道。

“差事是有，只怕律令兄弟……”异香少年轻道，语气中尽是不屑。

“茶先生好稀奇，我等做不到的先生何故唤我来，别似女人一般，有话便说，便是前头有刀山火海，我兄弟二人也绝不会有半分退却！”宰左拍着胸脯吼道。

“地府的刀山火海日日都有，律令兄弟想必早试炼够了。”异香少年故作轻佻状道，“这四名萨珊法师中有一人与小子扬言他的脚力天下无敌，无人能及，小子道我有律令兄弟可与之一比高下，谁知那人却嘲笑说未曾听过你们的名字，于是我便与他打了个赌，那黑面萨珊法师手中有一瓣青色玉石，珍贵无比，你俩若能追上他夺下他手中的玉石便算赢了。”

“嘿哟！”宰右厉声道，“本判官还未见有如此嚣张的后生，什么萨珊法师敢如此口出狂言！”

少年四下一望，只见那黑面法师躲闪几次正与黄面法师行在一处，左右抵挡，双双跳开。

少年伸出手指朝黑影一指道：“喏！就是那个全身漆黑的法师。”

宰左宰右伸颈张眼一望，异口同声道：“唔！这哪是法师，直是妖怪也！”

“律令兄弟在殿外稍等，一会儿我将那黑面萨珊法师引出大殿之外，你二人只要见其出殿，便去抢夺他手中的玉石！”

宰左宰右深深一点头，随即闪身出殿外。

异香少年横出金刚剑，直朝黑面萨珊法师扑去，这黑面萨珊法师全身漆黑，双手各执一把玄黑短挝，短挝尖上有一抹小巧倒刺，那短挝贴着小臂，时伸时回，诡秘无踪，似长在小臂上一般，异香少年不出法术，以长剑对短挝，单拼刀戟之术，一寸短一寸险，萨珊兵刃之法又不似中原那般大开大合，一招虽不致命，却也如同蜂蜇蛇咬，如久旋下去，亦会败下阵来。

少年金刚剑长过手臂，提刺挥格速度皆不及短挝，加之故卖破绽，因此连连退却，只见脚跟触及大殿门槛，少年踉跄不稳，朝后一跌，黑面萨珊法师见状，轻轻跃起，高举着短挝刺将下来。

少年正欲起身，却见那黑面萨珊法师举挝刺来，只听得噗的一声，那两柄玄黑短挝直直刺入少年双眼之中……

便在此时，宰左宰右忽然闪出，二人各立一边，伸出双手将黑面萨珊法师强按在地，而后单脚踩在法师手臂，将其制住，不得动弹。

那黑面萨珊法师心头一惊，欲要躲闪却是已经来不及，只觉双肩一沉，背后被什么压将下去，再看眼前，原本双眼被自己刺中的异香少年此时已然化作一副泄气皮囊。

“先生这套尸解术使得漂亮！”宰左宰右手头用劲，一同回首朝身后的异香少年道。

背后，异香少年手持长剑横眉而立。

“律令兄弟，取了玉石，你们便赢了！”少年上前一步道。

“玉石？”宰左宰右口中囔囔，猛然想起方才少年打的赌，纷纷从腰间解下细鞭，朝萨珊法师的背后抽去。

宰左宰右摸遍了法师全身，不得玉石，只见那法师左手紧攥，任尔如何抽打也不愿松开。

“这病痨子手可真大啊！”宰左道，举起细鞭狠力抽打，只见那法师手指痉挛，指缝之间青光闪闪。

“唷！真有宝贝。”宰左激动道，而后忙不迭掰开黑面法师的手指，取出了那瓣青色玉石，举到眼前详视。

“唔！这是什么宝贝？”宰右凑近道，“为何里面有一双人腿？”

少年亦按眉细视，不知何物。

正在此时，宰左只觉得脚下一滑，未及身稳，又听得噗的一声，一道利刃在胸口上闪了个来回，手中一颤，玉石被右手挑到空中。

这变故来得突然，未及反应，又见一道黑影闪出，直逼空中的玉石，只见那黑影手指将触到玉石，叮当一声，一道白影闪过，少年双指一勾，那玉净瓶在空中兜了一圈，飞回自己手中，只听得瓶中玉石与瓶身撞击之音，铃然清脆。

那黑面萨珊法师伸手抓了个空，旋着尚在滴血的玄黑短挝怒目而立。

少年亦横眉怒目，身侧那方被黑面萨珊法师刺中胸口的宰左急急喘息，表情痛苦。

“唔！好疼，好疼……”宰左欲撑地起身，却觉眼前顿然一黑，背过气去，就此倒地不起。

“宰左！”那方跌倒在地的宰右从沙地上腾起，一步扑在宰左身前，泪泫哭吟，“宰左……”

异香少年咬肌颤动，与黑面萨珊法师拉开阵仗。

只听得砰然一声，金光四溢，少年左肩呼的蹿出一道金翅，继而半边身体亦闪出金光，怒眉飞扬，单目鹰视，左手长旋金刚剑，缓缓抬步而前。

黑面萨珊法师左右换步，只觉得面前的长安法师周身遍溢杀气，不觉双手颤抖，连连退却。

黄沙飞舞，鏖战之中哭吟阵阵。

少年脚下加力，呼一声，单翅飞舞，黑面萨珊法师只看眼前黄沙袭来，间一道剑舌蹿出，直逼自己的喉头。

黑面萨珊法师自知不是对手，一个侧闪，欲飞身逃脱，忽觉右脚脚脖被人攥住，一股劲力袭来，法师被狠狠摔了下去。

法师躬起上身，手头使劲，两道玄黑短挝被投掷出去。

异香少年眼前，只见两道短挝袭来，肩头金翅伸出一搅，只听得兵刃破碎之声起，那两柄短挝须臾之间化作碎末。

“障魔不灭，立地可斩！”少年大喝，金刚剑猛然蹿出，天地回旋，混沌一片，那黑面萨珊法师虽神速过人，但在此劲风之下亦沦作待宰之羔羊。

长剑伸出，黄沙扑起，黑面萨珊法师只觉小腹被什么贯透，只见那金刚剑直透自己的腹部，剑柄没下，连同少年左手直直插在自己的小腹之上。

沙尘落下，黑面法师疼痛挣扎，呼号不止。

少年左手贯透法师腹部，而后用力一抓，另一瓣青色玉石被抓出。

长息按眉，金翅顿回，片刻之间，少年又化作本来面目。

金刚剑吐出咒链，缓缓遍布黑面萨珊法师的全身，少年长生符起，正欲打进法师体内，就在此时，头顶一道锋利的钩镰闪下，少年脚下做劲，一个后空翻闪出半丈以外，只见身前一个纸片一般黄面法师手持齐头钩镰将重伤的黑面法师护在身后。

少年站起，将玉石投入玉净瓶之中。

“长安法师非我等可拒，你与波迪先行遁入白泥雨林！”那黄面萨珊法师扭头对地上的黑面萨珊法师道。

少年别首细视，只见那黑面萨珊法师身上的咒链缓缓燃烧散开，旋即消失不见。

少年按眉沉言：“金刚剑吐出的咒链于萨珊法师无用。”

末了，那黑面萨珊法师立起，拽开脚步向前逃窜，异香少年按剑而追，无奈却被黄面萨珊法师挡住去路，只见其身后，白面黑面二法师正朝远处逃遁。

另一头，泯仇挥杵而前，一掌张出，那红面法师从风沙中跌出，胸口压着泯仇打上的卍字印，顿时只觉周身沉重如铁，每迈出一步双脚都深陷在泥沙之中。

“高僧！”泯仇耳边忽然传来异香少年的声音，只见一道人影飘下落在自己肩头，“萨珊法师腹中有玉石，怕是玄机所在。”

“先生吩咐便是！”泯仇道。

“高僧快去追那黄面法师，别叫他逃了。”异香少年说完，又在泯仇肩头一借力，落在红面法师的跟前。

金刚剑起，抵在红面法师的脖颈之上，而后缓缓滑下，割开法师衣服。

“得罪了！”少年手头起劲，长剑按下，用力一挑，一块青色玉石随之而出，玉净瓶起，正好接住落下的玉石。

见那红面法师已被泯仇印法制住，动弹不得，异香少年接住玉石之后，脚下不歇，起步而奔，朝着泯仇的方向追去。

此时，黑白法师已然没了踪迹，那黄面法师朝前狂奔，有如野马脱缰，急速非常。

“我看你要逃到哪里！”

但听天顶一声巨吼，继而佛掌按下，黄面法师缩身一弹，激起的黄沙似水浪扑来，只见身前几丈之高的泯仇双掌紧合，好似坠下的大山，横拦在身前。

“快些交出玉石！”泯仇又是一声大喝，地动山摇，威严无比。

黄面法师亦不示弱，玄色钩镰搭在肩头，咬肌颤动，右手使劲，钩镰在脖颈上一旋，呼呼作响，继而双手把住钩镰，欲与泯仇大战。

“不自量力！”泯仇见此，怒火急上，降魔金刚杵三周回旋，劲劲地立于地面。

黄面法师按步跳起，下三路放开，直朝泯仇胸口处扑去，泯仇亦不后退，双掌打出，掌风扑来，直叫黄面法师在空中落回，继而被泯仇一掌按在黄沙之中。

静默，风息。

泯仇化掌为拳，那法师被攥在手中，毫无动静。

指缝之中黄沙流出，玄色钩镰随之跌下，泯仇将拳头提起，在眼前缓缓张开，只见手心之中，黄面法师如纸一般被揉成一团，脸面手脚合在一处，气息全无。

“难不成被小僧攥死了？”泯仇狐疑细视。

便在此时，忽见手心的黄面法师前后一张，化作原形，嗖的一声飞将出去……

泯仇只觉双眼一黑，有物直抵双目，疼痛无比。

原来这黄面萨珊法师佯装败死，又趁泯仇大意之际，飞身而出，身体前后一张，恰如一条布带将泯仇双眼紧紧捂住，继而法师双手化爪，紧紧扣进泯仇双眼。

“萨珊小贼！”泯仇吃痛大喝，双手扣住那似布带的法师，然而愈是用力，双眼愈是疼痛，那眼珠已被法师紧紧扣住，若是强行拖出，泯仇双眼也便就此失明。

异香少年后至，飞身到泯仇肩头，金刚剑起，朝缠住泯仇的黄面法师用力一劈，然而这黄面法师身体有如坚胶，劈之不断，刺之不进。

无奈之下，少年张出长生符。

“高僧怕要受些皮囊之苦了！”异香少年在泯仇耳边道。

“无妨！先生但行，没了这对招子我泯仇依旧能横杵降魔！”泯仇道。

异香少年沉默，左手起劲，将长生符打入黄面法师体内，须臾之间，长生符化作咒链，在黄面法师与泯仇周身蔓延开来，那咒链在二人上下围了三匝，而后忽然一绷，只见那满布的咒链缓缓旋转，继而燃烧起来。

“唔！”泯仇闭口低号。

长生咒链呼呼烧起，那黄面萨珊法师亦持不住，继而周身缓缓瘫软，有如流水一般从泯仇身上滑下，此时再见泯仇双目已满是血泪，涓涓不止。

咒链燃烧更旺，刺入肌肤，泯仇的不动明王形亦金光失却，而后身形缓缓缩小，化作本真，此时异香少年急忙举出毛笔在火焰中一点一涂，火焰如水，纷纷被吸进毛笔之中，而后少年在沙地上一划，一道长生符出现在地面上。

长生符所起之火，不留伤痕，只朝邪念烧杀，泯仇和尚尚未登极乐大宝，仍食五谷，行人间之事，与少年入本像之前，饮酒享乐，未除尘缘，故会被火焰所侵，疼痛不止。

泯仇与黄面萨珊法师倒在黄沙之上，只留喘息之力，少年用剑柄在黄面法师的小腹上用力一击，只听得法师干呕一声，吐出最后一块青色玉石。

少年举石细视，只见那莹莹碧玉之中嵌着一颗女人头颅。

太平公主玄宗一等旋即赶到，少年将最后一块玉石投入玉净瓶，藏于囊中。

风沙稍息，异香少年取出皮囊壶，将醴泉滴入泯仇双眼，和尚吃痛咬牙，半闭眼睛，继而稍感舒适，醴泉充盈双眼，只觉薄酸清凉，泯仇眨了眨眼，视线中缓缓闪出一道光，少年模糊的身影继而成形，泯仇半立起身子，只见面前残肢断臂的四大力士各自搀扶，太平公主与少年贴耳私语，失而复明，虽止短暂，却觉万象更新，微微陌生。

太平公主耳边。

“萨珊法师体内有青色玉石，玉石内封有残肢，望发髻似唐土女子。”异香少年在太平公主耳边轻语，“圣人在此，不便取出，小子不知玉石为何物，故不敢妄动。”

“青色玉石？”太平公主蹙眉低语，“大唐青色玉石皆从西域而来，且胡商有以肉身藏匿珠宝之俗，如先生所言，怕是玄机所在了。”

异香少年点头，微微退身一跃，与太平公主一道潜回嘉豫殿。

抬脚上阶，异香少年忽而顿下，缓缓朝后望去，只见大殿之外的沙地上孤零零躺着宰左，不见宰右，少年一惊，当即摸出囊中玉净瓶交与太平公主。

“玉石皆在宝瓶之中。”说罢，欲拽开脚步朝大殿后方奔去。

“先生何去？”太平公主道。

“救出窦太后以后，朝大殿东北方约行三十里，见灌木便止……”异香少年乘风而去，太平公主只听得声音渐行渐远，片刻唯剩风沙之音。

末了，太平公主摇出瓶中玉石，只见瓶中跌出四瓣青玉，分别封有头颅、双腿、右手与右半身、左手与左半身。

细视石中人面……

“窦太后！”公主一惊，旋即泣涕。

第十八章　西行

异香少年掩面飞奔，砂石扑面，约行十五里左右，便见右侧几道脚印远远延伸出去，几丈之外，脚印乱作一团，似有打斗痕迹，旁侧有凝沙，上似有人呕出的一口鲜血，另一侧的沙地之上跌落着一根湘妃竹烟管，上布满了白色寒丝，异香少年伸手欲触，咫尺之距，只觉寒气蔽手，少年浑身一颤，按眉忧愁。

少年抬首，于小腿上绑了神行符，须臾如离弦箭般飙出，耳侧风声呼呼，少年外袍被大风吹落，朝后飞出……

约行半柱香时间，少年止步横剑，此时少年上着白色汗衬，下着素色袴褶，大风袭来，微感薄凉，只见面前一道参差灌木拦住去路，远望巨木林立，枝繁叶茂，不似中原树木。

只见那歪歪斜斜的脚印伸进灌木之中，异香少年双脚起劲，高高跃起，踏着灌木小步飞行，只见面前一道十几丈矮崖，少年凝神聚气，真力上行，而后吐出，缓缓落在地面。

只见面前一条白泥道路远远铺开，蝉鸣虫息如巨网四布，才与矮崖相距几丈，此处却是湿热难耐，好似南海之滨，烈日炎炎，不足片刻，少年香汗已是汇至颌下。

异香少年眼轮稍提，歪头远眺。

“难道已不在本像之中？”少年独自喃喃，周下静默似夜，叫人紧张。

一道擎天木叶飘下，少年汗水同时汇聚而滴，睫毛相抵，忽而双目豁然一睁。

只见虚空之中几道利兵袭来，那落叶倏瞬两半，而后直朝少年扑来，异香少年双膝一折，向后仰去，那飞刀贴着鼻尖蹿出，掠断一道飘起的额发，少年惊讶欲起身，却见巅顶的树梢似隐着一张人面，那人面在树叶之间，忽隐忽现，诡异无比。

“先生！”

异香少年只觉肩头一沉，惊诧望去，只见一只半高身着衫袍，脚踏云头靴的妖精单脚而立，口角血痕清晰，喘息阵阵。

“宰右兄弟！”少年心头一松，轻声问，“叫小子好找……”

“嘘！先生莫教那魔头发现了。”宰右声细如蚊，面露惊恐之色，“如先生与高僧同来也许还有半些胜算，此时莫说兄弟粗话难听，你我还是走为上计，别枉死在这鬼地方！”

异香少年微微屏息，只觉四周变幻不绝，自己走来的脚印此时却移至自己面前。

继而一声沙哑驴嘶渐行渐近。

“快走！那魔头来了，无论眼前光景如何，只往来时的路走便可。”只听肩头宰右轻呼，倏瞬之间没了踪迹。

少年缓步后退，约莫半丈距离，忽见眼前脚印顿然消失，往下一看，此时双脚已然踩进来时的脚印之中，少年转身，只见身后不远处一道矮崖，宰右的身影一蹿而上，没入巅顶，少年曳步起奔，只听得身后亦传来呼呼鞋履蹬地之音。

少年按步而跃，在崖间嶙峋的岩石上依次攀跳，须臾便至崖顶，少年顿步回望，只见矮崖之下一名双目洞黑的高大僧人在狂怒挥舞铁杵，旁侧是一头丈许黑猿，二物后面……

少年按眉而视，讶然一惊，那后方缓缓走来的竟是一只八头妖魔，挥手下压似与僧人猿猴示意，僧人与黑猿倏瞬平息，而后三物前行，竟然缓缓钻入崖身之中。

“难道那妖魔在白泥世界横行无碍？”思索之间，只听身后有人呼喝，少年扭头跃出灌木，身形顿时在空中因风倾斜，黄沙扑来，又到本像，只见面前，泯仇正拎着自己的外袍四下搜寻。

“先生果然在此！”泯仇微笑前迎，将外袍递与少年道，“太平公主道行至灌木处便可寻到先生。”

少年沉默，二人返行，行至半途，湘妃竹烟管已叫风沙掩住，只留半许烟锅露在外面，少年用金刚剑挑出，寒丝已化，少年拾起烟管，捏紧烟叶，点燃香烟，闭目而嘬，神怡陶醉。

“此为何物，香烟也能吸食？”泯仇问。

少年轻笑，从囊中捏出一小撮烟叶递与泯仇道：“此物唤作相思草，明人又唤其为吕宋烟，是大明莫味道道士赠予小子的。”

二人并肩而行，泯仇轻嗅烟草，只觉微酸枯燥。

“吕宋烟？”泯仇道，“先生所言的明人又是哪方洲界？”

“明人所居之土，亦在唐土方圆之内，只是那时神州已数易其主，明人皇帝不姓李，而姓朱。”

泯仇诧异而笑：“先生莫不是在捉弄小僧，即便这后世之事先生能以大道窥之，但这后世之物绝无可能拿在先生手中。”

少年轻笑，沉默不语，二人约莫缓行半个时辰，风沙之中，只见嘉豫殿残破的轮廓在摇摇欲坠。

大殿之外，四大力士与二大护法趺坐养伤，玄宗俯身轻拍宰右，不知言语什么。进前，只听得宰右咿咿低吟，尘沙之上的宰左闭目不动。

少年抢步而前，单手搭于宰左手腕，脉搏全无，已然西归多时。

“宰左兄弟为大道退魔而死，想必阎王也能怜其一命。”异香少年轻道，“只是再投身便难做判官了。”

宰右哭泣点头道：“但愿如此，我兄弟二人未曾半步分离，如今宰左身遭横劫，叫我一人伶仃，实在悲苦，若不是大仇未报，宰右也当一刀抹了脖子，随宰左轮回，无论鸟兽鱼虫，只要能与宰左相伴，是便足矣。”

少年沉默，不知如何言语。

正在此时，只见那嘉豫殿内外青光四溢，那光芒之中呼的跌出一人来，在沙地上翻转抵住，呼呼喘息，却是满面尘泥的太平公主。青光不息，还未等众人望清，又见那嘉豫殿内砰然一爆，异香少年一等皆被横来的青光气力扫飞出去，纷纷跌倒在地，众人爬起身时，只听得轰隆一声，嘉豫殿正殿塌下，沙尘飞扬，青光于混沌中耀目非常，不可直视。

众人皆骇，手遮眉头皱眼望去，只见那青光之中隐隐有一个女人身影，须臾青光暗淡，人影却愈加显目。

少年与泯仇探步而前，青光消失，黑暗反扑，只见嘉豫殿的残垣断壁之间有一只人高的青色玉球，内有女子按在玉球内面，翘首而望。

“窦太后？”少年轻语。

而后又见两人身侧一人快步摸上前去，泣声随步颤抖不绝，少年与泯仇止步，只见玄宗抢步阶前，怅望着玉中人，喉头哽咽，语无伦次。

风沙声歇，哭泣声起。

玄宗与玉中人相互哽咽，叫人动容。

“隆基孩儿……”玉中人道，声音慈悲和蔼，“去你时，你止七岁，如今春秋籁籁，也长成这般汉子了。”

“母亲！”玄宗声泪俱下，力捶玉面。

那窦太后虽泪泫，但望着玄宗身着大唐冕服时，洁白如瓷的面上终究勾出一带微笑：“孩儿啊！早前春初见你在武后殿前不卑的气魄时，为母便想到这大唐的江山终有一日是我儿的，如今坐上圣人位置，可常想念为母啊。”

“母亲故去，隆基未有一日不念母亲，这金殿冕冠虽贵，然不足母亲怀中温暖，年岁至此，这思念往往叫隆基心如刀绞，梦中长念，我母究竟身在何处？”玄宗泣涕不绝，众人皆恸。

异香少年转身，风沙起了又落，面前的太平公主亦掩面抽噎。

“先生博闻，可知窦太后身处的玉石为何物？”泯仇双掌相抵，正与少年并肩。

“小子不知。”异香少年微微摇头。

“是青泥珠。”少年话音刚落，却听旁侧的宰右起身道，“此乃萨珊国宝物，则天皇帝之时有胡僧进献，则天皇帝不知是宝物，便舍与西明寺僧人，僧人将此珠镶在佛殿金刚额间，我与宰左曾企图盗取，无奈西明寺有高僧，三往而不得，方才见这宝珠碎片便觉眼熟，不曾想真的是萨珊法宝青泥珠，我想定是后来叫流亡的萨珊法师发现，则天皇帝才将宝珠收回，并用以封住窦太后的尸身与魂魄。”

“原来如此。”泯仇一叹，又问，“那如何破得此珠救出窦太后？”

宰右摇摇头道：“依我所知，一颗青泥珠只可翻开一次，封禁人兽，可入不可出，倘若再次打破，青泥珠便会化作一汪湖泊，珠中之人也会随之化为湖水。”

泯仇抵掌闭目，轻念慈悲。

“此珠一破，是否封禁便解？”异香少年问。

宰右道：“当是如此，青泥珠既不存，那封禁之力亦不当存在了。”

异香少年点头，随即抽出金刚剑……

忽然少年手腕被人紧紧把住。

“先生！”泯仇道，“圣人母子相隔三十余年，如今一朝相聚，先生可忍心拆散？”

“事不宜迟，黑白二法师已逃遁，如若罗刹王一等追及，恐怕此物又落与妖魔之手！”少年沉言，手头使劲。

泯仇用力扼住少年手腕道：“罗刹王若来，你我横兵退魔便是！”

“愚僧不可启！”说罢，少年手头一旋，金刚剑剑刃回转，在泯仇手腕一搭，轻轻滑下，那泯仇的手腕立即被豁开一道口子，鲜血喷涌而出。

然而泯仇却是横眉咬牙，丝毫不放。

“放手！”少年手头做劲，无奈泯仇气力非常，无法挣脱，少年怒起，转身抬起脚尖朝泯仇的胸口踢去。

泯仇闷声吃痛，隐隐怒起，放开少年手腕，右手上行，一压，一拧，一封，一招游龙擒拿按住少年肩头，左手又接住少年手腕，用力一旋，少年手中的长剑落地，继而泯仇将少年左手压在背后，少年吃痛俯身，又被泯仇一脚踩在背上，动弹不得。

泯仇稍歇，只觉手头劲力一失，见那少年手腕忽而干瘪下去。

“尸解术！”泯仇暗道不妙，然而为时已晚，只见身前蹿出去的少年已然提着金刚剑朝青泥珠冲去。

须臾之间，异香少年已跃至玄宗身后，那玄宗只觉身后杀气扑来，朝后一看，只见少年提剑而立。

“先生……先生这是要做什么？”玄宗泪痕未干，不知何事。

“让开！”少年怒火未熄，按眉怒视，剑尖直指青泥珠，“此珠须破！”

玄宗惊喜展颜，声音颤抖道：“先生这是要破珠救出朕母后？”

少年冷面沉默，不着一言，玄宗让至一侧，珠中太后泪泫微笑，少年举剑将刺。

“青泥珠一破，太后也将灰飞烟灭！”只听得背后泯仇大喝道。

玄宗一惊，立即回身护住青泥珠，那剑舌直抵玄宗喉头而住。

“先生不可！”玄宗道，“青泥珠中是朕生母，朕要将其运回长安，不可破，不可破！”

“由不得你！”少年咬牙一喝，又提剑朝玄宗脖颈一侧刺去。

只听一声闷响，全无刺破之感，少年一望，只见剑尖已被一段红绸团团裹住，那红绸后头，太平公主泪泫不止。

“乌鸟尚知反哺还恩，先生怎么不知此情呢？”太平公主央求道，“求将此珠运回长安，令月可不要长生咒修为，愿长守此青泥珠。”

“此珠不破，天命不归，武存道便不可降服，岂能为一己之私弃唐国百姓不顾，小子闲暇浪荡之人，无亲无故，诚不知此情，然而大魔不退，天下又何止一家分崩离析？”异香少年平素言语罕见性情，此番却是滔滔不绝，叫人诧异。

少年如此一说，太平公主亦不知如何回答，低下头去，沉默不语。

此时，泯仇追及，与玄宗一道拦在青泥珠前。

“先生如要刺破此珠，那便先把和尚我刺个通透！”泯仇大喝。

“愚僧不可辩！”异香少年横剑一刺，那金刚剑飞出，直贯旁侧木柱，剑身如鱼般摇晃不知，吟吟作响。

“隆基孩儿啊！”众人沉默之际，只听得珠玉之中传出窦太后的声音，“先生说的没错，我的八载后命已被武后所夺，青泥珠破了，长安法师与高僧则可退魔，母后也不必再受这般囚禁之苦了，如若青泥珠不破，那逆贼则有天命所护，我已是身死之人，何必为了一个身死之人让天下百姓受苦呢？”

少年手头一松，长剑收回，不再言语。

泯仇惊诧，玄宗号啕。

“先生与高僧这般本事，定能打退妖魔……”玄宗双膝一软，跪在少年与泯仇跟前。

少年别过头去，缓缓下阶，不愿理会，泯仇见状，亦在玄宗对面折膝紧扶玄宗。

“圣人不可……”

话音刚落，只听得背后的青泥珠中咚的一声闷响，接着只听得珠玉连续破裂之声连绵而起。

众人抬头一望，只见那珠中的窦太后正不断捶着珠壁，此时青泥珠已裂纹四布，几欲迸裂。

泯仇与玄宗皆惊讶而起。原来这青泥珠外层坚硬，内里却是薄脆，如壳卵一般，一击便裂。

“难怪萨珊四法师会将其分开藏匿！”异香少年亦微微一惊。

“太后休住！”泯仇大喝。

此时玄宗已然泣不成声，口中喃喃，不知所言。

窦太后捶珠不止，那裂纹恰如蛛网般向外扩散，越织越密，任由珠外之人如何呼喊，太后手头不止……

只见裂纹之中迸出一丝水来，落在泯仇额头，泯仇双目圆睁，摊着双手不知如何是好。

紧接着那青泥珠四周的裂纹皆劲劲迸出水来，又如三月牛毛，窦太后双手相抵，微笑不语，青泥珠中混沌一片，湖水翻涌，太后的身形亦微微变化。

静默。

只听砰的一声，只见青泥珠猛然裂开，珠中之水又如破堤之洪，奔腾而出，泯仇与玄宗被青泥珠炸裂的气力一弹，纷纷朝后远远飞出，紧接着只见那洪流汹涌而出。

“快走！”一旁的宰右在大水之中闪了个来回，只见已然乘在玉净瓶之上，拉上宰左背于肩头大声道，“若被湖水冲走便再也走不出大道本像了！”

宰右说完，一道白影呼的随风蹿出，不见踪迹。

泯仇起身，背起一旁的玄宗，异香少年张开卷轴将太平公主一等点进长生咒。

大水扑来，异香少年与泯仇并肩而奔，不足片刻，两人只觉得大水在背后一突，湖水灌顶，二人沉入洪流之中，水底暗流翻涌，两人被大水一冲，不知东西南北，而后水势稍平，少年拨浪游出水面，四下一望不见泯仇与玄宗身影。

“莫不是两人都是旱地鸭子，叫湖水压在底下了？”少年轻语，正欲闷头钻入水下。

正在此时，只听得身侧砰的一声有如蛟龙出水，一道人影从水中跃出，那降魔金刚杵两端伸展，托着泯仇与玄宗钻出水面。

泯仇背着玄宗在金刚杵巅顶咳呕一阵，长吁摇头。

“唔！先生好水性！”泯仇在巅顶狂笑，“若无罗什遗宝，小僧可要将这湖水都喝下肚去。”

异香少年踩水浮游，时而翻身仰躺在水面，大湖绵延数百里，一眼望不到尽头。

“待退魔，与高僧寻一处山南水北，架屋而居，粗茶淡饭，吟诗作对如何？”

“甚好！”泯仇放下玄宗，纵身一跃跳入湖水之中，只觉清凉无比，惬意非常，“小僧活了一百多岁未尝有闲暇品味山水之乐，如今武存道天命已归，退魔便不再是难事，待大魔一退，小僧便一把火烧了独觉寺，与先生把手同游，什么极乐西天，什么佛陀三宝都不若这大千世界快活，人生一世当秉烛夜游，来生苦乐自有来生承享，小僧是再不愿思索这些烦恼了。”

异香少年笑道：“与小子消歇几日便连大道也不要了，好个愚僧啊！”

“泯仇一生向佛，从未曾开慧过，本是愚僧又何求大道呢？”泯仇鼓动手脚，虽看着笨拙，却也勉勉强强浮在水面之上。

“圣人！”异香少年抬头呼喊，“来时的路圣人可还记得？”

玄宗尚沉在悲伤之中，被这异香少年一呼，四下眺望才觉身处大湖之上。

“这……朕如何认得。”四面皆是湖水，不见边际，来时之路早已被大水淹没。

少年轻笑，抽出金刚剑，黄符落下，砰的一声，金刚剑化作芭蕉扇，那扇子浮于水面，恰如一方小舟，三人乘扇飘荡，随湖波起落。

“此为母后所化的湖泊，隆基愿长漂于此，长伴母侧。”玄宗望着湖水中的倒影，悲从中来，凄恻泪泫。

“圣人说笑，窦太后舍生取义亦是助圣人退魔，圣人乃是金銮之主，天下百姓尚待圣人去济渡，怎能在此谵妄儿语。”泯仇道。

玄宗不言，低声哭吟，异香少年与泯仇亦各自沉默。

泯仇以金刚杵作棹，三人在湖面飘荡一日有余，湖风扑面，如金秋细风，一日之间湖水之中已生游鱼，泯仇低头鼓棹，只觉降魔金刚杵越缩越短，抬头一望，只见面前青草葱茏，蝶飞燕舞，绵延无际，泯仇兴奋跃起，踏水而飞，落于地面，振臂呼喝。

异香少年与玄宗闻声惊醒，纷纷坐起身来。

“抵岸了。”少年轻喃，只见泯仇往花丛中一钻，而后吃力地捧出一个葫芦来。

“紫金红葫芦好巧被撞见了！”泯仇拔出葫芦塞，大风瞬间呼呼而来。

玄宗与异香少年上岸，一阵花香随风扑来，异香少年闭目而嗅，睡意绵绵。

“这大道本像荒芜千年有余，而今竟重回生机，实在奇迹。”少年轻语，飞蝶环绕，纷纷落于少年肩头。

“圣人先行。”泯仇扶住葫芦，大风扬起，衣袂翻飞。

玄宗犹豫，抬步又止，微微转身，恋恋不舍，忽而手边伸出一个皮囊壶。

“大湖难携。”少年道，皮囊壶中盛着一壶湖水。

玄宗接过皮囊壶，翻盖轻嗅，微微哽咽：“有劳先生了。”

“走吧。”少年驱走肩头蝴蝶朝紫金红葫芦走去。

混沌一阵，玄宗只觉天翻地覆，倏瞬落地，艳阳刺目，不可直视，而后身侧闪出两人，乃是异香少年与泯仇。

沉香亭中光景皆故，与始行之时毫无二致，于本像之中逗留近二日，然而外像却片刻未失，来回恰如眨眼一瞬，悄无声息。

玄宗低头一望，搂在怀中的皮囊壶还在，依旧是本像中湖水的香味。

“朕是做了个梦吗？”

“愿圣人此梦长留。”少年轻吁而坐，吞吐香烟。

“武存道龙命已除，圣人当允我二人西行退魔，事不宜迟。”泯仇稍歇而道。

玄宗恍若隔世，听泯仇如此一说，才觉忧患未灭，轻放下皮囊壶道：

“二位稍歇，此去吐蕃崎岖险恶，朕点一些力士与马匹与二位伴行，另书通关文牒，三日之后，待一些准备妥当，再西行如何？”

“力士马匹长生咒中晓得多少，通关文牒亦是累赘，圣人休住，我等现在便出发。”泯仇道。

“这……”

“西行退魔乃是秘事，如此声张恐怕打草惊蛇。”异香少年沉言。

“即刻便走？”玄宗问。

二人不语，起身欲走。

“二位稍待。”玄宗止住二人道，而后招来侍从，侧耳吩咐，随后侍从取来一方多罗与拷鬼棒。

“此为玄奘高僧西行时的宝物，退魔之时兴许有用。”

泯仇拿住那根玄黑拷鬼棒挥舞一阵，摇头道：“不足金刚杵衬手，也是累赘一个。”

而后又拎起那方多罗碗打量一阵道：“此物可以，拷鬼棒圣人留住以遗后世翘楚，这多罗小僧要了，虽不知如何行使，但讨斋饭时尚有一用。”

说话之际，异香少年已缓步先行，泯仇随后，二人轻语穿过宫门，顺路西市，购换布匹莱蔬，稍作逗留，黄昏时分，二人步出长安城，取道向西。

飞鸟夜宿，残阳如血，夜风清凉，磨耳拂面，约于城外小径行了半个时辰，见前方小舍倾斜，一女身影立于路中，农家儿女的装扮。

“先生！”那小女振臂而呼。

异香少年微微按眉，泯仇亦是一惊。

第十九章　惧僧

飞鸟长旋低啾，农家竹篱内几只雏鸡轻啼，新砌石板直向屋舍大门，内明烛轻晃，一方彩绸罗床精致华美，中堂画壁清丽，一座刀劈险崖宛若真实，脉络纹理一一俱全，近看崖壁点滴如雨，皴法纯熟，泯仇侧耳闭目，草木风动，山音幽幽，一勾联想如滴墨入水，叫人流连不醒。

末了，泯仇摇头叹息，左右侍从茶盏奉上，喷香劲瘦，回味无穷。

“贵主好费心思。”泯仇呷茶，轻笑低语。

“听闻二位高人将西行吐蕃，故特来为二位送行，此去吐蕃千里不止，行途崎岖险寒，二位为唐国退魔，这点薄备实在不算什么。”咸宜公主道，妙目一转，又落在异香少年的脸庞之上。

“此茶如何？”咸宜公主又问。

少年呷茶轻笑，闭目而思，而后道：“香味全具，柔滑唇齿，可惜火候过了，水也不是山泉。”

咸宜公主一惊，微微笑道：“果然长安名法师，竟有这般品位！”

“唐国茶茗太过浓稠，小子不喜欢。”

“是吗？”咸宜公主轻声问道。

异香少年从囊中取出一方锡罐，倒出一把干茗，递与咸宜公主道：“小子爱茶水，不爱茶末。”

咸宜公主双手捧住少年递来的茶叶，低头轻嗅，只觉香溢脾肺，忽而全无，继而又来，似金秋桂香，不可捉摸。

咸宜公主闭目沉思，睫毛微卷，眉色望山，面白如瓷，微笑轻施，叫人怜爱。

“先生的茗茶的确胜出一筹。”咸宜公主捧住茶叶伸出，左右婢女立即递上一个竹罐，咸宜公主将茶叶投入竹罐之内，以帛布封上。

静默，公主鼓琴，檀香袅袅，催人入梦。

泯仇抵掌唱喝良久，夜幕已落，缺月升起……只听得琴弦崩断，一柄锋利的短匕贴着咸宜公主耳侧飞出，直直插入中堂的山水画上。

咸宜公主一惊缩身，泯仇睁眼，只见少年两指劲张，双眉紧按。

“贵主费心备设此宴，恐怕不止是为了给小子与高僧送行的吧……”少年沉言。

只见咸宜公主双目躲闪，不知如何应对。

少年起身，泯仇不知何时亦起身跟随。

“先生这是做什么？”泯仇轻托下巴，怜惜阵阵，“这幅好画却被先生一刀给毁了。”

少年不语，抬步便走，那门板自开，竹篱也随之开启，少年阔步向前，月光之下，只觉静默神秘。

泯仇追及，只听得身后颤颤的喘息之声，扭首一看，竟是背着行囊的咸宜公主。

“贵主这是做什么？”泯仇止步问道。

女子从泯仇身侧一闪而过，并不回答。

而后越步少年跟前，双臂一张道：“先生去哪，咸宜便去哪！”

少年轻笑，笑面轻蔑诡异。

“自先生将我从太平公主墓中救出以后，咸宜便对先生着迷，思念日盛，听闻先生入宫，咸宜不敢直见，只能于幕帘之后静视，咸宜不是爱色相之人，但自打见着先生，不知为何，神魂颠倒，寤寐辗转，全是先生，自问天下再无先生这般男子。”咸宜公主声音渐低，“咸宜不求能与先生比翼同林，但求能长侍先生左右，只要能见着先生，咸宜的相思之疾便如久渴逢泉，立即全无。”

“相思之疾不是小事，贵主还是于京都寻一家名郎中求药，莫教肌肤之疾内入腠理才好。”少年道。

“先生难道还不懂吗？”咸宜公主抬头，双目盈泪，动人可怜。

“不懂。”

“这贵主是喜欢先生了，我这世外粗人都能一眼看出，先生为何装作木头人？”泯仇道。

咸宜公主双颊一点羞赧，别过脸去。

“哦，小子确实不懂。”少年眉目依旧，没有半点动容。

“咸宜知先生为仙人，不着尘俗，咸宜只求长伴先生左右，再无他想。”

少年闭目，长息一声道：“此去吐蕃，不似行游，凶险非常，生死难卜，小子具法器，行神通，尚叫武存道削去一臂，贵主娇柔身躯，如何应得了藏地风雪，郁垒万鬼？”

“先生不是有五彩宝伞吗？”咸宜公主道，“咸宜如从前一样，躲进宝伞不出便是。”

“上次贵主又如何叫妖魔骗出宝伞？”

“这……”咸宜公主想起大明宫之事，不觉双颊一羞，低眉难言。

“此番往吐蕃退魔确非儿戏，贵主还是听茶先生一劝，好在长安歇息，不要西行的好，待退魔，小僧便押他来与贵主成婚！”泯仇道。

“高僧当真？”咸宜公主双目一檐，笑靥动人，而后又眼神黯淡，“先生何许的高人，咸宜只求侍左右便心满意足了。”

少年不语，绕开咸宜公主，朝前走去。

“先生！”咸宜公主步步紧追。

“贵主如若非要西行吐蕃也不是不可以。”少年提起烟管，怡然吞吐，而后又缓缓道，“只是吐蕃高寒，贵主少带了一些衣裳。”

“不不不！”咸宜公主道，“带了，带了，还带了先生的还有高僧的，足够御寒了！”

“哦？是吗。”少年眼神诡异，微微按眉，“贵主还给小子带衣裳了，小子想看一眼。”

咸宜公主展颜欣喜，放下肩头重重的行囊，就地摊开，只见内里堆了几层衣服，四季皆备，另还有一些僧袍。

少年低头细视道：“只见贵主与高僧的，怎未见小子的呢？”

咸宜公主将地上衣服上下翻了个遍，却不见原本为异香少年准备的衣服。

“咦！我今日收拾的，明明放进去了……”咸宜公主疑惑道，“难不成弄错了？”

少年沉默轻笑。

“先生息怒，咸宜这就回去给先生拿。”说罢，收拾起行囊。

“唔！可不要大意了，小子在此处等你。”少年道。

咸宜公主小跑至舍内，在柜中一翻，不见先前为异香少年准备的衣服，又吩咐左右摸了一阵，四下皆不见少年衣裳。

“怪了？莫非还在方才的行囊中。”咸宜公主独自囔囔走出农舍，“先生也是捉弄我，这般黑天哪里看得清。”

出了竹篱，咸宜公主抬头一望，只见前方除却摊在地面上的行囊外，空空如也，再不见异香少年与泯仇，公主长奔而前，四下呼喝，无人应答，再往前方一望，也不见人影，不觉嘴角一酸，大哭起来。

夜色正浓，缺月微光，两道人影于小道中蹿行，呼呼而过，恰如飞马。

约莫半柱香的时间，泯仇先行顿下，一个前空翻，落地马步稳扎。

“先生休步！”泯仇大喝，“小僧的神行符烧尽了。”

前方人影闻声而住，俯身解下脚上的神行符，泯仇后来，二人对面一笑。

“先生好喜欢捉弄人，那可是大唐贵主，却叫先生如骗孩童一般。”泯仇笑道。

“那能如何？贵主少不更事，不晓得天高地厚，你我此番要去的可是郁垒鬼域，莫说你我二人，即便是仙佛也忌惮此地，千百年来，仙体道骨的恐怕只有凤鸟先生能出入自如了。”

“先生长提的凤鸟先生究竟是何方上仙，那孔雀大明王也如此敬重他，虽止是先生口言，小僧也觉得这先生定具三界神通，不是一般仙人可比的。”泯仇道。

“小子也不知，凤鸟先生道我是西山遗孤，见野狼欲食小子，便顺手相救，此后小子跟随凤鸟先生，以醴泉为食，得半许凤鸟仙体。”异香少年道。

“小僧通佛道知识，却未曾听过有凤鸟先生，然而据先生所言，这凤鸟先生如此厉害，为何默默无闻呢？”泯仇问。

“小子不知，或许只是化名，凤鸟先生从未透露半点玄机，也未教小子半点法术，只是在临行前赐予了长生咒与孔雀符，四百年来小子也未曾回去过。”

“为何不回？”

“凤鸟先生不凝滞于物，亦无人间感情，小子与先生只是一道机缘，现下机缘已尽，回去又有什么意义呢？”

“原来如此。”泯仇长息，又道，“凤鸟先生是什么模样，非佛非道，自成一家，定是一代了不起的大宗师吧。”

少年轻笑道：“高僧错了，凤鸟先生是女相。”

泯仇一怔问：“慈母之面？”

“非也。”少年道，“恰如咸宜公主般年纪。”

“唔！先生又在说笑。”泯仇道，“不论仙佛皆有始终，如何还似少女面孔呢？”

“小子怎知道，也许是醴泉的效用吧，我常见凤鸟先生以醴泉沐浴，但凡出游须有一日在镜前装扮。”

“凤鸟先生也爱美，好似茶先生的作风。”泯仇道。

“是小子学凤鸟先生的。”

“无怪先生喜做女子，原来是凤鸟上仙教的。”泯仇哈哈一笑道。

此夜微风，阴云缠在月腰，二人行距长安百里左右，松林耸立，静谧悄寂，二人歇脚，林间坟茔低隆，野妖轻啼，泯仇背松而坐，静念佛咒，少年张席而卧，闭目欲眠，夜风轻悄，松枝动摇，少年辗转，难以入睡。

起坐吹笛，笛声清亮旷渺，有兽长号呼应，一二声，三四声，一时静夜喧嚣，恰如盛宴……

二人如此，停停走走，一路无事，偶退小魔。期月，二人步至甘陇，虽近七月，然西方高地，却还是昼暖夜凉，不同的是，此处百里无人，荒原蔽野，间或小舍，亦难求斋饭，泯仇顿顿饥饿，越发消瘦。

黄昏，残阳末处一座孤峰耸立，泯仇法眼一开，远眺而去，见崖壁之上佛像参差，近望小径，有商旅驼队缓缓前行。

“先生，到麦积崖了。”泯仇笑道，“须在此地留几日，上回路过此地，因长安鱼妖作乱，匆匆而归，未曾参拜，此番来了，定要去游览一番。”

“麦积崖？”少年按眉远眺，只见黄昏尽处，一座孤峰摇摇晃晃，“恐怕还有二百里的路。”

“若用神行符，今夜便到。”泯仇道。

“神行符所剩无几，宜留与退魔之时用，现多闲暇，你我还是走去吧。”少年道，口中饥渴，醴泉一日前已饮尽，甘陇一带，地厚脉深，且干旱无垠，少木缺林，若掘地取醴泉又需费半日功夫，少年惫懒，在荒村遗磨前坐下，闭目沉思。

“先生是走不动了吗？”

“走不动了。”少年道。

“小僧腹中好饿，前方百里望有商旅，现下一鼓作气，天光时便能饱餐了。”

“待到天光，小子怕成人干了，若高僧还有些力气，四下寻一番，若有村落古寺的，打些饭来。”少年轻叹，“人间谷物虽难以下咽，求饱之时也只能如此了。”

说罢，卧倒在石磨上，屈肱而眠，不再言语。

泯仇闻言，张臂松了松筋骨，又握起降魔金刚杵，手持多罗，大喝一声。

呼声回荡，余音如波，阵阵回环。

少年睁眼，夜幕降下，只觉余光远处一点灯火忽而暗淡，阒寂无声。

泯仇双耳一颤，那回响入耳，阵阵不同，忽而睁眼一笑。

“唔！听起来像座寺庙。”泯仇道。

少年起身朝西北方向一指，那处有山，草木稀疏，黑夜之中隐隐藏着寺庙轮廓。

“小子看见了。”少年道。

泯仇嘿然一笑：“快先生一分，小僧先走了，待饱了肚子再为先生奉上斋饭。”

说罢，泯仇不知哪来的气力，两步一张，呼的跃将出去。

“好个愚僧，岂有此理！”少年亦起身，追将上去。

二人角力奔跑，不相上下，一炷香有余，二人望阶而顿步，双手撑膝，气喘吁吁。

抬头一望，石阶曲折，不知伸向何处。

“唔！半大的山却把台阶修成这般，也不知里面住着哪个闲和尚？”泯仇喘息道。

异香少年坐于石阶之上，斜阳在林间落下，秋风微微，萧瑟凄凉，泯仇正欲坐下，却听手中一响，少年侧目而望，只见泯仇手中的金刚杵正在轻轻摇晃。

“唔！此处有妖？”泯仇按眉立起，鼻翼微张，而后旋杵朝边上的丛林中一跃。

异香少年随后。

泯仇按步而嗅，金刚杵摇晃欲烈。

少年轻点指头，四下环视，忽见残阳阴影处立着一物，只见那物混沌一片，似裹着残枝枯叶，在半大的圈内来回踱步。

泯仇横杵一望大喝道：“妖孽。”

说罢，举杵便行，却见胸前横出一手，拦在身前。

“高僧莫急。”少年张出长生符缓缓而前，“此物不是妖魔而是冤魂。”

泯仇随步狐疑道：“这佛家清净之地怎会有冤魂？”

二人缓步而前，那物果然不走，仍在原地徘徊。

少年投出长生咒，咒链一展，将那物裹住，那物亦不挣扎，少年掏出毛笔一点，只见冤魂消散，如雨滴般点入长生咒之中。

“果然不是妖物。”泯仇眉头一松，用金刚杵在原地一拨，只见那枯枝败叶底下露出一截人骨。

泯仇一惊，俯身拨开树叶，只见人骨之下层层叠叠，皆是白骨，泯仇指指点点，算来共七八具尸骨。

“怎有这么许多人骨？”泯仇道，又往山头的寺庙望去，此时太阳已落山，寺庙只剩一抹暗影。

“可是征人遗骨？”异香少年背身而问，轻嘬烟管。

泯仇摇头道：“不像，若是征人，当见盔甲，而此处尸骨衣物全无。”

泯仇拨开层层人骨，却见几根大腿骨上有粼粼伤痕，低头细视，竟是牙痕。

“阿弥陀佛！”泯仇闭目合掌，长叹一声，“这些人都是为兽所食，弃骨于此。”

“野兽会拢聚人骨吗？”少年转身问道。

“难不成是恶鬼所食？佛寺之下，岂有恶鬼。”泯仇自语，不知何因，正欲趺跏为冤魂超度。

异香少年闭目吸烟，缓步而走。

“冤魂已入长生咒，高僧可用了斋饭后再行超度。”少年步至台阶，惫懒而上。

“也对，全听先生吩咐。”泯仇双脚一点，越至少年前头。

二人拾阶而上，台阶依山而环，因此与平地无异，层层而上，约莫五百来阶，只见一座寺庙赫然在前，此庙座向古怪，不是坐北朝南而是坐南朝北。

“噫！这是什么造法，却是反的。”泯仇惊异，不知何人所建。

“生人之房舍，多坐北朝南，也只有妖物会将寺庙如此修建。”异香少年半打趣地说。

寺庙空门，无相门，无作门皆紧闭。

“先生道这庙内有妖魔？”泯仇笑道，伸手轻扣寺门铺首，三声而落，稍歇，风起，不见回应。

异香少年亦轻扣铺首，稍歇，风落，不见回应。

“是座空庙？”泯仇轻喃。

“小子在山下望见此处有灯火，不像是空庙。”异香少年又拾起门环，轻扣三声。

良久，无人应答。

“哪个懒僧，如此不待客！”泯仇微怒而道，继而大喝，“长安云香山独觉寺密宗僧人泯仇来此讨口斋饭，还望贵地持寺降德布施！”

音荡四谷，渺渺而无，眼前大门依旧紧闭，不见人来。

少年微笑：“高僧如此喊，不像僧人却似强盗。”

“小僧饿得很！哪管这么许多。”泯仇怒起，马步定下，双手鼓劲，大喝一声，继而双掌并立，倒山而出，啪的一掌定在门板之上，只见那内力四荡，劲风空生，半尺余厚的门板被泯仇掌力生生震裂，木屑横飞，须臾倒地，碎成一片。

异香少年轻喷出的烟雾为风吹散，刺入双眼，清泪直流，咳嗽道：“唔！愚僧好厉害，愚僧好厉害！”

寺庙不大不小，穿过山门，二人行至山门殿，两边的金刚力士上满布灰尘，已是多年无人擦拭，前行几步，见钟鼓相对，亦是锈迹斑斑，二人行之天王殿，中弥勒佛静坐，四大天王像四布，屏风背后韦驮菩萨两足平立，十指合掌。

“庙中之人将将藏匿起来。”少年在烛台下顿步，食指轻拈，烛泪尚软，微微有温。

“怕是此地长为强盗光顾，这寺庙的和尚也都闻声而藏了。”泯仇一叹，拉来一张蒲团，吃力坐下。

忽听寺庙后边厢房之内有脚步之声，泯仇双耳一颤，一跃而起，风一般朝后殿钻去。

寺庙后庭些许茅草，微微干枯，根部有刀痕，茅草之中透着些腐臭，泯仇以食指遮鼻正欲贴近茅草去嗅，又听厢房内门板咚的一响，泯仇急然抬头，只见前方厢房的房门紧闭，泯仇法眼顿开，透过门板只见屋内大缸之内有人影颤动。

“哈哈，果然有人！”泯仇饥饿顿起，法礼尽失去，冲上前去一脚踢开门板，重步沉沉地朝墙角的大缸走去。

“小僧饿了，只是讨点斋饭。”泯仇道，“泯仇何曾是强盗。”

泯仇走近大缸，掀开盖子，正欲伸头一看，呼的一声突见水缸中跃出一人，泯仇被这人吓得一跌，只见一道人影疾步朝门外蹿出，地上脚印一叠，倏尔没了踪迹。

“啊吔！吓煞小僧也。”泯仇腹中狠饿，适才又与异香少年比了脚力，现在全身无半点气力，跌跌撞撞爬将起来，往前一看，月光下一排脚印朝大殿远远伸展出去。

“高僧，可寻着斋饭了？”

大殿之中，异香少年久等无果，起身朝后庭走去，不想迎面扑来一人，避之不及，两人狠狠撞上，相互一跌，摔倒在地，只听那人哼的一声，爬将起来，双脚做劲又欲朝外奔出。

“先生！快按住他，莫教他跑了。”少年正于迷乱之际，只听后庭泯仇声音传来。

少年急然起身，那人已然奔出，速度极快，眼见便要奔出山门，异香少年手持蒲团用力投出，只见眼前那人一躲一闪，甚是灵活，两招皆空，少年又在追逐之中将金刚剑化作芭蕉扇。

“小子也是懒得追了！”说罢，少年手头用力一扇，狂风四卷，直朝前面之人扑去。

那人影将及山门，却觉身后猛风袭来，在后背一卷，顿时身形一晃，脚下一滑，飞将出去，撞着门板又弹回地上，滚了几圈才停下身子，正欲爬起，又觉脖颈一凉，只见一道寒光入眼，锋利的金刚剑已然架在了自己肩头。

“大侠饶命！”只见那人身形一缩，跪倒在少年跟前，颤抖不绝。

“只是讨口斋饭，持寺何必惊慌。”

“近来马匪横行，小僧也是惧怕不已，二位高人如此横来，叫我错认为马匪，因此逃窜。”那人声音颤抖道。

“小子装扮很像马匪吗？”少年按眉微怒。

“天黑无光，小僧看不清啊。”那人又道。

“唔！好歹佛门中人，竟这般胆小。”异香少年藏剑而立，那跪倒在地的人方才松了戒备，瘫软在地。

“先生！”泯仇追将出来，倚着门板呼呼喘息，“那人给捉住了吗？”

“被小子拦住了，是个僧人。”少年道。

泯仇长吁一阵，缓缓走来，扶起地上的僧人，只见那僧人双目微红，约莫五十上下，额上三道眼神躲闪，诡异无比。

“持寺好惊慌。”泯仇一叹，又道，“此为长安法师，我为长安云香山独觉寺密宗僧人泯仇，西游至此地已是数日未进水米，腹中饥饿，故来贵寺讨口斋饭。”

那僧人低头诺诺，不敢直视二人。

“此地蔽凉，又适马匪侵掠，想来这寺中也无米下炊了。”少年点起烟管，缓缓道。

泯仇低头一叹，腹中响动：“寻到那驼队也需再走一日，小僧怕是撑不到那时候了。”

“二位莫急，寺中尚有些胡饼，再熬些寺粥，口爽不及，但饱腹足够了。”正在二人失望之际，那低头的僧人忽道。

“如此甚好，寺中可有水？”泯仇问道。

“有有有，雨水常积，取之不尽。”

泯仇与少年皆展颜松气。

“好些日子不曾沐浴了，高僧快去熬粥，我先行沐浴，松松筋骨。”泯仇喜道。

末了，泯仇与异香少年搭柴烧水，二人着水微眠，此时天已大黑，夜风清凉。

烛火光明，粥香扑鼻，二人沐浴罢，静坐用食，那胡饼喷香，甚是新鲜，少年长不食人间谷物，也觉此为佳肴，朵颐不绝。

“噫！此物怎的如此好吃。”泯仇腮帮鼓鼓，轻嚼几番，忽而眼神呆滞背后一空，到底昏迷。

“高僧！”少年讶然前扶，正在此时亦双目一闭，晕倒过去。

后庭之中，磨刀霍霍，圆月之下，一柄寒光短刀进进出出，僧人将刀往水中一浸，石沫散尽，利刃抽出。

烛火飘忽，僧人双目血红，持刀讪笑，缓步而出，刀锋利利，在泯仇脖颈之际慢慢比画……

第二十章　道化

万籁俱寂，青山孤寺灯火独明，那红眼僧人口角垂涎，利刃搭在泯仇脖颈缓缓而动，刀尖轻磨至脖颈一侧，僧人左手按住刀背，右手用劲，那刀尖伸出，直抵泯仇肌肤。

忽听山门之中嘈杂声起，那盘旋的山道之上豁然一亮，一道火龙直延伸出去，褴褛马匪举炬呼喝，一时之间孤山夜鸟扑翅惊飞，继而马蹄声起，一匹黑马载着一人疾速前奔，环山而行，而后黑马蹿入山门，马缰一紧，黑马前蹄扑起，引颈长嘶，再见那黑马之上，一人面上刀疤交错，目露凶光，腰间一柄金丝大环刀铃然作响，众匪呼应，山呼大王。

而后匪首跃下马来，披发赤脚，面目黧黑，好似人间恶鬼，右手按刀缓缓而行。

“道化和尚，最近又捉住几个行脚商？”只听匪首声音嘶哑道。

那红眼僧人周身颤抖，觳觫不绝，躬身垂首道：“大王息怒，今日不济，只获二人。”

“呔！我等在山穴之中苦等七日，而今下山你却道只获二人？”

道化双膝一软，跪地道：“还有三人囚在柴房，好食好米，日渐肥壮。”

匪首按眉而怒：“五人！如何饱我众好汉，若不是看你年老肉薄，本王可真想连你一同吃了！”

道化匍匐，垂首诺诺不敢声张。

匪首向前，脚腕上铜铃阵阵，行至泯仇与异香少年跟前，低头细视。

“唔！这和尚虽高大，但骨瘦如柴，还需养几日。”匪首又朝异香少年望去，“此子细皮嫩肉，本王要独自享用。”

说罢那黑面匪首转过身子大喝道：“架锅烧柴，夜飧士卒！”

音落只见几个小匪呼呼而进，扛着一口大锅，而后肉板利刃纷纷抬进，须臾黑锅高架，明火直腾。

黑面匪首转身朝道化道：“这个和尚先拉去柴房，将那三人领来，洗净剥皮，这白面后生辈另洗，做成肉羹。”

而后黑面匪首拉来几张蒲团，大刀放下，屈肱而寐。

道化爬行缓至匪首耳边轻声道：“大王，这和尚可有一套本事，我怕养着降不住，不若今夜杀掉，一并吃了，若叫他逃走，以后可就麻烦了。”

匪首闭目按眉道：“有一套本事？”

“他是长安密宗僧人。”

匪首双目一睁道：“你说的是真是假！”

“千真万确，方才他入寺讨饭时，自报家门道是长安云香山独觉寺密宗僧人泯仇。”

“什么！”匪首坐起大喝道，“七八年前有长安僧人云游至此，我曾与其有过一战，那僧人好生的本事将我兵士打得七零八落，若不是他出家人不杀生，我这条命也叫他取走了，莫非……”

匪首爬起细视泯仇，突然一怔，吓退几步：“好生面熟，好生面熟，别叫又遇见这阎王了。”

“啊！这可不好啊，若是那高僧，叫他醒来，可不得了。”道化又是一阵觳觫。

“好险落在我手中，不成，这和尚是个祸害，得立杀！”匪首咬肌颤动，杀心顿起，而后抡起大刀，双手颤抖。

“当年打得本大王好疼啊！”匪首轻喃，大刀落下，正欲朝泯仇脖颈砍去。

铜铃一震，刀风下行，只见那大刀直砍泯仇脖颈，忽见刀光一闪，撞击声起，那铜环大刀被什么力道一弹，匪首手头一松，大刀飞将出去，直斫进地面。

只见那匪首身前，异香少年昂首而立，金刚剑直抵匪首胸口。

“方才听大王说要将小子做成肉羹？”异香少年沉言，“肉羹不爽，做成包子如何？”

匪首汗滴，回应道：“你是何人？”

“阎王！”异香少年笑道。

正在此时，忽见少年身后二人蹿出，继而两柄斩首大刀已然搭在少年肩头，少年侧目而视，刀光闪闪，锋利无比。

匪首见此，双肩一沉，长吁一声，正了正衣襟道：“我道是什么高手，哼！毛头小子，本王就如你所愿，把你做成人肉包子！”

静默，杀机四伏。

少年嘴角一扬，咬肌轻颤，正在匪首松懈之间，只听身后两名小匪一声惨叫，只见那小匪腰间一道血口子张开，而后拦腰而断，倒地扑腾。

那匪首讶然后跃，拔出大刀，浑身颤抖不绝，双齿颤动，大气不出。

金刚剑不沾滴血，仍旧寒光锋利，叫人畏惧。

少年缓步而前，那匪首双腿颤颤，吞咽口水。

大喝声起，少年疾步而前，金刚剑起，利风阵阵扑面而来。

“小的们，快将此人乱箭射死！”匪首惧怕，拖刀逃窜，继而万箭齐发，直直朝少年扑来。

长生咒起，银针道道，那匪徒先锋的喉咙被一一贯透，灵猫躲闪，须臾只见马匪倒地一片。

少年按剑而追，后来马匪蜂拥而上，金刚剑恰如游龙，在匪徒胸口喉头蹿进蹿出，鲜血喷涌，一如骤雨，又如飞雪，那环山道上，尸体一片，少年轻笑追杀，匪首赤脚逃窜，只觉得身后杀气阵阵，匪首推倒左右，跃身上马，马鞭扬起，却在空中劲道一失，那马鞭断为两截，匪首扭头一看，只见奔马背上立着一人，怒眉横剑，不可一世。

“小子最恨的便是这般祸世乱道的匪人！”说罢，金刚剑落。

那匪首横刀一挡，只觉劲力压来，双肘一震，铜环刀压在自己胸前，而后马腿一软，扑地而倒，匪首贴地一滚，又见寒光闪来，血腥扑鼻，挡在自己身前的几名小匪簌簌一声，人头落地，那少年脸面在落地人头中缓缓而出。

“你杀了那么多人，今番小子便让你尝尝被追杀的滋味！”少年横剑而起，左手掌出，那挡在身前的无头尸体纷纷被掌力弹开，接着长剑蹿出，被匪首的铜环刀一挡，少年怒起，那剑舌直贯刀身，在匪首胸口朔了个来回。

匪首气顿，抚住胸口，疼痛无比，正欲求饶，又见眼前寒光一闪，眼中俯视自己的双手空张，而后人面重重扑地，匪首人头落地，继而鲜血喷涌。

余下匪徒皆骇然而奔，少年杀心顿起，横剑飞舞，在人群之中杀进杀出，须臾之间，风来的马匪尽皆被少年杀死，尸体一片，血气腾腾。

残火轻摇，少年缓步上山，只见那红眼僧人仍旧匍匐在地，不敢造次。

少年扔出一柄短匕道：“小子不杀僧人，望你双目血红，想来人肉未曾少食，罪孽深重，还是自戕吧。”

那短匕落地，道化浑身一颤，只见寒光短匕滚落在自己跟前。

“大侠饶命，小僧也是迫不得已，我若不食人肉，那些马匪就会将小僧煮食。”

道化捡起匕首，身侧昏迷的泯仇摇头醒来，茫然一片。

少年沉默不语。

“小僧为虎作伥也不是出于本性，那些冤魂夜夜侵扰，小僧不曾一次想过自尽谢罪，但小僧惧怕，小僧惧怕疼痛，惧怕身死，惧怕轮回……”

“唔！好舒服的一觉。”泯仇坐起，哈欠连连，转身睡醒朦胧看着举刀向颈的红眼僧人道，“高僧这是做何？是泯仇吃尽了寺中粮草，小僧赔你便是，不要如此想不开。”

泯仇伸手正欲将道化手中的匕首抢来，忽而鼻翼一张道：“好浓的血腥味啊。”

继而泯仇睁眼环视，吓得一跌道：“啊吔！怎么这么许多死人！”

那山门殿前，钟鼓之间，尸体满布，黑锅煮水。

“先生？”泯仇起身向少年道，“这……这是怎么回事？”

少年轻嘬烟管不置一词。

泯仇又朝道化问道：“高僧这是怎么了？泯仇只是一觉，怎的地覆天翻了？”

道化哭泣不语，摇头悲伤，泯仇茫然，四顾皆是马匪尸首。

“真真造孽啊！”泯仇双掌一抵，静念佛咒。

忽听刀风一闪，泯仇急然伸手把住道化手腕，只觉那红眼僧人的手腕冰凉。

泯仇左手起杵，横在道化身前道：“高僧是妖！隐藏得好深啊。”

道化讶然一惊，短匕落地，觳觫阵阵道：“小僧从来是人，绝不是妖啊。”

“胡说！”泯仇立起，举杵指道，“小僧是饿得眼拙了，竟看不出来你是妖！”

说罢，泯仇法眼一开，只见这道化体内只有一魄，浮浮晃晃。

“好个妖魔，单魄便可行人间之事，若叫你全具了，何止祸害！”泯仇大喝。

异香少年长生符起，亦缓缓前行。

“高僧明鉴，小僧绝不是妖啊！”道化跪地求饶。

泯仇的降魔金刚杵并无动摇，少年前行，与泯仇并肩。

“金刚杵不戒，莫非又是小僧错认了？”泯仇狐疑，不敢松懈。

“用长生符试试便知是人是妖。”少年说罢，长生符起，直扑道化，那道化跪地纹丝不动，只见长生符落于道化背后，咒链不张，少年轻结长生印，只见那咒链慢吐，继而缩回，末了，又见长生符四角飘飞，忽而起力，竟被弹回。

少年夹住飞回的长生符，按眉而视道："若是妖魔，咒链必张，如若是人，强起长生印，咒链亦会张开，而此番咒链非但不张，反而被弹回……"

"什么神通能教长生符弹回？"泯仇问。

"除非这和尚道业非常，功德无量。"少年缓缓道，亦不自信。

泯仇一惊，细视红眼僧人，背杵而立，上下打量，连连摇头道："怎么看也不像功德无量的高僧。"

"方才小子听那马匪叫你道化。"异香少年问，"你的法名叫道化？"

红眼僧人垂首诺诺。

泯仇与少年面面相觑，此僧的法名竟与长安严华宗高僧道化的法名相同。

"那高僧从何而来？"泯仇微微俯身问。

"小僧从吐蕃雪国而来。"

"望你模样不似番僧，怎从吐蕃东来？"

那红眼僧人轻轻摇头道："小僧不知，藏地镇肢寺僧人将我从雪地中救起，在藏地逡巡三年，我自以为是唐国僧人，于是东行至此，本想东归长安，没想到途经此地讨要斋饭时，恰遇马匪屠寺，我天生胆小，身上又无财银，更无腱肉，那匪首便叫我留在寺中，与我蒙汗药，麻翻往来商客，那些马匪皆食人肉，七日一顾，但凡小僧捉着行脚商，便拉去食用。"

"那你为何不逃？"泯仇又问。

"起初逃过一次，然而马匪眼线四布，凭小僧的本事是逃不出这里的。"

"适才高僧见小僧于先生叩门，为何不仅不开门而且还逃遁？"

“这……小僧实在不知，只是心生恐惧，身不由己。”那红眼僧人虽微微放松，但仍旧浑身颤抖。

“莫非他就是华严宗高僧道化？”泯仇转身朝少年道。

“不像。”少年道。

泯仇二指扣头自言自语道：“若行十字咒，十世皆无，若是道化高僧，怎的还有性命在此呢？”

少年轻藏烟管，右手起符。

“从吐蕃而来，又叫道化，难道天下有这般巧事。”泯仇自喋不休，来回踱步，忽而灵光一闪，转身问道，“高僧记得自己为何……”

泯仇顿言，只见眼前的红眼僧人四肢僵硬，倒地抽搐，双目一翻，口溢白沫，再见额头之上，正画着一道符咒。

“先生！你这是做什么？”

“祝由术！”少年睁眼，左手食指中指并立，用力一勾，只见那倒地僧人忽然坐起，眼白翻转，口中喃喃。

少年眼轮一提，神通骤起，缓缓问道：“你从何而来？”

静默，只见红眼僧人双肩不停颤抖，忽而大笑，那笑声雄健有力，沉郁如山，叫人敬畏。

泯仇屏息，暗夜之中，残火轻摆。

“唔！哪里来的少年法师，竟敢在老衲身上使旁门左道！”

少年劲起，只听那僧人吃痛一声，双手扭曲。

“好厉害的僧人！”异香少年咬牙道，“竟能在祝由术中如此清醒！”

只见僧人双手反折，搭在背后，双脚蹬地，几欲蹿起。

“道化！”少年大喝道。

只见那红眼僧人一怔，双眉一按，轻声道：“老衲这是在何处，你又是何人？”

“人界。”异香少年应道。

少年此语一出，只见面前的僧人忽而咬牙气愤，用力一弹，竟生生地将少年的力道弹开，少年腹中一鼓，口中迸出一口鲜血，双指颤动，几欲松开。

泯仇见势，横杵前行，将少年护在身后。

只见那僧人马步扎下，僧袍鼓动，怒目横眉，威武非常。

“老衲尚在人界，便是妖魔未除！今番还有一息，必叫尔等轮回！”说罢，那僧人两掌一合，双手内缚，两中指竖起相对，顿时只见僧人眉须横生，头顶印光一闪，双目怒睁。

“地藏根本印！”泯仇讶然一惊，拉起身后的异香少年一跃而起，落在寺顶，再见原地地砖之中钻出一双巨手，而后背脊隆起，只见地藏菩萨木像蹿出地面。

泯仇倒吸一口气，缓道：“先生这回惹上麻烦了！”

话音刚落，只见地藏菩萨木像大手横拍而来，寺顶瓦片连同过垄脊一并被打出，脊梁蹿出，横斜地面，泯仇与异香少年分开一跃，泯仇落于道化身后，少年落于地藏菩萨身前。

少年旋剑，朝前奔去，只见地藏菩萨木像大脚一抬，将欲踩下，少年双膝一折，横剑飞砍，一剑斫下，剑刃吃在木像左腿腿肚之上，透进半分，牢牢卡住，少年印起，金刚剑吐出咒链，少年印罢张手，那咒链纷纷联结，一把攥在少年手中，只见木像被咒链缚住，周身做劲，咯咯作响。

少年向后一跃，距离地藏菩萨木像七步之遥，行囊一抖，长生咒落下，少年抬脚一踢，只见那长生咒飞向空中自张而开，忽然飞出两只赤炎金乌，那金乌扑翅而来，喉头一鼓，大火喷出，将地藏菩萨木像裹在中间，大火蓬勃，只听得内里木像烧得啪嗒作响，挣扎不出，而后少年手掌张开，咒链弹回，双指一勾，滚烫的金刚剑从火中飞出，接着咒链收回，那方被持住的地藏菩萨木像轰然倒地，不再动弹。

另一头泯仇独对高僧道化，只见道化眉须一展，瞬身而来，泯仇横杵后退，边退边道：“高僧休住，我乃长安……”

不等泯仇说完，道化已然跃至身前，只见道化双掌合印，泯仇一惊，立马双脚一点，在空中翻腾，只见身下，一道木桩飞来，道化双臂一展，接住木桩，以木桩为武器，横扫竖劈，泯仇抽杵抵挡，双手只觉力道阵阵压下，欲持不住，只得后退。

道化鼓劲，巨大木桩伸来，泯仇背杵出掌相对，接住木桩一头，双方相持。末了，那老僧道化怒目一张，大喝一声，手臂强推，双脚奔起。

泯仇折肘，抵挡不住，连连后退，后背撞着墙壁方才退下，又见木桩另一头的道化伸出左手，五指一收，均收服在掌心。

泯仇按眉，忽觉不妙："这不是佛家印法！"

说罢，那被压在墙头的泯仇身形一泄，化作皮囊，使了个尸解术逃遁，再见皮囊处一道天雷打下，震碎木桩和墙壁，在地面砸下一个深坑。

"唔！好险，这老僧居然能使道家禁术五雷指！"泯仇跃至异香少年处，拍胸长吁。

"这道化果然高僧！"异香少年道。

"先生，怎解开这祝由术？"泯仇问。

异香少年摇头道："近身尚难，如何解术。"

"这……"泯仇将说，只见天顶跃下一人，正是高僧道化，只见道化袈裟翻飞，伸手而来。

少年向左弹开，泯仇向右曳杵而走，忽觉身后一紧，泯仇的降魔金刚杵被道化一把抓住，向后一拉，泯仇握杵而倒。

道化鼓劲用力一抽，将泯仇手头的金刚杵拿下，飞旋呼喝。

"好一把宝器！"道化僧人眉目一扬，遁上天空，飞蹿三个来回，金刚杵在道化手中有如游龙，劈、戳、搬、砸、撩、扫，道道如风，上刹下滚，刚柔并济。

泯仇张口惊叹，却见天空一道金刚杵砸下，遁地一挑，直朝泯仇小腹抵来，泯仇贴地翻滚，避之不及，被金刚杵挑至空中，身形一斜，任人宰割。

只见危急之时，金刚剑剑舌伸出，抵于杵下，劲道扑来，金刚剑刃弯如圆月，少年印咒并起，剑舌伸展直朝地面刺入，此时剑杵碰撞分离，金刚剑回直，少年紧握住剑柄随力道弹出，而后手头一松，蹿到道化跟前，道化腾出左手，出掌直朝少年面门，而少年侧闪而过，飞越道化身后，左手伸出揽住道化脖颈，用力往地面一压，道化连同金刚杵一齐跌倒在地。

“先生好功夫！”泯仇一个鲤鱼打挺跃起身子，只见面前高僧道化与异香少年扭打在一处，二人皆出擒拿术，左右游走，神通不及，少年单手难敌，道化老当益壮，劲力扑出，倏尔少年手脚反折，受戕之际，尸解术起，从侧面逃遁。

“唔！先生输在一只手上。”泯仇鼓劲，铲地而出，脚尖前抵，直朝道化胸口，道化后撤二步，左右手一搭，缚住泯仇右脚，用力一旋，泯仇身形失稳，双手撑地，向后弹开。

“好个道化高僧！”泯仇大喝，“我与先生都让你三分力，你却这般不识好歹！”

道化不闻不问，双脚鼓劲，急冲而前，印法欲起，泯仇闪身，一招铁山之靠，箭步前冲，直抵道化中线，泯仇横力袭来，道化松印而挡，却难吃住泯仇的气力，只见那力道直透胸口，道化连连后退，接着一口鲜血喷将出来。

“好个妖僧，郁垒山千百妖兵未能伤老衲分毫，不想在你面前却招招见拙！是老僧大意了。”道化边退边道。

泯仇攻势不减，道化后撤出杵，挥舞而前，拳怕少壮，棍怕老狼，这道化一套杵法风生水起，泯仇虽硬桥硬马，但毕竟双拳难敌铁棒，一时之间腰间、胸口、肩头皆吃一计，倏尔双手瘫软，掌拳难出，又见降魔金刚杵朝面门抵来，泯仇吃力抵挡，却不知此为佯攻，只见道化双手一放，两掌伸出，扑在泯仇胸口，泯仇被道化掌力一震，飞将出去，未及爬起，又见道化抢到身前，举杵便击。

异香少年稳住身形，却见泯仇危急，此时距离泯仇十步之遥，搭救已然来不及。

只见道化抡杵而下，劲风呼呼，泯仇危急。

道化大喝，泯仇手头内狮子印起，欲行大因明术。

正在此时，泯仇只觉手指被谁紧握，而后抬眼一望，只见那降魔金刚杵中张出二臂，一手抓住泯仇手指，一手出掌抵住道化胸口。

劲风消失，神通后退，只听慈悲声起，而后降魔金刚杵中，缓缓遁出一人。

白衫风动，面目慈祥，微笑而视。

泯仇与道化纷纷张口惊讶。

“鸠摩罗什！”道化惊道。

第二十一章　降魔金刚杵

残寺半坍，钟鼓皆倒，降魔金刚杵中遁出神僧，双臂一张，扼住道化与泯仇。

“阿弥陀佛！”只见中间的神僧闭目轻叹，“皆为大道翘楚，缘何大打出手。”

道化按眉，微微狐疑：“当真是后秦神僧鸠摩罗什？”

泯仇一惊，望望降魔金刚杵又望望鸠摩罗什。

只见那鸠摩罗什虬髯金黄，茂髭丛如，约莫六尺身材，双目微闭，面貌慈祥，三十法相倏尔回环，已然大道渠成。

“吾乃罗什魄息，罗什于府南河沐浴时见淫魔未除，故自削一指，忍痛自戒，终抵彼岸，这分魄息便常在小指之内，化作降魔金刚杵，后为泯仇所得，助泯仇退魔。”

“原来如此……”道化见势，收招合掌，泯仇亦如是，风波平息，各自长叹。

夜风萧萧，长林落叶间落，孤鸟哀啭，山阿寂寥。

“小僧道是此兵之中有圣人魄息，不曾想竟是罗什高僧，护国寺道化愚钝，多有冒犯。”一见鸠摩罗什，道化忽而戾气全无，周身神通尽藏，慈悲像生。

降魔金刚杵不凭而立，秋风萧瑟，杀机顿失。

“泯仇！”鸠摩罗什忽而厉声道。

“弟子在！”那泯仇错愕，只听鸠摩罗什喊道，双膝一软，跪倒在地，“弟子受神僧神通，修为多益，常私淑神僧，即是神僧弟子，师傅有何吩咐，弟子必全力而往。”

“你我相遇，便是机缘，现今退魔大任在身，却常破戒律，与高僧相斗，杀招频频，尔凡心未泯，如何退魔！”鸠摩罗什道。

泯仇低头受训，异香少年轻笑而坐。

“既然是神僧高足，那便是小僧无礼在先，只是小僧不明白，我与善无畏行十字咒封印罗刹王与武存道，理应十世全无，功业尽毁，缘何还有一魄徘徊在人界？”道化长息，“况且那独臂少年周身上下透着妖气，叫小僧误以为大魔未退，故此相斗。”

“这罗什实在不知。”鸠摩罗什道。

泯仇亦疑惑。

“小僧与天竺高僧善无畏于吐蕃嘎采寺行十字咒，而后逆妖兵，相斗三天三夜，最终将罗刹王与武存道封印在十字咒之内，而后小僧与善无畏亦油尽灯枯，于郁垒山口坐化。”道化道。

“按高僧所说，罗刹王与武存道已经被十字咒封印，可是……”泯仇欲言又止。

“可是什么？”道化问。

“距离高僧上次退魔止八年七个月，然而长安四月大乱，便是由罗刹王与武存道挑起的，更有天子魔助阵，若无孔雀大明王相助，恐怕长安四月浩劫难渡。”

道化一惊：“这十字咒乃是古高僧究由陀罗所创，威力无比，神魔难逃，我与善无畏修为皆不足，故二人合而行之，以二十世汇十字咒，虽无有究由陀罗十字咒的神通，但封印罗刹王一等绰绰有余，难道此二魔有天大的本事能逃出十字咒！”

泯仇摇摇头，不知如何回答。

“倘若十世中有一世定力不足，不肯舍身退魔，是否十字咒便无效用？”少年起身问道。

“无此可能，小僧与善无畏的神通皆能前揽三十世，后察三十世，区区十世之定力还是有的。”道化道。

“生人皆有三魂七魄，倘若有一魂一魄定力不足，那会怎样？”少年又问。

“十字咒可行，然必有缺漏。”道化道。

“唔！小子道为何武存道一等能在十字咒中出入自由。”异香少年起身道，手指点点，“终究还是道化高僧恐惧未除，方才小子与泯仇所见的红眼僧人是单魄生人，想必便是高僧的恐惧，小子算来，红眼惧僧乃高僧的第六世第三魄，在退魔之时因恐惧逃遁，故此十字咒有缺，才叫罗刹王与武存道能遁出十字咒……高僧大意，惹得四月长安大乱，险些化作尸林。”

“什么？”道化一怔，双目圆睁，“老衲自知修为未满，然退魔之业尚难抵这区区恐惧？”

“高僧心有恐惧，惧怕护国寺此后无人，惧怕长安百姓因魔而死，因而去往吐蕃退魔，此忧不除，十字咒难全。”异香少年道。

静默，叹息后起。

“阿弥陀佛。”道化闭目合掌，“先生如此一说，小僧豁然开朗，退魔之人必心无杂念，无所依凭方可，老衲有护国寺，还有长安百姓的期许，的确心有所忧，不若善无畏孑然一身，纯心退魔，老衲惭愧，老衲惭愧……”

道化长息阵阵，双目热泪轻流。

“不过高僧莫忧，四月长安之乱已平，现下茶先生与泯仇正往吐蕃退魔，此二人心无杂念，无所依凭，当为大道所许。”鸠摩罗什道。

“我辈翘楚相接，小僧憾恨可消。”道化点头，忽而又问，“那我那弟子方外，现今已近十年，想必他也往吐蕃方向去了吧。”

鸠摩罗什与泯仇沉默，不置一言，道化眼神焦急探问，隐隐不安。

“方……方外高僧确实领命西行……”泯仇吞吞吐吐，欲言又止。

道化疑惑，双掌紧扣。

“现在大概已经在藏地镇肢寺了吧。”泯仇长吁一声，面目紧张。

“那便好，那便好，有你三人，郁垒山行魔必……”道化面目松张，忽被少年话语打断。

“高僧节哀，方外持寺已经圆寂了。”异香少年正色道。

“什么？”道化一怔，质问道，“这……先生怎的如此说……”

泯仇垂首。

“方外持寺已经圆寂了。”少年道。

“方外不是已经在镇……”道化转向泯仇，泯仇闭口不言，道化两掌一摊，又望向异香少年。

“四月长安之乱前方外持寺精魄已出，确是圆寂了。”异香少年道。

道化又是一怔，欲持不住，站立不稳，双目紧闭，咬牙切齿，摇头道：“呵！吾之爱徒，此悲如山，此悲如山，老衲着实承不住！方外全承本门绝学，护国寺八十年不出之佛法天才，如何……噫！怎的如此命薄……”

只见那道化悲恸转而愤怒，咬牙道：“也是叫武存道害死的？”

“非也，风言道是死于白泥雨林。”异香少年道。

“白泥雨林？”道化问，“那是恶神阿罗岂什密的地盘，方外怎么会摸到那处去？”

“阿罗岂什密！”少年一惊，忽而想起萨珊法师遁入的雨林，还有八头女怪与黑瞳僧人，问道“此恶神可有八首？”

“不错！乃西方妖魔，罗岂什密之姐，因乱世作恶被罗岂什密囚禁在白泥雨林，只是白泥雨林为秘境，不属三界，回环移动，更似幻境，善无畏曾与小僧提起此地，若入白泥雨林十步便难再走出，小僧曾以为是善无畏编造的茶余，不想竟真有此地。”

“小子曾追逐萨珊法师误入白泥雨林，行止三步，侥幸逃脱。”异香少年道，“方外高僧的尸身现还在雨林之中，常侍恶神左右。”

“哼！岂有此理，竟让我佛门子弟侍奉恶神！”道化捶柱长息，那寺庙一震，瓦片落下，烟尘升起。

“高僧息怒，好在方才高僧的精魄遁出，尚能转世，来世还能为佛门退魔，小僧退魔之后便寻方外高僧的转世，必将平生所学悉数传授，以承退魔大任。”泯仇道。

道化听此，稍感慰安：“那便有劳高僧了，作为酬答，趁祝由术未息，老衲教你一套杵法，往后当不见拙于妖魔。”

泯仇展颜一笑道：“能承高僧大法，委实荣幸，小僧必一一铭记。”

“若我那徒弟有你一半的本事便不会被恶神所害，都怪老衲因门人耳目，不能及时传授，仓促身死，遗留大患。”道化道。

“高僧放心，退魔大任就交与泯仇与茶先生吧。”泯仇道。

鸠摩罗什听罢，点头慈悲微笑，缓缓遁入金刚杵中。

少年起印，祝由术泛起，道化神通倍俱 ，揽起金刚杵挥舞起来，那宝杵在道化手中似其臂膀，宝杵两端生死门开了又合，时而生门朝左，时而死门朝右，棒头一点，如长蛇吐信，刺点化劈，神出鬼没，手到拈来，不拘一格。

泯仇双眼细视，招数、力度、方向一一记下，只觉先前自己棍法拙劣，只知劈打，个中千变万化皆未曾探索。

异香少年长生咒一张，手指点点，铜筷一夹，拉出一根铁棒，扔与泯仇道：“虽然不足高僧降魔金刚杵衬手，但试练还是绰绰有余的，高僧快些跟上。”

泯仇跃起一接，自身拳脚兵器功夫是合百家，并无成法，每每相斗是凭浑身气力，虽有小胜，但不能长久。泯仇技巧不足，根基尚弱，那棒头的点刺抖挥总是气力过多，两端生死门开合不匀，握力不足，虽勉强跟上道化棒法，但又如邯郸学步，不三不四。

道化扯开步伐，金刚杵一点，棒头直朝泯仇手腕扑来，泯仇无法只得放开左手，右手递出，只见将及道化喉头，正在此时道化身形一侧，弓步朝前，金刚杵头又向泯仇的右手手腕扑来，棒头死门一点，打在泯仇手腕，泯仇只觉手臂酸麻，铁棒也应声而跌。

“我进你也进，岂不是求死！”道化收杵道。

“那能如何？”泯仇问。

“棍法不似拳脚功夫，不可光讲究劲力，只在胜负一刻点出劲道，你如此硬来是不够的。”道化沉言，“倘若方才你先退半步，躲开我的死门，再行刺出，虽然不能置我死地，但也算是胜出半招了，制敌不可心急。”

说罢，道化将地上的铁棒一挑，泯仇伸手握住，同时道化攻势全发，毫不留情，泯仇左抵右挡，直出直入，肩头胸口皆被点着。

少年煮水品茗，摇头道：“果然愚僧！”

“只会进退，左右不顾了吗！”道化喝道，一棒打在泯仇侧肋，泯仇吃痛，那铁棒又跌在地上。

“师傅棍法实在诡异，叫弟子难以琢磨。”

“看人不看棍，再来！”道化将降魔金刚杵投与泯仇，又拾起铁棒，架势一起，瞬身攻击。

泯仇只见那道化的攻势直朝上三路，攻之不及，退之有余，泯仇只好向侧边一闪，道化见势，棒头一折横扫而出。

“又是这一招。”泯仇按眉，棍法横扫前后皆着，进退不可，左右难敌，上窜不及，眼看那棒头朝自己脸颊打来……

“有了！”泯仇折腰一弯，左手向后撑地，右手握住金刚杵一端，横扫而出，此招攻守并进，异香少年双眼豁然一明，欲行喝彩。

道化微笑，轻道：“这点伎俩还难不倒老衲！”

只见泯仇扫出的金刚杵直朝道化大腿一侧打出，道化鼓劲，抬脚欲踩下扫来的金刚杵，正在此时忽见那金刚杵攻势一变，转而向自己的侧肋扫来，此时自己双手并出，单脚而立，已然避之不及。

只听一声闷响，金刚杵不轻不重地打在了道化侧肋，道化一声闷哼，跌倒在地，正欲爬起，只见棒头压下，在自己脸颊一分处疾然顿住，那金刚杵头死门摇晃，一招而出，高下立见。

泯仇收杵踌躇，伸手扶起道化。

“师傅受惊。”泯仇扶起道化道。

“颇有悟性，向死而生，果然少年高僧！”道化展颜一笑，眼神微微敬佩。

原来方才危急之时，泯仇左手撑地扫出金刚杵，自知难将道化迫于死地，见避过道化铁棒死门，左手顺势撑地起力，身体越过铁棒，右手顺势上提，将原先攻向道化大腿的死门，转向了道化的侧肋，此招精算，无可躲避。

少年抵掌而笑：“许久未见如此斗法了，来来来，且各自饮一杯香茗歇息一下。”

少年香茗递出，泯仇轻呷，额头汗珠点点，道化长吁饮茶，面色微白。

“祝由术撑不了多久，为师再行一套棍法，你要好生记得。”说罢，道化拾杵而起，翻飞变幻，泯仇牛饮一口，拾起铁棒跟随演练。

二人试练互往，不觉天色泛白，一抹朝光溢出，继而天边云霞泛红，山鸟静啼，秋风自来。

那道化使完最后一套棍法，忽然坐地趺跏，气喘吁吁，额头符咒微微一点，欲要消失。

“泯仇！”道化轻声道，“为师能教你的只有这么多了，往后西行退魔之任，就交与你二人了。”

泯仇双目热泪溢出，跪地长拜：“师傅教诲，弟子谨记。”

少年双指一点，只觉手指发麻，一夜祝由术已然耗尽真力，少年长叹，再无力运起神通行使祝由术了。

“退魔大任就交与你二人了……”只听得道化的声音渐而微弱，忽而湮灭在落叶声中，垂首一颤，眉须落地，随风而走。

“师傅！”泯仇扶住道化肩膀，只是眨眼之间，道化已化回红眼惧僧的模样。

异香少年指头一颤，如勾弦弹回，酸麻无比，手腕垂下，只觉浑身惫懒。

“噫！高僧缘何乱叫师傅？”那红眼僧人从祝由术中醒来，见泯仇跪倒自己跟前直叫师傅，只觉一惊，吓得后退三步，摇手道。

“高僧莫要乱叫了，道化高僧已经走了。”异香少年横斜阶前，哈欠阵阵，闭目轻言。

泯仇拭泪而起，尤觉面前僧人亲切无比，只是道化高僧的精气神失却，模样三分像，高僧气魄点滴不剩，叫人惋惜。

朝阳升起，一抹秋阳斜抹在山寺，远聆驼铃声稀疏，阵阵而来，泯仇法眼一望，只见昨日黄昏望见的驼队已然将行至此处，而后低头环顾，地上尸体横七竖八，惨不忍睹。

“阿弥陀佛！你好歹也是出家人，缘何这般心狠！”泯仇转身向那红眼僧人道，“真是魔障不除，贻害无穷。”

泯仇走出起步，只闻得血腥阵阵，抬眼望去，山门之外，只见那山道之上皆扑着马匪尸体，心头一惊，慈悲顿生。

“造孽啊！”泯仇双掌一抵，轻念佛咒。

那红眼僧人觳觫不绝，只觉腰间冰凉，少年的短匕已然抵在和尚的腰上。

“唔！红眼和尚造孽，不仅麻翻了小子与高僧，还动手杀了这么许多人。”

那红眼僧人欲言又止，泯仇缓缓转身，双眉紧按，不言不语。

“这次够你吃了。”异香少年对惧僧道，微微心虚，只觉泯仇的目光直朝自己而来。

“先生！”泯仇沉言。

“高僧何事？”

“院内六具尸首，皆有剑伤……”泯仇道。

“怕是惧僧趁小子昏迷使了小子的金刚剑。”少年道。

“先生法器，还有第二个人能用吗？”泯仇质问。

少年侧目，缓缓点起烟管，远处山峦静伏，朝气未散，恰似一条微醒的巨龙。

“惧僧虽有些本事，但山下这么许多马匪，凭拳脚功夫恐怕难敌吧？”

“这惧僧可是道化一魄，天生了得，小子不是他的对手。”

“倘若惧僧有这本事，为何还费心机麻翻你我？”

异香少年顿言，不知如何回答，手头一点，行囊自来，闭目吸烟。

“先生不是佛门中人，饮酒寻欢，泯仇不管，但如此翦杀性命，小僧实在难忍！”

异香少年缓缓放开抵在红眼惧僧腰间的短匕，长叹一声。

“难忍便不要忍。”异香少年单手拎起竹笈，背上肩头，向山门缓步走去。

“先生这是做什么！”泯仇道。

异香少年不理，缓步下山，泯仇一个箭步抢在异香少年身前，手指中念珠翻滚。

“小僧知先生只退魔不杀魔，为何于人如此残忍？”

“魔心道使然，人心自使然，小子不杀他们，此地恐怕又多埋数十具商旅尸骨。”

“心魔亦是魔，先生为何不退？”泯仇问。

“魔心天然，人心自然，小子没有那么许多的闲工夫去劝诱，不如好送他们轮回行善，也省得那么许多麻烦。”

“先生如此滥杀与妖魔何异啊？”

“妖魔？”异香少年背立抬头，朝光之中一抹瘦小的身影，继而轻笑，“小子在高僧眼中终究是妖魔……”

泯仇沉默，不置是否，手头用力，那念珠丝线崩断，洒满一地，滚落在两人脚下。

少年走过，与泯仇擦肩，一抹诡异的微笑似有似无。

“既不同道，便不同路！”泯仇双手握拳，眉头按下，心中不舍又怒气难消。

静默，朝光溢出……

异香少年于山门处顿步，哽咽许久，清泪流了又干，“小子如何孤身，便是山贼恶徒所赐，天道不灭，人道不灭，地道不灭，那便小子来灭，小子非佛非道，倘与高僧心念不合，但求独行。”

说罢，少年推开无作门……

“先生留步！”泯仇回头，只见那少年身影嵌在无作门门框之内，愈显单薄。

清泪风干，异香少年眉头轻展。

“先生不若与泯仇一道，剃度出家，苦修谢罪吧。”

“愚僧！”少年秀面不悦，方松开的眉头又忽而皱起。

“……”

“小子受不了清规戒律，先行一步，待高僧超度了这些马匪，再来寻小子吧，此去向南，行至巴蜀，那处天府宝地，小子欲去寻一番风流。”少年语气一贯平和无情绪，不知是悲是喜，说罢少年张开长生咒，一座肩舆落下，饿鬼驮轿，朝山下奔去。

泯仇双拳一松，长息摇头，怅望少年身影愈行愈远。

“高僧莫要错怪了先生。”良久，红眼僧人道，“是马匪要食高僧，先生才下杀手的，小僧亲眼所见，二位既是天道点化的退魔人，必得并肩方能退魔。”

“多谢高僧提醒，先生之道终非小僧之道，倘若机缘不灭，当有再见之日，先生所造之孽，泯仇当助其偿还，先生乃大才，不可止此一世，泯仇要留下几日为亡灵超度。”泯仇道。

红眼僧人点头，亦不再多说。

山音阵阵，朝阳扑面，泯仇与红眼僧人合力埋葬了马匪。

炉香缥缈，梵吹不绝，经诵阵阵，如此一来，七日过去，泯仇趺坐在蒲团，面带疲色，缓缓站起身来，寺内灯火明亮，山鬼啸号顿然止息，四际澄澈，泯仇长吁一口气，只见一侧红眼僧人行囊必备，一人一份。

“高僧用了斋饭，明早快些去寻茶先生吧。”惧僧奉上斋饭。

“不一同走吗？”泯仇问。

“小僧惧怕，心魔难除，是万去不得吐蕃的，现在马匪已除，小僧亦应东归故乡，小僧没有慧根，往长安寻一处静地，吃斋念佛，长赎罪愆，助道化高僧早去西天极乐。”惧僧道。

“既然如此，泯仇便不强求了，只是高僧还记得郁垒山在吐蕃何处？”泯仇问。

“此去向南，经巴蜀，再向西，沿倒淌河入藏，寻到嘎采寺，再向西北方走一日，雪岭之中有一座玄色石山，望似女人头颅，脖上缠着黑龙的便是，那地是魔窟，高僧要千万小心。”惧僧道。

泯仇点头，双掌相抵，垂首行礼：“多谢高僧。”

今夜月已大圆，山风微冷，泯仇用了斋饭，作别惧僧，夜路向西，翌日正午时分，不开法眼便可望见麦积山，只是眼前道途两分，一条向南，一条向西。

“恐怕此番又去不得麦积山了。”泯仇心头一分怅望，只是现下时值八月，异香少年又不知所踪，往麦积山参拜又免不得几日逗留，泯仇一叹，远望麦积山默默行礼，入定半柱香后，起身毅然朝南。

第二十二章　僵祖

道途转南，日渐曲折，阴晴不定，泯仇一路停停走走，不见少年踪迹，青山高耸，遮天蔽日，泯仇缓步行了约莫半个时辰，只听得水声渐起，泯仇口中干渴，迈起步伐直朝青山深处小跑而去，脚下泥泞湿滑，泯仇无马无车，每遇尘泥，必起神漫步，一通小跑下来，只觉身心俱疲，那小道曲折蛇形，不见尽头，水声忽有忽无，泯仇箭步遁出，又疾然刹住，水声轰隆，只见面前一条白色巨江奔腾而下，对岸一道悬天巨瀑高高垂下，倾泻不止。

右侧数十步，一条铁索孤桥横跨江面，铁链随风零零响动，两侧崖壁险峭无比，猿猱难攀，飞鸟不过，泯仇低头望望脚下的江水，五六丈高，笔直而下，间无下河的道途，江面轻舟疾渡，恰如飘零之叶，凶险非常。

“这水恐怕是喝不得了。”泯仇望江长叹，唏嘘一阵，朝铁索桥走去，忽听远处传来一声牛哞，微微笛声隐约而来，泯仇展颜立于桥的一端，翘首远望，但见大桥另一头一位骑牛牧童怡然横吹，缓缓向前。

泯仇快步过桥，倏尔行至牧童身侧，那牧童多见僧人商客，也并不惊奇，闭目缓缓道：“此去向西百里可入剑南道，三里外有马场，你若有闲钱，可以挑一匹好马，天公方作雨，路不好走。”

“你这小孩儿，说话竟这般老气，问路不错，只是小僧还有一事要问。”泯仇笑道，手头金刚杵微微作响，不知何因。

“多问要钱。”孩童一脸悠闲，声音惫懒，总角朝天，纯真可爱。

泯仇行脚素来不着财银，囊中除却袈裟衣袍多罗，别无他物。

“你这般小，问我一个僧人讨钱做什么？”泯仇道，“小僧虽无银两，却有一套本事，你若告诉小僧，小僧可教你一套掌法。”

“不要不要，太平年头，学这些杀人伎俩，莫欺我年少，高僧还是问别人去吧。”那牧童张眼起身，短鞭一挥，那牛昂首回头，欲要离开。

“小先生留步，小僧这是要寻一位挚友，小僧虽无银两，但小僧那朋友可是富贾，若你帮小僧寻到了，财银自不在话下的。”

牧童拍拍牛头，老牛顿步，牧童在牛背上转过身来道：“你说的可是真的？”

“出家人哪敢打诳语，只要寻着茶先生，莫说银两，便是金山银山也有了。”泯仇道。

牧童微微狐疑，而后又笑道：“唔！我看你这僧人一脸傻相，不像说谎之人，那小子便姑且信你一回，说吧，要找何人？”

“少年茶商，面目似少女，衣着鲜艳。”泯仇道，“背上有竹笈，竹笈上扣着一柄无鞘宝剑，对了，那少年只有一只手，手具烟管，乘肩舆，颇有诗才。”

牧童闭目思索道：“这些天往来的商客许多，却未见这般人。”

“约莫一月之前，他道自去天府，小僧一路走来，也不见有别的路可走，他如来过，小先生必定是见过的。”泯仇道。

“要说一月之前……”牧童扣着脑袋，摇首回忆，忽而手头一指道，“见过见过，那先生一副大商人气派，乘着二人肩舆。”

“不，是四人肩舆。”泯仇道。

牧童眼神一闪，立即改口说：“对对对，的确是四人肩舆。”

“那抬肩舆的四人可是饿鬼？”泯仇又问。

“青天白日里的，秃驴莫要说鬼话吓我。”牧童道，“这世上哪有鬼抬人的？”

泯仇一时情急，竟与牧童说了这话，倘若茶先生乘肩舆，饿鬼模样太过招摇，当作人形，泯仇思索一阵道："那抬肩舆的四人可是大腹便便，口角垂涎的？"

"唔！高僧猜得好准。"牧童立即应和道。

"那便是了，小僧快些告诉小僧那少年往何处去了？"泯仇问。

问到此处，那牧童忽而闭目摇头，面露难色。

"小先生为何不说话了？"泯仇问。

"不是不说，而是高僧方才说的那位茶先生途经此地时曾交代过，不许与一位高大僧人道出他的去向，我虽小，亦知诚信二字，高僧如是寻茶先生的，那便恕小子无可奉告了。"

"竟有此事？"泯仇道。

牧童拎出行囊，掏出几串方孔圆钱道："喏！这便是那先生赠予我的，高僧纵有茶先生的气度，恐怕也无茶先生的财银吧。"

"唔！茶先生哪有气度，小僧便是多说了几句，他便独自离开了，小僧眼下有要紧的事非要找到先生不可。"泯仇道，向前一望，道分两处，均入崇山峻岭，不知异香少年走了哪一条路。

"既然如此，小僧便不为难小先生了，好在只有两条路，小僧慢慢寻便是。"泯仇笑道，望了望去往剑南道的路，想到先前异香少年要去寻欢的话语，作别了牧童欲往剑南道方向走去。

只是未走出两步，只听得身后牧童咯咯一笑，泯仇回头，那牧童忽然闭口，四处张望。

泯仇一笑，自言自语道："这孩童必有蹊跷，望着小僧向西便独自讪笑，想必是看小僧选错了方向，嘲笑于我，如此一来，先生必是往东去了。"

说罢，泯仇面目一转，头也不回地朝东向的道路长奔而去。

牧童轻笑，怡然吹笛，望着泯仇向东而去。

泯仇快步而前，此路平坦宽阔，两侧杂草茂盛，行进深处，只听得山魈怒号，鬼狐恸哭，惨惨戚戚，敻不见人，泯仇心头渐紧，快慢相间，前后约莫行了半日，只见前方翠色欲滴，满山皆是绿竹，大山深处，似有物行走之音。

“这路好生怪异，平似官道却无半个脚印，按照小先生说的应见人家了……”泯仇停下脚步，法眼一开，前方非但不见人家，就连平常庄家也不见一块，只是竹林密布，山气渐盛……

铁索轻摇，烟雾缭绕，白色江面的铁索桥上只见一人悠悠而行，忽听得对岸笛声响起，微风扑面，烟雾刺鼻，异香少年缓缓放下烟管，眼轮一提，睥睨前望，只见铁索桥那头一名樵人靠树歇息，吹笛自乐。

少年缓缓向前，脚步轻台，眼前两路人字分开，少年立于中间，不知去向哪条路。

“向东还是向西？”少年背立而问。

“先生说笑，如此问我也不知你要去何处？”樵人苦笑道。

“剑南道。”

“向东，行半日便可到。”

……风起，异香少年抬首东望，只见山屏交错，雾气升腾，转首西望又见栈道隐约，盘旋而上。

少年闭目，鸟鸣声来，水声似琴，悠悠不绝。

少年宽袖之中符咒落下，双指一夹，长息轻叹。

“可见有一高大僧人途经此处？”

“此处往来僧侣商客何止千百，单是高大的僧人，我半月便可见十数个。”樵人答道。

“这高大僧人会问独臂茶商去往何处。”少年轻声道。

樵人沉默一阵，点头思索，忽而睁眼道：“有有有，他道寻少年茶商，往东边去了。”

樵人手头一指，指向眼前向东的道路，少年按眉远望，只见山峦交错，雾霭迷蒙。

少年点头言谢，面目一转，抬步朝西走去。

“先生不是寻僧人么？为何向西……”樵人疾然起身。

“不寻。”少年向前。

风落，鸟鸣声音止息，少年三步跨出，水声之间只听得利斧噌噌，寒光一闪，樵人手头的斫木大斧压在异香少年的肩头，再看原来的樵人，只见眼珠通红，面目纹斑交错，犬牙倒竖，凶相毕露。

那利斧正离少年脖颈一分，忽而动弹不得，那樵人的双手被一股劲道扯住，只见握着板斧的双手用力颤抖，却丝毫不动。再见地上，一道咒链延伸开来，将向东的道途紧紧缚住，间伸出一道玄黑咒链将樵人周身紧捆。

“伥妖……”少年抬手，长生符起道，“你可见过那高大僧人？”

伥妖不言，垂涎怒吼，无奈为咒链所缚，不得近异香少年分毫。

“为虎作伥，罪不可恕！”

说罢少年张掌将长生符打入伥妖腹中，只见火焰如燎原，瞬间将伥妖裹在其中，继而火熄，火焰残余中落出一名少年书生，浑身觳觫，嘤嘤哭泣。

静默，那被咒链缚住的道路缓缓扭曲抖动。

“道？”异香少年威严收敛，向书生问道。

“多谢先生搭救，小生乃蜀地读书人，原进京赶考，不曾想途经此地时被恶虎所食，那恶虎乃是太子护法，将小生做成这伥妖，变幻成各种模样引往来路人误入歧途，先生具高法，烧杀了小生的障孽，将小生从伥妖躯壳中拉出，先生恩德，只是小生这区区游魂，诚难相报，恳请先生为小生超度，来世必为先生牛马，以报此恩。”那书生低头，言语恳切，叫人动容。

“小子不是僧人，超度之事小子行不来，但小子挚友是长安高僧，如果寻着他或许你再世为人。”

那书生一听，立即泣止道：“先生所言的长安高僧可是手握金刚杵的白袍少年僧人？”

异香少年点头。

“噫！真真造孽呵！”那书生忽然大号，双手拍地道，“方才小生为伥妖之时化作牧童，将那僧人引进太子妖法界中去了！这已过了大半日，那高僧恐怕是凶多吉少了。”

少年一怔，按眉问道：“你说此处有妖法界？”

那书生点头道：“是也……原来此处并无妖法界，只是后来章怀太子一众的冤魂来到此处，见这里山高水深，瘴气蔽天，便独领妖众杀死地府狱卒，脱弃了六道，入山结了妖法界，自立巴蜀魔王，捕食往来行人，巴蜀商客善知识者多走水路往来，绝不会过桥入山的。”

“章怀太子？”异香少年眼轮一提自语道，而后张出长生符欲将书生点入长生咒，便在此时，忽觉得地动山摇，水声轰隆。

“先生不妙，白龙发作了！”书生从地上立起，朝那崖边的白色瀑布一指道。

少年向后望去，只见江侧那道飞瀑缓缓而动，而后巨龙长啸之声响彻山谷，再看那道飞天瀑布，水波喷起，倏尔断流，忽有一物在江流中剧烈搅动，少年只觉脚下又是一震，再看瀑布入江处忽然昂出一只白色龙头来，那龙头一扭，江面波涛涌翻，白浪滔天。

少年见此点地一跃，飞身上树，只见地面之上，那向东的道路忽而拱起，尘泥抖落，白鳞斑斑，上布咒链，原来那道路竟是白龙之身，被少年咒链灼烧，疼痛起身，只见那龙头从江中抬出，扶摇而上，两侧大树被连根拔起，散落一地。

“妖法界竟也能养龙！”少年抬首惊讶，只见那白龙忽然飞升上天，又怒吼而下，直朝少年扑来，少年向后一跃，顺手一甩长生符落在书生背上，毛笔一点，将书生点入长生咒。

金刚剑起，剑舌蹿出，向那龙身扫去，剑刃吃不住龙身，只看那火星四溅，长剑在龙身上削了个来回，非但分毫不入，而且震得少年虎口发麻，那白龙周身虽为少年咒链所缠，然力道却半分不减，龙头压下又跃起，继而龙尾横扫，只见水木沙石一齐飞来，少年符咒落下，金刚剑化作芭蕉扇，跃起一鼓，将沙石扇却，只见那洪波江中，往来商船翻成一片，水中商客正欲爬起时，又见那飞龙入水，张口而行，将船与人通通吞入腹中，顺势往江中一钻，不见踪迹，少年按眉细视，波涛之中隐见粼光翻动，忽见大桥一端，砰的一声，白龙出水，贴着崖壁，长啸而对。

只见白龙喉头一鼓，咕噜一声，水法急上，恰如决堤之流奔涌而来，异香少年见势，长生咒一张，两只赤炎金乌奋翅而出，吐出火焰，与白龙吐出的江水相对而出，水火相交，只见那水汽升腾，灼热无比，龙啸乌啼，水火错杂，对峙片刻后，火法见拙，水法不止，只见得那江水横扑而来，两只金乌见势扇翅而走，无奈江水太猛，尚未高飞便被后来的洪流压下，连同少年一同被大水冲走……

另一头，那泯仇高僧行至山深处，途中不见半步脚印，心下狐疑，只见面前山峦交错，绝壁峭山，脚下道途亦越来越窄。

“先生无事，摸到这山里来做什么？”泯仇自语，“此处崇山峻岭，有什么好寻欢的？”

稍感疲乏，见前路漫漫，又时至正午，泯仇行了几步，寻着一处白色磐石，收腰静坐，鸟鸣山幽，困意稍来，泯仇长息一声，轻轻闭上双眼，却在此时隐约闻得一股腐臭之味，泯仇张着鼻翼，细嗅几下，忽觉一股恶臭扑鼻而来。

“却是比小僧修炼的尸林还臭！”泯仇立起身子，用手扇却那些飘来的臭味，又在此时听见铃铛声起，一阵接着一阵，继而整齐的脚步声起，铃响一声，脚步便起一声，泯仇侧耳，只听得那声音从深林中传来。

泯仇双指一立，凝神细视，只见面前幽幽升起一团黑雾，那雾中隐约有物跳跃，泯仇伸颈细视，但见黑雾中跳跃之物似戴斗笠之人，低遮面目，蓝色粗袍，垂及地面，泯仇法眼一开，不觉讶然一惊，只见那黑雾之后密密麻麻，漫山遍野皆是一样东西。

“啊吔！”泯仇横杵一惊，“先生害我也！竟叫小僧来对这么许多跳僵。”

黑雾四溢，泯仇背杵后退，脱去外衣捂住口鼻，此时泯仇八识顿开，双耳一颤，只听得头顶簌簌轻响，抬头一望，竟然是漫天花瓣，如雪一般，纷纷落下，泯仇旋杵将落下的花瓣扫开，片刻之间磐石周围已落满了花瓣，黑雾蔓延，铃声阵阵，忽然又从天顶落下四串灯笼，泯仇弹起一跃，从磐石之上跳开，只见脚下花瓣已然没过脚面，淡香扑鼻，掩住了跳僵的尸臭。

再见灯笼之间，随花瓣落下二人，皆手抬桐油伞，以折扇遮面，蚕眉轻挑，裙裾翩跹。

“什么妖魔！”泯仇按眉而立，蓄势待发。

“何处愚僧，胆敢独闯太子妖法界！”只听得那二女子异口同声道，回音阵阵，叫人微微眩晕。

“喝！小道妖魔，还不配问我法名！”泯仇单手起杵，一挥而下，直朝二女妖扫去，只见那二女妖恰似花瓣，金刚杵劲风前至，二女妖便摇伞飘飞，悬在半空，只见那二女妖面色惨白，笑容诡异，二人浮于空中银铃讥嘲。

此时黑雾已至，长爪跳僵从中蹿出，四肢僵硬，伸手乱剪，泯仇后退挥杵，劲道打在那跳僵身上，只觉那力道一弹，如碰钢铁，泯仇双手一震，收回降魔金刚杵，又觉侧面腥臭扑来，压身出腿一扫，踢在那跳僵的脚膑之上。

“啊吔！”泯仇吃痛一叫，急忙收招，方才那一踢泯仇用出了八分劲道，只叫跳僵浑身一震，而自己却觉得踢在石柱之上，疼痛无比。

“今日未朝食，腹中空空，教小僧用不出力来！”泯仇怒起，只听得耳边铃声一荡，眼前的跳僵随之前行。

“要与本僧比气力！”泯仇咬牙，向后一跳，降魔金刚杵用力往地面一插，双手抓住腰带，屏住呼吸用力一勒，只见那腰带又裹紧几分，泯仇闭目凝神，丹田气起，双手一张，脚尖做劲缓缓在花瓣上一扫，开立步成，一个马步扎下，起势运气，大喝一声，“今日小僧便叫尔等看看什么叫气力！”

接着泯仇揽回金刚杵，轻轻半旋，左手前握，右手后握，手头轻摇，向右轻挥三圈，又向左轻挥三圈。

此时只见那前头跳僵前扑，泯仇看准大喝一声，那一身力道尽在棒头死门，右掌抵出，腰马一震，只见那金刚杵直贯跳僵脖颈，泯仇一个跃身，飞身到跳僵身后，接住金刚杵，用力一旋，只听金石劲咬之声起，那跳僵人头被泯仇生生旋下，这招一气呵成，蛮横无比。

跳僵人头落下，泯仇一招得势，气力又起。这跳僵如铁，攻其上三路只是徒费气力，泯仇将身形一压，手头做劲，只见那金刚杵在跳僵胯下横翘，须臾之间，叫那前扑的跳僵纷纷倒地，如出水之鱼，只得平躺扑腾。

而后泯仇手头大金刚轮印起，神通贯透，道道佛掌从天而降，将跌倒在地面的跳僵压成碎末，泯仇结印挥杵前冲，所到之处跳僵纷纷倒地，佛掌跟随，小战一通，将那满山的跳僵打得七零八落，泯仇又昂头横冲，杀了几个来回，零星的跳僵也被泯仇降服。

再见那空中浮飞的二女妖，二女妖飞作一处，花容失色，从花瓣中蹿出，不知去向。

又听得黑雾之中铜铃响起，泯仇侧耳一颤，法眼悄开，只见不远处有一座祭坛，那坛上趺坐着一人，白发如刺，玄衣飘飘。

“还有高手？”泯仇背杵收势，正欲前冲，忽觉脚下一滑，跌倒在地，只见身下的道路竟疾然朝后移动，泯仇惊讶，撑地一跃，只见得那尘土之中露出道道鳞片，继而加速，忽然抬高，泯仇避之不及，又不敢贸然跳下，只得随那物升起。

龙啸震天，泯仇低头一看，自己竟趴在巨龙尾巴上，耳侧大风呼呼，掠过巨木，泯仇看准正欲跳下，用力起身，却觉双脚被什么缠住，又扑倒在龙尾之上，泯仇向后一望，只见龙身上下皆缠住黑色咒链，那咒链蔓延竟将自己也团团缚住，未及看清，又觉那巨龙摆尾横扫，水木沙石飞出飞回，皆在泯仇周身呼啸而过，继而龙身向下，水声扑来，倏尔之间，泯仇又沉入水中，那水流湍急，巨龙逆流而上，直教泯仇鼻耳灌水，难受无比。

气息将尽，又被那巨龙带出水面，泯仇睁眼摇头，呼呼喘息，双手用力，只是咒链缚得太紧，无法挣脱，此时泯仇双手各处龙尾一侧，又不能结印使大因明术，只得随龙飞升，行到高处，那巴蜀山川皆在自己眼下，巨龙入云，泯仇抬头一望，那吐蕃大山竟也隐约能望见，忽而龙身垂下，又低飞而下，龙身翻滚，似是受不得这咒链的束缚，又挣脱不得，只得翻滚旋绕，泯仇处其间，一时无法，颠来倒去，几欲呕吐……

波涛横流，异香少年潜在水底，顺流而来，倏尔只觉双脚可蹭到水底，做劲一跃，从水中蹿出，脚尖一点，轻身从水面点点，上看头顶花瓣如雨，四周竹林密布，下看但见脚底尸横遍野，诡异无比。

少年静立，按眉环视，忽然双耳一震，只听得铃声骤起，恰如玄音急来，又如珠玉落地，昂首望去，见十步之外，黑雾散开，一名赤脚巫师左手持铜铃，右手二指并竖，口中呢喃不绝，继而天顶彤云四起，微有号角之声，少年持剑警惕，忽见彤云之间有物落下，劲风压下，少年闪身侧避，但听砰的一声，一副棺材擦身而下，少年贴地一滚，只见身侧又是一副巨棺，抬头一望，前后左右皆有一副红木巨棺。

彤云散去，异香少年手指点点，忽而一惊。

“小子苦寻好久，竟在此处！”少年自语，手头四张长生符一挥，皆悬于四周，少年手结无畏印，只觉那手指巅顶，一股劲头压来，手指微微颤抖，欲持不住。

只听得那祭坛之上铜铃一振，这边棺板一松，轰然倒下，再见那棺材之中，竖立着一物，一丈有余，着黑布破袍，胸前挂着人骨链，指甲如匕，劲张微颤。

“后卿！”少年左脚下压，又听身后砰的一声。

少年扭头望去，只见身后红棺棺板倒下，中有一物，那物黑袍加身，头戴进贤冠，额间留有残符，面目骨瘦，黑须及胸，喉头轻吼。

“将臣！”异香少年低语，只听得前头砰然作响，余下两面棺板皆落下。

少年前方，只见一物，红发及腰，面色如瓷，周身素裹，双眼微闭，乃是四大僵祖之一的旱魃。

再见后方，一僵身着铠甲，手持大刀，头发怒竖，双目通红，周身遍缠玄色铁链，俨然力士，此乃四大僵祖中的嬴勾。

“后卿、将臣、旱魃、嬴勾！”少年横剑沉言，双脚微张，口衔长生咒，蓄势待发。

静默，落瓣如雨，山风斜来，飞鸟静啼，石上清泉一荡，白头巫师手头铜铃随之颤动，咒语如流。

继而铜铃声如骤雨点地，踢踏而来，这边僵祖周身一抖，苏醒过来，纷纷从棺中弹出，攻势如风，四大僵祖皆朝异香少年扑去……

第二十三章　章怀太子

江边，雨歇。周围草木微晃，叶尖旋转凝聚的水滴从空中坠下。

啪嗒一声，泯仇只觉头顶微凉，抬头一望，又见水滴落下，泯仇张口伸舌接住水滴，闭目怡然，此时泯仇半身浸在水中，口中干渴，江水虽近在咫尺，却不能痛饮，叫人无奈。

这咒链紧缚，半点不开，白龙久挣不脱，念头消歇，只得喘气歇息。

第三十九滴水，水滴愈来愈慢……

泯仇抬头静望那枝头汇聚的水滴，正欲落下，泯仇张口，只见一只飞鸟掠过，翅膀在枝头一打，水滴被弹出，泯仇法眼一开，伸颈去追那水滴。

正在此时，忽觉身侧降魔金刚杵浑然一振，隐隐不详，右目余光之中似有人缓行而来，法眼轻探之际，只觉眼珠一凉，左眼视线模糊一片，那落下的水滴正巧掉进了泯仇左眼。

泯仇闭目摇头，又觉龙身一动，未及反应，只觉龙尾下沉，倏尔之间，自己已经被压在水底了。

身侧金刚杵零零摇晃，愈加不安，泯仇气息一压，只见那水面之上，踏踏而来，有物踩水飞过。

泯仇凝神法眼一开透过水面，只见那江面之上人影攒动，中间一人悬浮趺坐，头戴软脚幞头，身着圆领铭衫，腰配珩玉，脚踏云头锦履，身似乔木，挺拔俊秀，面色如玉，举世无双。那公子闭目抚琴，倏尔江流声止，恰似平湖，一女手奉兰香，以和琴音，琴声如泉，悠远旷渺，听之诗兴顿生，围坐众客皆点头抚须，啧啧称赞。

琴音不绝，白龙闭目，周身狂躁一扫而空，眼帘垂下，微微睡眠，此时日伴西山，晚霞蜷曲，山峦之间，直似世外桃源。

“这法师竟可缚住白龙，好生了得！”只听众宾客中一长须长者道。

“你我久居山林，世外才俊有如后浪，唐国能有此，亦是大幸，好叫我等能于此享乐。”一名青衫官人拱手道。

“太子琴声中尚存幽怨，往事去时以多，当翻身不顾为好。”只见那公子一侧，直立着一位慈眉老僧，手持念珠，轻声道。

琴音微乱，公子手头止了又续，继而弦音快点，叫人不禁蹙眉生愁……

“生死无谓，只是本太子一世英名，尽遭恶人所毁，心有芥蒂，实在挥之不去……”琴声之中，那公子声音微微沙哑，但与琴声相和，听来不觉突兀。

“阿弥陀佛！”那老僧一叹，朝白龙一望，只见白龙细鼾，身上的咒链缓缓松弛，继而慢慢收回，老僧踩水一跃，双莲并起，左手张掌把咒链一收，只见那咒链化回长生符，老僧袈裟一扇，将长生符盖住，继而只见那黑色咒链又从袈裟中遁出，将那方袈裟紧紧缠住。

琴声一顿，长息后来。

“长生咒！”老僧道。

坐客皆微微一怔，双手按股，各自警惕。

“有人！”那公子手头一弹，力道附在琴弦，卯足劲一绷而出，一如飞刀，朝水下削去。

水下，泯仇正脱开咒链，只觉水面有物扑来，横杵格挡，运气不上，被那力道一带，从水下飞将出去。

“长安云香山独觉寺密宗僧人泯仇在此！”那泯仇从水下摇杵而出，蹦出水面，神通一振，与那群客一道踩水而立。

公子按眉一怔道："这僧人不是在妖法界吗？难道僵祖也叫他降服了！"

"茶先生的长生符如何？"泯仇大喝，马步微扎。

"好个僧人，本太子倒要看看你有几分本事！"说罢，章怀太子按琴飞出，从水面踏来，一如飞燕，手头鼓琴，道道真力横扑过来。

"雕虫小技！"泯仇后退三步，盆地势起，四平马成，双手合掌，拇指、食指、中指、小指相接，无名指交叉穿过中指，口念金刚萨埵降魔咒。

"内狮子印！"那青衫官人道。

"不！是内狮子变法印！"老僧惊道，"太子速回，不可硬拼！"

老僧话音刚落，只听泯仇大喝一声，落照之间，只见泯仇周身砰然张大，梵音四起，倏忽之间，已然化作不动明王。

"大因明术！"那众客骇然一惊，纷纷起坐，运力欲抗。

泯仇顿化不动明王，旋杵生风，章怀太子手中点出的飞刀皆被打散，身形一侧，脚踩水面从泯仇侧面划过，只觉一股炽热扑面而来，幞头飞散，长发飘起。泯仇下视，旋回降魔金刚杵，朝章怀太子一顶，太子向后一跃，琴音弹起，与之对抗，只见那水波飞扬，章怀太子五指一拉，飞刀迸出，琴弦顿断，那密集的飞刀皆打在泯仇的右腿之上，只听得折戟声响，道道火光在水面炸裂，混乱平息，但见泯仇右脚高抬丝毫未受刀伤。

"太子小心！"水面之上，那老僧点水而来，双手运气，两掌相扛，将泯仇压下的右脚抵住。

章怀太子弃琴跃起，跳到白龙头顶，那方沉睡的白龙忽然全身一震，从水中飞起，平静的水面也倏尔流动，大江奔腾如初，泯仇左脚一滑，顺势抽回右脚，后退几步，稳住身形，此时众宾客皆持兵驾到，将泯仇围在中间，上攻下击，叫泯仇应接不暇，章怀太子乘白龙从天顶压下，泯仇张出背后的二臂去捉，巨龙呼啸而过，钻入水中，大江之上只见那湍流之中一道白龙在疾速穿行，继而飞腾而出，龙头微微后扬，喉头鼓鼓，欲使水法。

泯仇见势，纵身一跃，越过铁索桥，六臂一张将两岸巨木悉数拔出，纷纷投入水中，巨木顺流而下，攻势汹汹，直朝众宾客及白龙撞去，白龙水法一成，龙口怒张，大水喷出，这边泯仇印成，一口三昧真火喷出，直朝那水面的巨木焚去，漂流的巨木顺势而着，江面一团大火紧紧压去，此时泯仇脚下一点，又跃起到空中，双脚一点踩在铁索桥上，只见脚下白龙喷出之水漫江而过，凶猛无比，一时之间，竟叫江水倒流。

泯仇悬于空中，法眼一开，只见那章怀太子立于龙头，继而身形向下朝龙头扑去。

“唔！竟如此横来，那别怪本太子不客气了！”章怀太子只见铁索桥之上那不动明王飞扑而来，立即御龙而起，飞升相对，龙身一卷，顺势将不动明王紧紧裹在中间。

“太子小心！”踌躇之间，章怀太子只听得脚下老僧的声音，继而忽觉背后一招，一股劲道袭来，正中背心，太子向前一扑，狠狠摔进江流之中。

再见那白龙裹住的不动明王，忽而赤光一散，消失不见，那白龙劲道无物可卸，又因用力过猛，卷曲于一处，落入江中，抽筋不止。

原来从空中跃下之时，泯仇故卖破绽，从明王躯壳中脱出，直取章怀太子后背，此时泯仇印起佛掌按下，将章怀太子攥在佛掌之中，金光噌噌，威力无穷。

泯仇伸出左掌，只见那掌心之中一道卍字印一闪，正欲朝章怀太子打去。

“高僧留手！”只听得水面踏踏，那太子身侧的老僧疾步而来，“高僧留手！他乃大唐章怀太子，望高僧念在太子生前尽瘁国事，网开一面。”

泯仇闻言一顿道：“他便是章怀太子？”

“确是无疑。”老僧道。

泯仇按眉，手头一松，印法消失，那章怀太子从空中落下，四名少妓抬舆而来，将章怀太子稳稳接住。

“既是唐国太子，为何在此作恶？”泯仇问道。

“生时为奸人所害，长安百姓皆恨我入骨，既遗臭天下，又何沽这生后之名？”章怀太子道。

“阿弥陀佛，妖魔善瞋，且又是冤死之人。”泯仇长息，“小僧尝西游巴蜀，久闻章怀太子美名，为何中途横去，而今又在这山中称王？”

“高僧不知，武后主政，大排异己，她手下的酷吏丘神绩又心居叵测，以谋逆之罪，将太子害死，我等知晓太子死讯，悲不可抑，皆饮鸩自杀，相随太子，而后为阴吏解押过此，见此地颇有仙气，故入山修行……”

“原来如此。”泯仇一叹，继而又问，“入山修行为何结妖法界，又捉食这往来的商客？”泯仇问。

“此山中原有道人先入，名为姚素了，道法非常，可呼风唤雨，驱遣鬼神，我等入时，其正与僵祖斗法，太子命我等助其一臂之力，而后四大僵祖皆被降服，道士姚素了为谢太子之恩，将此山头让出，并愿牛马前后，如此一阵，常有阴吏夜扰，我等恐怕十殿阎王亲来捉拿，故结鬼法界，以四大僵祖为守山之吏，僵祖不为修真之物，需吸食人血，我等无法，只得捉捕往来行客，求得一时安宁。”

泯仇点头，又问：“此地如隔世桃源，真能得一时逍遥？”

那众宾客与老僧相对默默，似笑非笑。

“此地三界不管，逍遥自在，乐不思蜀。”那舆轿中的章怀太子哈哈一笑，“高僧莫非也想入我界寻欢？”

“非也。”泯仇向四周一望不见异香少年，又道，“先生出来吧，骗小僧要去天府寻欢，原来此天府非彼天府呀！”

泯仇那声，内力浑厚，在山谷中一荡，洪亮无比。

静默，那宾客与章怀太子面面相觑，皆不知泯仇所言何事。

“我李贤这里竟还有高僧故人？”章怀太子问道。

“太子莫要与小僧说笑了，小僧与茶先生有退魔大任在身，诚不能在此多留。”

“李贤不懂高僧的话，谁是茶先生，这妖法界除了六趣之妖，无人能进，高僧所言的茶先生是妖是修罗？”

泯仇听来这“妖”字，心中愧意微微，低声道：“先生不是妖也不是修罗。”

“那是何物！难不成如姚素了道士一般半修罗？”

泯仇摇头道：“不是，身着异香，手持烟管，持长剑，具异法的独臂道人。”

章怀太子一众相互一望，各自私语，皆不知山中有此人。

“莫是先生提早吩咐，不愿见小僧？”泯仇跃到岸边，俯视环顾，宾客之中虽有华服少年，但都不如异香少年俊秀。

“果真不在。”泯仇按膝一叹，高声道，“是小僧鲁莽，擅闯太子法界，茶先生既不在贵府，小僧自当离去。”

说罢泯仇起身往铁索桥，手扶铁索，只听隐约叮当作响，泯仇贴耳向铁索，闭目细聆，只听得兵刃互接之音。

“林中有人斗法！”泯仇扭首向林中望去，法眼一开，穿越竹林，只见深林彤云漫布，四道高大的身影斗做一团，细视又见四人中间围着一人，左右相接，忽然格挡，被力道一带滑出五六步，山风呼啸，只见那人右袖飘飞，左手持剑，奋力相抗。

“金刚剑！”泯仇定神一望，那背影正是异香少年，“先生果然在此处！叫小僧好寻。”

说罢，泯仇脚尖运力，朝山中奔去。

江面之上，那章怀太子与众宾客皆不知何因，尾随泯仇，遁入山林。

泯仇狂行一阵，只见眼前彤云逼人，泯仇旋杵飞起，跳入四人中间，只觉一道利剑扫来，泯仇拉起金刚杵格挡，叮当一声，各自后退，彤云之中，伸手不见五指，泯仇定神，只觉剑舌伸出，腰马一震，伸出二指将那伸来的剑舌夹住，只见那剑身之上，咒文密布，确是异香少年的金刚剑无疑。

“先生休住，我是泯仇！”泯仇道。

话音刚落，又觉肩头被人一拍，有物落在身后，异香后来，喘息稍有。

“高僧真晓得挑时间，小子与那僵祖斗得正酣。”只听得身后异香少年的声音。

“果然是先生！”泯仇笑道，与少年背对而立，四面杀气阵阵，山中铜铃声不绝，咒语如歌。

“高僧来得正好，快将小子腰间的紫金红葫芦取下！”异香少年道。

“全听先生吩咐！”说罢，泯仇在异香少年腰间一扯，手握葫芦腰，将塞子拔出，而后二人分开一跃，跳出僵祖阵眼。

葫口生风，旋即不绝，山林倾倒，皆欲被吸进葫芦之中，那林间彤云一旋，倏尔之间悉数被吸进葫芦之中。

夕照穿过竹林，岚气渐有，彤云消散，只见那竹林中间，四大僵祖，对风而立，祭坛之上，白头道人右手四指张开，有力附于僵祖后背，左手鼓铃，口念咒语。

“这是什么功夫？”泯仇跳起与少年落在一处。

“念力。”异香少年道。

“念力流功夫，小僧有所耳闻，以为是传言，没想到竟真有这门功夫。”

“道门宗派众多，术、流、动、静凡三百六十旁门，术字旁门中又有七十二地煞术，此为南宫宗的驱遣鬼神之术，如小子驱遣长生咒中的妖兵，亦是驱遣术，但此般驱遣术需符咒，符咒乃念力汇流，合于笔墨之间，必要之时，便可开封使术，但常人之念力断断续续，不可直接行使，因此需画符咒，将闲暇时的念力汇聚，但有一门驱遣术，行道高明，不需符咒，可直接使念力驱遣鬼神，修此功夫者，因急行念力，多费脑神，故皆白发红瞳，此为道门禁术，道业浅者，一次便可油尽灯枯，道业上者，也不过七八次，三界之中只有生人存有念力，这道人精明，斩绝后代，修成半鬼，故可收发自如。”异香少年道，此时那僵祖为紫金红葫芦的大风所困，无暇顾及二人。

“哈哈，如此便简单了，先生稍歇，待小僧前去祭坛，打翻那道人，僵祖便不攻自破了。”说罢，泯仇拎杵，正欲前行。

“慢着！”异香少年忽而沉言道，“这僵祖法力高深，如无人驱遣恐怕你我二人难以降服。”

泯仇按眉道：“那以长生咒封印这僵尸便是。”

异香少年又摇头道：“此僵非平常之物，乃上古灵尸，无道、无因、无命，方才小子以长生咒相迫，并无用处，如有玉净瓶可将其困住，无奈那法宝赠给了律令兄弟。”

“那便试试小僧的印法！”泯仇双手一震，左掌张出，卍字印金光噌然，疾行前冲，一掌贴在僵尸旱魃背后，只见那金光一荡，僵尸周身颤抖阵阵，泯仇咬牙使力，但只此而已，并无效用。

“竟有不可封印之物！”泯仇向后一跃扔掉行囊，解下袈裟将僵尸后卿一罩，袈裟随风一荡，没有任何变化，而后从后卿身上落下，飞向紫金红葫芦。

泯仇一个筋斗翻到空中，将袈裟扯出，落地一滚扶着翠竹，稳住身形。

“种种不行，那道人是如何捉住僵尸的！”泯仇立于少年对面，愁上眉头，忽而眼前一亮，只见少年手中不知什么时候多了一只大碗。

“那是什么法宝？”泯仇讶然一惊。

“皇帝赐予你的玄奘多罗。”说罢，少年托碗，朝空中一抛，只见那多罗悬浮于一处不动，碗口朝下，金光四溢，将夕照遮灭，再见那四大僵祖身形一摇，而后只听啪的一声，祭坛之上那白头道人四指一颤，忽然向后跌倒，此时僵祖被紫金红葫芦与玄宗多罗两方一扯，紧紧绷住。

“没想到这多罗真是宝物！”泯仇展颜笑道。

“高僧看住！小子去降服那白头道人。”说罢，异香少年纵身一跃，金刚剑蹿出，直朝那道人扑去。

这边，大风之中，忽见一物掠过，筋斗翻飞，在空中将玄奘多罗夺走，身形一定，单手立于胸前，长念阿弥陀佛，此人不是别人正是方才江边章怀太子身侧的老僧，而后山林呼啸，章怀太子一众赶到。

金光一荡，那上方的玄奘多罗神通收敛，四大僵祖脚下一滑，皆黏在了紫金红葫芦口。

异香少年见势，旋身而回，长剑起立道："高僧哪儿招来这众妖魔？"

"想必高僧所说的茶先生便是这位吧。"那舆轿之上，章怀太子抚扇笑道。

"先生难道不是来此处寻章怀太子的吗？"泯仇道。

"废话少说，且快些降了僵祖！不然贻害无穷。"少年道，飞身而过，欲抢夺老僧手头的多罗。

那老僧见势，连连后退，并不相战，此时白头道人起身，十指一张，山林之间跃出层层跳僵，一时间黑雾蔽日，暗夜袭来，泯仇横杵戒备，不知如何动手。

舆轿之下一片混乱，但那座上的章怀太子却大笑不止，静观异香少年左右斗法，拍手称好，看得泯仇一头雾水，不知这座上太子究竟是敌是友。

"太子好闲情，这少年了得，老衲不是对手，还不快些调停！"那老僧无法，前后躲避，却是不及少年长剑灵活，须臾肩头小腹皆中一剑，咒链一张，老僧脱去袈裟，跃到了章怀太子身侧，异香少年身后，跳僵如蚤，前赴后继，层层不绝。

"姚道人！"观战良久，那章怀太子终于起身道，"皆是好汉，点到为止，且将这些尸鬼收去。"

说罢，又朝左右吩咐，只见那深林之中翠竹自开，一座山门赫然出现，灯笼挂下，门楼后来，只见那巨匾之上刻着"章怀太子府"几字，而后山门洞开，一座大殿出现在众人眼前，两侧宫女侍立，皆手挎花篮，花瓣如雨，似阳春三月。

“唔！好似长安城。”泯仇叹道。

那边，白头道人听令，神通一收，跳僵止步，红棺立起，道人四指一张，铜铃摇响，将臣、后卿、旱魃、嬴勾四大僵祖浑身一震，瘫软下来，泯仇起身将紫金红葫芦塞住，大风顿息，黑雾散去，僵祖入棺。

此时夕光点点，残阳伴山，眼前一座乐府，丝竹阵阵而来……

少年藏剑而立，不知何因。

“此人为章怀太子，小僧误闯山门，故引来争斗。”泯仇道，“先生又是怎入这太子妖法界的？”

“寻你而来，行至铁索桥，叫白龙吐出的洪水冲来的。”少年道。

那僧人疾步前趋，双手将多罗奉上：“多有得罪，高僧宝器，物归原主。”

泯仇展颜一笑，接下多罗道：“无妨，不曾想这场混斗，竟叫小僧寻着了茶先生。”

“他便是章怀太子？”异香少年目光朝李贤投去。

二人相互一视，只见那章怀太子哈哈一笑道：“先生不认得我，我可认得先生，当年我被武后流放，入蜀地之时，你我共处一舟，那白衣落魄囚人，先生可还记得。”

“记得。”异香少年叹道，“若知后事，小子当于舟中将那酷吏丘神绩斩杀。”

“往事不提，现今各位皆逍遥自在，无案牍劳形，不背经义，在此偷欢，却胜得那一头冕旒和脚下江山。”章怀太子从舆轿中跃出，细视少年问道，“先生的右臂呢？”

“大战罗刹王时为罗刹女所斩。”异香少年道。

章怀太子微微叹息，欲言又止，继而又道：“今日开心，万事不提，且去城中寻欢，不醉不归。”

异香少年微笑吸烟，抬步将走，却被泯仇一把抓住。

“退魔大任在身，先生怎先行享乐？”

“此去崎岖，时限尚长，稍微无妨。”少年轻笑，两位宫女迎上。

“少爷。”泯仇身边忽然多出两名少妓，扭头一看，正是方入竹林时那两位撑伞女鬼。

“不认得奴家了？”那两名女鬼异口同声道。

“阿弥陀佛……”泯仇闭目摇头。

“高僧在本像之中不是说过不求大道，欲秉烛夜游吗？这些话佛祖可听得见的。”那异香少年扭头道。

“小僧什么时候说的，真真大逆不道！”泯仇道。

“噫！高僧不记得了，且问佛祖去吧，哈哈。”那少年在笑声中被拥入山门。

“万象皆缘，小僧看来是成不了佛了。”那泯仇叹息，揽起金刚杵，亦朝山门走去。

第二十四章　调露悲歌

入夜，山门阖，竹林阒寂，虫鸣私语，宛如常境。

山门之内，章怀太子府上，歌舞升平，觥筹交错，众客把酒赋诗，乐意不尽。

太子鼓琴，异香少年横吹和之，高山流水，潺潺不绝，大廷之上六十四女蹀躞翩跹，面靥雍容，眉黛远山，袅袅婷婷，风仪玉立，少年面前，少女旋身屈膝，嘴角浮笑，恰若静泉微痕。

“请花子。”那女细语，好似莺雀低啾，楚楚可怜。

少年微笑，将手头花钿轻轻一吹，少女眉头微蹙，不知少年意欲何为。

“贴的不如画的。”异香少年道，而后起笔，笔头一点，朱砂牡丹，瓣瓣急绽，耳边但听那花开之音，和与章怀太子的琴声，美妙无比。

飘飞的花钿落下，少年一笔而成，忽伸出毛笔在空中一黏，方才被吹出的花钿不偏不倚，正落在笔头。

宾客屏息细视，而后皆抵掌称奇。

“先生懂画？”章怀太子问。

“略知一二。”异香少年答，揽过酒盏，挥手细嗅道，“好酒，好酒。”

“我那寝宫内有一张绢素屏风，未曾上画，若先生不吝，愿赐笔墨。”

“自然可以。”少年道。

“我记得先生写诗也是举世无双的，难得今日开心，可否起头两句让众好汉开心开心。”

静默，少年轻嘬烟管，罢手摇头。

“若放在太子那时，小子的诗确能无双，而今不行了。”

“那是先生忙于退魔，少顾笔墨咯？”章怀太子道，“笔墨纸砚终究书生之事，先生身具异法，堆砌几个字又算得了什么？”

“太子此言差矣，万事皆修炼，若独研文章，亦可成仙。”异香少年道。

“先生是欺我李贤偷安山水，不知世事吧，竟拿此话来哄骗本太子。”

“太子还记得当年蜀地小生吗？”少年举盏问，“爱饮酒，每饮则醉，常舞剑作诗，诗力成风尽罡，才华超然绝俗，小子尝与之对诗，无奈才疏学浅，败阵下来，羞惭至今。”

“先生所言可是那姓李名白的少年诗客？”章怀太子双颊微醺，摇盏接应。

异香少年点头。

“先生一说，我倒想起那少年，真当世才子，吾等诗力全压也不足其一斗，莫说本太子说话难听，单论诗力，先生确不如他。”章怀太子道。

“自李白诗名起后，小子便不常做文章了，每每看我那贫瘠句读，都不忍发笑。”异香少年轻叹道，“而今那诗客李白在唐国声名鹊起，独成一宗了，世称诗仙，太子你看，这写文章不是也能成仙吗。”

“是吗？诗仙这大名着实不轻啊。”章怀太子笑道，手头轻敲案头，而后又道，“可惜了，可惜了。”

众人疑惑……

“有此大才，乃是唐国之幸，太子为何直言可惜。”座下一位怀坐琵琶的少年书生问道。

“李白也算是本太子治下的人才，当随本太子入山才好，怎的去贪恋尘世功名，唔！我不喜欢，实在不喜欢，本太子喜欢先生，无恃无恐，仗剑天涯，若不是这妖魔之身，我恐怕早随先生降妖伏魔去了。”

章怀太子仰首饮酒，直入腹中，双唇轻抿，面有不甘。

“太子有心思？”异香少年将酒杯递与泯仇唇边，泯仇眉头一紧，伸手推却。

“先生好笑，叫出家人喝酒。”太子道。

“这和尚酒量惊人，只是故作姿态罢了。”少年道。

“先生又害我！”泯仇双目一瞋。

“嘘！莫要做真。”异香少年轻笑，以手轻按泯仇胸口，继而又扭首向章怀太子，“太子心思，别人不知，小子却一清二楚。”

“先生说来听听。”

“太子是不甘在这山中做个隐世大王吧。”少年道。

“先生如何知道。”

“调露年间，则天皇帝废你太子之位，将你流放巴蜀，文明元年又遣酷吏丘神绩往太子居所，将太子逼死，这分不甘，莫说太子，就是常人也无法忍受吧。”

泯仇闻言一惊，在少年耳边轻声道：“先生如何在太子面前提这事？”

异香少年不闻不理，又道：“太子的才能，武后怎么会不知道呢？料想当年太子你怎么也想不到则天皇帝为何要如此。”

章怀太子紧握酒杯，咬肌微颤：“先生道本太子的才华如何，若将这大唐江山交与我，又是什么光景？”

“太子说笑，这话当问姚天师。”少年转盏朝那白头道士。

“先生请。”白头道士举盏应邀，又朝太子道，“姚某善行法术，占卜推演之事恐怕太子问错人了。”

“你这道人，真真会说话，我章怀太子又不是心胸狭隘之人，天师但说无妨。”章怀太子道。

“这，姚某的确不知。”道士姚素了拱手作揖道，“但治理天下，当具大谋去小智，本心不偏不倚，不可优柔，亦不可刚愎，吾观太子英勇神武，长怀大同之心，与我等布衣同列而不彰显贵，是可为西楚霸王，而不能成汉国沛公。”

“姚天师是说本太子无治国之谋？”章怀太子问。

“非也！”异香少年道，“天师是道太子无治国之心，古往今来，处高位者皆心狠手辣，遥想当年太宗斩其兄长，迫其生父，则天皇帝翦杀亲戚，大排异己，便连太子这亲生骨肉也甘舍与酷吏。换做太子，你如何面对这等宫闱之乱？”

章怀太子顿言，颇有感伤，众宾客觉，皆举盏言他。

“先生所言甚是，先生今日不提，我当忘了则天皇帝是吾之生母。”章怀太子道，喉头哽咽，又道，“母后有大谋，废我太子之位，是想我李贤不适合这江山之主的位置吧。”

“太子想错了，调露之悲，是武后有意为之，若嫌你做不了大唐正主，废你为庶人便绰绰有余了，为何还派丘神绩取你性命。”

“先生不知，我等皆是太子臂膀，太子虽为庶人，但常聚人心，只要一声号令，我等必云集响应，踏破长安。武后是怕留后患，只得忍痛杀子了。”那老僧道。

“非也。”异香少年道，“因为太子姓李不姓武，则天皇帝终为女辈，若还政李氏，那李氏必将以血还血，而武氏也必将被屠戮殆尽，那武后心存一息，这皇帝的位置是留与其膝下之孙武存道的。”

少年此话一出，众人皆哗然。

章怀太子问：“那现今大唐皇帝可是那武存道？”

少年又笑道：“人算不如天算，那武存道虽有大才，但无龙命，大唐龙命仍在李氏。”

章怀太子闻言，长息一声，正襟而坐道：“那现下唐国皇帝是？”

“太子王弟李旦之子李隆基。”

章怀太子又是一阵长息，闭目轻道：“如此便好，如此便好。”

“不好，不好。”少年又摇头道。

“难道那李隆基又是昏庸之主？”章怀太子方松下心情，又听少年危言，睁眼问道。

“不是，李隆基乃中土少有之明主。”

“那先生为何直言不好。”

“政变频繁，内乱不止，而今大难将至，社稷累卵。”少年道。

章怀太子听到此处忽然拍案而起道：“先生所言可是真的？”

“小子三月至长安，适长安城七关合闭，妖魔横行，四月妖人率罗刹王一众大闹大明宫，天子魔波旬下界，险叫长安化作尸林，而今行魔未退，必将卷土重来。”

异香少年此言一出，座下皆骇，各自交耳，私语喃喃。

“那先生所言的妖人又是？”

“武存道。”

章怀太子讶然一惊，殿中乐舞疾然停顿。

“武后之孙怎是妖人？”太子问

“武存道在唐隆政变时为李隆基所杀，死后化妖，往吐蕃郁垒山修行，结罗刹王及众魔欲将长安化作东方尸林乐土，为高僧道化与善无畏以十字咒封印，奈何道化之惧逃逸，现下十字咒有缺漏，欲持不住，若叫罗刹王与武存道本尊逃出十字咒，莫说长安，天下恐又免不得一番灾难。”

章怀太子紧握酒盏，眉头按下，四下一顾，众宾客皆垂首不语。

静默，良久丝竹又起，章怀太子宛若梦醒，长息一声，缓缓坐下。

“好乱。”章怀太子自斟自饮，哈哈大笑。

“的确好乱。”异香少年亦自斟自饮。

“先生对李贤道这番是有深意的吧。”章怀太子道。

少年轻笑点头：“太子这鬼法界能人甚多，如能助小子西行退魔，想那郁垒山之魔虽众，恐也嚣张不起来了。”

“这与我何干？”章怀太子道，“我现在为野妖，好容易寻到此处，先生却在本太子面前说这话，徒叫本太子揪心，若不姓李，这分揪心恐怕也没了。”

“小子得罪了。”异香少年道，“欢庆之日却拿出这话来说，真真不识大雅，自罚一杯。”

说罢，少年举盏一饮而尽，泯仇于少年身侧，静坐不语。

“鼓乐，饮酒！”章怀太子举杯邀酒，声乐轻歌，伶人漫步，众宾客抬头，拂袖对饮。

“方才小僧入梦。”大堂之中，忽听泯仇声音响起，“梦见佛祖，佛祖问小僧，为何弃大道不顾，却在此寻欢作乐？”

“高僧方才不是在饮酒吗？怎的入梦了呢，小子就在高僧身侧，怎没见高僧入梦呢？”异香少年道。

“先生！”泯仇又气又恼，蹬地嗔怒。

“茶先生且让高僧说禅，不要搅扰。”章怀太子笑道，又向泯仇问，“高僧是如何回答佛祖的。”

泯仇挥袖漫步道：“小僧道人生苦短，乐事不长，眼前有乐，当及时享之。”

“高僧说得极是，正如我等，在此山中，神魔不扰，逍遥自在。”太子道。

泯仇点头，站起身来，举盏饮酒，又道：“佛祖又问小僧，既然尔在此享乐，又为何着这僧袍？”

泯仇环视，坐下皆兴趣盎然。

“小僧答，既着僧袍便是与佛有一分机缘，脱之不去，只当这般不伦不类了。”

泯仇此言一出，那座上的章怀太子忽觉双颊一热，眼神躲闪。

“不伦不类……”异香少年笑道，“不伦不类。”

泯仇又道：“佛祖又对我说，说泯仇前世有罪愆，今世着僧袍，是为洗净前世罪孽，又为何作乐一番，罪愆又加，如此反复，极乐距尔十万八千里，尔仍于浊世辛苦潜行，是为不智。”

章怀太子听入此言，咬肌颤动，酒盏中波痕阵阵，太子眼轮一抬，直教那酒盏捏碎，座下皆惊。

“高僧那梦中之语，是佛祖说与本太子听的吧。”章怀太子声音微厉，不怒自威。

“奸人青云平步，太子却屈尊做妖，小子为太子感到不值。”异香少年亦起身道，“这般太子海量不计也便罢了，只是那丘神绩平白横加太子谋逆之罪，引来身后无端骂名，三界共愤，连阎罗都叫世人迷惑，要捉你入地狱，这分冤屈恐怕除却太子自己，谁都无法道清了，还有座下好汉，则天皇帝皆以逆党处之，尔等妻儿皆发配边疆，世代承受谋逆之辱，众好汉虽身为野妖，然七情仍在，六欲依具，竟能在此逍遥，不管不顾！”

羯鼓疾敲，琵琶声起，宛如山雨骤下，叫人心胸愤懑，蓬勃欲出。

章怀太子垂首，以指节轻扣案头，一声、二声、三声……

忽听拍案声起，只见那章怀太子昂头一叹，又朝众人道：“我章怀太子岂是苟且偷安之辈！谁人安我这谋逆窃国之罪，吾必血债血偿！”

“而今武存道具妖魔作乱，太子若能帅兵护国，世人必知太子生前罪名乃是奸人有意安之，届时再回这山中行乐，乃是君子坦荡，无牵无挂了。”异香少年轻笑，这激愤之语在少年口中仍旧平平淡淡，无迫人之势，心如平湖，无波无澜，叫人难窥深浅。

少年此语一出，众豪呼应，皆起坐举盏，大呼杀贼。

泯仇刮目相对，心间对异香少年无比佩服。

异香少年目光一转又朝道士姚素了问道：“姚天师呢？”

那姚素了面不改色，亦难窥心境，良久沉言：“吾乃一介道人，无家无国，亦未尝受辱，退魔之事实在与贫道无关，只是先生这话意不在贫道，而是在僵祖吧。”

“这僵祖可是今日竹林之中先生与之缠斗的怪物？”泯仇问道，“先生是想以僵祖之力对抗罗刹王？”

异香少年点头：“将臣、旱魃、赢勾、后卿乃为四大灵尸，为上古大神尸身所化，神通广大，口吐烟火，可与龙斗，观自在菩萨与其斗法，三日方将僵祖降服，此物难封禁，菩萨为抑其作乱，故以之为坐骑，而后菩萨涅槃，僵祖重返人境，所到之处必旱地千里，人畜不存，小子苦寻此物百年有余，方才竹林一斗，才知此物没有道、因、命，不可入长生咒，郁垒山中，万鬼嚣张，如有僵祖相助，胜算可有一半，这僵祖现今只听姚天师调遣，所以此去吐蕃退魔，无天师不可。”

众人凝聚，皆望天师。

“既然先生看得起贫道，那贫道便疲劳西游一番吧。”

“好！”章怀太子甩手拍案，举起酒盏，“今日众好汉吃好睡好，明日打点行装，随先生往郁垒山拔魔！”

“洒家淹留这竹林不晓得几个日夜了，那月牙铲而今锈迹斑斑，壁挂生苔，洒家这浑身也不痛快，先生来得及时，此番出山必要将那郁垒山搅个地覆天翻，好叫那帮撮鸟知道这世上还有个混世魔王！”坐下一披发头陀站出，声音粗犷，只见那项间垂着鸡卵般大的玄色念珠，酒酣胸敞，脚步颠簸。

“吼吼吼！你这烂头陀，三脚猫的功夫也好出来叫喝，那行魔不怕你，怕我……”而后坐中又跳出一人，素衣破袍，腰挂酒壶，醉步癫回，上前来捉住头陀衣襟问道。

“什么撮鸟！敢在爷爷面前叫嚣。”那头陀见势也将那素衣侠客的衣襟捉住。

“噫！好大的蛮力。”素衣侠客挣之不脱，左脚伸入头陀胯间，屈膝一搅，手头用力，将头陀摔翻在地。

“好！”众好汉酒兴正高，鼓掌呼喝。

头陀一个鲤鱼打挺翻起身来，拳脚并行，与素衣侠客缠打在一处，不分上下，二人在席间切磋，一时间胜过轻歌曼舞，叫人激动。

“我来耍一番。”坐下又有好汉跳出，继而全起，斗作一团。

而后大堂之中，各自比武，刀枪剑戟，百艺交杂。

章怀太子醉卧席头，哈哈大笑，坐下皆欢，不觉夜深。

翌日，众人酒醒，望山门已开，章怀太子、异香少年、高僧泯仇、老僧善渡、天师姚素了五人并站一处，朝光渺渺，青山秀丽。

“此去吐蕃遥远，若以浩荡行伍横行，不免太过招摇，一来怕惊动了地府，二来好教逆贼洞察。”那道士姚素了道。

异香少年点头。

“嗯，确是如此，那吐蕃山高苦寒，莫教我等劳师袭远，又惊动了罗刹王，此事重大当从长计议。”泯仇道。

“不若如此，将众好汉一分为三，泯仇高僧与先生领一队先锋入藏，太子独领一队，做右军，姚天师与老衲领一队做左军，泯仇高僧与先生即刻出发，从倒淌河入藏，安营扎寨，稍作休整，太子与姚天师多做准备，九月动身，至腊月三军可齐，如此兵肥马壮，再行退魔，便可一击而破。”老僧善渡道。

“嗯！善渡大师所言甚是，如此一来既能掩人耳目，又不生疲惫，是为上策。”章怀太子道。

“不可。”异香少年沉思良久道，“如此虽好，但武存道与罗刹王本尊尚被封在十字咒之内，如此仓皇而行至多也是将那妖魔封印，不能除根，十年之后怕又生事端。”

泯仇一惊道：“难不成先生……”

“武存道可退不可抑，罗刹王可斩不可退，究由陀罗废尽修行也只叫魔波旬禁足十年，此番西去再用十字咒亦不能除大患根本，因而小子想破十字咒秘法，将二物本尊引出，荡平郁垒山以绝后患。”

老僧善渡与姚素了相互一望，皆面露难色。

“这罗刹王乃佛界妖魔，凭我等之力怕不能一斩其命吧。”善渡道。

“这世上有不可退之魔，但无不可斩之魔，西天诸佛已登极乐，故皆无怨无恨，静观三界，罗刹王、魔波旬之流便是因此而有隙作乱，而大道轮回，虽不可窥，但可探，而今武存道龙命已除，当付之轮回，罗刹王插足人间之事已违大道，且其常窥东土，意欲作乱，我等为人界之灵，当缳甲执兵，为大道除魔。”

泯仇闻言道：“茶先生说得极是，此魔不除，后患无穷。”

章怀太子亦激昂澎湃：“吾在此钝锈已久，在世之时胸有大志却崎岖难伸，而今做妖亦当常向鬼雄，降魔除妖以张吾志！”

老僧善渡与天师姚素了二人听此言，亦心旌豪荡，跃跃欲试。

“而今只听先生一声号令，我善渡半生修行无所用者，今日当不惧而前，以平遗憾。”老僧善渡道。

“如今人心齐聚，是可退魔，现下之计，是如可破十字咒秘法。”异香少年道，“这秘法乃是究由陀罗所创，先人已逝，无所问询……”

“先生是要去寻孔雀明王吧。”章怀太子忽道。

“太子怎知道？”

“我生时亦向佛，死后入山多听善渡大师说禅，十字明咒亦知晓为何物，那究由陀罗生创十字咒也是得孔雀王指点，先生退魔必先破十字咒，这解咒之法，除了究由陀罗，恐怕只有孔雀明王知道了。”

“小子确是如此打算的，只是凤鸟先生赐予的孔雀符已用，如何寻到孔雀王乃是当下最迫在眉睫的事。”

“此事先生不用担心，我知道孔雀王身居何处。”章怀太子道，“我在山中闲来无事，众仙佛居所一一探尽，这孔雀王便在唐土西南的群山之间，有一仙山，浮于云间，有石无土却松柏苍翠者乃是明王所居之灵山。”

少年展颜笑道：“如此极好，此去灵山恐怕还得劳烦太子了。”

“这是必然，我早先便想往灵山，此番恰好。”章怀太子又转身朝泯仇道，“不如这样，我与先生和高僧去往灵山求退魔之道，令姚天师与善渡大师率兵先往吐蕃镇肢寺，先行找到郁垒山，而后我们三人腊月后至，届时领兵攻山，胜算又大。”

泯仇点头：“如此再好不过。”

老僧善渡与天师姚素了领喏。

异香少年亦点头。

而后章怀太子回到山门内，此时好汉酒醒，皆在堂前，章怀太子据高座，指点江山，与众好汉一道详商退魔之事。

朝阳出云，草露摇落，风声飒飒，蜷云舒展，叫人神怡，少年取下皮囊壶，取径山中。

“先生何去？”泯仇紧步跟随。

“美酒不如醴泉，此地灵气四布，草木皆茂，当有醴泉。”

“醴泉为何物，小僧倒想看看它生于何处。”

“入泉眼三尺，浊水去尽，若水中无影乃是醴泉。”

“如此神奇，无怪先生容貌常驻，缘是长饮此泉。”泯仇叹道。

少年轻笑，脚尖一点，轻身功夫施展，在竹林之间斜行无碍，恰如飞燕。

“先生好功夫！”泯仇一笑，亦飞身追上。

风息，天高云阔，山水如画，二人时前时后，须臾便至山顶，鸟瞰巴蜀山水，一目千里，心胸开荡。

第二十五章　白泥雨林

小雨淋漓，吹面不寒，泸沽湖畔，一人头戴竹笠，身披过膝素袍，伸手一招，只见那湖水中心波痕荡开，而后水浪翻卷，哗啦一声，一条白龙从湖中飞出。

“好俊俏的白龙。”那人身侧，高僧泯仇抬头道。

“我遇此白龙时，它不过蛇般大小，而今春秋飞逝，竟也长得这般大了。”章怀太子伸出左手将竹笠一抬，右手张出，宽袖坠下，手指一点，白龙在空中飞旋几番，呼呼声中钻进章怀太子的衣袖之中。

十步之外，泸沽亭中，异香少年口衔烟管，怅望远山。

二人缓步回身，朝泸沽亭走去，那山势陡峭，亭边一堆土石横在前方，泯仇抬头一望，只见那山头之上，兵甲残留。

“这山水之间也能引来兵戈。”泯仇叹道，只见那山间枯木断枝，皆留刀斫之痕，泯仇啧啧，断想昨日战况，不禁又是一叹。

“出唐境了吗？”少年问。

“昨日已出唐国，这地生疏，我未曾来过，但据善渡大师所说，经此地向南，应可到灵山。”章怀太子道。

“天色向晚，看来今夜只能在这亭中过夜了。”泯仇道，于亭中盘腿而坐，拉紧腰带，闭目入定。

章怀太子四望群山，不见屋舍，腹中饥饿，口中无味，又道：“唉！

此去向南便入无人之境，我小道之鬼，不抵饥饿，望这山中恐怕也是没有人家了，我去摘些野果充饥，高僧要吗？”

章怀太子此言一出，只听得泯仇腹叫不绝，泯仇颇为为难，自食白蛇以后，一日不食便饥饿难耐，原本入定挨过一夜，听章怀太子道此去便入无人之境，饥饿更甚，连忙起身道：“小僧与太子一并去吧。”

“如此甚好，我常忘路，不辨南北，有高僧结伴便无此忧了。”章怀太子道。

二人结伴，倏尔便隐进山林，此时少年脚下泯仇的金刚杵忽而铃然一阵，少年按眉，四下环顾，山水平静，别无他物。

西南诸山，路多崎岖，二人不使神通，沿着青山小道一路上山，山回路转，须臾便见泸沽亭在自己脚下，少年在亭中宛若一点，青烟渺渺，如在仙境。

“高僧是如何识得茶先生的。”闲来无事，章怀太子问道。

“茶先生原先在长安城内捉到女鬼，带与独觉寺求小僧超度，而后便逢长安大乱，我二人入宫退魔，因此成生死之交。”泯仇道。

“原来如此……”章怀太子忽觉脚下一响，低头抬脚一看，心头一缩道，“啊吔！实在大不敬。”

泯仇一看，只见那章怀太子一脚踩在一具白骨之上，那白骨头颅叫什么吃去一半，身着青衣，胸前插着一道利器。

“这处常起兵戈，应是征人尸骨。”泯仇道，而后俯下身子，只见那白骨上下，刀痕累累，竟是叫人生生剐死的。

“此处还有。”章怀太子朝山北侧一看，只见那斜坡之上，尸骨累累，上下皆着青衣，发冠不似唐人。

“噫！竟有这么许多。”泯仇慈悲心起，双手合掌，静念佛咒。

“望这装扮不似征人，却似青衣羌人。”章怀太子道。

“青衣羌？”泯仇问。

“青衣羌乃古羌国后人，此族人皆着青衣，藏于青山绿水之间，只设长老，没有皇帝，禅让相继，颇似上古三代。”章怀太子疑惑道，“不过好生奇怪，这青衣羌人从来不争不抢，晴耕雨歇，自给自足，而且唐国自太宗起，四方臣服，并无好战者，我看这四际也无他族，为何会遭此横祸。”

“世事难料，天下兴亡，百姓皆苦，人心堪比妖魔，奈何现下沙门式微，大道旁落，妖氛日上，江山若遇明主能安定百十年，若遇昏主则民不聊生，唐主虽明，然圣恩止于中土，这唐境之外依旧是蛮荒凄惨，叫人悲恸。”泯仇见此惨状，不禁悲从中来，摇头叹气，而后又双掌相抵，默念佛咒。

“唉！连女人孩童都不放过，无是无非，总有不安分之人。”章怀太子亦是一叹，抬步向前，山脊之上，见有残破村落，尸骸散布其间，细雨之下，葱茏青山与脚下惨状相比，更显得凄凉。

那村中房屋皆为木竹所制，上下双层，高脚而立，与山林一色，精致小巧，章怀太子随路前行，只见中间一座格外高大，有木梯直上，章怀太子顺梯入屋，见那房门半掩，上挂铜环彩绸，太子伸手一推，一股尸臭扑鼻而来，眼前只见屋内头戴帷帽，身着青衣的四具尸骸环坐，双掌结印，地面上有黑色咒文，中间有一竹席，席间趺坐一具老者尸体，白须白发，左手掌握住右手掌，胸口亦插着一道利刃。

只见那老者右手之中似握着一物，章怀太子走进一看乃是一团帛布，太子取出帛布，见中裹着一物，解开一看乃是一枚扳指，那扳指一面雕刻佛咒，一面雕刻汉文，章怀太子细察那汉文，望见“长安护国寺”几字。

“护国寺？”章怀太子念道。

此时忽听脚底有物蹿过，章怀太子后退，只见脚下木板弓撞隆起，噼啪一端，将屋内的五具尸体震翻。

此时又听噼啪一声，木屑炸飞，只见泯仇从底下猛然蹿出。

“哪里走！”泯仇大喝。

只见二人跟前一刺猬般怪物，八仙桌般大小，周身黑毛觳觫，双目通红，鬣毛怒张，退至墙角。

“这是何物？”章怀太子问。

“望这模样应是尸煞，不过尸煞只在入夜以后出现，这处尸煞竟能在白日横行！”泯仇解下袈裟，轻步上前，只见那尸煞一弹，正欲跳开，泯仇双手一张，将袈裟撒出，尸煞未及三步便被泯仇的袈裟罩住，而后那袈裟一旋，将尸煞紧紧缚住，渐而紧锁，化作拳头大小，颠顶一开，只见一朵未绽的莲花伸出。

“高僧的袈裟也是一件法宝？”章怀太子笑道。

“这是自然，小妖小怪，袈裟便足矣。”说话之间，泯仇张出左掌，卍字印金光噌噌，伸手去抓那朵莲花，忽然之间，莲瓣一翻，疾速绽开，花心一点黑雾蔓延出来。

“太子小心！”泯仇向后一跃，将章怀太子护在身后。

“唔！看来不是小妖小怪。”章怀太子调侃道。

此时那莲花怒张，黑雾弥漫，突有一物从中间挣脱，跳将出来，此时那袈裟如泄气皮囊，铺于地板之上。

“久违了，高僧……”那黑雾如泉水般流开，只见中有一人影，缓缓变大。

泯仇与章怀太子定睛细视，不知何物。

“高僧健忘，不认得我了吗？”那人从黑雾中走出，只见周身漆黑，双目一开。

“萨珊法师！”泯仇一惊，眼前之人不是别人正是于本像中逃脱的黑面萨珊法师……

泸沽湖边。

金刚杵颤动不绝，异香少年静坐亭中。此时湖面翻涌，湖心之中，一柄弯刀飞出，横扫水面，只见波痕荡漾，弯刀飞旋，直取异香少年面门，这边少年见势，并不慌张，轻轻侧头，那飞刀从少年脖颈掠过，正在此时，少年嘴角浮笑，伸舌一点，有物点在刀刃之上，而后那弯刀在空中回旋又飞回湖面。

红面法师跃出水面，脚尖点点，在空中接触那波斯弯刀，须臾便至岸边。

“上回在本像之中斗得匆忙，未尝好好领教先生的剑法，故再来讨个不愉快。”那红面萨珊法师在岸边道。

“今日细雨绵绵，甚为惫懒，不想与你比武，来比比作诗如何？”少年不慌不忙将烟管收起。

“我萨珊之人不懂你唐国音律，还是切磋拳脚的好。”说罢，那红面萨珊法师疾步而来，手中弯刀翻飞，直扑少年。

“真有闲工夫！”少年手头一点，金刚剑入手，轻轻横扫将弯刀弹开，那红面萨珊法师已然入亭，拳脚相对，少年闪身躲避，并不出全力对抗。

相斗过十合，只听得山崖之间，泯仇大喝声传来，少年抬头一望，泯仇正从峭壁之上一跃而下，身前只见一道黑影，疾速飞行。

“哼！这般穷功夫也好在小僧面前妄弄大斧！”泯仇落定身形，闯入亭中，抓起地上的金刚杵，在亭边一跃，追将上前。

“高僧莫追！”少年急忙阻止，话刚出口，泯仇已然在湖上飞跃了。

弯刀压下，只听那红面萨珊法师轻笑道：“先生既无力比武，那在下失陪了。”说罢，红面萨珊法师脚尖起劲，一个后空翻，翻出亭外，施展轻身功夫，在湖面穿行。

少年双指头竖起，欲使咒法，但见泯仇狂追而前，又将手指放下，背上竹笈。

“这般陋计也看不出，真真愚僧也！”少年一叹，跳出泸沽亭，细雨扑面，此时泯仇追着那黑面萨珊法师已入对岸丛林，少年无奈翻出神行符，往小腿上一贴，手头印法起，欲使神行术。

“先生莫急！”正在此时只听头顶有物飞过，少年抬头一望只见章怀太子乘着白龙赶来，伸出右手将异香少年拉上龙身。

二人乘龙而前，只见密林之间，黑面萨珊法师在前，泯仇在中，红面萨珊法师在后，三人一线而行，泯仇飞旋金刚杵，呼喝追拿，那黑面萨珊法师时快时慢，只在泯仇身前五步之内。

“又是这招！”异香少年全神贯注，但看着那黑面萨珊法师的去向，忽见那黑面法师向前一跃，消失不见，从天顶下望却看不见黑面法师跳到了何处，泯仇在林中左顾右盼，寻找黑面萨珊法师的踪迹。

“高僧休住！莫要再追了。”少年心急如焚，纵身一跃从空中跳下，耳侧风声呼呼，只见泯仇身后红面萨珊法师疾行而前，泯仇知觉向后一望，正在此时异香少年只见那红面法师将泯仇一扑，二人一闪皆消失不见。

“唉……”少年一叹，在空中旋身卸力，踩着树枝转而向前飞行，缓缓落下，但见身前有一方灌木，这方灌木在空中却望不见，少年止步，此时章怀太子亦赶上。

“太子在此等候小子，万不可翻过这丛灌木。”异香少年摸出一道符咒交与章怀太子道，“此为律令符，若到明日清晨不见小子与高僧回来，便用此符唤出律令宰右，他能带小子与高僧走出幻境。”

说罢，少年跳过那灌木，在空中一翻，落定身形，果不其然，那灌木之后，别有洞天，乃是白泥雨林。

少年定神，朝前望去，只见身前泯仇袈裟翻飞，朝前狂奔，已跑出足有半里路，少年蹲下，将长生咒铺在面前，只见内里符咒如蚊，密密麻麻，少年手持铜筷在长生咒一夹，只见那咒文飘起化作一只黄雀，而后铜筷一指，只见长生咒中八卦图成，子、卯、午、酉，刑、冲、合、害、破……少年放下铜筷，拇指与食指一黏，抓住一道两寸长的咒文用劲将那咒文拉出，招来黄雀使其衔住那道咒文。

“临洮长人兄，高僧就靠你了！”少年道，挥袖一驱，只见那黄雀会意，低啾扑翅朝泯仇的方向飞去。

少年起立，忽觉身后有人，转身一望，只见一人。

“先生。”那人道，正是泯仇。

“高僧！”少年大喝道。

“先生何事！”少年只听身前那泯仇的声音，再扭头朝前一看，那狂奔的泯仇已然遁入丛林，不见身影。

少年狐疑，拉出金刚剑，望着身前的泯仇，那人与泯仇一般高大，面容无二，难以分辨。

“高僧……”少年道。

“……”

少年忽而前冲，金刚剑舌蹿出，朝泯仇腋下刺去。

泯仇见势，朝后空翻，与少年拉开五步距离，单手按膝抬头问道，“先生这是做什么？”

“小子手痒，要与先生比试比试。”说罢，异香少年脚尖一点，攻势如风。

泯仇无奈，只得横杵边挡边退，十八般武艺样样如同，皆是泯仇的招式。

异香少年竖砍，泯仇横杵来挡，少年手头一翻，剑身平搭在金刚杵上，而后踏步向前，向泯仇划去。

泯仇见势，双手握杵，向上一挑，此时金刚剑已避开降魔金刚杵死门，剑刃直抵胸口，泯仇放开左手，欲要向后拉回金刚杵，此时却见少年松手放剑，一手握住降魔金刚杵，向后一拉，将金刚杵大半拉回，此时异香少年唤出妖符，那妖符落下。

“金刚杵闻妖便戒，如若金刚杵在这张妖符之下不戒，那你便是这白泥雨林中的妖魔！”少年道。

泯仇讶然，不知异香少年意欲何为。

那妖符落下，正落在金刚杵上……

金刚杵浑身平静，并无响动。

异香少年嘴角轻笑……

正在此时忽见那金刚杵周身一颤，觳觫不绝。

“……”少年决眦按眉，“无此可能……”

那头，泯仇做劲将宝杵拉回，少年手头一松，警惕未放，上下打量着眼前的泯仇。

“先生糊涂了吗？”泯仇问，朝前一步。

少年眼轮一提，微微狐疑，双指勾起，将地上的金刚剑唤回。

“这白泥雨林有妖魔，善用幻术，小子这也是迫不得已，还望高僧海涵。”少年道。

“噫！吓小僧一跳，方才小僧追那萨珊法师下来，便到了此处，那萨珊法师逃到深林中去了，先生我们赶快追去吧。”泯仇道，向前踏出两步。

“这白泥雨林不是一般幻境，高僧要多加小心，小子扶着高僧的衣襟，莫教妖魔趁隙乱入。”说罢，异香少年向后一步，将手搭在泯仇的肩膀之上。

“先生说笑，泯仇有法眼，是敌是友一望便知，无此必要。”泯仇道。

“是小子多虑了，那便快追吧。”说罢，少年双脚一点，朝前追去。

泯仇随后，二人并肩而行，只见那白色大道一路向前，不见尽头……

另一头，高僧泯仇狂追而前，只见那红面萨珊法师蹿入一侧雨林，消失不见，又忽听身前脚步声起，抬头一看，又是那黑面萨珊法师，身形浮晃，似真似假，泯仇抡杵一打，黑面萨珊法师见势向后连连跳跃，几合下来，招架不住，又朝后疾奔，泯仇不知是计，追将上去。

雨林酷热，须臾泯仇便大汗淋漓，浑身疲惫，烈日直下，不可目视，泯仇手搭凉棚，向上望去，只见那高木如云，林间鸟虫颉颃，皆比外界大出不少。

身前黑面萨珊法师如火如风，浮晃不止，泯仇一追半个时辰，眼见无法追上，顿住脚步，只见脚下白泥松软，如水田一般，一停双脚便陷，泯仇无奈，只得将金刚杵横于两木之间，跃身坐于宝杵之上，稍稍歇息。

再望眼前，只见脚印绵延，皆是脚尖朝前，脚跟朝后，似乎有人迎面走来，向后一望，只见那道路如瓷，没有一个脚印。

“奇怪，难不成我记错方向了。”泯仇在金刚杵上一跃，站于杵上向后眺望，只见那黑面萨珊法师又立于自己身后。

“莫不是幻觉。”泯仇自语，法眼一开，环视四周，只见景色如常，并无变化。

那萨珊法师还在面前，不远不近，晃如火苗。

“若是先生在此便好办了。”泯仇一叹，转身向前望去，只见面前一人缓步慢走，那人不是别人，正是异香少年，少年手提烟管，并不慌张。

“先生！”泯仇道。

那异香少年身形一顿，朝后转身。

“高僧，你怎在此处？”

“方才那黑面萨珊法师好生狡猾，小僧大意，叫他引到这里了，先生，这白泥松软。”

异香少年向下一望，双腿果然陷进白泥里半分。

“高僧救我！”正在此时，只见少年双脚忽然往下一沉，此时半身已陷进白泥之内，欲挣不脱。

“先生比小僧可轻了不少，怎的陷得如此深！”泯仇笑道，从金刚杵上翻下，跃之少年身后，双手抓住异香少年肩头，用力一扯。

“高僧怎的没力气？”只见手下的少年忽然笑道，声线突变，犹如女声，笑容诡异。

“先生！”泯仇一惊，只见异香少年单手捉住自己的腰带，用力往下一扯，那白泥忽然变为白水，瞬间将泯仇淹没……

那头，异香少年与泯仇并肩而行，只见那雨林景象一色，并无差别，二人行了许久，不见萨珊法师，亦不见尽头。

“看来此地是幻境。”泯仇说罢从树枝往道路上一条，只觉脚下白泥松软，须臾半身便陷在泥里。

“先生救我！”那地下的泯仇吃惊挣扎，越陷越深。

异香少年见状亦从树梢跳下，落与泯仇身后，伸手抓住泯仇肩头，用力一提。

“先生怎如此没力气呢？”正在此时忽听身下的泯仇笑道，那声线一变，恰如少女。

继而泯仇转身双手一抱，将异香少年拦腰搂住，直往身下的白泥里拉，此时只见那白泥松软如水，须臾异香少年便被拉进白泥之内。

雨林静默，烈日灼人。

只见那白泥之内，方才那泯仇嬉笑欲起，身下脸面朝下地扑着异香少年的尸体。

“啧啧啧，可惜了，这么俊美的少年，若不是见你法力高深，我才不想这么快将你弄死，罢了罢了，这尸首做成男宠也还凑合。”那泯仇的皮肤剥落，笑声吟吟，继而化作少女模样。

“死得多无趣……”静默之际，忽听得身后一道声音传来。

那少女颤抖一惊，向后望去，只见异香少年悠悠地坐在枝头，口嘬烟管，向下一看，却见那白泥之中静静漂着一道符咒。

“哈哈，这世上哪有什么妖符。”那枝头的异香少年哈哈一笑，“小子只是撒个神行符便把你吓得全身颤抖，噫！实在好笑。”

“不愧长安名法师，竟有这般心机。”那少女从白泥中脱出，面目忽而狰狞，弹起一跃，朝少年扑去。

异香少年不慌不忙，正在那妖魔近身之际，单手起印，此时但见那妖魔周身一紧，长生咒咒链如同灵蛇一般将那妖魔紧紧缠住，那妖魔力道失却，在空中往下一跌。

“好个退魔师！”那妖魔在地上咬牙切齿滚道，“你是何时下的符咒？”

少年怡然，立起身子笑道：“方才小子无事拍你肩膀，不小心将长生咒拍到了你的肩头，唔！实在不小心，实在不小心……”

这头异香少年横剑飞下，剑尖直抵妖魔脖颈，此时咒链扭曲燃烧，只见那少女周身紧缩，缓缓变小，而后只剩一头，那头双耳巨大，四处滚动。

咒链火焰越烧越旺，此时只听得林间哀嚎不绝，风林山啸，少年逐头而前，忽听林间驴声嘶鸣不已，再见前方，一直玄黑巨马奔腾而来，那巨耳头颅纵身一跃，跃上马背，那巨马前蹄踏出，转身便走。

少年见势，亦飞身上马，执辔而前……

另一头，那少女用力将泯仇按进白泥之内，吟吟讪笑。

山林寂静，一只黄雀落于枝头……

高僧泯仇被那少女压在白泥之内，欲脱不出，蛮力狂使，一阵挣扎，渐而气息失却，只觉胸闷气闭，生死之际忽觉后背被什么一拉。

泯仇呼的一声被人从白泥中扯出，大气一呼，只觉头晕目眩，天地翻转。

向下一望，只见自己身处七八丈之高，泯仇忽而惊醒，向上一望，只见一巨人喘气呼呼，自己正被巨人裹挟在腋下，那巨人浑身白毛，似猿非猿，犬齿参差，健壮威武，泯仇定睛一看，只见那巨人额间一道长生符。

泯仇一惊，从白泥之中唤出降魔金刚杵，而后在巨人手头一点，巨人会意松手，泯仇落下，此时那地下的白泥又坚硬似白石，丝毫没有下陷。

“高僧莫惊，吾乃大秦临洮巨人，是茶先生叫我附于黄雀之上，前来搭救高僧的。”那巨人声如谷音，潦潦几语便叫山林颤动，气势如虹。

“先生现在何处？”泯仇问道。

“亦在白泥雨林之中，此地为白泥幻境，高僧莫再乱走，茶先生须臾便到。”

泯仇点头。再看前方，那少女双腿颤颤，亦惧怕眼前的临洮巨人。

风起，巨人朝前伸手一捞，直取少女，那少女向后一跃，被巨人手掌扇出的大风刮倒，正欲起身，只见面前一道袈裟扑下，而后眼前一黑，不知天地。

泯仇疾然伸手，卍字印一出，将袈裟中生出的待放莲花包住，而后紧握拳头，将那妖魔压在卷轴之内。

此时只听身后马鸣萧萧，疾蹄前来，泯仇转身定睛一看，那马背之上，少年衣袂翻飞，手头有物，用力一抛，只见一颗人头飞出，被巨人伸手捉住。

那巨马在泯仇跟前，前蹄一跃，扭头嘶鸣，异香少年从马上跃下。

泯仇见势，将降魔金刚杵一横，法眼悄开，只见那少年并无变化。

“长人及时。”只听眼前的少年道。

“先生休住！”泯仇马步扎下，大喝一声。

异香少年顿步一惊道：“高僧法眼已开，难道还认不出小子吗？”

“这雨林妖魔善变幻，小僧方才也见到先生，不想却是妖魔所化，险叫泯仇葬身于此。”泯仇戒备不减，眉头紧按。

异香少年不慌不忙，掏出毛笔一点，只见那巨人携着妖头一齐被点进长生符中。

“长生符还有假吗？”少年笑道。

泯仇见此，戒备方松，收起马步，长叹一声：“好在先生高明，不然小僧之命便枉折在此地了。”

少年朝前，嘴角轻笑，伸出左臂。

泯仇不觉，只见少年左手搭于自己肩头。

“高僧……”只听少年笑道。

林风簌簌，白日朝西，丛林深处，只听得刀刃乒乓，泯仇双耳一颤，朝丛林中望去，忽觉肩头一麻，周身紧缩，疼痛后来。

“先生！”泯仇回神一惊。

只见眼前少年按眉轻笑，诡异无比……

第二十六章　服常树

深山清翠，小雨绵绵，远望雾霭升腾，宛若仙境。

雨驻云开……

章怀太子将竹笠抬起，乘龙眺望，只见身下山势回环，层层相叠。

“茶先生这一去几近半日，怎的还不见回来……”章怀太子百无聊赖，将龙头轻轻一拍，白龙落地，只见空中不见的那道灌木丛又出现在身前。

“怪了。”章怀太子好奇心起，往灌木中走了半步，里面杈丫纵横实实在在，折下树枝，亦与外界无二，但是只要走出灌木半步，手头树枝便立即化为乌有。

“谁人设的幻境，如此神奇。”章怀太子回身，又欲朝灌木丛中走去，此时只听得丛林深处传来一道鼓声，此时日头半斜，已近黄昏，章怀太子竖耳一听，只听得那鼓声余音之中又响起一声暮之声，那声音隐约散布四周，时而像在森林之中，又时而像在身后。

“这野山之中竟有寺庙！”章怀太子跃身上龙，骑龙高升，侧耳一听，只觉得那鼓声就在脚下不远，此时落照茫茫，空山之间，雨后薄雾团团升起，林中簌簌，忽然飞起一群白色大鸟，遁入雾中，鸟鸣随后，章怀太子伸颈定睛凝视，只见那雾霭之间隐隐有山头突起，似幻似真，太子拍龙而前，但见那山头愈发真实，暮鼓又起，荡开云雾，只见一座孤山高耸入云，山头林木清脆，皆是北国乔木，在西南群山之间显得格外奇异。

白龙入云，急转而下，只见那山头越来越近，栈道依稀，再向前，又见那栈道之上有一白衫僧人手持细枝，驱赶禽鸟。

章怀太子凝神细视，只见那僧人跟前跃步扑飞着三四只大鸟，周身鲜艳，羽翅丰满，乃为贵鸟孔雀。

“灵山！”章怀太子一惊，忽而大悟，那孤山不见黄土，皆为石壁，参松怪柏只根于石壁，虬根肠转，漫布悬崖，再看那僧人行走的栈道，竟是道道树根延接而成，环于峭壁，不知通往何处。

“原以为这灵山还在千里之外，不曾想就在边际。”章怀太子惊喜一笑，拍龙疾驰，朝灵山飞去……

白泥雨林。

泯仇只觉肩膀一阵麻痛，扭首一看，只见肩头一点咒文，徐徐蔓延开来，恰如蛛网，越布越快，须臾之间便将泯仇缠住，手头力道一失，降魔金刚杵掉落在地。

“莫不是这位先生也是妖魔所化！”泯仇大喝，无奈咒链遍布，动弹不得，继而对面少年印法一起，周身咒链渐渐扭曲燃烧起来。

刺骨之痛钻入心间，泯仇双脚一软，倒在地上，贴地打滚欲要扑灭周身燃起的大火，但那大火非但不灭，反而越烧越旺。

异香少年按眉而望，只见那泯仇在火中挣扎，身形不变，依旧是僧人模样。

“看来是那愚僧不假了。”异香少年心定，长吁一声，印法一开，只见泯仇周身的火焰顿然收回，化作咒链，咒链缩回，又在泯仇肩头化作点墨，少年起笔将符墨点回。

那泯仇腾然起身，伸腿一扫将降魔金刚杵勾到手中，而后马步扎下，举杵便打。

泯仇来势凶猛，异香少年无法只得横剑抵挡，那泯仇的力道蛮横，直叫少年双腿陷进白泥一尺之深。

上下僵持，泯仇依旧未从混乱中回过神来。

“高僧住手，现在连小子也打了吗！”异香少年喝道。

疼痛渐息，神志后来，只见金刚杵下压着的是异香少年，手头金刚剑无异，右臂缺失，腰间悬挂紫金红葫芦，一旁竹笈倒下，长生咒落在一侧。

“这幻境凶险，小子若不试试，怎知道高僧是真是假。”异香少年道，推开金刚杵，从白泥中跳出。

泯仇摇头一震，收回金刚杵，长息一声，展臂松筋，不知是喜还是怒。

“先生试我也不需用长生符，小僧这一生的罪孽都拜先生所赐。”泯仇收杵，怏怏不乐，靠着路旁的大树坐下，脱下上衣，只见肩头腹上皆有道道灼痕。

少年一笑，取出皮囊壶道：“小子这也是别无他法，方才有与你一般僧人在小子身后，小子于他肩头按下一道长生符，将他烧回原型，才知是这林中妖魔。”

“唔！小僧方才亦是如此，那妖魔化作先生模样，险些叫他捂死在这白泥之中。”泯仇接过皮囊壶，将醴泉倒于伤口之上，只觉清凉舒爽，那些伤口沾着醴泉，倏尔之间便恢复如常，“先生的长生咒小僧可是吃过两着了，只是这次比上次疼痛，大概是在章怀太子府上醉酒的缘故。”

异香少年哈哈一笑，问道：“不止醉酒，不止醉酒，在章怀太子府上小子曾喂高僧吃过一些菜蔬，那些菜蔬可爽口？”

“松软喷香，入口即化。”泯仇道。

“哈哈，爽口便好，下次高僧可要多吃点，听太子说，那可是养在山中的肉鸡，食青虫饮山泉，稍加烹调便美味无比。”

泯仇一听，顿然起立，指着异香少年道：“先生莫不是将那鸡肉变成了菜蔬叫小僧食用！”

异香少年斜嘴一笑：“大惊小怪，不过区区鸡肉嘛！常人一闻便知那是肉不是菜，高僧却大快朵颐，分明是自己想吃。”

“咄！先生你又害我……”泯仇手头颤抖不绝，不知所言，继而双掌一合，静念佛咒。

异香少年笑而不语。

静默，良久……

“高僧！佛祖又对你说了什么……”异香少年倚树而歇。

“嘘！”泯仇手指一伸，轻声道，“这密林之中似有脚步声。”

异香少年警惕起身，抽出一道长生符交与泯仇道：“这林中的妖魔善变化，但难承长生咒的威力，若高僧再遇见与小子一般模样的，先用此符试探。”

二人屏息静聆，只听得那脚步声从两头传来，间有刀剑互斫之声，时远时近，不可捉摸。

静默，二人心弦微绷，此时幻境旋转，日头一翻，忽变作明月，四下黑幕顿沉，愈加悄寂。

白泥道路上，二人身影远远拉长，一轮圆月挂在枝头，只见那圆月诡异，竟是一张老妪的笑脸。

“方才那妖魔折了两颗头颅，这番是向你我索要了。”少年道。

“两颗头颅？”泯仇问道。

“不错，方才你我降服的女妖便是那妖魔的头颅所化。”

“这是何方妖魔，还能有数颗头颅。”

“小子不知，上次在大道本像之中，小子曾误闯此地，见此地有一黑猿和一东方僧人，还有一只八头女怪，乘老驴，面目凶悍，不知何物。”

“难不成是恶神阿罗岂什密！”泯仇道。

“阿罗岂什密是何物？”

“阿罗岂什密乃为天竺恶神，乃是上古三棵交织在一起的服常树所化，服常树传言能结三颗人头。魔波旬作乱时将天竺化作尸林，那三株服常树生在闹市，树底堆满尸首，服常树因吸收了死尸怨气，结出九颗人头，这九颗人头又经天地大化，成熟落地化作恶神，在人间作乱，后来这九头生闯雷音寺，叫众佛所擒，佛祖慈悲，将其点化，赐名罗岂什密，乃为吉祥天之意，佛祖命其下界修行，自退恶念，无奈这罗岂什密乃为怨气所化，恶念难除，到后来九头各自生心，欲缚不住，罗岂什密无法潜心修炼，无奈之下阿罗岂什密只得在娑罗树下割去另外八头，方成正果。”

“这八头的去向呢？”少年问道。

“这被割去的八头便化作恶神，在人间作乱，古天竺依罗岂什密之名，唤其为阿罗岂什密，即为汉文不吉祥天之意，因其有八头，人多戏称其为罗岂什密之姐，后不吉祥天罪孽滔天，修成正果的罗岂什密深感愧疚，于是亲自下界捉拿阿罗岂什密，后将其降服，因念其同生一处，便饶其一息，将阿罗岂什密囚禁，如那妖魔真如先生所说，那阿罗岂什密便是被囚禁在这白泥雨林之中。”泯仇说罢，面露忧色，“不过若此地真是白泥雨林，那你我便难走出去了。”

“高僧莫忧，在入雨林之前，小子怕在幻境中召不来律令，因此已将律令符交与章怀太子了，那律令可奔出这幻境，在此熬过一夜，明日律令宰右便会前来指引。”异香少年道。

“果然茶先生，想得如此周到。”泯仇转忧为喜，精神一振。

忽然林风一动，草木摇晃，只见低空之间蹿一物，泯仇与异香少年二人分开一跳，只见一条玄色铁杵飞将过来，贯透巨木，而后又听布鞋踏泥之声，二人定睛一看，只见身前一位白袍僧人，双目洞黑，脸面苍白。

“高僧小心，这便是小子说的东土僧人，他与那恶神是一道的。”异香少年道。

气氛愈紧，剑拔弩张，巨木巅顶那圆月表情一闪忽而笑脸变背，白泪轻垂。

只见那白袍僧人前冲，张掌而下，泯仇一个八宫步朝前，抡杵一扫，只见那僧人手头印法已起，双腮一鼓，火法上行。

“喝！倒要看看谁的火法横！”泯仇非但不退，逆敌而上，单手起印，一口业火争锋而出。

少年弹剑，剑舌一展，混在火中朝白袍僧人刺去，火焰交加，周围草木为之倏瞬枯焦，哔啵作响，不可断绝。

大火一合，泯仇胜过一分，大火朝前，反扑白袍僧人，少年用力按出剑柄，金刚剑舌紧随。

忽然，异香少年只见那金刚剑顿然一折，似刺中僧人，大火之间，但看白袍碎末点点落地。

火熄，二人一惊，只见眼前，那白袍僧人上衣被灼化，腱肉鼓起，身似铜墙铁壁，异香少年那一剑正刺在僧人喉头，但剑尖至此而顿，未入本尊半分。

“哈！这是护国寺的硬气功，果然厉害，先生的金刚剑也刺他不进。”泯仇道，继而降魔金刚杵在脖颈上一摇，“小僧的金刚杵可不会那样软绵绵。”

说罢，泯仇一个箭步急冲而前，僧人见势并不慌忙，左抵又挡，身如铜铁，震得泯仇虎口发麻，双臂颤抖，欲要再行，忽见那僧人折腰闷哼，只见背脊之上又长出一双手臂来，泯仇避之不及，叫僧人那有力的手臂掐住喉咙，提到空中。

“这僧人竟修成行僵！”异香少年见状，急忙横剑搭救，无奈僧人铜墙铁壁，斫之不进，砍之不断。

酣战之时，只觉身后腥风扑来，异香少年衣裳一颤，但见空中一张大手横压而下，将那异香少年压在掌心。

一只黑色巨猿咆哮用力，在白泥之上用力一捏，只听得骨骼脆裂之声。

“先生！”泯仇挣扎喊道。

黑猿手掌之下已无气息……

章怀太子乘龙飞行，朝灵山飞去，只觉那驱雀僧人虽近在眼前，孔雀鸣声与鼓声一道，宛在耳畔，然而不论白龙何如飞行，却丝毫无法接近。

“如日头一般，要追到何时？”章怀太子喃喃自语，“难不成这灵山只能走去……”

又飞了一阵，眼见无法企及，章怀太子一拍龙头，勒住白龙，向下一望，只见脚下一道环行白色小道，那小道环在灵山四周，正圆无缺，恰如月晕。

“这灵山有神通，若心不诚恐难到达，这路也不远，本太子就费些脚力吧。”说罢，章怀太子驱龙而下，直朝那白色小道飞去……

白泥雨林。

黑猿巨吼，但见手背之上一道二尺黑色棺钉直直冲出，将黑猿的血肉一带，疼痛无比，须臾白泥四周鲜血如河，那棺钉之上摇摇晃晃钻出一物，那物披发青面，狰狞可怖。

“唔！茶先生竟要我受这些皮肉之苦，这算什么修行！”只听那青面鬼道，手持木桶，不断将黑猿的血肉吸出。

“黑猿也是灵物，这血肉你不食用却抛在地上，实在可惜。”忽然枝头有人喃喃，只见异香少年持剑而立，外衣不见，脸面与衣服上沾着些白泥。

“不要不要，这黑猿的血肉腥臭，如何下口，先生要食我给先生。”青面鬼道，说着拎起木桶朝少年泼去。

少年一闪，那桶血肉被泼在树枝上，少年跳下，拍拍身上的尘泥道：“你这般弄，不知要弄到何时。”

说罢，异香少年长生符起，如飞燕一般跃到黑猿头顶，啪的一掌将长生咒拍下，只见那符咒化作咒链，眨眼之间将那黑猿上下紧缚，继而咒链扭曲燃烧，瞬间叫那黑猿化作火球，而后逐渐缩小，火焰失却，异香少年定睛一看，只见地上一只黄毛猿猴匍匐觳觫。

“原来是大圣遗物，这般神佛自顾自身修行，把除却的尘凡恶念胡乱丢弃，实在讨厌，唔！实在讨厌。”说罢，异香少年用毛笔一点，将那猿猴点进长生咒，那咒文不同一般却是歪歪曲曲的几个汉字，那咒文挤在一团，依稀能辨，只见写道：本座成佛，顽劣躯壳留与后世翘楚……

异香少年斜嘴一笑，无可奈何，地上那外袍已被鲜血浸染，不可再着。

“可惜了……”少年啧啧。

“先生，还不救我！”只听耳畔泯仇声音传来，那泯仇被僧人背后的双手持住脖颈，面目胀得通红，双手被僧人另外双臂扯住。

“高僧啊高僧，叫你每每轻敌，现在可好，这铁一般僧人，小子如何……”异香少年话未说尽，突听得身后风声呼呼，有物疾行而来，异香少年拉起青面鬼向侧边一跃。

暗夜之中，只见面前一道白龙呼啸而过，两侧林木被巨龙扫断，噼噼啪啪，一阵乱响，龙头朝前，将泯仇与僧人一并撞飞出去。

异香少年一惊，白龙之上一人满面踌躇，跳将下来，左顾右盼。

“章怀太子！”少年道。

那人扭首，亦是一惊。

“茶先生，你怎的也在此处？”章怀太子道。

少年长生符起，按眉打量，那人朝前走近几步，只见衣襟之中藏着一道符咒，乃是律令符。

“太子不是在灌木外等候，怎么闯进这白泥雨林中来了？”异香少年放开戒备。

“此处不是灵山吗？”

“灵山？”

“方才我乘龙御风，望见这处有一山头，那山头栈道之上有僧人驱雀徐行，与善渡大师说的灵山无异，但不知为何无法接近，我看这山下有路，便驾龙下来，不料却见着先生了。”

“太子糊涂，这处乃是白泥环境，现下三人皆被困在此处，如何走出。”异香少年一叹，又听不远处乒乒乓乓，原来是白龙那一撞将僧人撞飞，四臂一松，叫泯仇逃脱。

泯仇怒起，拳杵并进，咒印连连，那僧人虽有四臂，却难挡泯仇潮水一般攻势，百合下来，渐落下风。

“这林中妖魔还未现身，太子要多加小心。”异香少年道，说罢金刚剑出，助阵泯仇。

半柱香后，那僧人叫泯仇佛掌压住，不再动弹，二人起身，喘息相对，松懈之际，又见面前一道暗影伸出，二人抬头一看，只见一妖六头动摇，苦笑一并，诡异非常。

“这便是高僧说的阿罗岂什密了？”异香少年道。

“确是无疑，恐怕要走出这幻境非先除了此妖不可。”泯仇道，咬肌一颤，“速战速决。”

说罢，泯仇疾然跏趺，手头换印，只见额间一点，恰如黄豆，闪闪耀目。

“乱世妖魔，且看泯仇天眼！”泯仇大喝，额间金光一闪，呼呼朝前，一侧的异香少年衣袂飞起，以小臂遮目，双颊只感觉灼热无比。

那金光蹿出，所到之处，草木化灰，将那阿罗岂什密罩在其间，但听一阵哀嚎，凄厉无比，刺耳难听，须臾静默。

泯仇手印而起，金光渐退，只见面前，只剩一副焦黑躯壳，白烟飘散，腥臭阵阵。

“呼！”泯仇长吁，双肩一垂，疲惫无比。

少年持剑，章怀太子持唐刀各立一边，周遭静默，悄无声息，抬头一看，圆月仍在，只是无了脸面。

“哈哈哈哈！”一声苦笑吟吟而起。

三人一惊，疾然戒备，各自背靠，四顾无人。

“想不到我阿罗岂什密沦落到这种地步了，被区区凡人灼烧，哈哈哈哈，真是井底之蛙啊，肉体凡胎而今也能修得如此神通……”

泯仇双耳一颤，只听那声音从头顶传来，抬头一看，只见一根巨木之上悬着六颗人头，那六颗人头有喜有怒，异口同声。

“服常树！”泯仇惊道。

便在此时三人只觉脚下松动，继而服常树根从地底腾出，尖头一搅，倒钩排排。

“小心！”泯仇喝道，向侧面一弹。

异香少年与章怀太子也向侧面一跃，落地之时，三人脖颈处皆贴着女人嘴唇。

“少爷！”媚声软绵，靡靡流转。

三人一惊缩身，向后望去，皆见一女，那女浑身赤裸，体态婀娜。

此时那服常树梢吊着颗颗人头，人头落地便化作树根，颗颗不绝，恰如骤雨。

“幻术！”异香少年只觉右眼一蒙，影影绰绰，再看章怀太子与泯仇，此时二人正被女人舔舐，地下道道树根悄悄伸出，将二人裹住。

异香少年急忙闭上右眼，只觉脖颈清凉，低头一看，那赤裸女人正在舔舐自己的脖颈。

少年见势，向后一弹，只觉脖颈麻酸，异香少年伸手一摸，那周围皮肤竟化作了木头，少年一惊，再朝章怀太子与泯仇望去，果不其然，二人全身被女子舔，已然化作木雕，身体直挺，没了活气。

少年惊恐，长生符一张，落出二妖，然不及交代，那二妖已叫女子缠住，眨眼之间，亦化作了木头。

“好生狡猾，身为服常树最怕火法，现下将高僧与太子化作木头，如行火法，他们也一并烧杀了。”异香少年连连跳跃，但不论跳到何处，眼前皆有女子。

少年横剑欲砍，忽然之间那女子又化作泯仇的木雕，少年见势收剑，贴地一滚，被一物挡住，抬头一看，竟是龙头，那章怀太子的白龙也叫恶神变作了木头。

异香少年愁眉不展，只得跳跃躲闪，即便如此还是间遭妖女舔舐，一来二去，少年右半身已化作木人，僵硬不动，少年无奈只得单脚跳跃。

“这是个什么妖魔，竟如此难对付！”幸得半身为仙体，任妖女何如舔舐都无变化，少年沉思，手印一起，只见左臂后头展出一道金翅，翅膀一挥飞将起来，手握金刚剑朝中间的服常树飞去……

第二十七章　孔雀王

灵山。

暮鼓没，青烟起，孔雀鸣，梵吹动，白衫僧人驱雀漫步，微风拂面，斜阳伴山，那雀儿展屏，文羽动摇，要与身前之人斗艳。

“灵山的孔雀还是生得这般好看……”白衫僧人面前，只见一人头绾惊鹄髻，额点扇面钿，蛾眉微展，肤如凝脂，双唇轻抿，嘴角含笑，绮罗锦绣，纷奢动人。

白衫僧人微微一怔，不知眼前女子何时而来，打量良久，而后急忙双手合掌问候，“小僧疏忽，竟不知凤鸟先生已到了灵山。”

“无妨。”那女子微笑，不见愠怒，“孔雀先生在吗？”

白衫僧人色愈恭敬，垂首道：“师傅在山中，暮鼓刚落，在山道散步，过了这栈道，应可望见师傅身影了。”

凤鸟先生抬袖往山下一看，只见云遮雾绕，深不见底：“孔雀先生好兴致，不去西天诵经，却住在这凡间高山，这方仙土若与了凡人，不知你我之间又能添几位闲友。”

说罢，凤鸟先生轻轻一笑，美若惊鸿。

白衫僧人陪笑：“师傅生性散漫，不喜与他们论道，反倒爱管人间之事，小僧随师傅时止总角之年，而今五百春秋，佛道小成，亦心定极乐，师傅还是如孩童一般，唉！师傅每至山中的友人几次都将小僧误认为是师傅，惭愧惭愧……小僧就是在灵山修行一千年也不能达孔雀明王的境界，不知他们为何错认。”

凤鸟先生又是一笑道：“在这山中长陪雀儿堪比苦修啊。”

“每日清晨驱雀下山，黄昏又驱雀上山，如此反复，虽然无聊，但也算不得苦修。不过若无师傅，小僧可能早为荒野饿殍了。”僧人叹道，忽而惊醒般说，“你看小僧，让凤鸟先生在此与我闲聊，这山风苦寒，凤鸟先生还是快入山寺吧。”

白衫僧人伸手一请，只见面前栈道曲折，云雾缭绕……

“不，我要在这些雀儿身后看着它们，好生讨喜。”凤鸟先生道，“高僧可能将敲扑借与我？”

“自然可以。”白衫僧人面色恭敬，双手将敲扑递出。

凤鸟先生妙目含笑，挥鞭一摧，那敲扑轻轻打在孔雀羽翼之上，四五只孔雀又扇抖羽毛，埋头赶路了。

二人徐行，不久便至灵山山巅，只见一方木制禅台，左右为钟鼓，后一座寺庙，无门无牖，凤鸟先生入寺，四壁空空，并无佛像，止在中间置一张石台，那石台上面刻着象碁棋谱，棋子乃为青玉所制，棋象为日月星辰，凤鸟先生细视残局，微微一笑。

“凤鸟先生也懂棋？”

思索之间，忽听身后有男子声音传来，凤鸟先生转身一望，只见一人披发素衣，肤如建白，双手背于身后，悠然自在。

“孔雀先生？”凤鸟先生问道。

那男子微笑颔首，走向石台。

“这方棋走到此处，已成死局，但金刚夜叉明王道还有活法。”孔雀明王摇摇头道，“我实在不知还有什么活法……”

凤鸟先生笑道：“的确费神，但金刚夜叉明王说得没错，此局确实有活法，此处火不可克木，如若火象朝前，虽克了彼方的木象，然而孔雀先生的木象亦会被彼方火象攻杀，而后象象相持，胜负不分，看似死局，其实……”

说罢凤鸟先生将棋盘上的刀戟象朝前一挪。

孔雀明王疑惑不解，凤鸟先生这步看似并无深意，非但如此，还将自己的木象送入虎口，孔雀明王双手交叉胸前，食指点点，看不出凤鸟先生这步棋的用意。

凤鸟先生沉默良久，静看孔雀先生，示意其走棋。

“这岂不是送人一象？不见端倪，不见端倪。”孔雀明王笑道，将彼方木象朝后一挪，凤鸟先生的刀戟象瞬间陷入险境……

白泥雨林，异香少年挥剑前行，跃到服常树下，脚踩树根，在树根部位狠狠一刺，接着环绕服常树，有树根凸出刺一着，只见那树根之中冒出涓涓鲜血，纷纷吃痛如灵蛇一般钻出地面，只见那地底树根皆有碗口粗壮，狂怒横扫，不知所措。

“无知小儿，竟来找死！”只听那服常树恨恨道，继而枝干喷出，将异香少年右脚与翅膀缚住，那树藤道道，无计其数，倏瞬只见异香少年便被紧紧裹在树藤之内，紧急之际，异香少年弃剑抚腰，将紫金红葫芦扯下向外一抛。

那紫金红葫芦落地，葫芦口便立即呼呼生风，旋风骤起，那些妖女未及反应便被纷纷吸入紫金红葫芦当中。

灵山。

孔雀明王摇摇头道：“实在不知凤鸟先生在做什么？”

“明王莫急。”凤鸟先生道，又将风象朝侧方移动，将彼方将帅第二道路锁死。

明王无奈微笑，将彼方将帅朝右方活路一移。

“无用，无用！”孔雀明王道。

白泥雨林，大风呼啸，那四方树木皆朝葫芦口倒伏，缚在异香少年身上的树藤继而微松，少年扯开树藤一跃，跳进紫金红葫芦之内，而后印法一起，只见上方大风更甚，接着一道服常树枝头被吸进葫芦内，末了，少年张开长生咒，又唤出临洮巨人。

“临洮长人兄！”异香少年急道。

“全听先生吩咐。”临洮巨人道。

“快将那妖树扯进葫芦内！”少年道。

临洮巨人点头，而后使力，大手一张，将伸进葫芦口的服常树梢抓住，而后两脚一分，马步扎下，用劲一扯，只听得树根拔土之声起，绵延数里，竟被临洮巨人生生扯进紫金红葫芦内。

白泥雨林。

服常树被吸进紫金红葫芦内后，忽然一阵只见周遭树丛疾然紧缩，化为一般林木大小，幻境消失，白泥化土，变成平常的林间小路。

章怀太子与泯仇从树藤上跌下，忽觉周身一松，继而上下木屑纷纷剥落，二人心口松开，落到地面，呼呼喘气，末了，二人使力，从木牢中脱出。

大风不止，只见路中一个紫金红葫芦，葫芦塞倒在一边。

“茶先生呢？”章怀太子惊魂未定，问道。

“恐与那妖魔一同遁入大道本像中去了。”大风呼啸，泯仇僧袍翻飞，大声道，“太子莫怕，与小僧一道跳进葫芦里。”

说罢，泯仇纵身一跃，身形在葫芦口一闪，消失不见，章怀太子跟随，亦飞进葫芦之中……

灵山。

凤鸟先生止此一着，原本被持住的另一个刀戟象忽然而活，孔雀王微微一惊。

凤鸟先生又按住那明王的将帅象，朝左边轻轻一移，将彼方将帅的最后一条路封死……

叹息声起，孔雀明王抵掌微笑。

“果然凤鸟先生，如此一来，棋局竟活了！”孔雀明王叹道。

凤鸟先生微微一笑道：“残局已破，现下只等明王出手了。”

“先生说笑，我不懂先生的话。”孔雀明王道。

“凤鸟孩儿方将那阿罗岂什密拉出白泥幻境，那孩儿只知退魔不知斩魔，那阿罗岂什密神通广大，孩儿独对阿罗岂什密，恐难取胜，此为孔雀明王之境，我凤鸟不便插手，所以还多劳烦明王……”

静默，孔雀明王闻言望向他处。落照满襟，晚霞一片，孔雀与凤鸟各自沉默。

“好你个凤鸟先生，常言昆仑凤鸟仙独处一处不管人间事，而今却为区区小儿竟不惜踏步我这西南鄙境……上次在长安我已还情凤鸟先生，而今凤鸟先生又如何说？”良久，孔雀明王开口道。

“难道替明王破此残局不叫明王欠我一情？”凤鸟先生道。

凤鸟先生此话一出，孔雀明王忽然顿言，哈哈一笑，转身走出山寺……

紫金红葫芦内。

那服常树被异香少年拉出白泥幻境，周身一抖，化作阿罗岂什密，那妖魔乘老驴，面目丑恶，踌躇满志。

“哈哈哈，多谢少年法师，将我救出白泥牢笼，本座姑且饶你性命，只是你出了这葫芦就同你那两位友人一般，再也走不出那白泥雨林了。”阿罗岂什密笑道，“不若与本座一起，从大道本像中遁回人间享乐如何？”

异香少年抽出金刚剑，微微一笑道：“哼！恐怕阁下也难走出这大道本像！”

说罢，少年舞剑而前，朝恶神阿罗岂什密刺去。

“无知小儿，不识好歹，罢了，旁侧正好缺个陪睡的皮囊，先生皮囊甚好，本座要扒了？”阿罗岂什密吟吟一笑，继而摇首一呼，六头蹿出，化作妖魔模样。

少年横剑一削，只见一头落地。

那头一脸悲苦大叫“好疼”，在沙地上一翻，跃跃而起，大口一张，只见舌尖一点花蕊，那花蕊绽开，吟吟作响，只见其中赤雾涓涓，倏尔将四周蔓延，少年见势，急忙后跳，只见那赤雾所到之处，草木枯焦皆化为脓水。

脓水四溢，旋即成泊，另外四头各占一方，少年半身仍旧是木头，行动不便，只得边挡边退。只见一首张开巨口咬将下来，少年侧身一跃，用金刚剑从下而上削去，将那头的脸面齐根削下。

只见那人头落地，滚进脓水之中，只剩头发在外，那脸面落在一侧沙地，大口张了又合，双齿打颤，满脸痛苦，而后又见那脸面颤颤抖抖地飘飞起来。利齿排排，向少年咬去，异香少年避之不及，那右侧木头身子叫它咬去一块，不疼不痛，再看那伤口处，皮肤内脏皆已化作木头。那脸面大快朵颐，满面含笑地咀嚼起来，只见脸面后边，粒粒被嚼碎的木屑如雪一般飘落。

赤雾蔓延，不见五指，异香少年无法，只得横剑胸前，符咒落下，砰然一声，金刚剑化作芭蕉扇，正欲用力扇去那些前来的赤雾。

正在此时只见背后一双黑色大手伸来一扯，将少年手中的芭蕉扇一把扯走，异香少年扭头一看，只见身后一物只有双手不见身躯头颅，把手中的扇子来回舞动。

赤雾流淌倏尔便至少年脚尖，少年只得后退，又觉身后一阵大风扇来，原是那妖手挥扇将少年与赤雾一并扇却，那双大手不知芭蕉扇的威力，为此一惊，双手一缩，将芭蕉扇往旁侧一扔。

少年落于空中被临洮长人伸手接住，跳到十步之外。

“先生伤重，如此一来便剩半具躯壳了，如何再斗？老夫将先生驼出葫芦外吧。”说罢，临洮巨人将异香少年夹在腋下，伸手一抓，摸住紫金红葫芦的边沿，正欲起力向上攀爬。

“临洮长人兄！”忽听异香少年道，“若小子不幸死于此处，长人兄必要将长生咒归奉昆仑凤鸟先生，这长生咒的妖兵若为恶神所得，贻害无穷，小子做不起这千古罪人！”

说罢，少年伸手一抓将长生咒卷轴抛给临洮巨人，而后使了尸解术从临洮长人的腋下脱出，跳入赤雾之内。

“先生不可！”临洮长人见势，将长生咒衔在口中，又跳将下来，只见赤雾混沌，不见少年身影。

少年落入赤雾，右边半身须臾便化作脓水，缓缓流下，现下只剩半身凤鸟仙体，金翅一展，朝阿罗岂什密飞去。

赤雾之内，只见五首呼号，旁侧一围皆是尸林骷髅，手持利兵，纷至沓来，异香少年肃然挺立，掌拳相间，道道如风，金翅挥舞，恰如镰刀，

将前来的骷髅纷纷打落。

忽而，只觉一阵力道扑来，少年急忙伸手一挡，啪的一声，少年呼的一下被拍出赤雾，在沙地滚动几番，才停下身形，又见赤雾之中传来拍手之声，而后只见那雾中伸出一双手来，左抓右拍。

“哪里来的蚊子？”阿罗岂什密道，“哪里来的蚊子？”

只见阿罗岂什密乘驴倒行，从赤雾中走出，那老驴臀侧一只大眼睁开，眼珠转动，在少年处定住，睁了又闭，闭了又睁，接着老驴调转身子，哈欠连连，此时老驴左侧垂挂着一张女人皮囊，头颅垂于右侧，头发垂地，摇摇晃晃。

“好大的蚊子呀……嘿嘿，先生这般俊美，本座老丑皮囊恐怕不配，来来来，与本座云雨一番如何？”阿罗岂什密笑道从老驴上跳下，伸手将那女人皮囊一扯，披于自己身上，倏瞬之间化作一位娇柔少女，双颊潮红，身材丰腴，靡靡笑声，魅惑无比。

而后又从老驴身上扯下一片帛布朝旁侧一撒，那帛布化作一张彩绸纷然的大床，接着那赤裸女子往床头一坐，双腿张开，双手捂住脸面，假做娇羞。

“唔！这景象若叫四灵瞧见了，必坏先生退魔。”临洮巨人寻到异香少年，长吁一口气道。

“此魔神通无比，又善变幻，且无心相斗，小子实在不知如何应对。”少年歇气，双指一勾将那芭蕉扇唤回，“但此魔是小子放出的，岂能由她在人间作乱。”

灵山。

孔雀明王走出山寺，又忽而顿住道：“此乃大唐劫数，我虽身为仙佛

亦不可乱道，阿罗岂什密千年以来皆无出白泥雨林，此番阴差阳错叫你退魔师徒儿救出，乃是命定，此乃大道所生之妖，不可退不可斩，本座只能将其神通尽收，投入六道，此妖六首皆有一世为人，此去必投胎唐国凡人，虽然如此，但妖性不改，必祸人间，恐怕往后东土大唐免不得一乱，此亦是因先生徒儿救出恶神阿罗岂什密而起。”

“既是天命，我等自当袖手旁观。”凤鸟先生道，而后又从袖内掏出一枚金色凤毛道，“这番凤鸟孩儿苦战，我于心不忍，这片凤毛能医孩儿残疾，还多劳烦明王了。”

孔雀明王微微一笑，接过凤毛道：“那孩儿与凤鸟先生有什么渊源，叫你如此挂念？”

凤鸟先生亦微笑，颔首不语……

紫金红葫芦内。

那女子婀娜百态，不逃遁亦不退却，少年愁眉不展，不知如何应对，而后听得葫芦上龙吟阵阵，异香少年抬头一望，只见泯仇与章怀太子乘白龙而来。

泯仇落地一看异香少年，讶然一惊，眼眶微红：“先生何故如此？为救小僧贱命竟舍去半身……”

章怀太子亦惊，见少年半身，凄凄惨惨，悲从中来，而后唐刀一抽，朝阿罗岂什密冲去，泯仇见势随后，而后轮番攻杀，无奈皆为另外五首所却。

“这妖魔竟是比罗刹王还难对付！”泯仇道。

“此物生于罗刹王之前，若不作恶，早列仙佛了。”异香少年道，“实在不知如何对付。”

正于三人愁苦之际，忽听天顶一道金光直下，将那床头的女子与另外五首罩在其间，那女子缩身一惊，欲要起身逃遁，那笼罩的金光却似一座牢笼，任阿罗岂什密如何挣扎都无法逃出。

“妖孽！”

三人一惊，闻声望去，只见身后一人白衣白发，神武非常，不怒自威。

“孔雀明王！”少年惊道。

泯仇疑惑。

“此乃孔雀大明王凡人之像。”少年道，微微色恭。

泯仇见势，疾然跪下俯首。

“阿罗岂什密！你于白泥雨林囚禁千年，仍旧淫性不改，本座原要将你立地斩杀，但念天道命定，故饶你一息。”孔雀明王道。

“明王息怒，是这少年将我扯出白泥牢笼的，并非我本意！”只听女子惊慌道，那女子在金光之中忙乱错愕，用力撕扯皮囊，但是那身女子皮囊恰如天生一般，再也无法褪去，再看旁侧的五首，咿呀呼号，缓缓平息，而后化作五人，男女皆有，蛇形恭卑，不敢造次。

“本座将你神通收回，你现已化作肉体凡胎，此后轮回，是吉是凶，就看你的造化了。”继而孔雀明王拂袖一挥，女子连同六人皆同金光退却，消失不见。

暗光翻涌，大道本像之中只听得五声天破之音，轰隆而来，眼前的孔雀明王忽而身形一晃，后退三步，垂首咳嗽，又觉双脚一软，欲要跌倒。

“明王！”泯仇见势，匍匐向前将孔雀明王扶起。

“这便是孔雀大明王？如何也……”章怀太子问道。

“明王虽为仙佛，但强干人间之事，必为天道所罚，看似只是区区一着，其实不知折却了明王几世的修行。”异香少年长吁一声，从腰间解下皮囊壶，单脚蹦跳将醴泉奉上。

明王饮醴泉，微微闭目，神通一化，精神稍有，笑道：“无怪凤鸟先生只饮醴泉，此物的确甘美。”

“醴泉虽美，不过小子可能往后都喝不得了。”少年颤颤而语，左身金翅退却，化作常人模样，只见脸面苍白，鲜血直下，奄奄一息。

“先生！”泯仇一惊，与章怀太子一道将少年扶住，只见那少年嘴角喃喃，不知何语，二人一见，不忍相看，纷纷别过头去，低声哭泣，泯仇手中，少年手掌冰凉如雪，忽而手腕一沉，气息全无。

“先生！”泯仇大喝，声泪俱下，忙乱之中，泯仇急忙转身朝孔雀明王跪下叩首道，“还请明王救先生一命，先生是为救小僧性命才叫恶神打伤的，小僧愿用自己的性命去换先生的一息。”

“我亦愿用善根换先生一命！”章怀太子亦跪下叩首。

二人面前，孔雀明王颇为尴尬，伸手去扶，只见二人心诚笃定，绝不抬头。

“唔！几千年过去了，想不到凡人还是如此客套，二位快快请起，我非尘世之人，怎受人世之礼呢？”孔雀明王道。

二人纹丝不动。

明王长叹一声道：“此番便是来救这孩儿的，二位不说，我也会相救，快快请起。”

泯仇与章怀太子听此，才愿起身，相互一望，不知所言。

末了，孔雀明王从袖中掏出一枚凤毛，手抚异香少年的身体，只见凤毛渐化，所到之处皆化作原形。

此时，方才死去的少年睫毛痉挛，微微睁眼，泯仇以醴泉灌入，少年神志后来，渐渐苏醒。

而后明王手头一点，少年只觉右肩疼痛，继而有物在内里伸展，少年吃痛要用左手去捂，却被孔雀明王伸手挡住。

疼痛钻心，少年咬牙，汗如雨下，而后只见右肩断臂之处刺出道道金色羽毛，而后翎毛一卷，化作手臂，起初如他物，而后血液遁入，缓缓可以抬起，半柱香后，少年右臂伸展曲折如常，手指灵活，与断臂之前无异。

泯仇与章怀太子皆惊叹，展颜一笑。

“多谢明王，赐小子右臂！”少年跌跌撞撞爬起，喉头微微哽咽，顿然跪下，三叩而罢。

孔雀明王微微一笑道：“谢我做何？此乃凤鸟先生赐予你的仙体。”

“凤鸟先生？”异香少年微微一怔，问道，“凤鸟先生也随明王来了吗？”

“适才已回昆仑山。”

少年黯然，不言不语。

第二十八章　镇肢寺

灵山，曦光微明，云雾悄开，山寺之前，白衫僧人趺坐念咒，旁侧雀儿伸颈长啼，开屏互斗。

寺内，油灯一熄，朝光接替，明明晃晃，三人各自从长梦中醒来，只见庙前，百花张开，少年踏步走向牡丹，闭目轻嗅，顿时只觉神清气爽，面容一新，泯仇则对红莲，双掌一抵，默念佛语，章怀太子独向崖边，脚底云海铺陈繁复，继而缓缓卷动，云雾之间一条白龙从中跃起，长啸一声，空谷回响，余音渺渺，这边的雀儿一惊缩身，亦展翅飞翔，纷纷跳入云雾之中，与白龙嬉戏。

“明王也喜懒觉？”章怀太子伸展筋骨罢，转身向白衫僧人走去。

“师傅在人界皆是凡人身躯，不到日光罩山，是不会起来的。”白衫僧人睁眼道，身前明火，呼呼煮水。

“原来仙佛也与我等无异。”章怀太子哈哈一笑，又朝异香少年道，“先生还有好茶吗？灵山有仙露，煮茶别有一般风味。”

“章怀太子什么没品尝过，居然觊觎小子的香茗。”

“吃惯了山珍海味，现在倒想尝尝素淡的茶水了。”

“好茶是有，但小子吝啬。”异香少年亦笑道。

“唔！先生小气，饮了这一朝，在向郁垒山可不知何时才有闲情饮茶了。”章怀太子道。

异香少年在竹笈中一翻，从中摸出一个锡罐，上布牡丹花纹，小巧可爱：“止此一罐，再没有了。”

章怀太子掀开锡罐，凑近一闻，茶香素淡，叫人气爽，将茶叶投入沸水之中，茶香又浓，近嗅不见，远闻有味。

“果然好茶。”白衫僧人与章怀太子异口同声道。

“灵山甘露鲜活，还需一勺冷水去躁。”泯仇亦走近道，“此为茶先生煮茶秘诀。”

说罢，泯仇从壶中取出一勺山泉，浇在茶罐之内，粒粒沸水忽而静默，方才的清水为之一变，成金翠茶汤，白衫僧人扯火，茶水慢沸，香气扑鼻。

“如此好茶，无有茶具怎能细品。”只听得寺庙之内传来孔雀明王的声音，今朝明王束发，二尺发髻贯透白发，面容清秀，恰如方加冠的美少年，双手捧着一套白瓷茶具，那瓷面满布裂纹，别有美感。

少年望见那冰裂纹瓷只觉一惊道：“明王也喜后世之物？”

“不错，此乃宋国官窑上品。唐国丝绸，宋国瓷器，乃是双绝，我也是费了好大工夫才寻得，七大明王三番索要，我都不曾拿出，那几位愤怒明王哪里晓得饮茶……今朝总算闻到与之相匹的香茗了，故忍痛端出。”孔雀明王道。

“这冰裂纹瓷小子也寻了好久，乃宋朝国贡，求之不得，不曾想却在灵山见到。”异香少年哈哈一笑，有从竹笈中取出几个锡罐道，“明王是懂茶之人，这香茗是小子从后世黟山用宝器换来的，唐国不见此物，现下只剩这些，都送与明王了。”

“那便从命了。”明王嘿然一笑，接过茶罐，掀开一闻，神清气爽。

“先生！”章怀太子道，“方才不是说只剩一罐，缘何还有这么许多，是道我章怀野人不懂饮茶？”

“你便是懂茶，茶先生也不会与你。”泯仇笑道，“明王可是救了先生一息的，几罐茶叶又算得了什么？”

章怀太子愤愤不语，拎起勺子在茶罐中舀起一勺茶叶牛饮而下，只觉舌头灼痛，噗的一声将那口茶水吐了出来："好烫！"

"太子还是懂茶之人吗？"异香少年面色从容，将冰裂纹瓷用滚水一浇，白气升腾，而后将茶水灌入茶壶，倒进茶杯之时，三拉茶壶，高低相错，茶水从壶口涓涓流下，叮咚有声，恰如山泉流淌,几中经首，恰似琵琶。

"唔！三拉茶壶，这是凡人礼数。"明王笑道，端起一杯茶，对异香少年回礼，双唇贴着茶杯，闭目一嗅，而后轻呷香茗，舌齿流动，回味无穷。

白衫僧人与泯仇见势，亦学孔雀明王的样子轻呷香茗，慢慢品味。

章怀太子则端起茶杯，用力一吹，仰头一倒，如饮酒一般，茶水顺着下巴滴下，豪爽无比，饮罢，故意摇头直道："什么茶水，如此难喝！"

异香少年默默不语，又为太子的杯中倒满。

见少年不愠不怒，章怀太子无奈只得休言，学着孔雀明王细细品味。

饮茶罢，日头已越过远方高山，灵山巅顶笼罩在朝光之内，白衫僧人起身，执敲扑呼喝孔雀，只听得山崖边缘扑腾几声，雀儿纷纷飞上山崖，那白龙恋恋不舍将龙头搭在崖边，静望着那些孔雀，白衫僧人，一挥敲扑，雀儿各自梳理羽翼，相互轻啼私语，末了，顺着山道缓缓下山。

章怀太子双袖一垂，呼叫白龙，那白龙畏畏缩缩，却是不情愿，章怀太子厉声喝道，白龙忸怩朝前，怏怏不乐地钻进太子袖中。

四人又再饮一杯，孔雀明王奉上斋饭，豆腐青菜，清白素净，虽无甚味，然泯仇与章怀太子两日未进食，却也吃得津津有味。

朝食罢，三人结伴游山，将灵山风景一一遍览，直到日中方才尽兴而归，异香少年抬头望日，眉头微锁。

"先生有心思？"章怀太子问。

"此去退魔，凶多吉少，二位可有退意？"少年道。

泯仇道："小僧命定降魔，何来退意之说。"

异香少年又朝章怀太子一望。

"本太子一生为国为民，未曾为己，何曾想死后竟背了一身冤屈，此番退魔便是本太子为自己洗刷冤屈的好机会，我怎会退却呢？”章怀太子眼神坚定，毫无退意。

异香少年展颜一笑，又问：“天师与善渡大师可已入吐蕃？”

“昨日善渡大师传信于我，道三军已至倒淌河，想必今日可到镇肢寺。”

“如此便好，三军已定，便等先生号令了。”泯仇道。

异香少年微微犹豫，而后又道：“而今孔雀明王在此，这十字咒的解法已不是什么难事，众好汉群龙无首怕生事端，不若如此，高僧与太子当即便西行吐蕃，于镇肢寺静待小子，小子得了十字明咒的解法便动身去往吐蕃，如此免得三人在灵山偷闲。”

泯仇与章怀太子相互一望，不知少年何意。

少年微笑道：“难道怕小子不去？”

“怎会担心这个，只是……”

“十字咒乃是秘法，小子一人知晓便可，二位不需担心，小子随后便到。”异香少年又道。

“既然如此，那我便同高僧先往吐蕃了，先生而今已获凤鸟仙体，再无妖魔能独挡先生了，我二人在此也是累赘。”章怀太子道。

泯仇无法，只得点头，三人絮烦一阵，各自道别，章怀太子放出白龙，与泯仇乘上，同异香少年挥手作别。

灵山。

日头方过正午，山寺轻悄，异香少年与孔雀明王对坐棋台。

“小子此来灵山，还有一事需求明王。”少年道。

“可是来问我十字咒的解法？”孔雀明王道。

“明王既知，便求相告。”

“难事！”孔雀明王叹道。

“难道十字咒不可解？”少年问。

白龙入云，瞬乎千里，二人远望吐蕃高山，只见雪顶皑皑，壮丽无比。

忽然章怀太子勒紧龙头，扭头道：“坏了，本太子的佩刀给忘在灵山了。”

“区区一把佩刀，去吐蕃打一条便是。”泯仇道。

“高僧不知，我那把佩刀可是以精铁打制，世间止此一把，与高僧的降魔金刚杵一样，也是有一番来历的。不成，我得回去取来，不然那郁垒山酣战打得不痛快。”章怀太子道。

“那小僧与太子一道回去取吧。”泯仇道。

“不用，高僧在此等我，我乘白龙须臾便可打个来回，高僧不善御龙，颠来倒去怕你受不住。”章怀太子道，说着驾龙而下，寻着一条伴河古道，将泯仇放下。

“高僧便在此等我。”章怀太子道。

泯仇无法，只得趺坐答应。说罢，章怀太子转身上龙，一拍龙头，白龙转身，直朝云端飞去，正在此时，泯仇眼前忽而闪过一道亮光，抬头一看，法眼悄开，只见白龙身侧的包袱上挂着一把锃亮的唐刀。

“太子休住！你的宝刀未曾落下，就在包袱上哩！”泯仇朝着天顶的章怀太子喊道，然而那章怀太子却乘龙扫尾入云，不见踪迹。

“这般大意，如何退魔！”泯仇无奈一叹，眼见章怀太子已走远，只得作罢。

灵山。

章怀太子乘龙而归，于山道悄声下龙，贴着白龙耳朵悄声道：“龙儿，龙儿，自去云海中躲一阵，本太子有秘事，没有本太子的号令，决不能出来。”

白龙闻言，点头领喏，而后轻轻转身朝山下的云海中钻去。

章怀太子目送白龙入云，而后小跑一阵，见山寺就在面前，脱去云头靴，蹑手蹑脚潜到寺庙后门，纵身一跃，从寺庙后门跃到寺顶，俯耳倾听，只听得寺内异香少年与孔雀明王低语。

“不是不可解，十字咒解法甚易，只将咒法倒念便可解开，只是现下郁垒山的十字咒早有缺漏，恐怕如何倒念都不能解开。”孔雀明王道。

“此亦是小子的隐忧，不想竟真的如此，那便没有其他解法了吗？”异香少年问。

“可待十年期限满，十字咒自动开解。”孔雀明王道。

异香少年急道：“若是如此小子便不可借长生咒的威力来牵制武存道与罗刹王，现今只求强解，将逆贼的法力一并留在十字咒残咒之内，这般才有胜算，如待十年期满，强抗法力无失的罗刹王，莫说小子，便是鬼法界众好汉再增十倍也无济于事。”

孔雀明王沉默长息，良久又问：“你是欲往郁垒山强解长生咒，放出罗刹王与武存道，而后与其决一死战？”

少年点头，眼神坚定：“十字咒虽可封印武存道与罗刹王，但亦阻碍小子退魔，要斩灭魔根，必先开十字咒。”

“以咒法提前开十字咒，罗刹王与武存道之神通小半还被明咒所缚，如此再合众人之力与之对抗确有胜算。”孔雀明王道，“只是这缺漏……”

“这缺漏乃是高僧道化的恐惧逃遁所致，究其所有也不过是一魄，难道就不可补它一魄，以全咒法，而后再解。”异香少年道。

“也不是不可以，只是十字咒乃禁绝秘法，环环相扣，一魄脱出容易，进入可就难比登天了。”

“那若以小子十世魂魄补那一缺，是否可行？”异香少年道。

孔雀明王一惊，而后摇头道：“此行虽可，然你的性命也为此折却，即便解开十字咒，那妖魔也无人可降，实在不为明智之举。”

“有高僧与太子，还有鬼法界众好汉，上番在长安，高僧泯仇已洞察罗刹王招数，还有天师姚素了所带的四大僵祖与长生咒的众妖兵，可与武存道一战了，那时小子存亡与否，无关胜败了。”

孔雀明王闭目沉默，不再言语。

异香少年起身后退，稽首再拜，退出山寺，长叹一声，背起竹笈朝山下走去。

深山古道，泯仇百无聊赖，只看得那蜘蛛结网，半个时辰有余，还不见章怀太子归来，欲起身下河饮水，忽听天顶龙啸隐隐，抬头一望，只见那章怀太子手摇唐刀而来。

落定，太子笑看宝刀。

“太子好生大意，适才太子走时，小僧望见那宝刀便挂在包袱之上，你又劳累，白跑这一通。”泯仇道。

章怀太子眼神一闪道：“是呢！方才行到灵山才望见这宝刀未曾落下。”

“怎去了这么长工夫？”泯仇用多罗碗在溪水中一舀，喝掉大半碗的水。

“我……我，我……一时口馋，飞回鬼法界吃了一顿。”章怀太子支支吾吾，不知所言。

“胡说八道，从巴蜀打个来回就算白龙少说也需小半日，莫此话来蒙骗小僧，定是去哪处风流了。”

章怀太子挠头嘿嘿一笑，将计就计，故作难为情状。

“对了高僧，有一事我想问问。”章怀太子走下溪头，亦饮了一口溪水道。

“小僧这儿有什么好问的？”

“每每听高僧与先生说到十字咒，这十字咒咒法你可晓得。”

“自然晓得。”泯仇满脸踌躇。

“可否告知本太子。”章怀太子道。

溪水潺潺，泯仇直视章怀太子。

“你莫不是妖魔所化，来小僧这套取十字明咒的！”泯仇声色俱厉，法眼顿开，只见那章怀太子并无二致，放下心来。

“唉！本太子只是好奇，高僧不说便不说。”

“其实并无什么奇怪的，告诉太子也无妨，往后是一道退魔，知晓十字咒反倒能知己知彼。”章怀太子那样一说，泯仇反倒微微有愧。

“高僧还是不要说了，免得我章怀太子泄露天机。”章怀太子见势，故以激将法激之。

“怎么会，小僧只是多一道心机，这十字咒乃无等等咒，可是无上天机，怕叫这明咒被妖魔窃去。”泯仇赔笑道。

“如此重大，本太子还是不知晓的好。”章怀太子道。

“不成！太子乃为三军之首，怎可不知十字咒呢？太子侧耳，小僧这就告诉太子。”泯仇见章怀太子如此，稍有心急。

章怀太子见此，微微偷笑，而后轻轻侧耳，只听得泯仇在自己耳际悄声一念，咒语入耳，浑身一颤，有如大梦初醒之感。

“这便是十字咒，太子铭记，一字一世，切不可乱了顺序。”而后泯仇告诫道。

“果然无等等咒，我当铭记，我当铭记。”章怀太子展颜而笑，又呼来那白龙道，“高僧，快走吧，先生已下灵山，现下正赶往吐蕃，你我先到，整顿军纪。”

泯仇应声，跃上龙头，又觉奇怪，问道：“太子方才不是风流去了吗，怎知先生已下了灵山？”

“呃？高僧说什么。”章怀太子驾龙而上，风声呼呼，故作听不见。

“太子怎知先生下山了？”泯仇又问。

“先生下山了吗？我怎么不知道。”

“方才太子不是道先生已下灵山。”

“本太子说过吗？高僧听错了吧，方才我是与白龙说话。”

“这白龙也能听懂人话？”泯仇疑惑。

“方才说的那不是人话，而是龙语，听来似人话，高僧肯定将龙语听成人话。”章怀太子解释道。

“原来如此，是小僧听错了，原来小僧听错了……”泯仇点头，自言自语。

二人乘龙飞行，歇歇走走，约莫四五日便至倒淌河，远望平原无际，荡阔神怡，往来可见僧民朝拜，皆着毡帽皮靴，华衣纹饰，一片繁华。

“原以为西国吐蕃是蔽凉之地，今日所见，乃是史家误我也！”章怀太子将白龙收于袖中，极目远眺，只见山丘起伏，坦荡平和，间点缀寺庙房舍，尽头有入云雪山，直达天际，叫人不由得心生敬畏。

“果然宝地，无怪武存道会奔到此地。”泯仇亦是长叹，“小僧曾五度西游，心有两憾，一为未曾有闲暇去麦积山朝拜，二为不能入藏求学，此为平身两大憾事，而今如愿抵藏，却是来降魔，恐又不得饱览藏地风采了。”

“高僧何出此言，西游是大，降魔则次之，你我皆是爱山爱水之人，趁先生还未到，你我常游一番如何？”章怀太子道。

“太子休言，此番当往镇肢寺与姚天师、善渡大师会师，详商退魔大事，怎还有闲情游赏，待退魔，你我与先生三人把手共游，岂不快哉！”泯仇道，伸手一让，将太子请进舟中。

“唔！高僧说得极是，此刻便马不停蹄，前往镇肢寺。”说罢章怀太子从囊中取出几锭金子塞与梢夫道，“此舟只由本太子独有，不需等待，即刻便行。”

梢夫点头，亦并不推却，双手合掌朝太子与泯仇一拜，摇桨荡水。

舟中置钟鼓各一面，舟尾有炉灶，旁置菜蔬，章怀太子兴起，随手烫了一碟菜蔬，扯来两斤羊肉，从腰间解下银壶，翻出两个银杯，为泯仇斟满。

“乘舟前行还需一日，此中有佳肴，怎可浪费，来！高僧饮酒。”章怀太子高举酒杯，一饮而尽。

见泯仇不动，又将那盘羊肉揽于身前，把菜蔬推给泯仇道：“高僧已破酒戒，再饮几杯也无妨，至于羊肉，我就不强求了，今日尽兴，明旦便入不毛，再无此好酒好菜了。”

泯仇踟蹰，浅饮一口，一想退魔大事不由双眉紧锁，不能欢愉……

古道蜿蜒，异香少年缓步慢行，一月之后，山势渐高，古木丛生，见有商队入藏，以金银换马，小奔几日，忽见山开天高，低原起伏，微有细雨，早晚寒凉，又行几日，寻着倒淌河，少年乘舟，放出信鸽，在舟中屈肱而眠。

旦日薄晨，异香少年收拾行装从舟中上岸，此时信鸽自来，少年张开那小卷帛布，只见上方四座寺庙，乃为藏地镇肢寺，嘎采寺至码头以红线相连，乃为群雄聚首之处，少年看罢，又换了一匹宝马，颠簸一日，次日正午只到一处戈壁，荒凉无人，石径蜿蜒，间有人兽白骨，少年驱马而前，半个时辰有余，望见远方山包之上一座孤庙，寺前白色军帐错落，大风之中又见一素袍僧人翘首而望，那僧人正是泯仇，泯仇眼神一定，也望见异香少年。

“先生！”泯仇呼喊，飞驰而来，少年策马向前。

章怀太子随后，三人会师，几番寒暄，皆喜不自抑，少年入军帐，只见中堂一张八仙桌般大小的行军图，天师姚素了与高僧善渡及其主要将领在行军图上指点，行军部署，大半已完备。

少年细视，按眉忧愁，只见那地图之上只见得藏地之北皆有点画，密密麻麻。

“现下还不知郁垒山在何处？”

章怀太子亦摇头道：“几个月来，众好汉都寻遍了，未曾见过看似女人头颅的山，更别提郁垒鬼境了。”

“太子的意思是率大军一一扫荡？”少年问道。

泯仇道：“只能如此，现下时限紧迫，别无他法了。”

“不过那嘎采寺的番僧好像知晓些往事？只是……”章怀太子道。

“先生且去看一番，此寺甚为怪异。”泯仇道，伸手将异香少年请出帐外。

少年走近，见军帐将嘎采寺围了一圈，寺内只一番僧，异香少年眼轮一抬，凤眼静看，只见嘎采寺周遭神通三匝，章怀太子一等皆在神通之外，无人可进。

少年闭目感知，那结界神通非常，似波涛江流不可横渡。

“这番僧怕是把鬼法界众好汉当成妖魔了。”异香少年黯然。

“这寺外神通不是这番僧所设，乃是高僧道化与善无畏退魔时设，众好汉皆为鬼身，不可进入，姚素了天师虽有凡人躯体，但修成半鬼，亦不可进入，小僧为凡人之身，故可出入自如，那番僧懂些中原言语，可与之论道，然一旦小僧提起郁垒之事，便立即沉默，闭口不言，小僧强问不得，故日日来此与之论道，然而与郁垒山之事还是只字不提，三日之前番僧与小僧道，他在待有缘之人，不曾想先生信鸽须臾便至，番僧口中的有缘之人，小僧猜便是先生无疑了。”泯仇怅望嘎采寺，只见寺内蹦趺着一位身披黄布，耳缀双环，须发鬖如的吐蕃老僧，闭目念咒，手鼓梵吹，阵阵不止。

异香少年听罢浮笑：“小子来得就这般巧……”

“缘便是巧，先生快请吧。”泯仇踏步向前，遁入神通，只见泯仇身形微微晃动，好似踏在锁链之上，摇摇欲坠。

异香少年踏步后至，凝神呼吸，只觉得身体两侧有力纷纷压来，初觉寸步难行，而后缓缓通融，周身金光一闪，只见力道顿开，少年一时未收住力气，向前一个趔趄，一脚踢翻了寺前的木桶，木桶滚落，与梵吹之音重合，又忽而齐齐顿住，番僧单手高抬，泯仇屏息，异香少年眼瞳左右转动，静静定住身子，不知将有何事。

“有缘之人？”异香少年微微疑惑，向身前的泯仇问道。

“这能入嘎采寺的除了小僧便是先生，这有缘之人不是小僧，那就肯定是先生了。”

时维九月，藏地寒天早来，忽然一阵寒风过，天昏地暗，上下皆出瓣瓣梨花，泯仇伸手一接，只觉微凉，手头梨花倏尔化水，消失不见，那方才落下的梨花竟是白雪。

泯仇低头之际忽听旁侧的异香少轻哼一声，抬头一望，不禁讶然，挥舞降魔金刚杵向后一跳，只见方才背坐的番僧不知何时转过身来，细手纤纤，面白如瓷，秀发乌黑，竟化作了一位女僧人。

“罗刹女！”泯仇惊道，又一跃而前拦在异香少年身前，攻势已开，印法几成。

“高僧莫怒，彼非妖魔。”少年镇定，不慌不忙道。

“先生何知？”泯仇一开法眼，上下打量，那番僧虽忽然从老朽之躯化作妙龄少女，但仍旧是肉体凡胎，“果然是凡人！”

“小子已得凤鸟仙体，如高僧的降魔金刚杵一般，闻妖便知。”

“可这分明是罗刹女的模样？”泯仇又钦佩又疑惑。

“高僧莫急，此中必有故事。”少年悠闲神怡，长息一声，掏出湘妃竹烟管，吞吐烟雾，缓缓上阶，朝寺内走去。

第二十九章　郁垒山

嘎采寺，风雪片片，周下寒凉。

少年与番僧对坐跏趺，寒风入寺，烛火为之飘忽，少年鼻际，一股清香。

“阿末香……”少年嘴角含笑，熄了烟管道。

“先生懂香道？”那番僧声音一如少女。

“不懂。”

番僧哈哈一笑道：“先生谦虚”

“长闻嘎采寺高僧乃大唐文成公主钦点，不想竟是少女模样。”异香少年道。

番僧手中念珠转动，沉默之际，那念珠串绳忽而中断，大小念珠倏尔一落，洒在席间，滴滴有声。

番僧长吁，三十法相如山色突变，翻转一次，又成少女。

“老衲在此等候几近十载，终于等到了退魔之人。”良久，那番僧道。

少年闻言，沉默不语，只见寺外黑云压际，风雪呼号，不见五指，二人静坐之影投与地面，恍惚动摇。

“先生一来，风云色变，乃是天道震怒，风雪相告。”念珠落地声止息，那番僧声色具弱，缓缓道，双指一动在胸口一剪，双指之间燃起一道火苗，番僧颤颤抖抖，将火苗递与少年。

少年不知何意，但见那点烛火没入自己胸中消失不见，忽而大风一呼，寺内烛火全灭，少年颔下，又见点滴荧光，低头一看，只见自己胸中荧荧闪光，一点火苗在内里直直燃烧。

少年欲以手抚摸，却被对面的番僧制止。

“八年前，唐国高僧道化与天竺高僧善无畏前来，老衲反行祝由术，寻得郁垒山，不料让罗刹王趁机附体，而后容颜变化，化男为女，乃是恶毒不除，老衲恐怕留毒作恶，于是自废双腿，以此罗刹王心念化灯，等待有缘之人，罗刹王恶念以燃烧八载，长听佛咒寺歌，恶转为善，而今此灯于我等为药，于罗刹王为毒，老衲无能，只能帮先生到此了……”说罢，少年只见胸中灯火逐渐光明，继而普照四周，恰如白昼。

军帐内的众人不知何时，纷纷起身观望，只见天顶，五色彩光缓缓扩大，直刺黑夜，穿过风雪，一道光亮朝着嘎采寺西北处直射而前，末了，众人只见一座黑山，恰如女子头颅，头颅脖颈处游动着一条黑龙，被五色彩光一照，上下游动，焦躁不安。

“郁垒山！”章怀太子翘首而望，惊叹一声。

众好汉纷纷呼喝，不惧反悦，磨刀霍霍，跃跃欲试。

少年扭首望寺外嘈杂，忽听泯仇急道：“高僧！”

继而只见泯仇拎杵跳进寺内，一把扶住欲倒的番僧，异香少年转头一看，只见方才少女模样的番僧忽而变成一位白眉老者。

“高僧！”少年亦起身，从囊中摸出药丸，却被番僧一把抓住手腕。

“油尽灯枯，无济于事，先生护住此灯，郁垒山乃是魔罗法界，漆黑无比，如有此灯可助众将士退魔，事不宜迟，千万要将妖魔拦在山口！”说罢，番僧的手从少年手腕上落下，轻轻闭目，就此圆寂。

异香少年与泯仇对望，精神笃定，缓缓放下僧人，而后迈步寺外，振臂一呼，只见三军严整，甲兵具善。

章怀太子见势，登上点兵台道：“武存道倒行逆施，率魔乱世，天下百姓悬于一线，我等皆为三界翘楚，绝不能容行魔嚣甚，而今天机已到，众好汉听我号令，拔营退魔！”

说罢，挥舞旗帜朝郁垒山一指，三军震动，急奔向前。

章怀太子放出白龙，与异香少年和高僧泯仇乘龙飞行，直驱郁垒山。

风雪不止，须臾只见周际已成雪域，大雪鹅毛，没过鞋面，三军脚步整齐，踏雪而前，忽听前方低吼声起，抬头一看，只见郁垒山前黑压压的一片。

泯仇法眼一开朝前望去，只见一只丈许罗刹，双目透红，獠牙纵横，左手持叉，右手持双头斧，挥舞前行，罗刹身后浩浩荡荡皆是山中妖兵，一望而前，竟是多出鬼法界众好汉几倍有余。

三人按眉而下，使三军停顿，以逸待劳，异香少年张开长生咒，抓住卷轴用力一挥，只见那长生咒中的妖兵入火星点点而出，落地变化，亦成妖兵，漫山遍野，不计其数，皆身着铠甲，手执兵刃。

少年左右，乌首、青条、赤舌、白眉四灵翻飞，激动不已。

“先生怕忘了我吧，睁大眼睛看看，我是白眉，我是白眉！”只见一白眉灵猫身着汉服，跳到异香少年肩膀上，絮叨不止。

“哟！先生的右臂怎又长出来了？不该是假的吧。”又一只灵猫跟上，止头乌黑，全身皆白，手头银针点点道，“我来试试，我来试试。”

说罢，乌首灵猫举针朝少年右臂一刺，只见金光一闪，灵猫乌首被仙力震开，掉落在地。

“乌首兄弟大不敬，先生这还是轻的，竟敢刺先生仙体。”只见一猫，舌如赤火，一脸得意道。

“先生小气，有这仙体也不分我等一些……”又一只灵猫跳到异香少年肩头，上下青衣，脸面有青色花纹。

四灵一出，叽叽喳喳，方才剑拔弩张的气氛也倏瞬被四灵化解，众人一见有长生咒妖兵助阵，亦不胆怯，紧握兵刃，静待罗刹妖兵。

半柱香后，只见那罗刹妖兵呼呼而至，为首罗刹阵阵低吼，又见两侧有雪橇疾行，忽然顿住，有女翩然而至。

“韦后！”章怀太子一惊。

“四月长安大乱便是由韦后挑起，此人与武存道勾结，欲将长安化作尸林乐土。”泯仇道。

太子面色凝重，悲愤交加，白雪粒粒，舔住唐刀刀刃，噌噌有声。

异香少年闭目，手结无畏印，在胸前左右移动，口念咒法，只见胸中灯火悄然遁出，少年轻轻一吹，烛火顿灭，周遭忽而漆黑。

泯仇与章怀太子一齐惊道：“先生！”

众人微惊骇，静默。

“灯火一明便即刻攻杀。”忽而众人耳边皆传来异香少年的声音。

继而天顶猛然一亮，忽如日光普照，白雪映照，光亮更甚，罗刹妖兵为之一闪，惊忙之间，皆以手掩目，倏忽一下，只听得对面战鼓声起，浩如波涛，怒喝声起，未及反应，章怀太子已然领兵杀到身前，战车横行，在罗刹妖兵之间来回飞蹿，顿时倒地一片。

一丈罗刹正欲起身，却觉天顶一道横力压将下来，慌忙之际举叉抵挡，咣当一声，罗刹双膝一屈，被那横来之力压在地上。

只听得上方泯仇大喝道：“妖孽，若能逃出小僧十招，小僧便引颈就戮！”

说罢，泯仇横杵，用力一挥，罗刹使双头斧格挡，同时左手挥叉横扫，泯仇跃起翻身，双脚一直，脚尖踢在罗刹胸口，而后向后一弹，扎下马步，一丈罗刹被泯仇一脚踢翻，跌倒在地，在雪上滑行，以叉刺地方才停住。

“两招！”泯仇马步一松，将金刚杵刺与地面，双手印起，又急冲而前，拳脚功夫，直抵罗刹面门。

罗刹慌忙格挡，力道速度皆不及泯仇，处处见拙，五招一顿，泯仇一招擒拿手已将一丈罗刹的手臂缚住，泯仇咬牙一喝，手头劲起，又如驷马驾车，用力一扯将罗刹的手臂生生扯断，而后右肩内探，顶住一丈罗刹的胸口，一个过肩摔，将罗刹又摔翻在地，卍字印起，一掌拍在罗刹额头，只见金光一闪，道道佛掌压下，将罗刹制服。

“六招，姑且算你有些能耐！”泯仇道，而后收印，将一丈罗刹打入卷轴之中，化为符咒。

泯仇踌躇按眉，拔起金刚杵，棍花翻飞，朝密密麻麻的妖兵冲去，又如旷野飓风，摧枯拉朽，小神通妖魔皆不能抵泯仇半招，所到之处，披靡而倒，霸道威武。

章怀太子与韦太后斗作一处，大开大合，一时难分上下，二人皆左右顾及对方妖兵，皆不以全力相搏，二人相持，兵刃交加。

异香少年悬于天顶，望那郁垒山的黑龙不安游走，蠢蠢欲动。

“太子！白龙。”少年一呼，章怀太子得令，后退三步，呼的一声从袖中放出白龙，白龙呼啸摇头曳尾，在郁垒山妖兵中轮复冲杀，大口一张，吃去几十妖兵，妖兵见白龙神兽凶猛，一时惧怕，不敢硬拼。

此时，只见郁垒山中黑龙震怒，长啸一声，在山腰绕飞一周，昂首摇尾，俯冲而下。

“三军后退，结盾阵！”天师姚素了高立战车，四面僵祖矗立，天师左手扶车轼，右手摇旗，见郁垒山黑龙横行，故下此令。

天师身侧，善渡大师变鼓为金，抡捶一敲，盾兵起立，急冲上前，章怀太子等人皆卖破绽，纷纷后撤，将郁垒山妖兵拦腰截断，盾阵之后的妖兵皆为众好汉提前准备的长矛刺杀。

黑龙疾行，见盾阵严整，用力一冲，撞开前三道盾牌，众好汉后退十余步，方才停下，盾阵又起，戈矛刺出。

黑龙见势，怒不可遏，后退飞行，欲要再撞，忽然脖颈一提，被白龙咬住，撕扯一甩，向外抛出，重重摔在地面。

“好龙儿！此番给你寻着对手，可别丢了我章怀太子的脸面！”章怀太子登上战车，只见白龙黑龙相对咆哮，腥风四起，山谷回荡，继而双龙一合，缠咬在一处。

“盾阵开！”天师姚素了见黑龙被掣肘，当即下令撤开盾阵，善渡大师换金为鼓，鼓点声如骤雨，众好汉得令，铆足力道，又随着战车呐喊前冲。

郁垒山妖兵见吞山之势，不禁惧怕，纷纷后退逃窜。

此时只见郁垒山前一片乌黑，只见山中叽叽喳喳有物飞来，异香少年定睛一看，皆是石磨般大小的蝙蝠，滔滔如水，不计其数，蝙蝠前至，喉头一鼓，一个个人头般大的火球如骤雨急下，交战之兵，不论你我，皆陷入火海之中。

少年见势，张开长生咒放出三只金乌，金乌啼叫纷纷朝蝙蝠飞去。

二物火法相对，真火对业火，一时之间，低空一片火云，焦臭四起，异香少年以香囊放于鼻前，静观战势。

天空火云蔓延，地上一片火海，交战双方皆被火海吞没，呼号声此起彼伏。

天师姚素了与高僧善渡见势，当即又鸣金退兵，以弓箭相抗，一时箭矢如雨，几番下来，郁垒山妖兵被斩杀大半，罗刹妖兵见势不妙，弃兵曳甲，纷纷逃回郁垒山中。

黑龙与白龙相持，周身着火，泯仇飞起，抡起降魔金刚杵在黑龙天灵盖一击，只听得骨骼破裂之声，黑龙浑身一僵，口吐黑血，就地倒地不起，白龙周身一松，自使水法将上下大火扑灭，亦奄奄一息，不能动弹，章怀太子怜惜，异香少年见势，取出毛笔将白龙一点，点入长生咒中。

“黑龙已除，让白龙好生歇息吧。”异香少年道。

“多谢先生，往后好好照顾白龙。”

“太子说笑，先生让白龙入长生咒只是叫白龙修养，待白龙痊愈，自会还给太子的。”泯仇笑道。

章怀太子听此只是微微一笑，并不对答。

妖魔退却，风雪依旧，众好汉就地扎营疗伤，此时眼前的郁垒山一片静默。

方才鏖战，退魔之师亦损失小半，天师姚素了与高僧善渡下车清点兵士，帮助疗伤。

异香少年与泯仇一道朝郁垒山走去，章怀太子随后，山口两边只见两具着僧袍的僧人尸骨，左侧白袍长须及胸，右侧黑袍胡须蜷如。

“这两位应该是高僧道化与高僧善无畏了。”泯仇沉言，屈膝拜倒，朝两位圣僧行礼。

异香少年朝前，以手前探，神通一出，将山口结界解除，而后三人踏入郁垒山，止进一步，忽觉花香扑鼻，异香少年手指一勾，将那点灯火唤来，五彩光照，只见郁垒山中，山色青翠，峰峦片片，近看桃花无数，漫山遍野。

三人走近，又见一株桃花树下两句尸骨背对而立。

“武存道……”少年沉言。

章怀太子与泯仇二人一惊，当下戒备。

“此乃武存道与罗刹王肉身，此等妖魔不循六道，皆以他人肉身为己用，想必是在此处修炼过。”异香少年道。

“如此甚好，现在施展十字咒将两魔在此封印！”泯仇凑近细看道。

“高僧是真糊涂还是假糊涂？这般肉身就如石头一般，以十字咒封印这无用之物是哪般？”章怀太子道。

“而且再以十字咒封印至多也是囚禁妖魔十载，十载以后还将出山作乱，此番必翦杀之。”异香少年道。

“如何翦杀？”泯仇问。

“现下当寻着二人善根，反念十字咒将咒法开解，放出两人，再行神通翦杀。”异香少年眉头轻锁。

“如此简单，那先生快些施法吧，我等兵强马壮，定能将二魔杀灭！”泯仇道。

“高僧不知，这十字咒因道化僧人的恐惧逃遁，因此有缺，乃为残咒，残咒不可解。”

“那该如何？”泯仇又问。

“见机行事。”异香少年展颜一笑道，“高僧与太子快去军营将将士招进山中，搜寻二魔。”

“全听先生吩咐！”说罢，泯仇转身而走，忽觉不对，扭头一看，望见章怀太子纹丝不动。

“太子为何愣着，难不成留恋山中美景不成？”泯仇道。

“此地虽是魔窟，但山中美景着实好看，止几步路，高僧一人去便可，我与先生在此，以便不测可以相互照应。”

泯仇见此，便不再多言，小跑出山，将众兵士带进山中，就地扎营，遍体无伤者皆被点出巡山。

异香少年、泯仇、章怀太子、天师姚素了各领一队，各自手持符咒，入山搜寻。

半日倏忽，不见妖魔踪影，绕山一周天师姚素了与泯仇撞见，各自无果。

异香少年缓步入山，见有溪流直下，缘溪上山，只见水声轰隆，四周皆为黑色岩石，在行数十步见一道飞瀑直下，向前望去，可见飞瀑水帘之后有洞，异香少年令兵士当即停下，独自一人遁进水帘之后，只见那山洞前后通贯，可以望见对面光亮，少年前行，只见洞中两侧皆是人骨，层层堆积，唯剩中间一条血肉小径，又行百米有余，突见对面有人影攒动，少年疾步而前，飞出洞口，突见面前四物跳出，又忽然定住，异香少年抬头一看，原来是天师姚素了的僵祖。

泯仇见着少年，拎杵小跑而前，问道：“先生可发现了妖魔踪迹？”

少年摇头，正在此时，降魔金刚杵忽而铃铃不安，又忽觉上方有物落下，二人分开一跳，只见一物落下，竟是一只人手，又听得山顶兵刃乒乓，不断有人的肢体落下。

众人一惊纷纷朝山顶望去。

“太子危矣！”天师姚素了急道，继而神通一起，脚踩崖壁飞身上崖顶。

异香少年与泯仇二人后至，只见山顶尸体一片，章怀太子在前，小腹贯透，对面一座石椅之上，静坐着一人，前后两面，一面为男，一面为女，一人十影，披头散发。

“太子小心！”泯仇法眼一开，望见虚空神通刺出，挥杵朝前，将那神通挡住，两相对撞，只觉虎口发麻，泯仇一震，与章怀太子一道朝后飞出，跌倒在地。

继而只见那妖魔十影脱出，皆化为人形，是为十罗刹女。

天师手摇铜铃，四大僵祖一道跳出将那妖魔围住。

只见那妖魔挥袖一振，忽然站起。

“又如那两个和尚一般，到此来送死！”只听那声音男女参半，诡异无比。

泯仇怒起，挥杵将前，却被异香少年挡住。

“此时十字咒未破，攻之不进，贸然前行，并无胜算。”异香少年道。

“那该如何？”泯仇问。

异香转身，令将士退去，俯身朝章怀太子道：“太子已尽力，快些回军营，此地交与小子与高僧。”

章怀太子听罢大笑，少年不解。

“先生，你我相约一道退魔，我堂堂章怀太子怎可临阵逃脱！尚存一息，必要与妖魔对抗到底！”说罢，章怀太子颤颤巍巍起身，向身后将士道，“尔等皆为豪杰，出山之后必要为本太子洗刷冤屈，我李贤乃唐国翘楚，非谋逆篡位之辈！”

章怀太子激愤，又转身朝武存道喝到：“逆贼，今番本太子便要为唐国除害，取你狗命！”

说罢，章怀太子挥舞唐刀疾然前冲，异香少年欲拦不住，只得与泯仇陈兵前冲，一战即合，天昏地暗。

武存道纵身一跃，僵祖随后，缠打一处，泯仇与异香少年从章怀太子两侧，为十罗刹女所挡。

“几月不见，拳脚功夫竟入化境！”那罗刹举钹格挡，只觉泯仇棍法娴熟，再也不是四月长安的僧人泯仇了。

“少废话！”泯仇边斗边道，“若有本事，与小僧别处单打独斗！”

说罢泯仇卷杵一飞，跳到山下，三罗刹女尾随而至。

“小僧一人对三人，虽不公平，但念在尔等女流之辈，姑且一战！”

“如同长安城一般，只比拳脚功夫如何？”离结罗刹女方下双钹，赤手空拳。

泯仇见势，亦放下降魔金刚杵，起势一带，冲将上前，八宫步起，六合皆触，三罗刹女拳掌频出，被泯仇一一挡住，泯仇手头留着一分劲亦不下死手，缠斗一番，三罗刹女皆气喘吁吁，不是对手。

泯仇摇头道：“如此不爽，叫你众姐妹都来与贫僧比武！”

三罗刹女见不是对手，伸手一招，另外七影落下，将泯仇团团围住。

“好生愚笨，如此一来上头三人对武存道便不难了。”泯仇心念道，脸上却故作忧色，拳脚一合，便卖破绽，且战且退，将十罗刹女引出百米之外，双方皆不出神通，泯仇分出一分神，朝山顶望去，讶然一惊。

“八阴阵！”泯仇道，只见那山顶之上，八大阴司赫然而起，异香少年与章怀太子及其天师姚素了皆被困在阵中。

“唔！高僧还有心思分神！”忽听中有一女道，继而只觉一掌袭，力大无比，那手掌又化为爪子，在泯仇腹上一抓，泯仇见势，速行尸解术跳开，按眉一看，只见那罗刹女吟吟而笑。

再看腹部，五道抓痕，再深一分便见血肉。

泯仇长息一声，突觉不妙，旁侧九位罗刹女忽而缩身化作人影，倏尔缩回到方才那人身上，只见那人眼睛一闭一睁，面上纹痕遍布，黑唇黑瞳，额头尖角并立，面色阴狠，身披及地玄袍。

“罗刹王！”泯仇惊道。

“高僧以为自己使了什么计谋吗？”罗刹王笑道，语言轻蔑。

泯仇横杵一振道：“贫僧还嫌那十罗刹女不是对手，这郁垒山中也只有你勉强有资格与贫僧比画拳脚！”

泯仇自知中计，然而嘴上不饶，争锋而出。

“哦？好大的口气，上番在长安被打得半死不活的便是高僧吧……”罗刹王道。

“哼！此番恐怕便是你了。”泯仇喝道，按眉怒起，挥杵而前，直朝罗刹王攻去。

棒头死门两边一点，贴着罗刹王本尊脖颈不放，若差池一步，便可取人之性命，而这罗刹王却似玩耍一般，左挡右闪，丝毫不把泯仇放在眼里，而后又以双指为兵，左手背立，两脚开立步散开，微微马步一定，便只用二指与泯仇相斗，沾黏进退皆一步不出，亦不使神通，尽与泯仇戏耍一般。

泯仇怒起，棒法已乱，那头降魔金刚杵被罗刹王黏住，泯仇大喝，将金刚杵朝前一推，然而那头却无甚力道，皆被罗刹王一一化尽，用力过猛一个趔趄欲倒向前方，疏忽之间，泯仇才觉恋战许久，已误大事，脚尖起劲，欲要立住，忽见眼前的罗刹王一闪，遁在自己身后，泯仇只觉脖颈一凉，耳边悄语后来。

"高僧教我的，我在高僧身上试试。"

泯仇一听，忽觉不妙，欲使尸解术脱身却已然来不及，果然秉风穴一阵麻痛，随后全身渐而僵硬，泯仇手头欲换内狮子印，然而三指伸出时，全身已然定住，不得动弹。

"唷！这东方点穴的功夫果然高明。"那罗刹王一脸欣喜，在泯仇周遭踱步来回，十影落了又起，起了又落，皆手舞足蹈，喜不自胜。

山风由疾变徐，桃瓣落下，泯仇身体经络止息，八识一开，神通顿起，欲强破被封住的穴道，于是当即凝神聚力，忽地双耳一颤，睁眼远看悬崖，只见一道张开的卷轴缓缓落下，泯仇法眼一开……

"长生咒！"泯仇惊道。

那卷轴之中唯剩三点符咒，山风一吹，两点符咒缓缓飘出，泯仇眼轮一抬，只见两点符咒恰如蝴蝶在花丛只见颉颃翩跹，又缓缓升空，消失不见，泯仇抬头去望，罗刹王不知何事亦抬头望去。

桃花瓣飘飞忽有一点蚊蝇般大的墨点滴下，一滴滴在泯仇额头，一滴滴在罗刹王额头，罗刹王伸手一摸，那符咒忽而化作一道人影，顿闪至罗刹王身后，罗刹王伸手去捉，却是慢了半分，忽而周身一戒，继而突然紧锁，道道咒链如蚕丝一般将罗刹王捆住，抬头一望，只见对面泯仇已然解穴，泯仇背后还有一人，右手持金刚剑，左手执紫金红葫芦，踏步而出，正是长安少年退魔师。

罗刹王一惊，又向身后望去，只见一人手持唐刀，气喘吁吁，正是章怀太子。

“有何种本领？竟能悄无声息地逃出八阴阵！”罗刹王道。

第三十章　退魔

郁垒山。

五彩光亮如溪流在低空流淌，远望峰峦如聚，近望桃花遍山，落瓣如雨，簌簌不绝。

只见山崖之下，一阵狂风卷起，桃花瓣为之一卷，纷纷流入紫金红葫芦之中，泯仇纵身一跃，旋身而下，忽觉脚下一沉，低头一看，脚下竟是一面湖泊，泯仇印法顿起，在湖面飘飞不止，抬头见那紫金红葫芦口，桃瓣卷风，一如羊角，直刺而下，与湖面相接，水花四溅。

混乱之中，忽听少年声音："高僧！快些用袈裟缠住罗刹王！"

泯仇一听，当即扯下袈裟，朝桃花中一撒，而后脚尖点水，朝旋风飞去，去十步以内，泯仇翻身卸力，双掌合印，只见那旋风之中跌出一个被袈裟裹住的人形，遁入湖中，泯仇抓之不及，只见那人形在水面一搅，沉入湖底，泯仇印法合住，不敢张开，这区区袈裟是缚不住罗刹王的，倘若莲花一开，罗刹王必然逃遁。

"先生快些，这袈裟毕竟人间之物，撑不了多久。"只见泯仇合住印法的手指逐渐扭曲，几欲崩开，劲头全用在印法上，身子却又慢慢沉尽湖里，危急之际，只见异香少年踩水飞来，而后将金刚剑化作芭蕉扇朝水面上一扔，恰如小舟，三人跃之扇面，大风止息，湖面倏尔平静。

"这袈裟快持不住了！"泯仇道。

异香少年面色凝重，长息等待："须天师将武存道捉来才行，高僧再坚持一会儿。"

山顶，八阴阵中，四大僵祖与武存道缠斗一块，互有上下，武存道因十字咒护体，虽招式见拙，然亦未受伤分毫，天师姚素了手摇铜铃，来回踱步，静观战况，只待武存道的破绽，然此人攻守兼备，僵祖虽强，却因十字咒无法伤其一分，武存道虽为十字咒所困，也因十字咒所护，双方相持许久，天师姚素了念力过甚，白发脱落，口眼鼻皆流出鲜血，腹内倒海，强行坚持。

"如此下去不是办法！"天师姚素了灵光一闪，左手念力起，两指拈住一点毛笔笔头，用念力卷住，而后忽然顿住右手的铜铃，同时左手念力一出，那点笔头直直朝空中飞出，铜铃一顿，四大僵祖也忽而顿住，方才一通打斗，武存道虽不至于应接不暇，然后毕竟处下风，不敢丝毫懈怠，这番僵祖忽而不动，武存道缩身一惊，向后一个跟头跃出五步之外。

再看眼前的天师姚素了，口眼流血，亦顿住不动，右手握铜铃，左手紧紧握拳，表情僵硬一动不动。

"油尽灯枯了？"武存道眼轮一抬，远远望着这天师，只见良久不动，长舒一口气，而后从四大僵祖围成的阵法中走出。

只见那天师姚素了面色惨白，气息全无，武存道走近细视。此时山风微动，那天师姚素了被微风一带轰然倒地，胸口露着半截符咒，咒文密布，武存道俯身细视，忽然砰的一声有物蹿出，嬉笑阵阵，武存道大吃一惊，急忙向后跳出。

此时忽觉脖颈一凉，有物扫过，武存道伸手一摸，竟是笔墨……

那符咒中蹿出之物如光一般，飞来蹿去，不见踪影，武存道按眉警惕，忽听面前有人咳嗽，而后一望，那方才死去的姚素了竟然坐了起来。

武存道讶然一惊，连忙后退，又听身后有物嬉笑声起，扭头一看……

"律令！"武存道惊道。

"不错，正是本判官。"宰右笑道。

武存道前后相顾，那天师姚素了缓缓从地上爬起，摇摇晃晃，以手扶地，又坐地跏趺，运气回神。

“枉惊朕一番！”武存道见姚素了奄奄一息，放下心来，而后脚尖起劲，猛然朝天师飞去，二指点出，直朝天师死穴。

姚素了轻轻闭目，不慌不忙……

宰右双手前搭，踌躇满志……

一步出，二步接，三步将达天师死穴……忽而山风一卷，武存道只觉身形忽然扭曲，朝下一看，半身竟化作墨气，继而周身一软，倏忽而无，这头宰左张开长生咒一吸，那武存道所化的墨水呼呼被吸进长生咒中，化作一道符咒，只见那符咒不断扭曲，渐渐扩大似要张出，又缓缓缩小，似被什么抑制住。

“道、因、命不俱全，果然无法退魔，我得抓紧，不若这武存道可要逃出了！”宰右自言自语，卷起长生咒，说罢一闪，出入八阴阵如出入无人之境，顺着紫金红葫芦所生之风，遁入葫芦当中。

良久，只见泯仇面目胀得通红，章怀太子伸手握住泯仇印法，即便如此还是觉得那印法之中蛮力无比，有物欲要蹿出。

“先生，还要多久！”章怀太子问道。

异香少年手指点点，并不作答，忽而望见葫芦口有人大呼：“先生！接住长生咒。”

继而只见一物由远及近，由小变大，少年起身一跃，在空中将长生咒稳稳接住，而后张开，抓出内里的那点欲缚不住的符咒朝水中一抛，符咒落水，旋转下沉。

芭蕉扇默默随波浪起伏，三人并立舟中，泯仇在中，二人立于泯仇旁侧，一左一右。

异香少年轻轻扶住泯仇的肩膀。

“接下来的行魔本尊就交与高僧了……”异香少年轻语，一道微笑若有若无。

泯仇忽而手头一松，印法松开，气喘吁吁，只见双臂颤抖不断。

“先……先生！”泯仇喘气道，“何出此言？”

少年沉默，不言不语，左手双指在鼻前立起，缓缓上移，点住额头……

“先生休住！此乃自戕咒法，先生这是作何？”泯仇急道，双臂颤颤伸出，欲要去抓开少年的咒法。

“十字咒有缺，小子以凤鸟仙体入十字咒，补足缺漏，当待小子坐地仙游之时，高僧必反念十字咒解法，将罗刹王与武存道本尊放出，而后再行斩魔！”异香少年道，双目泪泫。

泯仇双手无力，只得看着异香少年身形幻化，忽然一阵，有音从耳际穿过，少年方才的印法一松，突然效用全无，印法再起，只觉那十字咒已然完固，将自己的三魂七魄生生弹回。

少年屏息转头朝侧面望去，只见那定定立住的章怀太子忽而全身一软，欲栽到湖中，少年惊然见势，越过泯仇将章怀太子揽住，那章怀太子的额头一垂，脸色苍白如雪，双瞳无光，奄奄一息。

“太子！”异香少年与泯仇异口同声道。

章怀太子嘴角微扬，眼神坚定，喉头无力，只能依稀辨音：“此乃大唐国贼，理应由我唐国太子李贤裁决，可惜我这不入眼的小神通，哪里斗得过罗刹王本尊，先生若去了，这行魔何人能除，这长安城何时能安？上番在灵山，先生令我与高僧先走，高僧看不出，我却看出了先生眼中有死志，于是假借取刀之由乘白龙飞回，果不其然，先生与孔雀明王的对话我都听见了，别怪本太子与先生争功，这补全十字咒的功劳非我李贤莫属，先生与高僧降魔之后必要昭告天下，我章怀太子无罪，我李贤讨贼有功！杀贼……杀贼……”

少年与泯仇二人泪泫，只听得那章怀太子口喊杀贼，继而渺渺，忽而最后一息落在少年手腕，就此死去。

少年解下外袍将章怀太子裹住，招来宰右，命其将太子带出。

“出了紫金红葫芦，命众好汉搜山杀贼，以全太子遗志，另外出去之后，将葫芦塞住，众好汉讨贼罢，便收兵归去，以结界封印此山，吩咐众好汉从此不要再入郁垒山。”异香少年道，宰右领命，背上章怀太子尸身飞出，而后只见葫芦口一暗，大道本像之中也随之昏黑，唯剩十步之光。

阒寂无声，异香少年与泯仇并立芭蕉扇，十字印起，反行咒法。

只见水底光亮一闪，如有红莲大火一般，赤透水面，接着浪潮翻涌，二人匍匐与芭蕉扇之上，直待二魔蹿出，忽而只听轰隆一震，一股巨力从下而上，二人为之一震，飞到空中，身形未稳只见身下水面忽而沸腾，再看那蒸汽扑面，一如大风袭来，少年手指一勾唤来芭蕉扇用力一扇，将蒸汽一扇，反扑回去，符咒一起，那芭蕉扇砰然长大，倏忽几十丈见方，异香少年手持芭蕉扇再用力一扇，只见狂风雷电一并而起，本像之中黑云密布，骤雨如瀑布般落下，呼呼落进湖中，只听得噗嗤声响，湖面当即冷却，波涛汹涌不可断绝。

二人行神通静悬空中，随风飘荡，忽而只见有物蹿出，泯仇见势，在空中转身，一掌压下，只见一物蹿出湖面直朝自己扑来，泯仇压掌，那物力大无穷，额头尖角刺透泯仇胸口，贯通背后，疼痛袭来，泯仇喉头一甜吐出一口鲜血，而后被身下的气力一带，飞将上天，撞到葫芦口，眼见将飞出紫金红葫芦，泯仇手脚一张，双手双脚紧压葫芦壁，只听得肋骨搅动，纷纷折断，疼痛无比。

而后身下之物用力一脱，尖角从泯仇胸中抽出，鲜血点点，泯仇一看只见身下一黑面妖魔，尖角牛鼻，双目透红，双手持方天画戟，足足七丈之高，乃是罗刹王本尊。

罗刹王低吼，横起方天画戟用力一挥，欲要将泯仇拦腰砍断，泯仇见势，抽出降魔金刚杵用力一挡，咣当一声，臂骨震裂，被那力气一带，飞将出去撞倒葫芦壁上，跌入湖中，罗刹王红瞳一转，鼻孔白气来回，举起方天画戟朝湖中打去……

这头异香少年见那水下一物蹿出，当即横出芭蕉扇一挡，那力道无穷，少年连同芭蕉扇一道向后飞出，落于湖边的沙地之上，力道不止，向后滑行，又见身前寒光一闪，一个白面恶鬼闪至身前，一条龙纹大刀急砍而下，少年从背后摸出五彩宝伞，张开一挡，只见那火花一闪，少年被劲道一带，沉入沙土之中，未及起身又见那武存道抬起右脚用力一踩，伞柄刺入少年小腹，鲜血迸出。

武存道拨开五彩宝伞，只见那沙泥之中一件白色内袍被鲜血染红，异香少年已使尸解术逃出，武存道怒起，向后一望，只见少年赤裸上身，半跪在地，咬牙吃痛。

“这点能耐也敢解开十字咒！”武存道本尊轻蔑道，说罢横起龙纹大刀，朝少年脖颈削去。

少年见势伸出右手将刀刃抓住，左手印法已起，只见金光一闪，背后两道金翅张出，而后凤鸟仙体成，少年怒起，眼轮一抬，抓住龙纹大刀，刀刃挥力一甩，那武存道被甩出十步之外，接着少年双指一勾，将芭蕉扇唤回，符咒落下，芭蕉扇化为金刚剑。

“道已知，因已成，现便只剩阁下的命了！”说罢，少年挥剑，挥翅怒吼朝前，金刚剑舌蹿出，直朝武存道喉头刺去。

武存道横刀一挡，只觉少年劲道似神，那龙纹大刀刀身竟叫少年刺投半分，武存道卸力向后一跃，与少年对峙。

湖中，波涛未熄，罗刹王抡起方天画戟朝湖中打去，此时只见湖中金光一闪，梵音顿起，方天画戟忽被什么持住，再看湖中，一物缓缓遁出……

“长安云香山独觉寺密宗僧人泯仇来也！”那一声怒吼，叫三界震动。

罗刹王见势也不禁一颤，只见那湖中，不动明王直直立起，左手紧持方天画戟的刺头，右手横杵，愤怒之像，威严无比。

“妖魔乱世，泯仇岂能容之！”泯仇怒起，左手一旋，将罗刹王的方天画戟反抽而出，用力向后一掷，方天画戟直直刺入紫金红葫芦壁上，吟吟一晃。

罗刹王见势，欲越过不动明王去夺方天画戟，却被不动明王在空中拦腰抱住，直朝湖边推去。

异香少年这头。

少年忽觉身后有物扑来，金翅一扇，闪到一侧，只见那泯仇抱住不动明王朝岸边一推，将武存道压住，那龙纹大刀来不及翻转，将罗刹王刺个通透。

而后少年落至泯仇肩头，但见那罗刹王与武存道跌在一处，二人手头不止，泯仇腋下双臂一张，一道幌金绳展开，踏步向前欲将二魔缚住。

“高僧小心！”少年但见泯仇脚底一条黑影伸出，在泯仇左脚闪了个来回。

泯仇吃痛单膝跪下，只见小腿肚上，一道二尺深的伤口慢慢裂开。

“竟连不动明王金身也可破！”泯仇讶然一惊，伸掌拍去，罗刹王翻身，双掌并出，将那压下的手掌抵住。

只见罗刹王身下一道黑袍，武存道已使尸解术逃出，少年向后一望，不见武存道，又觉刀风扑面，少年抬头一望，只见空中武存道横刀砍来，直朝不动明王脖颈。

少年见势，出剑抵挡不及，一跃张身，以凤鸟仙体格挡，那龙纹大刀重重砍在少年胸口，刀刃伤及一分，触及血肉，少年被劲道一带，飞将出去，又顺手将金刚剑伸出，剑舌一展，在空中环绕，将武存道的左腿紧紧缚住，而后剑刃一转，少年朝后用力一抽，只见血肉喷出，那武存道的左腿竟被金刚剑生生绞断，武存道受此一着，吃痛不止，与少年一道从空中落下。

罗刹王翻身而起，垂首俯身前冲，以尖角刺出，双手伸出握住泯仇脚踝用力一翻，将泯仇所化的不动明王翻倒在地，那尖角在不动明王身上由下而上地滑行，金光四溅，直抵泯仇双眼，泯仇见势，抛却降魔金刚杵，双手抓住罗刹王刺到眼前的尖角，双方相持，扭打在地。

沙泥飞起，罗刹王与泯仇以手肉搏，不分上下。另一头少年被武存道压在身下，龙纹大刀在少年喉头一割，入仙体一分，少年弃剑抓住武存道双手，相互角力，无奈弱其一分，龙纹大刀削下，又入仙体一分，此时已可见少年本体，再削一刀，便是见血封喉……

只见那武存道笑脸狰狞，咬牙切齿，将大刀压下，已入少年皮囊，鲜血缓流，在下一分异香少年便人头落地，少年挣扎不出，被武存道制住，手头不可结印使尸解术。

危机逼迫，忽见脚尖长生咒在，少年伸腿一踢，那长生咒卷轴滚落打开，咒中唯剩一枚符咒，乃是章怀太子的白龙，无奈双腿不及符咒，不可将白龙唤出，少年挣扎，挪动身体，欲抵白龙符咒……

“无知小儿！蜉蝣之力妄撼巨木，今番朕便叫你看看什么是天道！”武存道怒起一吼，手头起力，右脚蹬出，少年脚尖方触到长生咒，这武存道右腿蹬地用力，又将长生咒蹬出半步之远，少年无法，又以力相抗，龙纹大刀再入半分，喉头鲜血已涓涓而出。

“哈哈！杀了你，我即刻便直驱长安城，叫那李隆基的唐国化作千里焦土！”武存道大吼，用力按下大刀。

异香少年汗水如雨，双手渐麻，缓缓不支，武存道用力大吼，只见那寒光入眼……

泯仇紧握罗刹王尖角，见少年危急，将罗刹王用力向侧面一推，翻身而起，正在此时，忽觉身后大浪袭来，泯仇不备，被湖中浪潮掀翻。

浪头不止，直袭武存道后背……

寒光闪过，只见那龙纹大刀从异香少年眼前飞出，大浪袭来将武存道撞出十步之远，那龙纹大刀飞旋从武存道的手中脱出，直直插入沙泥之中，那头武存道惊慌之余，不知何事，又见那伸到岸边的水浪化作人手，一把抓住武存道右腿，用力一拉，拉进湖中。

泯仇惊骇亦不知何故。

少年急奔向长生咒，手头一点将白龙放出，继而白龙喉头一鼓，水法疾行，将惊魂未定的罗刹王冲出，罗刹王本尊一闪，十道影子落出，十罗刹女落地，纷纷吐血喘息。

泯仇抓起降魔金刚杵跳入湖中，将武存道捉出湖面，棒头死门一对，折却武存道半条性命，而后泯仇也神通一失，跌倒在地，胸口鲜血涓涓，疼痛无比。

少年挥剑前行，摸出长生咒将罗刹王紧缚，此时少年亦跌跌撞撞，凤鸟仙体退却，鲜血直流，而后剑锋一转指向十罗刹女，举剑欲砍。

“先生休住！”少年欲砍之际，忽听身后泯仇喊道。

“十罗刹女并无恶念，是可成佛，上次若不是罗刹女将降魔金刚杵的魄息打入小僧体内，恐怕小僧的命在大明宫前就折却了。”

少年按眉，缓缓放下手中的金刚剑，坐地跏趺，气喘吁吁。

正在此时又听本像之中轰隆声起，黑雾袭来……

异香少年与泯仇惊魂未定，朝前望去，不知何物。

鼓声顿起，黑雾蔓延，少年按眉而视，只见那黑雾之中有兽三步一探，乃是地府神兽谛听。

而后四鬼肩抬舆轿走出，座上有人如山，乃是十地阎罗王驾到。

“小神迟来！”那十地阎罗王异口同声道，“罗刹王与武存道罪恶通天，天道不容，乃欲投之六道轮回，历千年苦世，以示天威。”

泯仇与少年见势，闭目长吁，倒地歇息。

而后地府兵起，将罗刹王与武存道缚住，那武存道仍旧大笑谩骂，面容凶狠，长道“不服天命”。

止息，唯剩异香少年与泯仇的喘息之声。

“小僧有两事不解……”良久，异香少年耳边传来泯仇微弱之声。

“是问危急之时为何巨浪翻卷？”少年道。

泯仇默不作声，以示异香少年回答。

“高僧忘了，这青泥湖乃是唐国皇帝的慈母所化，方才武存道扬言要将长安化作焦土，便引来巨浪，是为窦太后出手助阵。”

“那先生又是如何从八阴阵中逃出的？”泯仇又问。

“小子将律令符与长生咒笔笔头交与天师姚素了，而后与章怀太子一同遁入长生咒，在八阴阵起阵之际被天师抛出，而后天师以长生咒笔头点在武存道身上，将其化作咒墨，再唤出律令兄弟，将符咒送到紫金红葫芦里。”

泯仇抵掌而笑道：“果然先生，步步为营，此役若无先生，绝无半点胜算……”

异香少年亦笑：“高僧还记得青泥湖那头的原野吗？”

“自然记得。”泯仇道。

“妖魔已退，高僧可曾忘记当时许下的豪言？”

“依旧记得，小僧一生向佛，却未曾开慧过，活了一百多岁未尝有闲暇品味山水之乐，如今妖魔已退，小僧将一把火烧了独觉寺，与先生把手同游，什么极乐西天，什么佛陀三宝都不若这大千世界快活，人生一世当秉烛夜游，来生苦乐自有来生承享，小僧是再不愿思索这些烦恼了。”

异香少年展颜一笑，湖水来回，微风阵阵。

“寻一处山水，搭一座蔽棚，从此劈柴喂马，琴瑟往来，心向庄周，再也不思索烦恼，再也无妖魔乱世……”异香少年娓娓而道，闭上双眼，一梦入逍遥……